# *Los enamoramientos*

Javier Marías nació en Madrid en 1951. Es autor de las novelas *Todas las almas*, *Corazón tan blanco*, *Mañana en la batalla piensa en mí*, *Negra espalda del tiempo* y la trilogía *Tu rostro mañana*, entre otros muchos relatos, ensayos, novelas, antologías y traducciones. Ha recibido numerosos premios, entre los que caben destacar el IMPAC Dublin Literary Award, el Premi Internazionali Flaiano, el Premio Internacional de Novela Rómulo Gallegos, el Premio de la Crítica y el Prix Femina Étranger. Fue profesor en la Universidad de Oxford y en la Complutense de Madrid. Sus obras se han traducido a treinta y cuatro lenguas y se han publicado en cuarenta y cuatro países.

# *Los enamoramientos*

JAVIER MARÍAS

Prólogo de Elide Pittarello

Vintage Español
Una división de Random House, Inc.
Nueva York

PRIMERA EDICIÓN VINTAGE ESPAÑOL, AGOSTO 2013



Información de catalogación de publicaciones disponible en la Biblioteca del Congreso de los Estados Unidos.

**Vintage ISBN: 978-0-8041-6941-7**

*Para venta exclusiva en EE.UU., Canadá, Puerto Rico y Filipinas.*

www.vintageespanol.com

Impreso en los Estados Unidos de América
10 9 8 7 6 5 4 3 2 1

*Para Mercedes López-Ballesteros,*
*por visitarme y contarme*

*Y para Carme López Mercader,*
*por seguir riendo a mi oído*
*y escuchándome*

# Prólogo

En toda la narrativa de Javier Marías se habla de amor y por eso se habla tanto de desvelos, riesgos y amenazas. ¿Quién no recuerda el presentimiento de desastre que asalta al protagonista de *Corazón tan blanco* el mismo día de su boda con la amada? O antes, en *El hombre sentimental*, ¿cómo es posible que el banquero poderoso y despótico —un modelo de pragmatismo triunfal— sea incapaz de sobreponerse al abandono de su mujer, que prefiere al cantante de ópera? Y más recientemente, en *Tu rostro mañana*, ¿por qué un marido separado y dubitativo, quien tal vez no vuelva a reunirse con la familia, incuba una violencia más desmedida que la de su rival, al que amenaza de muerte y deja malherido? En las historias de amor que enhebran las novelas y los cuentos de Javier Marías no hay urdimbre que no incluya alguna maquinación, ni trama que no inserte un daño.

Y sin embargo en sus textos la felicidad amorosa existe, es un bien de este mundo, un estado de gracia que se basta a sí mismo. La felicidad acontece y envuelve. Los amantes no la alcanzan haciendo méritos, ni la viven ahondando en análisis. La felicidad es inmediata, sacia al instante todas las ansias. Las cavilaciones y los dilemas surgen después, cuando esa condición se ha eclipsado y su estela empuja a buscar febrilmente aquel placer que no tiene igual y no se olvida. Dure lo que dure, la felicidad resulta siempre fugaz, un relámpago que deslumbra y atiza allí donde el deseo surca la textura de la vida cotidiana y hace mella. Cualquier hueco es más fértil que la plenitud desde el punto de vista narrativo, es la falta del bien lo que da mucho de sí. En los mundos que imagina Javier Marías, tan dominados por el azar, las expectativas raramente se cumplen y si atañen a la esfera amorosa, menos todavía. A menudo se desmoronan por una capacidad de evaluación más quebradiza de lo habitual, empobrecida o agigantada por un sentir que perturba. Es inútil esgrimir el antagonismo de la pasión con la razón, poco más que un tópico en desuso si se admite que el ser humano tiene a su pesar inclinaciones que soslayan el control de la conciencia. Una vez más, es cuestión de grados.

La pasión, cuando es vehemente, lo aglutina todo en su único centro de interés, crea estrategias y tácticas propias. En contra de lo que se suele creer, la pasión no ciega, si acaso amplía la idea o imagen de su objeto, pues el enfoque que adopta es exclusivo y garantiza una definición altísima. Tradicionalmente, en la cultura occidental, ver y conocer son sinónimos. De la intensidad de la mirada, de su avidez o anhelo de posesión, depende la cualidad del descubrimiento, la inteligencia de lo que se ignoraba. También depende el estreno de una acción que antes de ver lo que se ha visto no era pensable. Si ese saber adquirido con la visión es instrumento de un poder hacer, entonces hay que llevar cuidado con los que se enamoran porque actúan apegados a un fuero interno tiránico y secreto.

La novela *Los enamoramientos* trata de este proceso borrascoso, aunque el título parezca de entrada halagador, despierte ilusiones en el lector optimista o quizá inocente que siga asociando la vivencia del amor a la dicha. Si pasara por alto la noticia luctuosa que se comunica desde la primera página, el comienzo le daría toda la razón. Una pareja casada desayuna a diario en una cafetería de Madrid antes de separarse para ir al trabajo. El hombre roza los cincuenta, la mujer quizá diez años menos. Ambos tienen buen tipo y caras agradables, el gesto fino de la gente acomodada. Visten con elegancia pero sin ostentación. Él lleva siempre trajes caros, más propios de otra época, ella suele ponerse prendas deportivas u holgadas, no muy originales en todo caso. No quieren hacerse notar, están pendientes el uno de la otra, se hablan con gran intimidad, se ríen mucho, él rompe a veces en carcajadas estrepitosas. En otras palabras desprenden armonía, son la pareja perfecta.

Es esto lo que fantasea María Dolz, la mujer que los observa con discreción cada mañana, mientras desayuna en el mismo lugar. No sabe quiénes son, simplemente le caen bien, encarnan a sus ojos la fábula de la felicidad conyugal. Son el grato espectáculo que la vivifica y sosiega antes de ir a enfrascarse en su trabajo en una editorial. Las tareas que desempeña son rutinarias, a veces extenuantes, como por ejemplo atender a consultas fútiles de escritores, criaturas estrambóticas donde las haya. Es lo que piensa de su gremio Javier Marías, como recordará quien haya leído *Vidas escritas*, las deliciosas biografías de veinte genios de la literatura universal, tratados como seres de ficción, caprichosos y maniáticos. En cambio, los autores que aparecen aquí son sólo triviales, al menos para María Dolz que despacha con sorna sus bagatelas. Un novelista la llama para saber si un pantalón mil rayas combina con unos calcetines de rombos. Otro quiere que le consiga dos gramos de cocaína para una descripción que va a poner en su nuevo libro. El capítulo que se les dedica está lleno de humor, un ingrediente que no falta nunca en las historias de Javier Marías, sobre todo cuando se adentran en las tinieblas del corazón. *Los enamoramientos* no constituye una excepción, aun siendo, según el propio autor, su novela más sombría. En efecto, el alivio de la risa es breve, sólo un paréntesis en el relato doliente de una desgracia.

Quien la narra es María Dolz, suya es la voz femenina que contraviene el que parecía un hábito asentado en la escritura de Javier Marías, el de armar sus novelas y la casi totalidad de sus cuentos desde la experiencia de un hombre. A partir de *El siglo*, publicado en 1983, son varones los protagonistas que cuentan en primera persona lo que les ha pasado, vicisitudes de amor y muerte, casos que sobresaltan. En general son personajes poco dinámicos, tendentes a la introspección, diestros en no dejarse absorber por su actividad laboral, cualquiera que sea. Disponen de tiempo para sus aficiones u obsesiones, y en esto María Dolz se les parece un poco: ser algo erráticos y muy imaginativos no es un privilegio de género. Al mirar con detenimiento lo que la sugestiona, ella también transforma las evidencias en figuraciones emotivas, en enlaces ficticios y unilaterales. Si no se hubiera fijado tanto en aquel matrimonio, si aquellos dos enamorados no hubieran llegado a ser una especie de talismán matutino que le daba ánimos, no se alarmaría cuando deja de verlos durante un tiempo, ni lamentaría como algo que le concierne la tragedia que les sobrevino. Al enterarse tarde de que el hombre había muerto por los navajazos que le había asestado en plena calle un mentecato indigente, María Dolz empieza a buscar en la prensa noticias sobre la víctima, descubre que se llamaba Miguel Desvern y era un empresario conocido, rememora afligida el último día que lo vio, comparte ilusoriamente con su mujer una despedida que se tiñe de duelo. Análogamente al encantamiento que sufre el protagonista de la novela *Mañana en la batalla piensa en mí*, colonizado por su muerta, tampoco la protagonista de *Los enamoramientos* consigue dejar de pensar en Miguel Desvern y en su viuda Luisa. Cuando al cabo de meses vuelve a verla en la cafetería y se le acerca para darle el pésame, recibe a cambio la invitación a pasar por su casa. Ahora el contacto es real. María Dolz tiene a su alcance a la parte demediada de la pareja que fue durante años un pequeño mito privado. Sumida en la desolación, Luisa desgrana sus confidencias, no para de verter sobre la desconocida un caudal de datos personales hasta que en un momento dado llaman al timbre.

Es allí, en el territorio doméstico que aún lleva la impronta de Miguel Desvern, donde María Dolz conoce al profesor Francisco Rico en el rol del profesor Francisco Rico, otra anécdota cómica en el juego que, desde *Todas las almas* hasta la fecha, hilvanan con amistosa polémica el ilustre autor y el ilustre crítico: ¿se capitaliza más fama siendo el personaje de un mundo de ficción o un docto filólogo en la realidad? En esta novela la actuación graciosa del erudito literalmente distrae, aparta la atención general de lo que a la narradora de verdad le importa y quiere ocultar: el impacto que le causa la llegada del mejor amigo del muerto, Javier Díaz-Varela, quien se está haciendo cargo de cuidar a la viuda y a sus niños. La familiaridad es tal que el hombre puede presentarse en la casa sin avisar e incluso traer a un desconocido extravagante, el académico que provoca la risa tras la cual María Dolz se escuda para no delatar su estremecimiento, la llamarada que salta en lo hondo. Con disimulo la mujer clava sus ojos en Díaz-Varela, lo encuentra varonil y atractivo, se demora en una minuciosa descripción del rostro del que ensalza sobre todo la boca, para ella un imán irresistible. Así le sobreviene el deseo que es vértigo, crepúsculo del yo, rendición al otro del que apenas sabe nada. Pero no importa. Con los pocos datos que tiene sobre aquel hombre —su amistad con el muerto, al que se parece un poco, y su presencia constante al lado de la viuda—, la mujer da rienda suelta a un diálogo imposible, desatado por la emoción que la desborda. Se imagina a Miguel Desvern vivo mientras le encomienda a Javier Díaz-Varela la tutela de Luisa y los niños, en caso de que le tocara morir. Este embeleso ocupa un capítulo entero, es la muestra de cómo María Dolz encauza su pulsión hacia una quimera tan sagaz como falta de asideros racionales. Es la clarividencia paradójica de la intuición, el esbozo larvado de conexiones que se traban por desplazamientos sucesivos hasta que asome el escenario del placer, donde *eros* es el férreo aliado de *thánatos.* De momento la mujer no forma parte del triángulo perverso que se le ha ocurrido, pero no tardará mucho en variar su composición e incluirse en él.

Le favorece o condena una casualidad, que según se mire es cómplice o antagonista de la voluntad de poder. Un día María Dolz se encuentra con Javier Díaz-Varela en un museo cercano al lugar donde fue asesinado Miguel Desvern. Mientras se están tomando una cerveza, la mujer percibe de golpe el vínculo entre la muerte y la vida, se da cuenta de que sin la desdicha de otro —de aquel otro que le caía tan bien y que ya no existe— no estaría ella gozando de la presente fortuna. Pero el chispazo siniestro no la disuade, como tampoco la refrena constatar que el hombre que le está gustando se desvive por Luisa. La metamorfosis del enamoramiento ha brotado y no coincide necesariamente con un estado de júbilo. Al revés, es llamativo el hecho de que otras lenguas asocien esta condición a una caída o descenso de la persona, como indican por ejemplo la expresión inglesa *to fall in love* o la francesa *tomber amoureux*. Sin sopesar lo que le conviene, María Dolz se da una oportunidad con Díaz-Varela, el cual a su vez vislumbra la suya con Luisa. Empieza así el torbellino de los reemplazos transitorios y duraderos, de las perseverancias abocadas al fiasco o a la recompensa. Quién quiere ocupar el lugar de quién y con qué eficacia lo puede gobernar: éste es el nudo gordiano de *Los enamoramientos*. El lector tiene ante sí un camino escabroso antes de descubrir qué mano va a levantar la espada que cortará las cuerdas o las ataduras.

Javier Marías afronta esta fase inicial de las relaciones amorosas con toda la sabiduría conquistada en cuarenta años de escritura o práctica del pensamiento literario, que es para él la forma de reconocer lo que late más allá de lo consabido. En sus historias los conflictos candentes pujan por tener una salida al lenguaje, cuyas figuras misteriosas, indescifrables, dan pie a nuevos enigmas. Novela tras novela, lo que el autor nos descubre en *Los enamoramientos* no es sólo el hecho de que por desear uno el deseo de otro se puedan cometer fechorías, sino de qué manera se llega a colapsar los cimientos mismos de la convivencia humana. Como de costumbre, el testimonio —que no la explicación— se apoya en el recurso a citas ejemplares de algún clásico de la literatura que trate de pasiones letales. En este caso fragmentos de *Los tres mosqueteros* de Dumas instruyen sobre la resolución fulmínea de matar por ira —otra pasión— a la pareja adorable y abyecta, mientras que un relato de Balzac, *El coronel Chabert*, alecciona sobre la conveniencia de olvidar a los muertos y de conformarse con el goteo de crímenes impunes que en la vida civil se reiteran de manera difusa y sin escándalo. La indagación en la violencia del hombre contra el hombre y en el uso del miedo como dispositivo de un avasallamiento universal alcanza aquí su punto álgido. El mal, aunque se teme, ya no se censura, ha llegado a ser una banalidad por esa connivencia de los inocentes con los culpables que liquida toda posibilidad de justicia. El mal se propaga por la red de solidaridad que trenzan algunos ejecutores astutos y muchos espectadores apáticos, unos y otros son complementarios. El mayor agente de este derrumbe es el paso sigiloso del tiempo que envenena y trastorna hasta las almas inmaculadas, piensa María Dolz. Así la mujer elude su propia responsabilidad, su aspiración a deshacer lo hecho y a la vez su exigencia de aceptarlo, de guardarlo en secreto como algo inestimable. Por amor se hiere y agravia, se inflige y soporta todo tipo de crueldad. Luego, curiosamente, es aquella tortura que también fue goce lo más añorado.

ELIDE PITTARELLO

# I

La última vez que vi a Miguel Desvern o Deverne fue también la última que lo vio su mujer, Luisa, lo cual no dejó de ser extraño y quizá injusto, ya que ella era eso, su mujer, y yo era en cambio una desconocida y jamás había cruzado con él una palabra. Ni siquiera sabía su nombre, lo supe sólo cuando ya era tarde, cuando apareció su foto en el periódico, apuñalado y medio descamisado y a punto de convertirse en un muerto, si es que no lo era ya para su propia conciencia ausente que nunca volvió a presentarse: lo último de lo que se debió de dar cuenta fue de que lo acuchillaban por confusión y sin causa, es decir, imbécilmente, y además una y otra vez, sin salvación, no una sola, con voluntad de suprimirlo del mundo y echarlo sin dilación de la tierra, allí y entonces. Tarde para qué, me pregunto. La verdad es que lo ignoro. Es sólo que cuando alguien muere, pensamos que ya se ha hecho tarde para cualquier cosa, para todo —más aún para esperarlo—, y nos limitamos a darlo de baja. También a nuestros allegados, aunque nos cueste mucho más y los lloremos, y su imagen nos acompañe en la mente cuando caminamos por las calles y en casa, y creamos durante mucho tiempo que no vamos a acostumbrarnos. Pero desde el principio sabemos —desde que se nos mueren— que ya no debemos contar con ellos, ni siquiera para lo más nimio, para una llamada trivial o una pregunta tonta ('¿Me he dejado ahí las llaves del coche?',

'¿A qué hora salían hoy los niños?'), para nada. Nada es nada. En realidad es incomprensible, porque supone tener certidumbres y eso está reñido con nuestra naturaleza: la de que alguien no va a venir más, ni a decir más, ni a dar un paso ya nunca —para acercarse ni para apartarse—, ni a mirarnos, ni a desviar la vista. No sé cómo lo resistimos, ni cómo nos recuperamos. No sé cómo nos olvidamos a ratos, cuando el tiempo ya ha pasado y nos ha alejado de ellos, que se quedaron quietos.

Pero lo había visto muchas mañanas y lo había oído hablar y reírse, casi todas a lo largo de unos años, temprano, no demasiado, de hecho yo solía llegar al trabajo con un poco de retraso para tener la oportunidad de coincidir con aquella pareja un ratito, no con él —no se me malentienda— sino con los dos, eran los dos los que me tranquilizaban y me daban contento, antes de empezar la jornada. Se convirtieron casi en una obligación. No, la palabra no es adecuada para lo que nos proporciona placer y sosiego. Quizá en una superstición, aunque tampoco: no es que yo creyera que me iba a ir mal el día si no compartía con ellos el desayuno, quiero decir a distancia; era sólo que lo iniciaba con el ánimo más bajo o con menos optimismo sin la visión que me ofrecían a diario, y que era la del mundo en orden, o si se prefiere en armonía. Bueno, la de un fragmento diminuto del mundo que contemplábamos muy pocos, como pasa con todo fragmento o vida, hasta la más pública o expuesta. No me gustaba encerrarme durante tantas horas sin haberlos visto y observado, no a hurtadillas pero con discreción, lo último que habría querido era hacerlos sentirse incómodos o molestarlos. Y habría sido imperdonable ahuyentarlos, además de ir en perjuicio mío. Me confortaba respirar el mismo aire, o formar parte de su paisaje por las mañanas —una parte inadvertida—, antes de que se separaran hasta la siguiente comida, probablemente, que tal vez ya era la cena, muchos días. Aquel último en que su mujer y yo lo vimos, no pudieron cenar juntos. Ni tan siquiera almorzaron. Ella lo esperó veinte minutos sentada a una mesa de restaurante, extrañada pero sin temer nada, hasta que sonó el teléfono y se le acabó su mundo, y nunca más volvió a esperarlo.

Desde el primer día me saltó a la vista que eran matrimonio, él de cerca de cincuenta años y ella de unos cuantos menos, no habría alcanzado aún los cuarenta. Lo que más agradaba de ellos era ver lo bien que lo pasaban juntos. A una hora a la que casi nadie está para nada, y menos para fiestas y risas, hablaban sin parar y se divertían y estimulaban, como si acabaran de encontrarse o incluso de conocerse, y no como si hubieran salido juntos de casa, y hubieran dejado a los niños en el colegio, y se hubieran arreglado al mismo tiempo —acaso en el mismo cuarto de baño—, y se hubieran despertado en la misma cama, y lo primero que cada uno hubiera visto hubiera sido la descontada figura del cónyuge, y así un día tras otro desde hacía bastantes años, pues los hijos, que los acompañaron en un par de ocasiones, debían de tener unos ocho la niña y unos cuatro el niño, que se parecía enormemente a su padre.

Éste vestía con distinción levemente anticuada, sin llegar a resultar ridículo ni anacrónico en modo alguno. Quiero decir que iba siempre trajeado y bien conjuntado, con camisas a medida, corbatas caras y sobrias, pañuelo asomándole por el bolsillo de la chaqueta, gemelos, lustrados zapatos de cordones —negros o bien de ante, éstos sólo al final de la primavera, cuando se ponía sus trajes claros—, manos cuidadas por manicura. A pesar de todo esto, no daba una impresión de ejecutivo presuntuoso ni de pijo a ultranza. Parecía más bien un hombre cuya educación no le permitiera asomarse a la calle vestido de otra manera, en día laborable al menos; en él resultaba natural aquella clase de indumentaria, como si su padre le hubiera enseñado que a partir de cierta edad era eso lo que tocaba, independientemente de las modas que ya nacen caducas y de los desharrapados tiempos actuales, que a él no tenían por qué afectarlo. Era tan clásico que ni siquiera le descubrí nunca ningún detalle extravagante: no quería hacerse el original, aunque acababa por resultarlo un poco en el contexto de aquella cafetería en la que lo vi siempre y aun en el de nuestra ciudad negligente. El efecto de naturalidad se veía realzado por su carácter indudablemente cordial y risueño, que no campechano (no lo era con los camareros, por ejemplo, a los que trataba de usted y con amabilidad desusada, sin caer en el empalago): de hecho llamaban algo la atención sus frecuentes carcajadas que eran casi escandalosas, aunque en ningún caso molestas. Sabía reír, lo hacía con fuerza pero con sinceridad y simpatía, nunca como si adulara ni en actitud aquiescente sino como si respondiera siempre a cosas que le hacían verdadera gracia y fueran muchas las que se la hicieran, un hombre generoso, dispuesto a percibir lo cómico de las situaciones y a aplaudir las bromas, por lo menos las verbales. Quizá era su mujer quien se la hacía, en conjunto, hay personas que nos hacen reír aunque no se lo propongan, lo logran sobre todo porque nos dan contento con su presencia y así nos basta para soltar la risa con muy poco, sólo con verlas y estar en su compañía y oírlas, aunque no estén diciendo nada del otro mundo o incluso empalmen tonterías y guasas deliberadamente, que sin embargo nos caen todas en gracia. El uno para el otro parecían ser de esas personas; y aunque se los veía casados, nunca sorprendí en ellos un gesto edulcorado ni impostado, ni tan siquiera estudiado, como los de algunas parejas que llevan años conviviendo y tienen a gala exhibir lo enamoradas que siguen, como un mérito que las revaloriza o un adorno que las embellece. Era más bien como si quisieran caerse simpáticos y agradarse antes de un posible cortejo; o como si se tuvieran tanto aprecio y querencia desde antes de su matrimonio, o aun de su emparejamiento, que en cualquier circunstancia se habrían elegido espontáneamente —no por deber conyugal, ni por comodidad, ni por hábito, ni por lealtad siquiera— como compañero o acompañante, amigo, interlocutor o cómplice, en la seguridad de que, fuera lo que fuese lo que aconteciera o se diese, o lo que hubiera que contar o escuchar, siempre sería menos interesante o divertido con un tercero. Sin ella en el caso de él, sin él en el caso de ella. Había camaradería, y sobre todo convencimiento.

Miguel Desvern o Deverne tenía unas facciones muy gratas y una expresión varonilmente afectuosa, lo cual lo hacía atractivo de lejos y me llevaba a suponerlo irresistible en el trato. Es probable que me fijara antes en él que en Luisa, o que fuera él quien me obligara a fijarme también en ella, ya que, si a la mujer la vi sin su marido a menudo —éste se marchaba antes de la cafetería y ella se quedaba unos minutos más casi siempre, a veces sola, fumando, a veces con una o dos compañeras de trabajo o madres del colegio o amigas, que alguna que otra mañana se les agregaban a última hora, cuando él ya estaba a punto de despedirse—, al marido no llegué a verlo nunca sin su mujer al lado. Para mí su imagen sola no existe, es con ella (fue una de las razones por las que al principio no lo reconocí en el periódico, porque allí no estaba Luisa). Pero en seguida pasaron a interesarme los dos, si ese es el verbo.

Desvern tenía el pelo corto, tupido y muy oscuro; con canas solamente en las sienes, que se le adivinaban más crespas que el resto (si se hubiera dejado crecer las patillas, quién sabe si no le habrían aparecido unos caracolillos incongruentes). Su mirada era viva, sosegada y alegre, con un destello de ingenuidad o puerilidad cuando escuchaba, la de un individuo al que la vida en general divierte, o que no está dispuesto a pasar por ella sin disfrutar de los mil aspectos graciosos que encierra, incluso en medio de las dificultades y las desgracias.

Bien es verdad que él habría sufrido muy pocas para lo que es el destino más común de los hombres, lo cual lo ayudaría a conservar aquellos ojos confiados y sonrientes. Eran grises y parecían registrarlo todo como si todo fuera novedoso, hasta lo que se les repetía a diario insignificante, aquella cafetería de la parte alta de Príncipe de Vergara y sus camareros, mi figura muda. Tenía hoyuelo en la barbilla. Me hacía acordarme de algún diálogo de película en el que una actriz le preguntaba a Robert Mitchum o a Cary Grant o a Kirk Douglas, no recuerdo, cómo se las ingeniaba para afeitarse allí, a la vez que se lo tocaba con el dedo índice. A mí me daban ganas de levantarme de mi mesa todas las mañanas, acercarme hasta la de Deverne y preguntarle lo mismo, y tocarle a mi vez el suyo con el pulgar o el índice, levemente. Siempre iba muy bien afeitado, el hoyuelo incluido.

Ellos se fijaron en mí mucho menos, infinitamente menos que yo en ellos. Pedían su desayuno en la barra y una vez servido se lo llevaban a una mesa junto al ventanal que daba a la calle, mientras que yo tomaba asiento en una más al fondo. En primavera y verano nos sentábamos todos en la terraza y los camareros nos pasaban las consumiciones por una ventana abierta a la altura de su barra, lo cual daba pie a varias idas y venidas de unos y otros y a mayor contacto visual, porque de otra clase no hubo. Tanto Desvern como Luisa cruzaron conmigo alguna mirada, de mera curiosidad, sin intención y jamás prolongada. Él no me miró nunca de manera insinuante, castigadora o presumida, eso habría sido un chasco, y ella tampoco me mostró nunca recelo, superioridad o displicencia, eso me habría supuesto un disgusto. Eran los dos los que me caían bien, los dos juntos. No los observaba con envidia, en absoluto era eso, sino con el alivio de comprobar que en la vida real podía darse lo que a mi entender debía de ser una pareja perfecta. Y aún me parecían más esto último en la medida en que el aspecto de Luisa no casaba con el de Deverne, en cuanto a estilo y vestimenta. Junto a un hombre tan trajeado como él uno habría esperado ver a una mujer de sus mismas características, clásica y elegante, aunque no necesariamente previsible, con faldas y zapatos de tacón alto las más de las veces, con ropa de Céline, por ejemplo, y pendientes y pulseras notables pero de buen gusto. En cambio ella alternaba un estilo deportivo con otro que no sé si calificar de fresco o de desentendido, nada historiado en todo caso. Tan alta como él, era morena de piel, con una media melena castaña muy oscura, casi negra, y poquísimo maquillaje. Cuando llevaba pantalón —a menudo vaquero—, lo acompañaba de una cazadora convencional y de bota o zapato plano; cuando llevaba falda, los zapatos eran de medio tacón y sin originalidades, casi idénticos a los que calzaban muchas mujeres en los años cincuenta, o en verano sandalias finas que dejaban al descubierto unos pies pequeños para su estatura y delicados. Nunca le vi ninguna joya y sus bolsos eran de bandolera. Se la veía tan simpática y alegre como él, aunque su risa era menos sonora; pero igual de fácil y quizá más cálida, con su dentadura resplandeciente que le confería una expresión algo aniñada —habría reído de la misma forma desde los cuatro años, sin poder evitarlo—, o eran las mejillas, que se le redondeaban. Era como si hubieran adquirido la costumbre de darse un respiro juntos, antes de ir a sus respectivos trabajos, tras poner fin al ajetreo matinal de las familias con hijos pequeños. Un rato para ellos, para no desprenderse el uno del otro en medio del trajín y charlar animadamente, me preguntaba de qué hablaban o qué se contaban —cómo es que tenían tanto que contarse, si se acostaban y levantaban juntos y se mantendrían al día de sus pensamientos y andanzas—, su conversación sólo me alcanzaba en fragmentos, o en palabras sueltas. En una ocasión le oí a él llamarla 'princesa'.

Por así decir, les deseaba todo el bien del mundo, como a los personajes de una novela o de una película por los que uno toma partido desde el principio, a sabiendas de que algo malo va a ocurrirles, de que algo va a torcérseles en algún momento, o no habría novela o película. En la vida real, sin embargo, no tenía por qué ser así y yo esperaba seguir viéndolos cada mañana tal como eran, sin descubrirlos un día con desapego unilateral o mutuo y sin saber qué decirse, impacientes por perderse de vista, con un gesto de irritación recíproca o de indiferencia. Eran el breve y modesto espectáculo que me ponía de buen humor antes de entrar en la editorial a bregar con mi megalómano jefe y sus autores cargantes. Si Luisa y Desvern se ausentaban unos días, los echaba de menos y me enfrentaba a mi jornada con más pesadumbre. En cierta medida me sentía en deuda con ellos, porque, sin saberlo ni pretenderlo, me ayudaban a diario y me permitían fantasear sobre su vida que se me antojaba sin mácula, tanto que me alegraba de no poder cerciorarme ni averiguar nada al respecto, y así no salir de mi encantamiento pasajero (yo tenía la mía con muchas máculas, y la verdad es que no volvía a acordarme de ellos hasta la mañana siguiente, mientras maldecía en el autobús por haber madrugado, eso me mata). Yo habría deseado ofrecerles algo parecido, pero no era el caso. Ellos no me necesitaban, ni probablemente a nadie, yo era casi invisible, borrada por su contento. Sólo un par de veces, al él marcharse, y tras darle el acostumbrado beso en los labios a Luisa —ella nunca esperaba ese beso sentada, sino que se ponía de pie para devolvérselo—, me hizo un ligero ademán con la cabeza, casi una inclinación, después de haber alargado el cuello y alzado la mano a media altura para despedirse de los camareros, como si yo fuera uno de éstos, pero femenina. Su mujer, observadora, me hizo un gesto parecido cuando yo me fui —siempre después que él y antes que ella— las mismas dos veces en que su marido había tenido esa deferencia. Pero cuando yo les quise corresponder con mi inclinación aún más leve, tanto él como ella habían desviado ya la mirada y no me vieron. Tan rápidos fueron, o tan prudentes.

Mientras los vi, no supe quiénes eran ni a qué se dedicaban, aunque se trataba sin duda de gente con dinero. Tal vez no riquísimos, pero sí acomodados. Quiero decir que de haber sido lo primero, no habrían llevado a sus niños a la escuela en persona, como tenía la seguridad de que hacían antes de su pausa en la cafetería, posiblemente al colegio Estilo, que estaba muy cerca, aunque hay varios en la zona, chalets de El Viso rehabilitados, u hotelitos, como se los llamaba antiguamente, yo misma fui a uno de ellos en párvulos, en la calle Oquendo, no muy lejana; ni habrían desayunado casi a diario en aquel local de barrio, ni se habrían marchado a sus respectivos trabajos hacia las nueve, él un poco antes de esa hora, ella un poco después, según me confirmaron los camareros cuando les inquirí acerca de ellos y también una compañera de la editorial con la que comenté más adelante el suceso macabro y que, pese a conocerlos no más que yo, se las había arreglado para saber unos cuantos datos, supongo que las personas cotillas y malpensadas siempre encuentran manera de averiguar lo que quieren, sobre todo si es negativo o hay por medio una desgracia, aunque no les vaya nada en ello.

Una mañana de finales de junio no aparecieron, lo cual no tenía nada de particular, pasaba a veces, yo suponía que estarían de viaje o demasiado atareados para tomarse aquel respiro del que debían de disfrutar tanto. Luego me ausenté yo durante casi una semana, enviada por mi jefe a una estúpida Feria del Libro en el extranjero, a hacer relaciones públicas y el memo en su nombre, más que nada. A mi regreso seguían sin aparecer, ningún día, y eso me intranquilizó, más que por ellos por mí misma, que de pronto perdía mi aliciente mañanero. 'Qué fácil resulta la esfumación de alguien', pensaba. 'Basta con que cambie de trabajo o de casa para que uno ya no vuelva a saber más de él ni a verlo en la vida. O incluso con que le modifiquen el horario. Qué frágiles son los vínculos tan sólo visuales.' Eso me hizo preguntarme si acaso no debía cruzar con ellos unas palabras alguna vez, tras tanto tiempo de dotarlos de una significación alegre. No con ánimo de dar la lata ni de estropearles su ratito de compañía mutua ni de entablar trato fuera de la cafetería, claro está, eso no habría venido a cuento; sino tan sólo de mostrarles mi simpatía y mi aprecio, de darles los buenos días de entonces en adelante, y de así sentirme obligada a despedirme si era yo quien un día me largaba de la editorial y no volvía a pisar aquella zona, y de obligarlos un poco a ellos a hacer otro tanto si eran ellos quienes se trasladaban o alteraban sus hábitos, de la misma manera que un comerciante de nuestro barrio nos suele advertir de que va a cerrar o a traspasar su negocio, o que los avisamos nosotros a casi todos cuando estamos a punto de mudarnos. Por lo menos tener conciencia de que vamos a dejar de ver a gente de cada día, aunque siempre la hayamos visto a distancia o de forma utilitaria y sin apenas reparar en sus caras. Sí, eso suele hacerse.

Así que acabé por preguntar a los camareros. Me contestaron que, según tenían entendido, la pareja se había marchado ya de vacaciones. Me sonó más a suposición que a dato. Era un poco pronto, pero hay personas que prefieren no pasar julio en Madrid, cuando el calor es más de fuego, o quizá Luisa y Deverne podían permitirse salir los dos meses, parecían lo bastante adinerados y libres (tal vez sus salarios dependían de ellos mismos). Aunque lamenté no ir a disponer ya hasta septiembre de mi pequeño estímulo matutino, también me tranquilizó saber que regresaría entonces, y que no había desaparecido de la faz de mi tierra para siempre.

Recuerdo haber caído, en aquellos días, sobre un titular del periódico que hablaba de la muerte a navajazos de un empresario madrileño, y haber pasado rápidamente de página, sin leer el texto completo, precisamente por la ilustración de la noticia: la foto de un hombre tirado en el suelo en mitad de la calle, en la calzada, sin chaqueta ni corbata ni camisa, o con ella abierta y los faldones fuera, mientras los del Samur intentaban reanimarlo, salvarlo, con un charco de sangre a su alrededor y esa camisa blanca empapada y manchada, o eso me figuré al vislumbrarlo. Por el ángulo adoptado no se le veía bien la cara y en todo caso no me detuve a mirársela, detesto esa manía actual de la prensa de no ahorrarle al lector o al espectador las imágenes más brutales —o será que las piden éstos, seres trastornados en su conjunto; pero nadie pide nunca más que lo que ya conoce y se le ha dado—, como si la descripción con palabras no bastara y sin el más mínimo miramiento hacia el individuo brutalizado, que ya no puede defenderse ni preservarse de las miradas a las que no se habría sometido jamás con su conciencia alerta, como no se habría expuesto ante desconocidos ni conocidos en albornoz o en pijama, juzgándose impresentable. Y como fotografiar a un hombre muerto o agonizante, más aún si es por violencia, me parece un abuso y la máxima falta de respeto hacia quien acaba de convertirse en una víctima o en un cadáver —si aún puede vérselo es como si no hubiera muerto del todo o no fuera pasado enteramente, y entonces hay que dejarlo que se muera de veras y se salga del tiempo sin testigos inoportunos ni público—, no estoy dispuesta a participar de esa costumbre que se nos impone, no me da la gana de mirar lo que se nos insta a mirar o casi se nos obliga, y a sumar mis ojos curiosos y horrorizados a los de centenares de miles cuyas cabezas estarán pensando mientras observan, con una especie de fascinación reprimida o de seguro alivio: 'No soy yo sino otro, este que tengo delante. No soy yo porque le veo el rostro y no es el mío. Leo su nombre en la prensa y tampoco es el mío, no coincide, así no me llamo. Le ha tocado a otro, qué habría hecho, en qué líos o deudas se habría metido o qué perjuicios terribles habría causado para que lo hayan cosido a navajazos. Yo no me meto en nada ni me creo enemigos, yo me abstengo. O sí me meto y hago mi daño, pero no me han pillado. Por suerte es otro y no soy yo el muerto que aquí se nos muestra y del que se habla, luego estoy más a salvo que ayer, ayer me he escapado. A este pobre diablo, en cambio, lo han cazado'. En ningún momento se me ocurrió asociar aquella noticia que dejé pasar de largo con el hombre agradable y risueño que veía desayunar a diario, y que con su mujer, sin darse cuenta, tenía la gentileza infinita de levantarme el ánimo.

Durante unos días, ya después de mi viaje, eché en falta al matrimonio pese a saber que no vendría. Ahora llegaba a la editorial con puntualidad (daba cuenta de mi desayuno y listo, sin motivo para el remoloneo), pero con cierto decaimiento y más desgana, es sorprendente lo mal que nuestras rutinas aceptan las variaciones, hasta las que son para bien, esta no lo era. Me daba más pereza enfrentarme a mis tareas, ver inflarse a mi jefe y recibir las pesadísimas llamadas o visitas de los escritores, lo cual, no se sabía por qué, había acabado por convertirse en uno de mis cometidos, quizá porque tendía a hacerles más caso que mis compañeros, que directamente los rehuían, sobre todo a los más engreídos y exigentes, por un lado, y por otro a los más pelmas y desorientados, a los que vivían solos, a los desastrosos, a los que coqueteaban inverosímilmente, a los que marcaban nuestro teléfono para empezar la jornada y comunicarle a alguien que aún existían, valiéndose de cualquier pretexto. Son gente rara, la mayoría. Se levantan de la misma forma que se acostaron, pensando en sus cosas imaginarias que sin embargo les ocupan tanto tiempo. Los que viven de la literatura y sus aledaños y por lo tanto carecen de empleo —y ya van siendo unos cuantos, en este negocio hay dinero, en contra de lo que se proclama, principalmente para los editores y distribuidores— no se mueven de sus casas y lo único que tienen que hacer es volver al ordenador o a la máquina —todavía hay algún pirado que sigue utilizando esta última y al que después hay que escanearle los textos, cuando los entrega— con incomprensible autodisciplina: hay que ser un poco anormal para ponerse a trabajar en algo sin que nadie se lo mande a uno. Y así, me sentía con muchos menos humor y paciencia para ayudar a vestirse, como hacía casi a diario, a un novelista llamado Cortezo que me llamaba con alguna excusa absurda para a continuación preguntarme, 'aprovechando que te tengo al teléfono', si me parecía que iba bien combinado con los adefesios o antiguallas que se había puesto o pensaba ponerse, y que me describía.

'¿Tú crees que con este pantalón mil rayas y mocasines marrones con borla, ya sabes, a modo de adorno, van bien unos calcetines de rombos?'

Me guardaba de decirle que me horrorizaban los calcetines de rombos, los pantalones mil rayas y los mocasines marrones con borla, porque eso lo habría preocupado en exceso y la conversación se habría eternizado.

'¿De qué colores son los rombos?', le preguntaba.

'Marrones y naranja. Pero también los tengo rojos y azules, y verdes y beige, ¿qué te parece?'

'Mejor marrones y azules, tal como me has dicho que vas', le contestaba.

'Esa mezcla no la tengo. ¿Crees que debería salir a comprármela?'

Me daba una miaja de pena, aunque me irritara mucho que se permitiera hacerme estas consultas como si yo fuera su previuda o su madre, y el sujeto fuera fatuo respecto a sus escritos, que la crítica alababa y a mí me parecían tontainas. Pero no quería enviarlo a buscar por la ciudad más calcetines ignominiosos que tampoco iban a arreglarle nada.

'No vale la pena, Cortezo. ¿Por qué no recortas los rombos azules de unos y los marrones de otros y los empalmas? Haz un *patchwork*, como se dice en español ahora. Una obra de arte del remiendo.'

Tardaba en darse cuenta de que estaba bromeando.

'Pero yo no sé hacer eso, María, ni siquiera sé coserme un botón, y además tengo mi cita dentro de una hora y media. Ah, ya. Tú me estás tomando el pelo.'

'¿Yo? En absoluto. Pero es mejor que recurras a unos lisos, entonces. Azul marino, si los tienes, y en ese caso te aconsejo zapato negro.' Al final lo ayudaba un poco, dentro de lo que cabía.

Ahora estaba de peor humor, y lo despachaba en seguida, con hastío y engaños algo malintencionados: si me decía que iba a asistir a un *cocktail* de la Embajada Francesa con un traje gris oscuro, le recomendaba sin vacilar unos calcetines verde Nilo y le aseguraba que esa era la última osadía y que todo el mundo quedaría admirado, lo cual no era del todo falso.

Tampoco me salía ser amable con otro novelista, que se firmaba Garay Fontina —así, dos apellidos sin nombre de pila, debía de creerlo original y enigmático, pero sonaba a árbitro de fútbol— y que consideraba que la editorial había de resolverle cualquier dificultad o contratiempo, aunque no tuviera la menor relación con sus libros. Nos pedía que le fuéramos a recoger a casa un abrigo y se lo lleváramos a la tintorería, que le mandáramos a un técnico informático o a unos pintores o que le buscáramos alojamiento en Trincomalee o en Batticaloa y le hiciéramos los preparativos de un viaje allí particular suyo, las vacaciones con su señora tiránica, que de vez en cuando nos llamaba o aparecía en persona y no pedía, sino que ordenaba. Mi jefe tenía en mucho a Garay Fontina y lo complacía a través de nosotros, no tanto porque éste vendiera muchos ejemplares cuanto porque le había hecho creer que lo invitaban a menudo a Estocolmo —yo sabía, por un azar, que iba allí por su cuenta siempre, a intrigar en el vacío y a respirar el aire— y que le iban a dar el Nobel, pese a que nadie lo había pedido para él públicamente, ni en España ni en ningún sitio. Ni en su ciudad natal siquiera, como suele ocurrir con tantos. Él lo daba por hecho, sin embargo, ante mi jefe y sus subordinados, que nos sonrojábamos al oírle frases como 'Me dicen mis espías nórdicos que está al caer este año o el próximo', o 'Ya he memorizado en sueco lo que le soltaré a Carlos Gustavo en la ceremonia. Lo voy a hacer fosfatina, no habrá oído nada tan feroz en su vida, y encima en su lengua que nadie aprende'. '¿Y qué es, qué es?', le preguntaba mi jefe con excitación anticipada. 'Lo leerás en la prensa mundial al día siguiente', le contestaba Garay Fontina con ufanía. 'No habrá periódico que no lo recoja, y tendrán que traducirlo todos del sueco, hasta los de aquí, ¿no tiene gracia?' (Me parecía envidiable vivir con tanta confianza en una meta, aunque ambas fueran ficticias, la meta y la confianza.) Yo procuraba ser muy diplomática con él, no me fuera a jugar el puesto, pero ahora me costaba indeciblemente, cuando me llamaba temprano con sus pretensiones desmesuradas.

'María', me dijo por teléfono una mañana, 'necesito que me consigáis un par de gramos de cocaína, para una escena del nuevo libro. Que me los acerque alguien a casa lo antes posible, pero en todo caso antes de que anochezca. Quiero verle el color a la luz del día, no vaya luego a equivocarme.

'Pero, señor Garay...'

'Garay Fontina, querida, mira que te lo tengo dicho; Garay a secas es casi cualquiera, en el País Vasco, en México y en la Argentina. Hasta podría ser un futbolista.' Insistía tanto en eso que yo estaba convencida de que el segundo apellido era inventado (miré en la guía de Madrid un día y no figuraba ningún Fontina, tan sólo un tal Laurence Fontinoy, nombre aún más inverosímil, como de *Cumbres borrascosas*), o tal vez lo era la conjunción entera y se llamaba en realidad Gómez Gómez o García García o cualquier otra redundancia que lo ofendía. Si se trataba de un pseudónimo, cuando lo eligió seguramente ignoraba que Fontina es un tipo de queso italiano, no sé si de vaca o de cabra, que se hace en la Val d'Aosta, me parece, y que la gente se dedica a fundir más que a otra cosa.

Pero bueno, al fin y al cabo también hay unos cacahuetes que se llaman Borges, no creo que eso lo hubiera perturbado.

'Sí, señor Garay Fontina, perdone, es por abreviar un poco. Pero mire', no pude evitar decirle, aunque no era lo principal ni mucho menos, 'por el color no se preocupe. Ya le puedo asegurar yo que es blanca, con luz solar y con luz eléctrica, lo sabe casi todo el mundo. Sale mucho en las películas, ¿no vio las de Tarantino en su día? ¿O aquella otra de Al Pacino en la que se ponía montículos?'

'Hasta ahí llego, querida María', me respondió picado. 'Vivo en este sucio planeta, aunque pueda no parecerlo cuando estoy creando. Pero haz el favor de no subestimarte, tú que no te limitas a fabricar libros, como tu compañera Beatriz y tantos otros, sino que además los lees, y con buen tino.' Me decía cosas así de vez en cuando, supongo que para ganárseme: yo jamás le había dado una opinión sobre ninguna novela suya, para eso no me pagaban. 'Lo que temo es no ser exacto con los adjetivos. Vamos a ver, ¿tú puedes precisarme si es de un blanco lechoso o de un blanco calcáreo? Y la textura. ¿Es más como tiza machacada o como azúcar? ¿Como sal, como harina o como polvos de talco? A ver, dime.'

Me vi envuelta en una discusión absurda y peligrosa, dada la susceptibilidad del inminente galardonado. Yo misma me había metido.

'Es como cocaína, señor Garay Fontina. A estas alturas no hace falta describirla, porque quien no la ha probado la ha visto. Excepto la gente vieja, quizá, que de todas formas también la ha visto en la televisión mil veces.'

'¿Me estás diciendo cómo tengo que escribir, María? ¿Si tengo que poner o no adjetivos? ¿Qué me toca describir y qué es superfluo? ¿Le estás dando lecciones a Garay Fontina?'

'No, señor Fontina...' Era incapaz de llamarlo cada vez por los dos apellidos, se tardaba siglos y la combinación no era sonora ni me gustaba. Que omitiera Garay no parecía molestarlo tanto.

'Si yo os pido dos gramos de coca para hoy, será por algo. Será porque esta noche los va a necesitar el libro, y a vosotros os interesa que haya nuevo libro y que esté sin fallas, ¿no? Lo único que os toca hacer es conseguírmelos y enviármelos, no discutirme. ¿O es que tengo que hablar personalmente con Eugeni?'

Aquí ya me planté, con cierto riesgo, y me salió un catalanismo. Me los pegaba mi jefe, que era catalán de origen y los conservaba a mantas, pese a llevar en Madrid toda la vida. Si la exigencia de Garay llegaba a sus oídos, era capaz de lanzarnos a la calle a todos a pillar droga (a malos barrios y a poblados en los que se niegan a entrar los taxis), con tal de satisfacerlo. Se tomaba demasiado en serio a su autor más presuntuoso, es inconcebible cómo este tipo de gente convence a muchos de su valía, es un fenómeno universal enigmático.

'¿Que nos toma por camellos, señor Fontina?', le dije. 'Nos está pidiendo que infrinjamos la ley, no sé si se da cuenta. La cocaína no se compra en los estancos, eso sí lo sabe, ni en el bar de la esquina. Y además dos gramos, para qué los quiere. ¿Tiene idea de lo que son dos gramos, cuántas rayas salen de ahí? A ver si se va a pasar con las dosis y tenemos una gran pérdida. Para su mujer y para la literatura. Podría darle a usted un ictus. O hacerse adicto y no pensar ya en otra cosa, ni escribir más ni nada, un despojo humano incapaz de viajar, no se pueden cruzar fronteras con droga. Qué le parece, al traste la ceremonia sueca y su impertinencia a Carlos Gustavo.'

Garay Fontina se quedó callado un momento, como si calibrara si se había excedido en su petición o no. Pero yo creo que le pesaba más la amenaza de no ir a hollar a la postre las alfombras de Estocolmo.

'Hombre, camellos no', dijo por fin. 'Vosotros la compraríais tan sólo, no la venderíais.'

Aproveché su vacilación para aclarar de paso un importante detalle de la operación que pretendía:

‘Ah, ¿y luego, cuando se la pasáramos? Le entregaríamos los dos gramos y usted nos daría el dinero, ¿no? ¿Y eso qué es? ¿No es camelleo? Para un poli lo sería, no le quepa duda.’ No era una cuestión baladí, porque Garay Fontina no siempre nos reembolsaba el importe de la tintorería ni el estipendio de los pintores ni los gastos de las reservas en Batticaloa, o en el mejor de los casos se demoraba y mi jefe se azoraba y se ponía nervioso cuando había que reclamárselos. Sólo faltaba que también le financiáramos los vicios de su nueva novela incompleta y por tanto aún no contratada.

Noté que dudaba más. Quizá no se había parado a pensar en el dispendio, malacostumbrado como estaba. Al igual que tantos escritores, era gorrón, tacaño y sin orgullo. Dejaba tremendos pufos en los hoteles cuando iba a dar conferencias por esos mundos o más bien esas provincias. Exigía *suites* y todos los extras pagados. Se rumoreaba que se llevaba a los viajes sus juegos de sábanas y su ropa sucia, no por excentricidad ni manía, sino para aprovechar y que se los lavaran en los hoteles, hasta los calcetines sobre los que no me consultaba. Esto debía de ser falso —desplazarse con tanto peso sería un increíble engorro—, pero nadie se explicaba cómo si no, en una ocasión, los organizadores de su charla habían tenido que hacerse cargo de una descomunal factura de lavandería (unos mil doscientos euros, había corrido de boca en boca).

‘¿Tú sabes a cuánto está ahora la cocaína, María?’

No sabía bien el precio, creía que a unos sesenta euros, pero tiré por lo muy alto, para asustarlo y disuadirlo. Empezaba a pensar que podría lograrlo, o por lo menos zafarme del embolado de ir a buscársela, a saber en qué garitos o andurriales.

‘Me suena que a unos ochenta euros el gramo.’

‘Caray.’ Luego se quedó pensativo. Supuse que estaba haciendo cálculos ratoniles. ‘Ya. Quizá tengas razón. Quizá me baste con uno, o con medio. ¿Se puede comprar medio?’

'Lo ignoro, señor Garay Fontina. Yo no uso. Pero diría que no.' Convenía que no viera ahorro posible. 'Lo mismo que no se puede comprar medio frasco de colonia, supongo. Ni media pera.' Nada más decir estas frases me di cuenta de lo absurdo de las comparaciones. 'O medio tubo de pasta de dientes.' Esto me pareció más adecuado. Pero aún había que quitarle la idea del todo, o conseguir que se comprara él la droga por su cuenta, sin hacernos delinquir ni poner dinero por adelantado. Con él no podía descartarse que no volviéramos a verlo, y tampoco la editorial estaba para despilfarros. 'Pero permítame preguntarle, ¿la quiere para colocarse o sólo para verla y tocarla?'

'Todavía no lo sé. Depende de lo que el libro me pida esta noche.'

A mí me parecía ridículo que un libro pidiera nada de noche o de día, más aún cuando no estaba escrito y al que lo estaba escribiendo. Lo tomé por una expresión poética, lo dejé correr sin comentarios.

'Es que verá, si se trata sólo de lo segundo y lo que quiere es describirla, pues no sé cómo explicárselo. Usted aspira a ser universal, ya lo es, y como tal tiene lectores de todas las edades. No querrá que los jóvenes piensen que para usted es una novedad esa droga, y que a buenas horas se cae del guindo, si se pone a contar cómo es y sus efectos. Y que se choteen en consecuencia. Describir la cocaína hoy en día es como ponerse a describir un semáforo. ¿Se imagina los adjetivos? ¿Verde, ámbar, rojo? ¿Estático, erguido, imperturbable, metálico? Sería cosa de risa.'

'¿Quieres decir un semáforo, de los de la calle?', me preguntó alarmado.

'Los mismos.' No sabía qué más podía significar 'semáforo', en lenguaje coloquial al menos.

Guardó silencio unos instantes.

'Choteo, ¿eh? Caerse del guindo', repitió. Me di cuenta de que la utilización de estas palabras había sido un acierto, le habían hecho mella.

'Pero sólo en esa parte, señor Fontina, eso seguro.'

La perspectiva de que unos jóvenes pudieran chotearse de una sola línea suya le debía de resultar insoportable.

'Bueno, déjame que me lo piense. No pasa nada porque me retrase un día. Ya te diré lo que decido mañana.'

Supe que no me diría nada, que se dejaría de experimentos y comprobaciones idiotas y que nunca más haría referencia a aquella conversación telefónica. Se las daba de anticonvencional y transcontemporáneo, pero en el fondo era como Zola y algún otro: hacía lo imposible por vivir lo que imaginaba, con lo cual todo sonaba en sus libros artificioso y trabajado.

Cuando colgué, me quedé sorprendida de haberle negado algo a Garay Fontina, y además sin consultarle a mi jefe, por mi cuenta. Había sido gracias a mi peor humor y a mi mayor desánimo, a que mis desayunos sin la pareja perfecta ya no los disfrutaba, no estaban ellos para contagiarme optimismo. Al menos le vi a la pérdida esa ventaja: me hacía más intolerante con las debilidades, los envanecimientos y las tonterías.

Esa fue la única ventaja, y desde luego no valió la pena. Los camareros estaban equivocados, y cuando dejaran de estarlo no me lo comunicaron. Desvern no volvería nunca, ni por tanto la pareja jovial, como tal había quedado también suprimida del mundo. Fue mi compañera Beatriz, que desayunaba alguna vez suelta en la cafetería, y a la que yo había llamado la atención sobre lo extraordinario de aquel matrimonio, la que una mañana me aludió a lo ocurrido, sin duda creyendo que estaría enterada, que lo habría sabido por mi propia cuenta, es decir, por los periódicos o por los empleados del establecimiento, y que además ya lo habíamos comentado, olvidándose de que yo había estado fuera en aquellos días, los siguientes al suceso. Tomábamos un café rápido en la terraza cuando se quedó pensativa, dándole vueltas inútiles con la cucharilla al suyo, y murmuró mirando hacia las otras mesas, todas llenas:

—Qué horror que te pase eso, la verdad, lo que le pasó a tu matrimonio. Empezar un día como cualquier otro, sin tener la menor idea de que se te va a acabar la vida, y además a lo bestia. Porque, aunque de otra forma, supongo que también se le habrá acabado a ella. Al menos por una larga temporada, échale años, y dudo que se pueda recuperar nunca. Una muerte tan idiota, tan de mala suerte, de esas que se puede uno pasar la existencia pensando: ¿por qué tuvo que tocarle a él, por qué a mí, habiendo en la ciudad millones? No sé. Mira que yo quiero ya poco a Saverio, pero si le pasase algo así, no creo que pudiera seguir adelante. No sólo por la pérdida, es que me sentiría como señalada, como que alguien me había puesto la proa y ya no iba a pararse, ¿sabes como te digo? —Estaba casada con un italiano achulado y parasitario al que apenas toleraba, lo sobrellevaba por los niños y porque tenía un amante que le entretenía los días con sus llamadas salaces y la perspectiva de algún que otro encuentro esporádico, les faltaban ocasiones de verse, los dos emparejados y con críos. Y un autor de la editorial le entretenía la imaginación nocturna, no precisamente Cortezo el grueso ni el repelente Garay Fontina, también repelente de aspecto.

—Pero ¿de qué estás hablando?

Y entonces me contó o más bien me empezó a contar, sorprendida de mi ignorancia, demasiado exclamativa y aturullada, porque ya se nos hacía tarde y su posición en la editorial era más inestable que la mía y no quería correr riesgos, ya era bastante malo que Fontina le tuviera ojeriza y se quejara de ella a menudo ante Eugeni.

—Pero ¿es que ni siquiera viste el periódico? Venía con foto del pobre hombre y todo, ensangrentado y tirado en el suelo. No recuerdo la fecha exacta, pero búscalo en Internet, seguro que lo encuentras. Se llamaba Deverne, resulta que era de los de la distribuidora cinematográfica, sabes: 'Deverne Films presenta', lo hemos visto en los cines mil veces. Ahí lo tendrás todo. Una cosa espantosa. Para tirarse de los pelos y no dejarse ni uno, de la mala suerte. Si yo fuera su mujer, no levantaba cabeza. Andaría loca. —Fue entonces cuando supe su nombre, o, por así decir, su nombre artístico.

Aquella noche tecleé 'Muerte Deverne' en el ordenador y en efecto me apareció la noticia, recogida en la sección local de dos o tres diarios de Madrid. Su verdadero apellido era Desvern, y se me ocurrió que su familia lo podía haber modificado en su día, en los negocios cara al público, para facilitar la pronunciación de los castellanohablantes y quizá para evitar que los catalanohablantes lo asociaran a la población de Sant Just Desvern, con la que yo estaba familiarizada por tener allí sus almacenes más de una editorial barcelonesa. O tal vez también para que la distribuidora pareciera francesa: sin duda cuando se fundó —en los años sesenta o aun antes— todo el mundo conocía todavía a Julio Verne y lo francés era prestigioso, no como ahora, con esa especie de Louis de Funès con pelo como Presidente. Me enteré de que los Deverne eran además propietarios de varios cines céntricos de estreno y de que, acaso por la progresiva desaparición de éstos y su conversión en grandes superficies comerciales, la empresa se había diversificado y ahora se dedicaba sobre todo a las operaciones inmobiliarias, no sólo en la capital, sino en todas partes. Así que Miguel Desvern debía de ser aún más rico de lo que me imaginaba. Se me hizo más incomprensible que desayunara casi todas las mañanas en una cafetería que asimismo estaba a mi alcance. Los hechos habían ocurrido el último día que yo lo había visto allí, y por eso supe que su mujer y yo nos habíamos despedido de él al mismo tiempo, ella con los labios, yo con los ojos solamente. Se daba la cruel ironía de que era su cumpleaños, así que había muerto un año más viejo que el día anterior, con cincuenta.

Las versiones de la prensa diferían en algunos detalles (seguramente dependía de con qué vecinos o transeúntes hubiera hablado cada reportero), pero coincidían en conjunto. Deverne había estacionado su coche, como al parecer solía, en una bocacalle del Paseo de la Castellana hacia las dos del mediodía —a buen seguro iba a encontrarse con Luisa para su almuerzo en el restaurante—, bastante cerca de su casa y más cerca aún de un aparcamiento al aire libre, de pequeña cabida, dependiente de la Escuela Técnica Superior de Ingenieros Industriales. Al salir del automóvil, lo había abordado un indigente que hacía labores de aparcacoches en la zona, a cambio de la voluntad de los conductores —lo que se llama un gorrilla—, y había empezado a increparlo con voces incoherentes y acusaciones disparatadas. Según unos testigos —aunque todos entendieron poco—, le recriminó que hubiera metido a sus hijas en una red de prostitución extranjera. Según otros, le gritó una sarta de frases ininteligibles de las que sólo captaron dos: '¡Me quieres dejar sin herencia!' y '¡Me estás quitando el pan de mis hijos!'. Desvern intentó sacudírselo y hacerlo entrar en razón durante unos segundos, diciéndole que él no tenía nada que ver con sus hijas ni las conocía y que se confundía de persona. Pero el indigente, Luis Felipe Vázquez Canella según la noticia, de treinta y nueve años, poblada barba y muy alto, se había sulfurado aún más y había seguido imprecándolo y maldiciéndolo de manera inconexa. El portero de una casa le había oído chillarle, fuera de sí: '¡Así te mueras hoy y tu mujer te haya olvidado mañana!'. Otro diario reproducía una variación más hiriente: '¡Así te mueras hoy mismo y tu mujer esté con otro mañana!'. Deverne había hecho ademán de darlo por imposible y de irse hacia la Castellana, abandonando toda tentativa de calmarlo, pero entonces el gorrilla, como si hubiera decidido no esperar al cumplimiento de su maldición y convertirse en su artífice, había sacado una navaja tipo mariposa, de siete centímetros de hoja, se había abalanzado sobre él por detrás y lo había apuñalado repetidamente, tirándole las cuchilladas al tórax y a un costado, según un periódico, a la espalda y el abdomen, según otro, y a la espalda, el tórax y el hemitórax, según un tercero. También divergían en el número de navajazos recibidos por el empresario: nueve, diez, dieciséis, y el que daba esta última cifra —quizá el más fiable, porque el redactor citaba 'revelaciones de la autopsia'— añadía que 'todas las puñaladas afectaron a órganos vitales' y que 'cinco de ellas eran mortales, según dedujo el forense'.

Desvern había intentado zafarse y huir en un primer momento, pero las cuchilladas habían sido tan furiosas, tan sañudas y seguidas —y por lo visto tan certeras— que no había tenido posibilidad de escapar a ellas y había desfallecido muy pronto, desplomándose en el suelo. Sólo entonces había parado su asesino. Un vigilante de seguridad de una empresa cercana 'se percató de lo que ocurría y logró retenerlo hasta la llegada de la Policía Municipal', diciéndole: '¡No te muevas de aquí hasta que venga la Policía!'. No se explicaba cómo había conseguido inmovilizar con una mera orden a un individuo armado, fuera de quicio y que acababa de derramar ya mucha sangre —quizá había sido a punta de pistola, pero en ninguna versión se mencionaba su arma de fuego ni que la hubiera desenfundado o lo hubiera encañonado con ella—, ya que el aparcacoches, de acuerdo con varias fuentes, todavía sostenía su navaja en la mano cuando hicieron acto de presencia los guardias, que fueron quienes lo conminaron a soltarla. El indigente la arrojó entonces al suelo, fue esposado y trasladado a la comisaría del distrito. 'Según la Jefatura Superior de Policía de Madrid', eso o algo similar aparecía en todos los periódicos, 'el presunto homicida pasó a disposición judicial, pero se ha negado a declarar.'

Luis Felipe Vázquez Canella vivía en un coche abandonado desde hacía tiempo en la zona, y los testimonios de los vecinos volvían a ser discrepantes, como sucede siempre que se pide o se confía un relato a más de una persona. Para unos, era un individuo muy tranquilo y correcto que nunca se metía en problemas: se dedicaba a buscar sitios libres para los automóviles y a guiarlos hasta ellos con los habituales aspavientos imperiosos o serviciales del gremio —a veces innecesaria e indeseadamente, pero así trabajan todos los gorrillas— y sacarse unas propinas. Llegaba sobre el mediodía y dejaba sus dos mochilas azules al pie de un árbol y se ponía a su intermitente tarea. Otros residentes, sin embargo, señalaron que ya estaban hartos 'de sus arranques violentos y de sus trastornos mentales', y que muchas veces habían intentado echarlo de su hogar locomotor inmóvil y alejarlo del barrio, pero sin éxito hasta entonces. Vázquez Canella carecía de antecedentes policiales. Uno de esos altercados lo había sufrido precisamente el chófer de Deverne un mes atrás. El mendigo se había dirigido a él con malos modos y, aprovechando que éste llevaba la ventanilla bajada, le había asestado un puñetazo en la cara. Avisada la policía, lo había detenido momentáneamente por agresión, pero al final el chófer, aunque 'lesionado', no había querido perjudicarlo ni presentar denuncia alguna. Y la víspera de la muerte del empresario, víctima y verdugo habían tenido un primer encontronazo. El aparcacoches ya lo había increpado con sus desvaríos. 'Hablaba de sus hijas y de su dinero, decía que se lo querían quitar', había relatado un portero de la bocacalle de la Castellana en que se había producido el apuñalamiento, el más hablador seguramente. 'El fallecido le explicó que se equivocaba de persona y que él no tenía nada que ver con sus asuntos', proseguía una de las versiones. 'El indigente, ofuscado, se alejó hablando solo, entre dientes.' Y, con cierta floritura narrativa y no pocas confianzas hacia los implicados, añadía: 'Miguel jamás pudo imaginar que la perturbación de Luis Felipe iba a costarle la vida veinticuatro horas más tarde. El guión, que estaba escrito para él, comenzó a fraguarse un mes antes de forma indirecta', esto último en alusión al incidente con el chófer, al cual algunos vecinos veían como el verdadero objeto de las iras: 'Quién sabe, igual se obsesionó con el conductor', se ponía en boca de uno de ellos, 'y lo confundió con su patrón'. Se sugería que el gorrilla debía de andar de muy mal humor desde hacía aproximadamente un mes, pues ya no podía obtener dinero con su esporádico trabajo por la instalación de parquímetros en la zona. Uno de los periódicos mencionaba, de pasada, un dato desconcertante que los demás no recogían: 'Al haberse negado a prestar declaración el presunto homicida, no ha sido posible confirmar si éste y su víctima eran familia política, como se decía en el barrio'.

Una UVI móvil del Samur se había desplazado a toda velocidad al lugar de los hechos. Sus miembros le habían practicado a Desvern 'las primeras curas', pero ante su gravedad extrema, y tras 'estabilizarlo', lo trasladaron de urgencia al Hospital de La Luz —pero según un par de diarios había sido al de La Princesa, ni siquiera en eso eran unánimes—, donde ingresó inmediatamente en el quirófano, con parada cardiorrespiratoria y en estado crítico. Se debatió durante cinco horas entre la vida y la muerte, sin recobrar en ningún instante el conocimiento, y finalmente 'se venció a última hora de la tarde, sin que los médicos pudieran hacer nada por salvarlo'.

Todos estos datos estaban repartidos en dos días, los dos siguientes al asesinato. Luego la noticia había desaparecido por completo de los periódicos, como suele ocurrir con todas actualmente: la gente no quiere saber por qué pasó nada, sólo que pasó y que el mundo está lleno de imprudencias, peligros, amenazas y mala suerte que a nosotros nos rozan y en cambio alcanzan y matan a nuestros semejantes descuidados, o quizá no elegidos. Se convive sin problemas con mil misterios irresueltos que nos ocupan diez minutos por la mañana y a continuación se olvidan sin dejarnos escozor ni rastro. Precisamos no ahondar en nada ni quedarnos largo rato en ningún hecho o historia, que se nos desvíe la atención de una cosa a otra y que se nos renueven las desgracias ajenas, como si después de cada una pensáramos: 'Ya, qué espanto. Y qué más. ¿De qué otros horrores nos hemos librado? Necesitamos sentirnos supervivientes e inmortales a diario, por contraste, así que cuéntennos atrocidades distintas, porque las de ayer ya las hemos gastado'.

Curiosamente, en esos dos días se decía poco del muerto, sólo que era hijo de uno de los fundadores de la conocida distribuidora cinematográfica y que trabajaba en la empresa familiar, ya casi convertida en emporio gracias a su crecimiento constante de décadas y a sus múltiples ramificaciones, que incluían hasta compañías aéreas de bajo coste. En las fechas posteriores no parecía haberse publicado ninguna necrológica de Deverne en ningún sitio, ninguna rememoración o evocación escrita por un amigo o compañero o colega, ninguna semblanza que hablara de su carácter y de sus logros personales, lo cual era bastante extraño. Cualquier empresario con dinero, más aún si está relacionado con el cine y aunque no sea famoso, tiene contactos en la prensa, o amistades que los tengan, y no resulta difícil que alguna de éstas, con la mejor voluntad, coloque un sentido obituario de homenaje y elogio en algún diario, como si eso pudiera compensar un poco al difunto o su falta fuera un agravio añadido (tantas veces nos enteramos de la existencia de alguien solamente cuando ésta ha cesado, y de hecho porque ha cesado).

De modo que la única foto visible era la que un reportero muy raudo le había hecho tendido en el suelo, antes de que se lo llevaran, mientras lo asistían al raso. Por fortuna se veía mal en Internet, una reproducción de mala calidad y muy pequeña, porque esa foto me pareció una canallada para un hombre como él, siempre tan alegre e impecable en vida. No la miré apenas, no quise hacerlo, y ya había tirado el periódico en el que la había vislumbrado en su día, más grande, sin percatarme de quién era ni querer tampoco detenerme en ella. De haber sabido entonces que no era un completo desconocido, sino una persona que veía a diario con complacencia y una especie de agradecimiento, la tentación de fijarme habría sido demasiado fuerte para resistirme, pero luego habría apartado la vista con más indignación y espanto de los que ya sentí sin reconocerlo. No sólo lo matan a uno en la calle de la peor manera y por sorpresa, sin ni siquiera haberlo temido, sino que, precisamente por ser en la calle —'en un lugar público', como se dice reverencial y estúpidamente—, se permite luego exhibir ante el mundo el indigno estropicio que le han hecho. Ahora, en la foto de reducido tamaño que Internet mostraba, se lo reconocía mal, o sólo porque se me aseguraba en el texto que aquel muerto o premuerto era Desvern. A él le habría horrorizado, en todo caso, verse o saberse así expuesto, sin chaqueta ni corbata ni tan siquiera camisa o con ésta abierta —no se distinguía bien, y dónde habrían ido a parar sus gemelos si se la habían quitado—, lleno de tubos y rodeado de personal sanitario manipulándolo, con sus heridas al descubierto, en medio de la calle sobre un charco de sangre y llamando la atención de los transeúntes y los automovilistas, inconsciente y desmadejado. También a su mujer le habría horrorizado esa imagen, si la había visto: no habría tenido tiempo ni ganas de leer los periódicos del día siguiente, era lo más probable. Mientras uno llora y vela y entierra y no comprende, y además ha de dar explicaciones a unos niños, no está para nada más, el resto no existe. Pero tal vez sí la había visto más adelante, acaso había tenido la misma curiosidad que yo una semana después y había entrado en Internet para saber qué habían sabido las demás personas en el momento, no sólo las allegadas sino también las desconocidas como yo. Qué efecto les podía haber hecho. Sus amistades menos cercanas se habrían enterado por la prensa, por aquella noticia local madrileña o por una esquela, debía de haber aparecido alguna en algún diario, o varias, como suele ser la norma cuando muere un adinerado. Esa foto, en todo caso, principalmente esa foto —también la manera de morir infame y absurda, o cómo decir, teñida además de miseria— era lo que le había permitido a Beatriz referirse a él como a 'el pobre hombre'. A nadie se le habría ocurrido llamarle eso en vida, ni siquiera un minuto antes de bajarse del coche en una zona apacible y encantadora, junto a los jardincillos de la Escuela de Ingenieros Industriales, allí hay árboles frondosos y un quiosco de bebidas con unas mesas y unas sillas en las que más de una vez yo me he sentado con mis sobrinos niños. Ni tan siquiera un segundo antes de que Vázquez Canella abriera su navaja de mariposa, hace falta ser ducho para abrir una de esas con su doble mango, tengo entendido que no se venden en cualquier sitio o que están medio prohibidas y ahora en cambio quedaba como tal para siempre, sin posible vuelta de hoja: pobre Miguel Deverne sin suerte. Pobre hombre.

—Sí, era el día de su cumpleaños, ¿puedes creértelo? El mundo deja entrar y hace salir a las personas demasiado en desorden para que alguien nazca y muera en la misma fecha, con cincuenta años por medio, justo cincuenta. No tiene el menor sentido, precisamente por parecer que lo tiene. Podría no haber sido así, era tan fácil que no hubiera ocurrido. Podría haber sido cualquier otro día, o no haber sido ninguno. Lo que tocaba es que no fuera. En absoluto. Que no fuera.

Pasaron varios meses hasta que volví a verla a ella, a Luisa Alday, y alguno más hasta que supe su nombre, ese nombre, y me dijo esas palabras junto con muchas otras. No supe entonces si es que hablaba continuamente de lo que le había pasado, con cualquiera dispuesto a escucharla, o si es que en mí había encontrado una persona con la que le era cómodo desahogarse, alguien desconocido y que no contaría lo oído a nadie cercano a ella y cuyo trato incipiente podía interrumpir en cualquier momento sin explicaciones ni consecuencias, y a la vez compasivo y leal y curioso y cuyo rostro le era nuevo a la vez que vagamente familiar y asociado a los tiempos sin brumas, aunque yo hubiera creído durante muchas mañanas que ella apenas había reparado en mí, aún menos que su marido.

Luisa reapareció un día a la vuelta del verano, ya entrado septiembre, a la hora acostumbrada y en compañía de dos amigas o compañeras de trabajo, todavía estaba puesta la terraza y yo la vi llegar desde mi mesa y sentarse o más bien dejarse caer sobre una silla, una de las amigas le cogió con solicitud maquinal el antebrazo, como si temiera que fuera a perder el equilibrio y tuviera su fragilidad asumida. Estaba delgadísima y desmejorada, con una de esas palideces profundas, vitales, que acaban por desdibujar todos los rasgos, como si no sólo la piel hubiera perdido el color y el lustre, sino también el pelo, las cejas, las pestañas, los ojos, la dentadura y los labios, todo mate y difuminado. Parecía estar allí de prestado, quiero decir aquí en la vida. Ya no hablaba con viveza, como hacía con su marido, sino con una falsa naturalidad que denotaba sentido de la obligación y desgana. Pensé que acaso estaba medicada. Se habían puesto bastante cerca de mí, con sólo una mesa vacía por medio, así que pude oír retazos de su conversación, más a las amigas que a ella, cuyo tono de voz era apagado. Ellas le hacían consultas o preguntas sobre los detalles de un funeral, el de Desvern sin duda, no supe si es que iba a celebrarse uno para conmemorar los tres meses de su muerte (estarían a punto de cumplirse, calculé) o si es que era el primero, no celebrado en su día, al cabo de una o dos semanas como aún es a veces costumbre, en Madrid al menos. Quizá ella no había tenido fuerzas entonces, o las circunstancias truculentas lo habían hecho desaconsejable —la gente nunca se abstiene de inquirir en esos actos sociales, ni de propalar rumores— y aún estaba pendiente si la familia era tradicional. Quizá alguien protector —por ejemplo un hermano, o sus padres, o una amiga— se la había llevado de Madrid en seguida tras el entierro, para que se fuera haciendo a la ausencia en la distancia, sin que se la subrayaran o agudizaran los escenarios conyugales, en realidad un aplazamiento inútil del horror que la aguardaba. Lo más que le oía decir a ella era: 'Sí, así me parece bien', o 'Como digáis vosotras, que tenéis la cabeza más clara', o 'Que el cura sea breve, a Miguel le caían regular, lo ponían un poco nervioso', o 'No, Schubert no, está demasiado poseído por la muerte y ya tenemos bastante con la nuestra'.

Vi que los camareros de la cafetería, tras parlamentar un rato en la barra, se acercaron juntos hasta su mesa con paso rígido más que solemne y, aunque le hablaron con timidez y en voz muy queda, oí que le expresaban sus condolencias someramente: 'Queríamos decirle que hemos sentido mucho lo de su marido, siempre fue amabilísimo', le dijo uno. Y el otro añadió la fórmula anticuada y huera: 'La acompañamos en el sentimiento. Una desgracia'. Ella se lo agradeció con su deslucida sonrisa y nada más, me pareció comprensible que no quisiera entrar en detalles ni comentar ni espaciarse. Al levantarme tuve el impulso de hacer lo mismo que ellos, pero no me atreví a agregar otra interrupción a su apática charla con las amigas. Además, ya se me había hecho tarde y no quería llegar al trabajo con excesivo retraso, ahora que me había enmendado y solía estar puntualmente en mi puesto.

Transcurrió un mes más antes de que volviera a verla, y aunque las hojas ya caían y el aire empezaba a ser fresco, aún había quienes preferíamos desayunar en el exterior —desayunos veloces, de gente con prisa que se encerraría durante muchas horas y a la que no le daba tiempo a enfriarse; la mayoría en silencio y soñolienta, como yo misma— y todavía no se habían retirado las mesas de la acera. Luisa Alday llegó esta vez con sus dos niños y pidió sendos helados para ellos. Me figuré —un remoto recuerdo de mi propia infancia— que los habría llevado en ayunas a hacerse un análisis de sangre y que los compensaba luego con un capricho por el hambre pasada y por el pinchazo, y además les permitía saltarse la primera hora de clase. La niña estaba muy pendiente de su hermano, unos cuatro años menor que ella, y me dio la impresión de que también se ocupaba de Luisa a su manera, como si a ratos intercambiaran los papeles o, si no tanto, ambas se disputaran un poco el de madre, en los escasos terrenos en que tal cosa era posible. Quiero decir que, mientras la niña se tomaba su helado en una copa, con minuciosidad infantil en el manejo de la cucharilla, vigilaba que a Luisa no se le quedara el café frío y la instaba a tomárselo. También la observaba de reojo, como si acechara sus gestos y expresiones, y si la veía con la mirada demasiado ida, abismándose en sus pensamientos, se dirigía a ella al instante, haciéndole algún comentario o pregunta o tal vez contándole algo, como si quisiera impedir que se perdiera del todo y le dieran lástima sus ensimismamientos. Cuando apareció un coche y se situó en doble fila e hizo sonar muy levemente el claxon, y los niños se pusieron en pie, cogieron sus mochilas, besaron rápidamente a su madre y se encaminaron agarrados de la mano hacia él con la certeza de que venía a por ellos, tuve la sensación de que la cría se separaba con más preocupación de Luisa que a la inversa (fue aquélla la que le hizo a ésta una caricia fugaz en la mejilla, como si le recomendara comportarse y no meterse en líos o procurara dejarle algún consuelo táctil hasta el momento de reencontrarse). Aquel coche venía a recogerlos sin duda para acercarlos al colegio. Miré quién lo conducía, no pude evitarlo con una instantánea aceleración del pulso, porque aunque no entiendo de automóviles y me parecen todos iguales, este lo reconocí al primer golpe de vista: era el mismo en que Deverne solía montarse cuando se iba a su trabajo, dejando a su mujer un rato más en la cafetería, sola o con alguna amiga. Seguramente era también el mismo que había conducido y estacionado en persona junto a la Escuela de Ingenieros Industriales, y del que se había bajado en tan mala hora el día de su cumpleaños. Había un hombre al volante, pensé que sería aquel chófer con el que se alternaba y que podía haberlo sustituido en la fecha fatídica, que podía haber muerto por él, a quien acaso quería matarse de veras o el matar iba dirigido y que se había librado por poco en consecuencia —por un azar, quién sabía, tal vez había tenido que ir al médico aquel día—. Si lo era, no vestía uniforme. No lo vi bien, medio tapado por los otros vehículos en primera fila; sin embargo me pareció un hombre atractivo. No es que se asemejara a Miguel Desvern, pero algo había en común entre ellos o por lo menos no eran de tipo opuesto, una confusión era explicable, sobre todo para un trastornado. Luisa, desde su mesa, le dijo adiós con la mano, o fueron hola y adiós sostenidos, desde su llegada hasta su marcha. Sí, alzó y bajó la mano tres o cuatro veces, un poco absurdamente, mientras el coche estuvo parado. Reiteró el ademán con unos ojos absortos que quizá veían sólo al fantasma. O el adiós era a los hijos. No logré ver si el conductor le devolvía algún saludo.

Fue entonces cuando decidí acercarme a ella. Ya habían desaparecido los niños en el antiguo automóvil del padre, se había quedado sola, no estaba con ninguna compañera de trabajo ni madre del colegio ni amiga. Daba vueltas con la cucharilla larga y pringosa a los restos de helado que se había dejado el hijo pequeño en su copa, como si quisiera hacerlos líquido al instante sin pensar en lo que hacía, acelerar el que iba a ser su destino en todo caso. 'Cuántos ratos eternos tendrá en que no sabrá cómo ayudar a avanzar el tiempo', pensé, 'si es que se trata de eso, que no creo. Se espera a que transcurra el tiempo en la ausencia pasajera del otro —del marido, del amante—, y en la indefinida, y en la que no es definitiva pese a tener pinta de serlo y a que nos lo susurre persistente el instinto, al que decimos: "Calla, calla, apaga esa voz, todavía no quiero oírte, aún me faltan las fuerzas, no estoy lista". Cuando uno ha sido abandonado, se puede fantasear con un retorno, con que al abandonador se le hará la luz un día y volverá a nuestra almohada, incluso si sabemos que ya nos ha sustituido y que está enfrascado en otra mujer, en otra historia, y que sólo va a acordarse de nosotras si de pronto le va mal en la nueva, o si insistimos y nos hacemos presentes contra su voluntad e intentamos preocuparlo o ablandarlo o darle lástima o vengarnos, hacerle sentir que nunca se librará de nosotras del todo, que no queremos ser un recuerdo menguante sino una sombra inamovible que lo va a rondar y acechar siempre; y hacerle la vida imposible, y en realidad hacerlo odiarnos. En cambio no se puede fantasear con un muerto, a no ser que perdamos el juicio, hay quienes eligen perderlo, aunque sea transitoriamente, quienes consienten en ello mientras logran convencerse de que lo sucedido ha sucedido, lo inverosímil y aun lo imposible, lo que ni siquiera cabía en el cálculo de probabilidades por el que nos regimos para levantarnos a diario sin que una nube plomiza y siniestra nos inste a cerrar los ojos de nuevo, pensando: "Bah, si estamos todos condenados. En realidad no vale la pena. Hagamos lo que hagamos, estaremos sólo esperando; como muertos de permiso, según dijo una vez alguien". No me pega, sin embargo, que Luisa haya perdido así el juicio, no es más que una intuición, no la conozco. Y si no lo ha perdido, entonces qué aguarda, y cómo pasa las horas, los días, las semanas y los ya meses, con qué fin puede empujar el tiempo o huye de él y se sustrae, y de qué modo se lo aparta ahora mismo, en este instante. No sabe que yo voy a acercarme y a hablarle, como los camareros la última vez que la vi en este sitio, jamás la he visto en ningún otro. No sabe que voy a echarle una mano y a borrarle un par de minutos con mis convencionales palabras, quizá tres o cuatro a lo sumo si me contesta algo más que "Gracias". Todavía le quedarán centenares hasta que venga en su socorro el sueño y le enturbie la conciencia que cuenta, la conciencia es la que va siempre contando: uno, dos, tres y cuatro; cinco, seis, y siete y ocho, y así indefinidamente sin pausa hasta que deja de haber conciencia.'

'—Perdone la intromisión —le dije de pie; ella no se levantó inmediatamente—. Me llamo María Dolz y no me conoce. Pero he coincidido aquí durante años con usted y con su marido a la hora del desayuno. Sólo quería decirle lo muchísimo que lamenté lo ocurrido, lo que le pasó a él y lo que estará pasando usted desde entonces. Lo leí en la prensa, con retraso, después de echarlos de menos bastantes mañanas.

Aunque no los conocía más que de vista, se notaba que se llevaban muy bien y me resultaban ustedes muy simpáticos. De verdad que lo he sentido mucho.

Me di cuenta de que con mi penúltima frase también la había matado a ella, había utilizado el tiempo pretérito para referirme a los dos, no sólo al difunto. Busqué cómo arreglarlo pero no se me ocurrió ninguna manera que no complicara innecesariamente las cosas o no fuera muy torpe. Supuse que me habría entendido: los dos como pareja me resultaban gratos, y como tal ya no existían. Entonces pensé que quizá le había subrayado lo que ella procuraba suspender o confinar a una especie de limbo a cada instante, pues le sería imposible olvidarlo o negárselo: que en ningún caso eran dos, y ella no formaba ya parte de ninguna pareja. Iba a añadir: 'Nada más, no la entretengo, sólo quería decirle eso', y a darme media vuelta y marcharme, cuando Luisa Alday se puso en pie sonriendo —era una sonrisa abierta que no podía evitar, aquella mujer no tenía doblez ni malicia, hasta podía ser ingenua— y me cogió afectuosamente del hombro y me dijo:

—Sí, claro que te conocemos de vista, también nosotros. —Me tuteó sin dudarlo pese a mi tratamiento inicial, éramos de la misma edad más o menos, quizá me llevaba un par de años; habló en plural y en presente de indicativo, como si aún no se hubiera acostumbrado a ser una en la vida, o acaso como si se considerara ya del otro lado, tan muerta como su marido y por tanto en la misma dimensión o territorio: como si no se hubiera separado de él todavía en todo caso, y no viera razón alguna para renunciar a aquel 'nosotros' que seguramente la había conformado durante casi un decenio y del que no iba a desprenderse en unos míseros tres meses. Aunque a continuación sí pasó al imperfecto, quizá el verbo se lo exigía—. Te llamábamos la Joven Prudente. Ya ves, hasta tenías nombre para nosotros. Gracias por lo que me has dicho, ¿no quieres sentarte? —Y me señaló una de las sillas que habían ocupado sus hijos, mientras mantenía su mano en mi hombro, ahora tuve la sensación de que le era un sostén o un asidero. Estuve segura de que, de haber hecho yo un mínimo gesto de aproximación, se me habría abrazado naturalmente. Se la veía frágil, como un espectro reciente que vacila y no se ha convencido aún de serlo.

Miré el reloj, ya era tarde. Quería preguntarle por aquel apodo mío, me sentí sorprendida y levemente halagada. Se habían fijado en mí, se referían a mí, me tenían identificada. Sonreí sin querer, las dos sonreíamos con una alegría tímida, la de dos personas que se reconocen en medio de unas circunstancias tristísimas.

—¿La Joven Prudente? —dije.

—Sí, eso es lo que nos pareces. —De nuevo volvió al presente de indicativo, como si Deverne estuviera en casa y siguiera vivo o ella no pudiera arrancarse de él más que en algunos conceptos—. ¿No te habrá molestado, por favor, espero? Pero siéntate.

—No, cómo va a molestarme, yo también los llamaba a ustedes algo, mentalmente. —No era que no quisiera tutearla a mi vez, sino que no me atrevía a hacerlo con el marido, y en esa frase había vuelto a incluirlo. Tampoco puede uno referirse por el nombre de pila a un muerto al que no ha conocido. O no debe, hoy nadie observa estos matices, todo el mundo se toma confianzas—. Ahora no puedo quedarme, cuánto lo siento, tengo que entrar al trabajo. —Volví a mirar el reloj maquinalmente o para corroborar mi prisa, sabía bien qué hora era.

—Claro. Si quieres quedamos más tarde, pásate por casa, ¿a qué hora sales? ¿En qué trabajas? ¿Y cómo nos llamabas? —Me tenía aún la mano en el hombro, no noté conminación, más bien ruego. Un ruego superficial, eso sí, del momento. Si le decía que no, probablemente a la tarde ya se habría olvidado de nuestro encuentro.

No contesté a su penúltima pregunta —no había tiempo— y menos aún a la última: decirle que para mí eran la Pareja Perfecta podría haberle añadido dolor y amargura, al fin y al cabo iba a quedarse sola de nuevo, en cuanto yo me fuera. Pero le dije que sí, que me pasaría a la salida del trabajo si le venía bien, a media tarde, hacia las seis y media o las siete. Le pregunté las señas, me las dio, era bastante cerca. Me despedí posando mi mano en la suya un instante, la que me tocaba el hombro, y aproveché el contacto para apretársela y retirársela luego, ambas cosas suavemente, parecía agradecer que lo hubiera, algún contacto. Ya me disponía a cruzar la calle cuando caí en la cuenta. Tuve que volver sobre mis pasos.

—Qué tonta soy, se me había olvidado —le dije—. No sé cómo te llamas.

Sólo entonces me enteré, su nombre no había aparecido en ningún periódico y yo no había visto las esquelas.

—Luisa Alday —me contestó—. Luisa Desvern —se corrigió. En España la mujer no pierde el apellido de soltera al casarse, me pregunté si habría decidido llamarse ahora así, como un acto de lealtad u homenaje—. Bueno, sí, Luisa Alday —rectificó, repitió. Seguro que se había pensado así siempre—. Has hecho bien en acordarte, porque en el portal no figura Miguel, sólo yo. —Se quedó pensativa y añadió—: Era una precaución suya, su apellido se asocia a negocios. Mira de lo que ha servido.

—Lo más extraño de todo es que me ha cambiado el pensamiento —me dijo también aquella tarde o cuando ya se hizo de noche en el salón de su casa; Luisa sentada en el sofá y yo en una butaca cercana, le había aceptado un oporto, que era lo que había decidido tomar ella; lo bebía a sorbos pequeños pero frecuentes, se había ido sirviendo y ya llevaba tres copitas, si no me equivocaba; sabía cómo cruzar las piernas naturalmente, le quedaban elegantes siempre, iba alternándolas, ahora la derecha encima, ahora la izquierda, ese día vestía falda y calzaba zapatos escotados y acharolados negros de tacón bajo aunque muy fino, le daban un aspecto de norteamericana educada, las suelas eran en cambio muy claras, casi blancas, como si fueran de zapatos sin estrenar, hacían contraste; de vez en cuando entraban los niños o uno de ellos a contar o a preguntar o a dirimir algo, veían la televisión en una habitación contigua, era como una extensión del salón ya que carecía de puerta, Luisa me había explicado que tenían otro aparato en la alcoba de la niña, pero ella prefería que no anduvieran lejos y poder oírlos, por si pasaba algo o se peleaban y también por la compañía, es decir, los obligaba a estar al lado, si no a la vista sí al oído, al fin y al cabo no le impedían concentrarse porque le era imposible concentrarse en nada, a eso había renunciado para siempre, creía que sería para siempre, a leer un libro o ver una película enteros, a preparar una clase de otro modo que no fuera a salto de mata o en el taxi camino de la Facultad, y sólo lograba escuchar música a ratos, piezas breves o canciones o un solo movimiento de una sonata, cualquier cosa larga la cansaba e impacientaba; alguna serie de televisión también seguía, los episodios no duran mucho, se las compraba ahora en DVD para poder retroceder cuando se despistaba, le costaba mantener la atención, la mente se le iba a otros sitios, o siempre al mismo, a Miguel, a la última vez que lo había visto con vida que también era la última que yo lo había visto, al parquecito apacible de la Escuela de Ingenieros de la Castellana, junto al que lo habían apuñalado y apuñalado y apuñalado con una navaja tipo mariposa de las que por lo visto están prohibidas—. No sé, es como si tuviera otra cabeza, se me ocurren continuamente cosas que antes nunca habría pensado —decía con sincera extrañeza, los ojos muy abiertos, rascándose una rodilla con las yemas de los dedos como si le picara, seguramente era inquietud del ánimo tan sólo—. Como si fuera otra persona desde entonces, u otro tipo de persona, con una configuración mental desconocida y ajena, alguien dado a hacer asociaciones y a sobresaltarse con ellas. Oigo la sirena de una ambulancia o de la policía o de los bomberos y pienso en quién se estará muriendo o quemando o a lo mejor asfixiando, y al instante me viene la idea angustiosa de que cuantos oyeran la de los guardias que se presentaron allí para detener al gorrilla, o la de la UVI móvil del Samur que asistió y recogió a Miguel en la calle, lo harían distraídamente o incluso sintiéndolas como un incordio, qué manera de pitar, ya sabes, lo que normalmente nos decimos todos, qué exageración, vaya estrépito, seguro que no será para tanto. Casi nunca nos preguntamos con qué desgracia concreta se corresponden, son un sonido familiar de la ciudad y además un sonido sin contenido específico, una mera molestia ya vacía o abstracta. Antes, cuando no había muchas ni pitaban tan fuerte, ni se sospechaba que los conductores las utilizaran sin causa, para ir más rápido y que les abran paso, la gente se asomaba a los balcones para saber qué ocurría, e incluso confiaba en que se lo contaran los periódicos del día siguiente. Ahora ya no nos asomamos nadie, esperamos a que se alejen y a que saquen de nuestro campo auditivo al enfermo, al accidentado, al herido, al casi muerto, para que así no nos conciernan ni nos pongan los nervios de punta. Ahora ya he vuelto a no asomarme, pero durante las primeras semanas tras la muerte de Miguel no podía evitar abalanzarme a un balcón o a una ventana e intentar divisar el coche de policía o la ambulancia para seguir su recorrido con la mirada hasta donde pudiera, pero la mayor parte de las veces uno no los ve desde la casa, sólo los oye, de modo que lo dejé estar al poco tiempo, y sin embargo, cada vez que suena una, todavía interrumpo lo que esté haciendo y estiro el cuello y escucho hasta que desaparece, las escucho como si fueran lamentos y ruegos, como si cada una dijera: 'Por favor, soy un hombre muy grave que se debate entre la vida y la muerte y además no tengo culpa, no he hecho nada para que me acuchillen, bajé de mi coche como tantos días y de repente noté un aguijón en la espalda, y luego otro y otro y otro en otras partes del cuerpo y ni siquiera sé cuántos, me di cuenta de que sangraba por los cuatro costados y de que me tocaba morirme sin haberme hecho a la idea ni habérmelo yo buscado. Déjenme pasar, se lo suplico, ustedes no llevan ni la mitad de prisa, y si hay una posibilidad de salvarme depende de que llegue a tiempo. Hoy es mi cumpleaños y mi mujer no sabe nada, aún me estará aguardando sentada en un restaurante y dispuesta a celebrarlo, me debe de tener un regalo, una sorpresa, no permitan que me encuentre ya muerto'.

Luisa se detuvo y bebió otro sorbo de su copita, fue un gesto más maquinal que otra cosa, de hecho le quedaba sólo una gota. No tenía los ojos idos, sino encendidos, como si las figuraciones, lejos de abstraerla, la pusieran alerta y le dieran momentánea fuerza y la hicieran sentirse más en el mundo real, aunque fuera un mundo real ya pasado. Yo no la conocía apenas, pero iba teniendo la sensación de que su presente le causaba tanto desconcierto que en él era mucho más vulnerable y lánguida que cuando se instalaba en el pasado, incluso en el instante más doloroso y final del pasado, como acababa de hacer ahora. Sus ojos castaños eran bonitos con aquel fulgor, rasgados, uno visiblemente más grande que el otro sin que eso se los afeara en modo alguno, tenían intensidad y viveza mientras ella se ponía en el lugar de Desvern moribundo. Sin duda era una mujer casi guapa, hasta en medio de sus penalidades; cuánto más cuando se la veía alegre, como yo la había visto tantas mañanas.

—Pero él no pudo pensar nada de eso, si no entendí mal lo que traía el periódico —me atreví a apuntar. No sabía qué decir o no había que decir nada, pero tampoco me pareció adecuado permanecer callada.

—No, claro que no —me contestó con celeridad y un leve dejo de desafío—. No lo pudo pensar mientras lo trasladaban al hospital, porque para entonces ya estaba inconsciente y la conciencia no volvió a recobrarla. Pero sí quizá algo parecido, anticipándose, mientras aún lo estaban apuñalando. No dejo de representarme ese momento, esos segundos, los que durara el ataque hasta que él parara de defenderse y ya no se diera cuenta de nada, hasta que perdiera el sentido y ya no experimentara nada, ni desesperación ni dolor ni... —Buscó un instante qué más podría haber experimentado justo antes de caer semimuerto—. Ni despedida. Yo jamás había pensado los pensamientos de nadie, lo que pueda pensar otro, ni siquiera él, no es mi estilo, carezco de imaginación, mi cabeza no da para eso. Y ahora, en cambio, lo hago casi todo el rato. Ya te digo, se me ha alterado el cerebro, y es como si no me reconociera; o a lo mejor, también se me ocurre, como si no me hubiera conocido durante toda mi vida anterior, y tampoco Miguel me hubiera conocido entonces: en realidad no habría podido y habría estado fuera de su alcance, ¿no es extraño?, si la verdadera fuera esta que asocia cosas continuamente, cosas que hace unos meses me habrían parecido dispares e inasociables. Si soy la que soy a raíz de su muerte, para él he sido siempre otra distinta, y habría seguido siendo la que ya no soy, indefinidamente, de haber continuado él con vida. No sé si me entiendes —añadió percatándose de que lo que explicaba era abstruso.

Para mí era casi un trabalenguas, pero más o menos se lo entendía. Pensé: 'Esta mujer está muy mal, y no es para menos. Su tristeza ha de ser inabarcable, y debe de pasarse el día y la noche dándole vueltas a lo sucedido, imaginándose los últimos instantes conscientes de su marido, preguntándose qué pudo pensar, cuando seguramente no le dio tiempo más que a intentar esquivar los primeros navajazos y a tratar de huir y de zafarse, no me parece probable que le dedicara a ella un pensamiento ni tan siquiera medio, debió de estar sólo concentrado en su avistada muerte y en hacer el máximo por evitarla, y si algo más le cruzó por la mente hubo de ser su estupefacción y su incredulidad y su incomprensión infinitas, pero qué está pasando y cómo es posible, qué hace este hombre y porqué me acuchilla, por qué me ha elegido a mí entre millones y con quién maldito me confunde, no se da cuenta de que no soy yo el causante de sus males, y qué ridículo, qué penoso y estúpido morir así, por una equivocación u obcecación ajena, con esta violencia y a manos de un desconocido o de un personaje tan secundario en mi vida que no le había prestado atención apenas y solamente a instancias suyas, por sus intromisiones y sus destemplanzas, por habérsenos hecho molesto y haber agredido a Pablo un día, un tipo con menos importancia que el farmacéutico de la esquina o el camarero de la cafetería en la que desayuno, alguien anecdótico, insignificante, como si me matara de pronto la Joven Prudente que también está allí todas las mañanas y con la que jamás he cruzado una palabra, personas que son sólo figurantes borrosos o presencias marginales, que habitan en un rincón o en el fondo oscurecido del cuadro y que si desaparecen no echamos de menos ni casi nos percatamos, esto no puede estar sucediendo porque es demasiado absurdo y una mala suerte inconcebible, y encima no voy a poder contárselo a nadie, lo único que muy débilmente nos compensa de las mayores desgracias, uno no sabe nunca qué o quién adoptará el disfraz o la forma de su muerte individual y única, siempre única aunque uno deje el mundo a la vez que otros muchos en una catástrofe masiva, pero tiene ciertas previsiones, una enfermedad heredada, una epidemia, un accidente de coche, uno aéreo, el desgaste de un órgano, un atentado terrorista, un derrumbamiento, un descarrilamiento, un infarto, un incendio, unos ladrones violentos que irrumpen de noche en su casa tras haber planeado el asalto, incluso alguien con quien el azar lo junta en un peligroso barrio en el que se adentró por descuido nada más llegar a una ciudad aún no explorada, en lugares así me he visto en mis viajes, sobre todo cuando era más joven y me desplazaba mucho y me arriesgaba, he notado que algo podía pasarme por imprudencia y desconocimiento en Caracas y en Buenos Aires y en México, en Nueva York y en Moscú y en Hamburgo y hasta en la propia Madrid, pero no aquí sino en otras calles más pendencieras o humilladas o sombrías, no en esta zona tranquila, luminosa y acomodada que es la mía más o menos y que me conozco al dedillo, no al bajarme de mi coche como tantos otros días, por qué hoy y no ayer ni mañana, por qué hoy y por qué yo, podía haberle tocado a otro cualquiera y hasta al mismísimo Pablo fácilmente, que había tenido ya un altercado mucho más serio que el mío, si le hubiera puesto la denuncia cuando esta bestia le pegó el puñetazo, fui yo quien le aconsejó dejarlo, imbécil de mí, me daba lástima este hombre que ni sé cómo se llama y en cambio nos lo habríamos quitado de en medio, y yo tuve mi aviso ayer mismo ahora que lo pienso, fue ayer cuando me increpó y me negué a darle importancia y me apresuré a olvidarlo, debería haber temido y haber sido más cauteloso, no haber aparecido por su territorio durante varios días o hasta que me hubiera quitado de su punto de mira, no haberme puesto hoy a tiro de este demente furioso al que le ha dado por clavarme una y otra vez su navaja que además estará sucísima pero eso es ya lo de menos, no hará falta una infección para mi muerte, me matan más rápido la punta y el filo que hurgan y se retuercen en el interior de mi cuerpo, huele mal todo este hombre, está tan cerca, hará siglos que no se lava, no tendrá dónde, metido siempre en su automóvil abandonado, no me quiero morir con este olor, uno no elige, por qué ha de ser lo último con lo que me envuelva la tierra antes de despedirme, eso y el olor a sangre que ya me invade, olor a hierro y de infancia, que es cuando más se sangra, es la mía, no puede ser otra, la suya, yo no he herido a este loco, es muy fuerte y es nervioso y yo no he podido con él, no tengo con qué rajarlo y él sí me ha abierto y traspasado la piel y la carne, por estos boquetes se me va la vida y me voy desangrando, cuántos van, nada hay que hacer, cuántos van, se me ha acabado'. Y a continuación pensé también: 'Pero él no pudo pensar nada de eso. O quizá sí, concentradamente'.

—No soy quién para darle consejos a nadie —le dije entonces a Luisa, tras mi prolongado silencio—, pero creo que no deberías pensar tanto en lo que pasó por su cabeza en aquellos momentos. Al fin y al cabo fueron muy breves, en el conjunto de su vida casi inexistentes, quizá no le diera tiempo a pensar nada. No tiene sentido que a ti te duren, en cambio, todos estos meses y quién sabe si más, qué ganas con ello. Y tampoco él gana nada. Por mucho que le des vueltas, lo que no puedes conseguir es haberlo acompañado en aquellos momentos, ni haber muerto con él, ni en su lugar, ni salvarlo. Tú no estabas allí, tú no sabías, eso no puedes cambiarlo aunque te esfuerces. —Me di cuenta de que había sido yo quien se había espaciado más rato en esos pensamientos prestados, bien es verdad que incitada o contagiada por ella, es muy aventurado meterse en la mente de alguien imaginariamente, luego cuesta salir a veces, supongo que por eso tan poca gente lo hace y casi todo el mundo lo evita y prefiere decirse: 'No soy yo quien está ahí, a mí no me toca vivir lo que le pasa a este, y a santo de qué voy a añadirme sus padecimientos. Ese mal trago no es mío, cada cual beba los suyos'—. Fuera lo que fuese, además, ya pasó, ya no es, ya no cuenta. Él ya no lo está pensando ni está sucediendo.

Luisa se llenó la copa de nuevo, eran muy pequeñas, y se llevó las manos a las mejillas, un gesto mitad pensativo y mitad sobrecogido. Tenía unas manos fuertes y largas, sin más adorno que su alianza. Con los codos apoyados en los muslos, pareció estrecharse o disminuirse. Habló un poco para sus adentros, como si cavilara en voz alta.

—Sí, esa es la idea que se suele tener. Que lo que ha cesado es menos grave que lo que está aconteciendo, y que la cesación debe aliviarnos. Que lo que ha pasado debe dolernos menos que lo que está pasando, o que las cosas son más llevaderas cuando han terminado, por horribles que hayan sido. Pero eso equivale a creer que es menos grave alguien muerto que alguien que se está muriendo, lo cual no tiene mucho sentido, ¿no te parece? Lo irremediable y lo más doloroso es que se haya muerto; y que el trance haya acabado no significa que no pasara por él la persona. Cómo no va a tener uno presente ese trance, si fue lo último que compartió con nosotros, con los que continuamos vivos. Lo que siguió a ese momento suyo está fuera de nuestro alcance, pero cuando tuvo lugar, en cambio, todavía estábamos todos aquí, en la misma dimensión, él y nosotros, respirando el mismo aire. Coincidimos aún en el tiempo, o en el mundo. No sé, no sé explicarme. —Hizo una pausa y encendió un cigarrillo, era el primero; los tenía a mano desde el principio pero no había alumbrado ninguno hasta entonces, como si se hubiera desacostumbrado a fumar, quizá lo había dejado una temporada y ahora había vuelto, o sólo a medias: los compraba pero procuraba evitarlos—. Además nada pasa del todo, ahí están los sueños, los muertos aparecen vivos en ellos y los vivos se nos mueren a veces. Yo sueño muchas noches con ese momento, y entonces sí estoy presente, sí estoy allí, sí sé, estoy en el coche con él y nos bajamos los dos, y yo le aviso porque sé lo que va a ocurrirle y aun así no puede escaparse. Bueno, ya sabes cómo van esas cosas, los sueños son al mismo tiempo confusos y precisos. Me los sacudo nada más despertarme, y en pocos minutos se me desvanecen, se me olvidan los detalles; pero en seguida caigo en la cuenta de que el hecho permanece, de que es verdad, de que ha pasado, de que Miguel esta muerto y de que lo mataron de manera parecida a la que he soñado, aunque la escena del sueño se me haya diluido al instante. —Se quedó parada, apagó el cigarrillo mediado, como si se hubiera extrañado de verse con uno en la mano—. ¿Sabes cuál es una de las cosas peores? No poder enfadarme ni echarle la culpa a nadie. No poder odiar a nadie pese a haber tenido Miguel una muerte violenta, a haber sido asesinado en plena calle. Si lo hubieran matado con un motivo, porque iban por él, sabiendo quién era, porque alguien lo veía como un obstáculo o quería vengarse, qué sé yo, al menos para robarle. Si hubiera sido una víctima de ETA podría reunirme con otros familiares de víctimas y odiar todos juntos a los terroristas o incluso a todos los vascos, cuanto más se pueda compartir y repartir el odio mejor, ¿verdad que sí?, mejor cuanto más amplio sea. Recuerdo que cuando era muy joven un novio mío me dejó por una chica canaria. No sólo la detesté a ella, sino que decidí detestar a todos los canarios. Un absurdo, una manía. Si en la televisión había un partido en el que jugaban el Tenerife o el Las Palmas, deseaba que perdieran contra quien fuese, aunque a mí me dé bastante igual el fútbol y no lo estuviera viendo, lo estaban viendo mi hermano o mi padre. Si había un concurso de *misses* de esos idiotas, deseaba que no ganaran las representantes canarias, y me llevaba rabietas porque solían ganar, con frecuencia son muy guapas. —Y se rió de sí misma con ganas, sin poder evitarlo. Lo que le hacía gracia se la hacía de veras, incluso en medio de su pesadumbre—. Hasta me prometí no volver a leer a Galdós: por madrileño que se hiciera, era canario de origen, y me lo prohibí terminantemente una larga temporada. —Y se rió de nuevo, ahora su risa fue ya tan abierta que resultó contagiosa, y también yo reí la inquisitorial ocurrencia—. Son reacciones irracionales, pueriles, pero ayudan momentáneamente, traen algo de variación al ánimo. Ahora ya no soy joven, y ni siquiera dispongo de ese recurso para pasar algún tramo del día furiosa, en vez de triste todo el rato.

—¿Y el gorrilla? —dije—. ¿No puedes odiarlo? ¿U odiar a todos los vagabundos?

—No —contestó sin pensárselo, es decir, como si ya lo hubiera considerado—. No he querido saber más de ese hombre, creo que se ha negado a declarar, que desde el primer instante se encerró en el mutismo y que ahí sigue, pero está claro que se confundió y que anda mal de la cabeza. Al parecer tiene dos hijas metidas en la prostitución, dos hijas jóvenes, y le dio por pensar que Miguel y Pablo, el chófer, tenían que ver en ello. Un disparate. Mató a Miguel como podía haber matado a Pablo o a cualquier vecino de la zona al que hubiera enfilado. Supongo que también él necesitaba enemigos, alguien a quien echar la culpa de su desgracia. Lo que hace todo el mundo, por otra parte, las clases bajas como las medias y las altas y los desclasados: nadie acepta ya que las cosas pasan a veces sin que haya un culpable, o que existe la mala suerte, o que las personas se tuercen y se echan a perder y se buscan ellas solas la desdicha o la ruina. —'Tú mismo te has forjado tu ventura', pensé recordando, citando a Cervantes, cuyas palabras, en efecto, no se tienen ya en cuenta—. No, no puedo enfurecerme con quien lo mató por nada, con quien lo señaló por azar, como si dijéramos, eso es lo malo; con un loco, con un trastornado que en realidad no lo malquería a él por ser él y que ni siquiera sabía su nombre, sino que lo vio como la encarnación de su infortunio o el causante de su situación amarga. Bueno, qué sé yo lo que vio, no me importa, ni estoy en su cabeza ni quiero estarlo. A veces intentan hablarme de ello mi hermano o el abogado o Javier, uno de los mejores amigos de Miguel, pero yo los paro y les digo que no deseo explicaciones más o menos hipotéticas ni investigaciones a tientas, que lo que ha ocurrido es tan grave que el porqué me da lo mismo, sobre todo si es un porqué incomprensible, que no existe ni puede existir fuera de esa mente alucinada o enferma en la que no tengo por qué adentrarme. —Luisa hablaba bastante bien, con no escaso vocabulario y con verbos que en el habla general son infrecuentes, como 'malquerer' o 'adentrarse'; al fin y al cabo era profesora universitaria, de Filología Inglesa, me había dicho, enseñaba la lengua; por fuerza tenía que leer y traducir mucho—. Exagerando un poco, ese hombre tiene para mí el mismo valor que una cornisa que se desprende y te cae en la cabeza justo cuando pasas debajo, podías no haber pasado en ese instante: un minuto antes y ni te habrías enterado. O que una bala perdida proveniente de una cacería, disparada por un inexperto o un imbécil, podías no haber ido ese día al campo. O que un terremoto que te pilla en un viaje, podías no haber ido a ese sitio. No, odiarlo no sirve, no consuela ni da fuerzas, no me reconforta esperar que lo condenen ni desear que se pudra en la cárcel. Tampoco es que le tenga lástima, claro, no puedo tenérsela. Lo que sea de él me es indiferente, a Miguel no me lo va a devolver nada ni nadie. Supongo que irá a una institución psiquiátrica, si es que aún existen, no sé qué se hace con los desequilibrados que cometen delitos de sangre. Supongo que lo quitarán de la circulación por ser un peligro y para evitar que repita lo que ha hecho. Pero no busco su castigo, sería como caer en la estupidez de los ejércitos de antes, que arrestaban e incluso ejecutaban a un caballo que hubiera tirado a un oficial al suelo ocasionándole la muerte, cuando el mundo era más ingenuo. Tampoco puedo tomarla con todos los mendigos y los sin techo. Me dan miedo ahora, eso sí. Cuando veo a uno procuro alejarme o cruzar de acera, es un acto reflejo justificado, que me durará para siempre. Pero eso es algo distinto. Lo que no puedo es dedicarme a odiarlos activamente, como sí podría odiar a unos empresarios rivales que le hubieran mandado a un sicario, no sé si sabes que eso es cada vez más común, también en España, individuos que hacen venir a un asesino de fuera, un colombiano, un serbio, un mexicano, para que quite de en medio a quien les hace demasiada competencia y les impide expandirse, o un mero negocio. Traen a un tipo, hace su trabajo, le pagan y se larga, todo en un día o dos, nunca los encuentran, son discretos y profesionales, son asépticos y no dejan rastro, cuando se levanta el cadáver ellos ya están en el aeropuerto o volando de regreso. Casi nunca hay manera de probar nada, menos aún quién lo ha contratado, quién lo ha inducido o le ha dado la orden. Si hubiera pasado algo así, ni siquiera podría odiar mucho a ese sicario abstracto, le habría tocado a él la china como podría haberle tocado a otro, al que estuviera libre; no habría conocido a Miguel ni habría tenido nada en su contra, personalmente. Pero sí a los inductores, tendría la posibilidad de sospechar de unos y otros, de cualquier competidor o resentido o damnificado, todo empresario hace víctimas sin querer o queriendo; y hasta de los colegas amigos, como leí el otro día una vez más, en el Covarrubias. —Luisa vio mi cara de conocimiento sólo vago—. ¿No lo conoces? El *Tesoro de la lengua castellana o española*, fue el primer diccionario, de 1611, lo escribió Sebastián de Covarrubias. —Se levantó y trajo un voluminoso libro verde que tenía a mano y buscó entre sus páginas—. Tuve que consultar la palabra 'envidia' para cotejar con la definición inglesa, y mira cómo termina la suya. —Y me leyó en voz alta—. 'Lo peor es que este veneno suele engendrarse en los pechos de los que nos son más amigos, y nosotros los tenemos por tales fiándonos dellos; y son más perjudiciales que los enemigos declarados.' Y ese saber venía ya de más antiguo, porque mira lo que añade: 'Esta materia es lugar común, y tratada de muchos; no es mi intento traspalar lo que otros han juntado. Quédese aquí'. —Y cerró el libro y volvió a sentarse, con él en el regazo, asomaban papelitos de no pocas de sus páginas—. Mi mente estaría ocupada en otra cosa, y no sólo en el lamento y en la añoranza. Lo añoro sin parar, ¿sabes? Lo añoro al despertarme y al acostarme y al soñar y todo el día en medio, es como si lo llevara conmigo incesantemente, como si lo tuviera incorporado, en mi cuerpo. —Se miró los brazos, como si la cabeza de su marido reposara en ellos—. Hay gente que me dice: 'Quédate con los buenos recuerdos y no con el último; piensa en lo mucho que os habéis querido, piensa en tantos momentos fantásticos que otros ni siquiera han conocido'. Es gente bienintencionada, que no alcanza a entender que todos los recuerdos están teñidos ahora por este final triste y sangriento. Cada vez que me acuerdo de algo bueno, al instante se me aparece la imagen última, la de su muerte gratuita y cruel, tan fácilmente evitable, tan tonta. Sí, es lo que llevo peor: tan sin culpable y tan tonta. Y el recuerdo se enturbia y se hace malo. En realidad ya no me queda ninguno bueno. Todos me resultan ilusos. Todos se han contaminado.

Se quedó callada y miró hacia el cuarto contiguo en el que estaban los niños. Se oía la televisión de fondo, luego todo debía de estar en orden. Eran niños bien educados, por lo que había visto, mucho más de lo que es la norma hoy en día. Curiosamente no me sorprendía ni me causaba violencia que Luisa me hablara con tanta confianza, como si yo fuera una amiga. Tal vez no podía hablar de otra cosa, y en los meses transcurridos desde la muerte de Deverne había agotado con su estupefacción y sus cuitas a todos sus allegados, o le daba vergüenza insistir sobre el mismo tema con ellos y se aprovechaba para desahogarse de la novedad que yo suponía. Tal vez le daba lo mismo quién yo fuera, le bastaba con tenerme como interlocutor no gastado, con quien podía empezar desde el principio. Es otro de los inconvenientes de padecer una desgracia: al que la sufre los efectos le duran mucho más de lo que dura la paciencia de quienes se muestran dispuestos a escucharlo y acompañarlo, la incondicionalidad nunca es muy larga si se tiñe de monotonía. Y así, tarde o temprano, la persona triste se queda sola cuando aún no ha terminado su duelo o ya no se le consiente hablar más de lo que todavía es su único mundo, porque ese mundo de congoja resulta insoportable y ahuyenta. Se da cuenta de que para los demás cualquier desdicha tiene fecha de caducidad social, de que nadie está hecho para la contemplación de la pena, de que ese espectáculo es tolerable tan sólo durante una breve temporada, mientras en él hay aún conmoción y desgarro y cierta posibilidad de protagonismo para los que miran y asisten, que se sienten imprescindibles, salvadores, útiles. Pero al comprobar que nada cambia y que la persona afectada no avanza ni emerge, se sienten rebajados y superfluos, lo toman casi como una ofensa y se apartan: '¿Acaso no le basto? ¿Cómo es que no sale del pozo, teniéndome a mí a su lado? ¿Por qué se empeña en su dolor, si ya ha pasado algún tiempo y yo le he dado distracción y consuelo? Si no puede levantar la cabeza, que se hunda o que desaparezca'. Y entonces el abatido hace esto último, se retrae, se ausenta, se esconde. Tal vez Luisa se aferró a mí aquella tarde porque conmigo podía ser la que aún era y no ocultarse: una viuda inconsolable, según la frase consagrada. Obsesionada, aburrida, doliente.

Miré yo hacia el cuarto de los niños, señalé en su dirección con la cabeza.

—Deben de serte una ayuda, dentro de las circunstancias —dije—. Tenerte que ocupar de ellos te obligará a levantarte cada mañana con algo de ánimo, a ser fuerte y a aguantar el tipo, supongo. Saber que dependen de ti enteramente, más que antes. Serán una carga pero también un salvavidas forzoso, serán la razón para empezar cada día. ¿No? ¿O no? —añadí al ver que su rostro se nublaba más todavía y que su ojo grande se contraía, igualándose con el chico.

—No, es todo lo contrario —contestó respirando hondo, como si tuviera que hacer acopio de serenidad para decir lo que a continuación dijo—. Daría cualquier cosa por que no estuvieran ahora, por no tenerlos. Entiéndeme bien: no es que me arrepienta de pronto, su existencia me resulta vital y son lo que más quiero, más que a Miguel probablemente, o al menos me doy cuenta de que su pérdida habría sido aún peor, la de cualquiera de los dos, ya me habría muerto. Pero ahora no puedo con ellos, me pesan demasiado. Ojalá me fuera posible ponerlos entre paréntesis, o hibernarlos, no sé, ponerlos a dormir y que no se despertaran hasta nuevo aviso. Quisiera que me dejaran en paz, que no me preguntaran ni me pidieran nada, que no tiraran de mí, que no se me colgaran como lo hacen, pobres. Necesitaría estar a solas, no tener responsabilidades, ni que hacer un sobreesfuerzo para el que no me siento capacitada, no pensar en si han comido o se han abrigado o en si se han acatarrado y tienen fiebre. Quisiera poder quedarme en la cama todo el día, o estar a mi aire sin ocuparme de nada o tan sólo de mí misma, y así recomponerme poco a poco, sin interferencias ni obligaciones. Si es que alguna vez me recompongo, espero que sí, aunque no veo cómo. Pero estoy tan debilitada que lo último que me hace falta son dos personas aún más débiles que yo a mi lado, que no pueden valerse por sí solas y que todavía entienden menos que yo lo que ha ocurrido. Y que encima me dan pena, una pena inamovible y constante, que va más allá de las circunstancias. Las circunstancias la acentúan, pero estaba ya ahí desde siempre.

—¿Cómo constante? ¿Cómo más allá? ¿Cómo desde siempre?

—¿Tú no tienes hijos?—me preguntó. Negué con la cabeza—. Los hijos dan mucha alegría y todo eso que se dice, pero también dan mucha pena, permanentemente, y no creo que eso cambie ni siquiera cuando sean mayores, y eso se dice menos. Ves su perplejidad ante las cosas y eso da pena. Ves su buena voluntad, cuando tienen ganas de ayudar y de poner de su parte y no pueden, y eso te da también pena. Te la da su seriedad y te la dan sus bromas elementales y sus mentiras transparentes, te la dan sus desilusiones y también sus ilusiones, sus expectativas y sus pequeños chascos, su ingenuidad, su incomprensión, sus preguntas tan lógicas, y hasta su ocasional mala idea. Te la da pensar en cuánto les falta por aprender, y en el larguísimo recorrido al que se enfrentan y que nadie puede hacer por ellos, aunque llevemos siglos haciéndolo y no veamos la necesidad de que todo el que nace deba empezar otra vez desde el principio. ¿Qué sentido tiene que cada uno pase por los mismos disgustos y descubrimientos, más o menos, eternamente? Y claro, a ellos les ha tocado además algo infrecuente y que podían haberse ahorrado, una gran desgracia que no estaba prevista. No es normal que en nuestras sociedades le maten a uno al padre, y la tristeza que ellos sienten me es una pena añadida. No soy yo sola la que ha sufrido una pérdida, ojalá lo fuera. Me corresponde a mí explicárselo, y ni siquiera tengo una explicación que darles. Todo esto sobrepasa mis fuerzas. No les puedo decir que ese hombre odiaba a su padre, ni que era un enemigo suyo, y si les cuento que se volvió loco hasta el punto de matarlo, eso difícilmente lo entienden. Carolina sí, más, pero Nicolás nada.

—Ya. ¿Y qué les has dicho? ¿Cómo lo llevan?

—La verdad, en el fondo, más o menos, adaptada. Dudé si contarle nada al niño, es muy pequeño, pero me dijeron que sería peor si se lo soltaban los compañeros en el colegio. Como salió en la prensa, todo el mundo que nos conoce se enteró en seguida, e imagínate las versiones de críos de cuatro años, podían ser aún más truculentas y disparatadas que lo que sucedió realmente. Así que les dije que ese hombre estaba muy furioso porque le habían quitado a sus hijas, y que se confundió de persona y atacó a papá en vez de a quien se las había quitado. Me preguntaron que quién se las había quitado entonces, y les contesté que no lo sabía, y que seguramente ese hombre tampoco lo sabía y que por eso estaba así, buscando con quién enfadarse. Que no distinguía bien a las personas y que sospechaba de todo el mundo, y que por eso le había pegado a Pablo otro día, creyendo que era él el responsable. Es curioso, eso sí lo entendieron muy rápido, que alguien se pusiera furioso porque le hubieran robado a sus hijas, e incluso ahora me preguntan a veces si se sabe algo de ellas o si han aparecido, como si fuera un cuento pendiente, supongo que se las imaginan niñas. Les dije que todo había sido mala suerte. Que era como un accidente, como cuando un coche atropella a un peatón o se cae un albañil de los que trabajan en los edificios. Que su padre no tenía ninguna culpa ni le había hecho nada a nadie. El niño me preguntó si ya no iba a volver. Le contesté que no, que ahora estaba muy lejos, como cuando se iba de viaje o más lejos, tanto que regresar no era posible, pero que desde allí donde estaba seguía viéndolos a ellos y cuidándolos. También se me ocurrió decirles, para que no fuera todo tan definitivo de golpe, que yo podría hablar con él de tarde en tarde, y que si querían algo de él, algo importante, que me lo transmitiesen y yo se lo comunicaría. La niña no se creyó esta parte, me parece, porque nunca me da ningún mensaje, pero el niño sí, así que ahora me pide a veces que le cuente tal o cual cosa a su padre, tonterías del colegio que él vive como acontecimientos, y al día siguiente me pregunta si ya se lo he dicho y qué ha respondido, o si se ha puesto contento al saber que ya juega al fútbol. Yo le contesto que aún no he hablado, que hay que esperar, que no es fácil establecer contacto, dejo pasar unos días y, si se acuerda e insiste, entonces me invento algo. Cada vez dejaré pasar más tiempo hasta que se desacostumbre y se olvide, él apenas va a recordarlo a la larga. Creerá recordar, sobre todo, lo que su hermana y yo le contemos. Carolina es más preocupante. Casi no lo menciona, está más seria y más callada, y cuando le cuento a su hermano que su padre se ha reído al oír sus ocurrencias, por ejemplo, o que me ha encargado que le diga que no dé patadas a los otros niños sino sólo a la pelota, me mira con una especie de pena parecida a la que ellos me inspiran, como si mis mentiras le dieran lástima, de manera que hay momentos en los que todos nos damos pena, ellos a mí y yo a ellos, o por lo menos a la niña. Me ven triste, me ven como no me habían visto nunca, aunque yo hago esfuerzos, no te creas, por no llorar y por que no se me note mucho cuando estoy con ellos. Pero me lo han de notar, estoy segura. Sólo he llorado una vez en su presencia. —Recordé la impresión que me había causado la niña cuando los había observado a los tres por la mañana en la terraza: cómo prestaba atención a la madre y casi velaba por ella, dentro de sus posibilidades; y la fugaz caricia en la mejilla que le había hecho al despedirse—. Y además temen por mí —añadió Luisa sirviéndose otra copita con un suspiro. Hacía rato que no bebía, se había frenado, quizá era de esas personas que saben pararse a tiempo o que dosifican hasta los excesos, que bordean los peligros pero nunca caen en ellos, ni siquiera cuando sienten que ya no tienen qué perder y les da todo lo mismo. Era indudable que estaba muy desesperada, pero no lograba imaginármela en pleno abandono, de ningún tipo: ni emborrachándose bestialmente ni descuidando a los niños ni dándose a la droga ni faltando al trabajo ni entregándose a un hombre tras otro (eso más adelante) para olvidarse del que le importaba; era como si hubiera en ella un último resorte de sensatez, o de sentido del deber, o de serenidad, o de preservación, o de pragmatismo, no sabía bien lo que era. Y entonces lo vi claro: 'Saldrá de esta', pensé, 'se recuperará antes de lo que cree, le parecerá irreal cuanto ha vivido estos meses y hasta volverá a casarse, tal vez con un hombre tan perfecto como Desvern, o con el que al menos volverá a formar una pareja parecida, es decir, casi perfecta'—. Han descubierto que la gente se muere, y que se mueren quienes les parecían a ellos más indestructibles, los padres. Ya no es una pesadilla, y Carolina había empezado a tenerlas, está en la edad: ya soñaba alguna noche que me moría yo o que se moría su padre, antes de que pasara nada. Nos había llamado desde su cuarto en mitad de la noche, angustiada, y nosotros la habíamos convencido de que eso era imposible. Ha visto que nos equivocábamos o quizá que le mentíamos; que tenía motivos para temer, que lo que se le había representado en sueños se ha cumplido. No me lo ha reprochado a las claras, pero al día siguiente de que Miguel fuera enterrado y ya no hubiera vuelta de hoja ni nada más que hacer sino seguir viviendo sin él, me dijo dos veces, como cargada de razón: '¿Lo ves? ¿Lo ves?'. Y yo le pregunté sin comprender: '¿Qué es lo que tengo que ver, cielo?'. Estaba demasiado aturdida para comprender. Entonces ella se replegó, y ha seguido haciéndolo desde aquel momento: 'Nada, nada. Que papá ya no está en casa, ¿no lo ves?', me contestó. Me faltaron las fuerzas y me senté en el borde de la cama, estábamos en mi habitación. 'Claro que lo veo, cariño', le dije, y se me saltaron las lágrimas. No me había visto llorar y le di pena, desde entonces se la doy. Se acercó y empezó a secármelas con su vestido. En cuanto a Nicolás, lo ha descubierto demasiado pronto, sin ni siquiera poderlo soñar y temer antes, cuando aún no tenía conciencia de la muerte, yo creo que ni se ha enterado bien de en qué consiste, aunque se va dando cuenta de que eso significa que las personas dejen de estar, que ya no se las vea nunca más. Y si su padre ha muerto y ha desaparecido de un día a otro; aún peor, si a su padre lo han matado de golpe y ha dejado de existir sin aviso, si ha resultado tan frágil como para caer abatido a la primera embestida de un desgraciado, ¿cómo no van a pensar que lo mismo puede sucederme a mí cualquier día, a la que ven menos fuerte? Sí, temen por mí, temen que me pase algo malo y que los deje solos del todo, me miran con aprensión, como si fuera yo quien estuviera en riesgo y desprotegida, más que ellos. En el niño es algo instintivo, en la niña es muy consciente. Noto cómo mira a mi alrededor cuando estamos en la calle, cómo se pone alerta ante cualquier desconocido, o más bien ante cualquier hombre desconocido. La tranquiliza que esté acompañada, de gente amiga o de mujeres. Ahora hace rato que está despreocupada, porque estoy en casa y porque estoy contigo, ya ves que no entra a vigilar con pretextos ni a dar la lata. Aunque acabe de conocerte, le inspiras confianza, eres mujer y no te ve como un peligro. Al contrario, te ve como un escudo, una defensa. Eso me preocupa un poco, que les coja miedo a los hombres, que se ponga en guardia y nerviosa ante ellos, ante los que no conoce. Espero que se le pase, no se puede ir por la vida temiendo a la mitad de la especie.

—¿Saben cómo murió exactamente su padre? Quiero decir —dudé, no supe si volver a traerlo—, la navaja.

—No, yo no entré nunca en detalles, sólo les dije que lo había atacado ese individuo, no les he contado nunca el modo. Pero Carolina sí debe saberlo, estoy segura de que leyó algún periódico y de que sus compañeros se lo comentaron impresionados. La idea le ha de dar tal espanto que jamás me ha hecho preguntas ni se ha referido a ello. Es como si las dos estuviéramos tácitamente de acuerdo en no hablar de eso, en no recordarlo, en borrar de la muerte de Miguel ese elemento (el elemento clave, el que se la produjo), para que pueda quedar como un hecho aislado y aséptico. Es lo que todo el mundo hace con sus muertos, por otra parte. Intenta olvidar el cómo, se queda con la imagen del vivo y si acaso con la del muerto, pero evita pensar en la frontera, en el tránsito, en la agonía, en la causa. Alguien está ahora vivo y después está muerto, y en medio nada, como si se pasara sin transición ni motivo de un estado a otro. Pero yo aún no puedo evitarlo y es lo que no me deja vivir ni empezar a recuperarme, en el supuesto de que haya recuperación para esto. —'La habrá, la habrá', volví a pensar, 'antes de lo que crees. Y así te lo deseo, pobre Luisa, con toda mi alma'—. Con Carolina sí puedo hacerlo, le conviene a ella y eso me basta. Cuando estoy a solas, en cambio, no me es posible, sobre todo a estas horas, cuando ya no es de día ni tampoco es aún de noche. Pienso en esa navaja entrando y en lo que Miguel debió de sentir, y en si le dio tiempo a pensar algo, si pensó que se moría. Entonces me desespero y me pongo enferma. Y no es una manera de hablar: me pongo literalmente enferma. Y me duele todo el cuerpo.

Sonó el timbre y, sin imaginar quién sería, supe que la conversación y mi visita habían tocado a su fin. Luisa no había inquirido nada acerca de mí, ni siquiera había vuelto a las preguntas que me había hecho en la terraza por la mañana, en qué trabajaba y qué nombre les ponía mentalmente a Deverne y a ella cuando los observaba en el desayuno común. No estaba aún para curiosidades, no estaba para interesarse por nadie ni para asomarse a otras vidas, la suya la consumía y se le llevaba todas las fuerzas y la concentración, probablemente también la imaginación. Yo no era más que un oído sobre el que verter su desgracia y sus pensamientos tenaces, un oído virgen pero intercambiable, o quizá no del todo, esto último: al igual que a la niña, le debía de inspirar confianza y familiaridad, y acaso no se habría sincerado de la misma forma con cualquiera, no con cualquiera. Al fin y al cabo yo había visto a su marido muchas veces y por tanto le ponía rostro a su pérdida, conocía la ausencia que era causa de su desolación, la figura desaparecida de su campo visual, un día tras otro y otro más y otro más, y así monótona e irremediablemente hasta el final. En cierto sentido yo era 'de antes', luego capaz de echar también en falta al difunto a mi modo, aunque los dos hubieran hecho siempre caso omiso de mí y Desvern se viera obligado ya a hacerlo durante toda la eternidad, yo llegaba demasiado tarde para él, nunca sería más que la Joven Prudente en quien se había fijado muy poco y tan sólo de refilón. 'Es su muerte, sin embargo, lo que me permite estar aquí', pensé extrañada. 'De no haberse producido yo no estaría en su casa, porque esta era su casa, aquí vivió y este era su salón y quizá ahora ocupo el lugar en el que tomaba asiento, de aquí salió la mañana última en que yo lo vi, la última en que también lo vio su mujer.' Era seguro que a ella yo le caía bien, y que me percibía a su favor, compasiva y apenada; notaría vagamente que en otras circunstancias podríamos haber sido amigas. Pero ahora estaba como en el interior de un globo, habladora pero en el fondo aislada y ajena a todo lo exterior, y ese globo tardaría mucho en pincharse. Sólo entonces me podría ver de veras, sólo entonces dejaría de ser aquella Joven Prudente de la cafetería. Si en aquellos momentos le hubiera preguntado cómo me llamaba, probablemente no lo habría recordado, o si acaso sólo el nombre pero no el apellido. Tampoco sabía si nos volveríamos a ver, si habría más ocasión: cuando saliera de allí me perdería en una nebulosa.

No esperó a que contestara el servicio, había al menos una criada, que fue quien me contestó a mí al llegar. Se levantó y fue hasta la entrada y descolgó el telefonillo. Le oí decir '¿Sí?' y después 'Hola. Te abro'. Era alguien bien conocido, que ella esperaba o que solía pasarse a diario sobre aquella hora, no hubo el menor tono de sorpresa ni de emoción en su voz, hasta podía ser el chico de los ultramarinos que venía con un pedido. Aguardó con la puerta abierta a que el visitante recorriera el tramo de jardín que separaba el portal de la calle de la casa propiamente dicha, vivía en una especie de chalet u hotelito, de los que hay varias colonias en zonas céntricas de Madrid, no sólo en El Viso, también a espaldas de la Castellana y en Fuente del Berro y en otros sitios, milagrosamente escondidas del monstruoso tráfico y del perpetuo caos general. Me di cuenta entonces de que en realidad tampoco me había hablado de Deverne. No lo había evocado, ni había descrito su carácter o manera de ser, no había dicho cuánto echaba de menos tal o cual rasgo suyo o tal o cual costumbre común, o cómo la mortificaba que hubiera dejado de vivir —por ejemplo— alguien que disfrutaba tanto de la vida, la impresión que yo tenía respecto a él. Me percaté de que no sabía más de aquel hombre que antes de entrar. Hasta cierto punto era como si su muerte anómala hubiera oscurecido o borrado todo lo demás, eso ocurre a veces: el final de alguien es tan inesperado o tan doloroso, tan llamativo o tan prematuro o tan trágico —en ocasiones tan pintoresco o ridículo, o tan siniestro—, que resulta imposible referirse a esa persona sin que de inmediato la engulla o contamine ese final, sin que su aparatosa forma de morir tizne toda su existencia previa y en cierto modo la prive de ella, algo de lo más injusto. La muerte chillona se hace tan predominante en el conjunto de la figura que la sufrió, que cuesta mucho recordarla sin que sobre el recuerdo se cierna al instante ese dato último anulador, o pensarla de nuevo en los largos tiempos en que nadie sospechaba que pudiera ir a caerle tan abrupto o pesado telón. Todo se ve a la luz de ese desenlace, o, mejor dicho, la luz de ese desenlace es tan fuerte y cegadora que impide recuperar lo anterior y sonreír en la rememoración o el ensueño, y podría decirse que quienes así mueren mueren más profunda y cabalmente, o quizá es doblemente, en la realidad y en la memoria de los demás, porque ésta es una memoria para siempre deslumbrada por el hecho estúpido clausurador, amargada y distorsionada y también acaso envenenada.

Podía ser, asimismo, que Luisa se encontrara todavía en la fase del egoísmo extremo, esto es, que sólo fuera capaz de mirar su propia desgracia y no tanto la de Desvern, pese a la preocupación expresada por su momento postrero, el que él tuvo que comprender que era de adiós. El mundo es tan de los vivos, y tan poco en verdad de los muertos —aunque permanezcan en la tierra todos y sin duda sean muchos más—, que aquéllos tienden a pensar que la muerte de alguien querido es algo que les ha pasado a ellos más que al difunto, que es a quien de verdad le pasó. Es él quien hubo de despedirse, casi siempre contra su voluntad, es él quien se perdió cuanto estaba por venir (quien ya no vio crecer y cambiar a sus hijos, por ejemplo, en el caso de Deverne), quien tuvo que renunciar a su afán de saber o a su curiosidad, quien dejó proyectos sin cumplir y palabras sin pronunciar para las que siempre creyó que habría tiempo más tarde, quien ya no pudo asistir; es él, si era autor, quien no pudo completar un libro o una película o un cuadro o una composición, o quien no pudo terminar de leer lo primero o de ver lo segundo o de escuchar lo cuarto, si era sólo receptor. Basta con echar un vistazo a la habitación del desaparecido para darse cuenta de cuánto ha quedado interrumpido y en vacuo, de cuánto pasa en un instante a resultar inservible y sin función: sí, la novela con su señal que ya no avanzará más páginas, pero también los medicamentos que de repente se tornan lo más superfluo de todo y que pronto habrá que tirar, o la almohada y el colchón especiales sobre los que la cabeza y el cuerpo ya no van a reposar; el vaso de agua al que no dará ni un sorbo más, y el paquete de cigarrillos prohibidos al que restaban sólo tres, y los bombones que se le compraban y que nadie osará acabarse, como si hacerlo pareciera un robo o supusiera una profanación; las gafas que a nadie más servirán y las ropas expectantes que permanecerán en su armario durante días o durante años, hasta que se atreva alguien a descolgarlas, bien armado de valor; las plantas que la desaparecida cuidaba y regaba con esmero, quizá nadie querrá hacerse cargo, y la crema que se aplicaba de noche, las huellas de sus dedos suaves se verán aún en el tarro; sí querrá alguien heredar y llevarse el telescopio con el que se entretenía observando a las cigüeñas que anidaban sobre una torre a distancia, pero lo utilizará para quién sabe qué, y la ventana por la que miraba cuando hacía un alto en el trabajo se quedará sin contemplador, o lo que es decir sin visión; la agenda en la que apuntaba sus citas y sus quehaceres no recorrerá ni una hoja más, y el día último carecerá de la anotación final, la que solía significar: 'Ya he cumplido por hoy'. Todos los objetos que hablaban se quedan mudos y sin sentido, es como si les cayera un manto que los aquieta y acalla haciéndoles creer que la noche ha llegado, o como si también ellos lamentaran la pérdida de su dueño y se retrajeran instantáneamente con una extraña conciencia de su desempleo o inutilidad, y se preguntaran a coro: '¿Y ahora qué hacemos aquí? Nos toca ser retirados. Ya no tenemos amo. Nos esperan el exilio o la basura. Se nos ha acabado la misión'. Tal vez todas las cosas de Desvern se hubieran sentido así meses atrás. Luisa no era una cosa. Luisa, por tanto, no.

Llegaron dos personas, aunque ella había dicho 'Te abro', en singular. Oí la voz de la primera, a la que había saludado, que le anunciaba a la segunda, obviamente imprevista: 'Hola, te traigo al Profesor Rico para no dejarlo tirado en la calle. Tiene que hacer tiempo hasta la hora de cenar. Ha quedado por esta zona y no le queda margen para regresar a su hotel y volver. No te importa, ¿verdad?'. Y a continuación los presentó: 'El Profesor Francisco Rico, Luisa Alday'. 'Claro que no, es un honor', oí la voz de Luisa. 'Tengo visita, pasad, pasad. ¿Qué queréis tomar?'

La cara del Profesor Rico la conocía bien, ha salido numerosas veces en la televisión y en la prensa, con su boca muelle, su calva limpia y muy bien llevada, sus gafas un poco grandes, su elegancia negligente —algo inglesa, algo italiana—, su tono desdeñoso y su actitud entre indolente y mordaz, quizá una forma de disimular una melancolía de fondo que se le nota en la mirada, como si fuera un hombre que, sintiéndose ya pasado, deplorara tener que tratar todavía con sus contemporáneos, ignorantes y triviales en su mayoría, y al mismo tiempo lamentara anticipadamente verse obligado a dejar de tratarlos un día —tratarlos sería también un descanso—, cuando por fin su sentimiento coincidiera con la realidad. Lo primero que hizo fue rebatir lo que su acompañante había dicho:

—Mira, Díaz-Varela, yo nunca estoy tirado en la calle aunque me encuentre en la calle sin saber efectivamente qué hacer, cosa que me pasa con frecuencia, por lo demás. A menudo salgo en Sant Cugat, donde vivo —y esta aclaración nos la dirigió con sendas miradas oblicuas a Luisa y a mí, que aún no había sido presentada—, y de repente me doy cuenta de que no sé para qué he salido. O me acerco hasta Barcelona y una vez allí no recuerdo el motivo de mi desplazamiento. Entonces me quedo quieto un buen rato, no vagabundeo ni doy pasitos en el sitio, hasta que me viene a la memoria el propósito. Pues bien, ni siquiera en esas ocasiones estoy tirado en la calle, de hecho soy una de las pocas personas que saben estar en la calle inactivas y desconcertadas sin causar esa impresión. Sé perfectamente que la impresión que doy es, por el contrario, la de estar muy concentrado: como si dijéramos, siempre al borde de hacer un descubrimiento crucial o de completar en mi mente un soneto de alto nivel. Si algún conocido me divisa en esas circunstancias, ni siquiera se atreve a saludarme aunque me vea solo y quieto en mitad de la acera (nunca me apoyo en la pared, eso sí da la sensación de que a uno le han dado un plantón), por temor a interrumpir un razonamiento exigente o una honda meditación. Tampoco estoy nunca expuesto a ningún atropello, porque mi aire severo y absorto disuade a los maleantes. Perciben que soy un individuo con mis facultades intelectivas alerta y en pleno funcionamiento (a tope, en lenguaje vulgar), y no osan meterse conmigo. Notan que sería peligroso para ellos, que reaccionaría con inusitadas violencia y celeridad. He dicho.

A Luisa se le escapó una risa y creo que a mí también. Que ella pasara tan rápidamente de las angustias que me había relatado a sentirse divertida por alguien que acababa de conocer me hizo pensar de nuevo que tenía una enorme capacidad para disfrutar y —cómo decirlo— ser cotidiana o momentáneamente feliz. No hay mucha, pero hay gente así, personas que se impacientan y aburren en la desdicha y con las que ésta tiene poco futuro, aunque durante una temporada se haya cebado en ellas, a todas luces y objetivamente. Por lo que había visto de él, Desvern debía de ser también así, y se me ocurrió que, de haber muerto Luisa y haber continuado él con vida, era probable que hubiera tenido una reacción parecida a la de su mujer ahora. ('Si él siguiera vivo, viudo, yo no estaría aquí', pensé.) Sí, hay quienes no soportan la desgracia. No porque sean frívolos ni cabezas huecas. La padecen cuando les llega, claro está, seguramente como el que más. Pero están abocados a sacudírsela pronto y sin poner gran empeño, por una especie de incompatibilidad. Está en su naturaleza ser ligeros y risueños y no ven prestigio en el sufrimiento, a diferencia de la mayor parte de la pesada humanidad, y nuestra naturaleza nos da alcance siempre, porque casi nada la puede torcer ni quebrar. Tal vez Luisa era un mecanismo sencillo: lloraba cuando la hacían llorar y reía cuando la hacían reír, y lo uno podía seguir a lo otro sin solución de continuidad, ella respondía al estímulo que tocara. La sencillez no está reñida con la inteligencia, eso además. No me cabía duda de que ella poseía esta última. Su falta de malicia y su risa pronta no se la menoscababan en absoluto, son cosas que no dependen de ella sino del carácter, que es otra categoría y otra esfera.

El Profesor Rico vestía una bonita chaqueta de color verde nazi y llevaba la corbata algo aflojada con despreocupación, una corbata más intensa y luminosa —verde sandía, quizá— sobre una camisa marfil. Iba bien entonado sin que pareciera haber mediado estudio en la acertada combinación, pese al pañuelo verde trébol que le asomaba del bolsillo de la pechera, quizá ese era un verde de más.

—Pero te atracaron una vez aquí en Madrid, Profesor —protestó el llamado Díaz-Varela—. Hace muchos años, pero lo recuerdo muy bien. En plena Gran Vía, nada más sacar dinero de un cajero automático, ¿a que fue así?

Al Profesor no le sentó bien este recordatorio. Sacó un cigarrillo y lo encendió, como si hacerlo sin consultar fuera hoy tan normal como cuarenta años atrás. Luisa le alcanzó en seguida un cenicero, que él cogió con la otra mano. Con las dos ocupadas, abrió los brazos casi en cruz y dijo como un orador agobiado por la falacia o por la estupidez:

—Eso fue completamente distinto. No tuvo nada que ver.

—¿Por qué? Estabas en la calle y el maleante no te respetó.

El Profesor hizo un gesto condescendiente con la mano en la que sostenía el cigarrillo, y al hacerlo se le cayó. Lo miró en el suelo con desagrado y curiosidad, como si fuera una cucaracha andante que no era de su responsabilidad, y esperara que alguien la recogiera o la matara de un pisotón y la apartara de un puntapié. Al no inclinarse nadie, echó mano de su cajetilla para sacar otro pitillo. No parecía importarle que el caído pudiera quemar la madera, debía de ser de esos hombres para los que nada es grave y que suponen siempre que otros lo pondrán todo en su sitio y arreglarán los desperfectos. No lo esperan por señoritismo ni por desconsideración, es sólo que su cabeza no registra las cosas prácticas, o el mundo a su alrededor. Los niños de Luisa se habían asomado al oír el timbre, ahora ya se habían colado en el salón para observar a las visitas. Fue el niño el que corrió a coger el cigarrillo del suelo, y antes de que lo tocara su madre se anticipó y lo apagó en el cenicero que había utilizado antes, para los suyos también sin consumir. Rico encendió el segundo y contestó. Ni él ni Díaz-Varela estaban muy dispuestos a interrumpir su discusión, tenerlos delante era como asistir a una función teatral, como si dos actores hubieran entrado en escena ya hablando e hicieran caso omiso del público de la sala, como por otra parte sería su deber.

—Primero: estaba de espaldas a la calle, es decir, en esa indigna posición a la que obligan los cajeros y que no es otra que cara a la pared, luego mi mirada disuasoria resultaba invisible para el atracador. Segundo: estaba ocupado tecleando demasiadas respuestas a demasiadas preguntas ociosas. Tercero: a la pregunta de en qué idioma quería comunicarme con la máquina, había contestado que en italiano (la costumbre de mis muchos viajes a Italia, me paso media vida allí), y estaba distraído memorizando los crasos errores ortográficos y gramaticales que aparecían en la pantalla, aquello estaba programado por un farsante con un italiano camelo. Cuarto: llevaba todo el día en danza con gente y no me había quedado más remedio que tomarme unas cuantas copas escalonadas en diferentes lugares; mi alerta no es la misma en esas circunstancias, fatigado y con una pizca de embriaguez, como no lo es la de nadie. Quinto: llegaba tarde a una cita ya tardía de por sí y lo hice todo descentrado y con aturullamiento, temía que la persona que me aguardaba impaciente se desesperara y se largara del local en el que íbamos a reencontrarnos, ya me había costado convencerla de que prolongara su noche para vernos a solas; ojo, tan sólo para departir. Sexto: por todo esto, el primerísimo aviso de que me iban a atracar fue notar, con los billetes ya en la mano pero todavía no en el bolsillo, la punta de una navaja en la región lumbar, con la que el individuo hizo presión y de hecho llegó a pinchar un poquito: cuando al final de la noche me desnudé en el hotel, tenía un punto de sangre aquí. Aquí. —Y, apartándose los faldones de la chaqueta, se tocó rápidamente en algún sitio por encima del cinturón, tan rápidamente que ninguno de los presentes, sin duda, pudo precisar cuál era ese lugar—. Quien no haya experimentado la sensación de ese leve pinchazo, ahí o en cualquier otra zona vital, con la conciencia de que no hay más que empujar para que esa punta se adentre en la carne sin oposición, no puede saber que lo único que cabe ante ella es entregar lo que se le pida a uno, lo que sea, y el sujeto se limitó a decir: 'Venga eso p'acá'. Uno siente un hormigueo insoportable en las ingles, curiosamente, que desde allí se extiende a todo el cuerpo. Pero el origen no está donde se lo amenaza a uno, sino aquí. Aquí. —Y se señaló las dos ingles con sus dos dedos corazón, a la vez. Por fortuna no se llegó a tocar—.

Ojo: no es en los huevos, es en las ingles, no tiene nada que ver, aunque la gente se confunda y por eso utilice la expresión 'Se me pusieron aquí', señalándose la garganta —y se la tocó con el índice y el pulgar—, porque el hormigueo se extiende hasta arriba. Bien, como sabe todo el mundo desde que la débil rueda del mundo se echó a girar, eso es una emboscada o un ataque a traición, contra los cuales, y esa es su condición, es imposible prevenirse ni casi defenderse. He dicho. ¿O quieres que siga con la enumeración? Porque no me cuesta nada seguir, por lo menos hasta diez. —Y al ver que Díaz-Varela no le respondía, pensó que la discusión quedaba zanjada por apabullamiento, miró por primera vez a su alrededor y reparó en mí, en los niños y casi en Luisa también, aunque ella ya lo había saludado. Realmente no debía de habernos visto con concreción, de otro modo se habría abstenido, yo creo, de emplear la palabra 'huevos', más que nada por los menores—. A ver, ¿a quién hay que conocer aquí? —añadió con desenfado.

Me di cuenta de que Díaz-Varela se había callado y puesto serio por la misma razón por la que Luisa dio tres pasos hasta el sofá y se tuvo que sentar sin antes invitar a los dos hombres a hacerlo, como si le hubieran flaqueado las piernas y no se pudiera en verdad sostener. De la risa espontánea de hacía un momento había pasado a una expresión de aflicción, la mirada enturbiada y la tez palidecida. Sí, debía de ser un mecanismo muy sencillo. Se llevó la mano a la frente y bajó los ojos, temí que fuera a llorar. El Profesor Rico no tenía por qué saber lo que le había sucedido hacía unos meses y cómo le había destrozado la vida una navaja que pinchó hasta la saciedad, quizá su amigo no se lo había contado —pero era extraño, las desgracias ajenas se cuentan casi sin querer—, o sí y él lo había olvidado: decía su fama (que es mucha) que tendía a retener tan sólo la información remota, la de los muy pasados siglos en los que era una autoridad mundial, y a oír lo reciente con mera tolerancia y desatención. Cualquier crimen, cualquier suceso medieval o del Siglo de Oro, le importaban mucho más que lo acontecido anteayer.

Díaz-Varela se acercó a Luisa con solicitud, le cogió las manos entre las suyas y le murmuró:

—Ya está, ya está, no pasa nada. Lo siento de veras. No me he dado cuenta de hacia dónde podía derivar esta tontería. —Y me pareció notarle el impulso de acariciarle la cara, como cuando se consuela a una criatura por la que se daría la vida; sin embargo lo reprimió.

Pero lo mismo que su murmullo me fue audible, también se lo fue al Profesor.

—¿Qué pasa? ¿Qué he dicho? ¿Es por la palabra 'huevos'? Pues muy tiquismiquis sois aquí. Podía haber utilizado una peor, al fin y al cabo 'huevos' es un eufemismo. Vulgar y gráfico y muy abusado, lo reconozco, pero no deja de ser un eufemismo.

—¿Qué es tiquismiquis? ¿Qué son los huevos? —preguntó el niño, al que no había pasado inadvertido el gesto de señalarse las ingles del Profesor. Por fortuna nadie le hizo caso ni le contestó.

Luisa se recompuso en seguida y cayó en la cuenta de que no me había presentado aún. No recordaba mi apellido, en efecto, porque así como dijo los nombres completos de los dos hombres ('El Profesor Francisco Rico; Javier Díaz-Varela'), de mí, como de los niños, sólo dijo el de pila, y luego añadió mi apodo a modo de compensación ('Mi nueva amiga María; Miguel y yo la llamábamos la Joven Prudente cuando la veíamos casi todos los días a la hora de desayunar, pero hasta ahora no habíamos hablado'). Consideré oportuno subsanar su olvido ('María Dolz', precisé). Aquel Javier debía de ser el que ella había mencionado un rato antes, refiriéndose a él como a 'uno de los mejores amigos de Miguel'. En todo caso era el hombre que yo había visto por la mañana al volante del antiguo coche de Deverne, el que había recogido a los niños en la cafetería para llevarlos presumiblemente al colegio, un poco tarde para lo habitual. No era el chófer, por tanto, como yo había creído. Acaso Luisa se había imaginado obligada a prescindir de éste, cuando alguien se queda viudo siempre reduce gastos en primera instancia, como un acto reflejo de encogimiento o de desamparo, aunque haya heredado una fortuna. No sabía en qué situación económica había quedado ella, suponía que buena, pero era posible que se sintiera en precario aunque no lo estuviera en modo alguno, el mundo entero parece tambalearse tras una muerte importante, nada se ve sólido ni firme y el deudo más afectado tiende a preguntarse: 'Para qué esto y para qué lo otro, para qué el dinero, o un negocio y su urdimbre, para qué una casa y una biblioteca, para qué salir y trabajar y hacer proyectos, para qué tener hijos y para qué nada. Nada dura lo bastante porque todo se acaba, y una vez acabado resulta que nunca fue bastante, aunque durara cien años. A mí Miguel me ha durado sólo unos pocos, por qué habría de durar nada de lo que dejó atrás y lo sobrevive. Ni el dinero ni la casa ni yo ni los niños. Estamos todos en hueco y amenazados'. Y también hay un impulso de acabamiento: 'Quisiera estar donde está él, y el único ámbito en el que me consta que coincidiríamos es el pasado, el no ser y sin embargo haber sido. Él ya es pasado y yo en cambio soy aún presente. Si fuera pasado, al menos me igualaría con él en eso, algo es algo, y no estaría en condiciones de echarlo de menos ni de recordarlo. Estaría a su mismo nivel en ese aspecto, o en su dimensión, o en su tiempo, y ya no permanecería en este mundo precario que nos va quitando las costumbres. Nada más se nos quita si se nos quita de en medio. Nada más se nos acaba si uno ya se ha acabado'.

Era varonil, calmado y bien parecido, aquel Javier Díaz-Varela. Aunque afeitado con esmero, se le adivinaba la barba, una sombra levemente azulada, sobre todo a la altura del mentón enérgico, como de héroe de tebeo (según el ángulo y como le diera la luz, se le veía o no partido). Tenía pelo en el pecho, le asomaba un poco por la camisa con el botón superior abierto, no llevaba corbata, Desvern siempre la llevaba, su amigo era algo más joven. Las facciones eran delicadas, con ojos rasgados de expresión miope o soñadora, pestañas bastante largas y una boca carnosa y firme muy bien dibujada, tanto que sus labios parecían los de una mujer trasplantados a una cara de hombre, era muy difícil no fijarse en ellos, quiero decir apartarles la vista, eran como un imán para la mirada, tanto cuando hablaban como cuando estaban callados. Daban ganas de besárselos, o de tocárselos, de bordear con el dedo sus líneas tan bien trazadas, como si se las hubiera hecho un pincel fino, y luego de palpar con la yema lo rojo, a la vez prieto y mullido. Parecía además discreto, dejaba que el Profesor Rico perorara a sus anchas sin tratar de hacerle la menor sombra (tampoco debía de resultar eso factible, hacerle sombra). Sin duda tenía sentido del humor, porque había sabido seguirle la corriente y hacerle de contrapunto con eficacia, dándole pie a lucirse ante desconocidos o más bien desconocidas, se notaba en seguida que el Profesor era hombre coqueto, de los que tiran tejos teóricos a las mujeres en casi cualquier circunstancia. Por teóricos quiero decir que carecen de verdadero propósito, que no van destinados a conquistar a nadie de veras o en serio (no a mí ni a Luisa, en todo caso), sino a suscitar curiosidad por su persona, o a deslumbrar si es posible, aunque no se vaya a volver a ver nunca a los deslumbrados. Díaz-Varela se divertía con su pueril pavoneo y le permitía espaciarse o lo incitaba a ello, como si no temiera la competencia o tuviera un objetivo tan definido, y tan ansiado, que no le cupiera duda de que antes o después iba a lograrlo, por encima de cualquier eventualidad o amenaza.

No estuve allí mucho más rato, no pintaba nada en medio de aquella reunión, improvisada en lo que respectaba a Rico y probablemente consuetudinaria en lo tocante a Díaz-Varela, daba la impresión de ser una presencia habitual o casi continua en aquella casa o en aquella vida, la de Luisa viuda. Era la segunda vez que aparecía en un solo día, que yo supiera, y eso debía de ocurrir casi todos, porque al llegar con Rico los niños lo habían saludado con excesiva naturalidad rayana en la indiferencia, como si su visita al atardecer (un 'dejarse caer') fuera algo descontado. Claro que también lo habían visto aquella mañana, y los tres habían hecho juntos un breve recorrido en coche. Era como si él estuviera más al tanto de Luisa que nadie, más que su familia, sabía que por lo menos tenía un hermano, lo había mencionado en la misma frase que a Javier y a un abogado. Como a eso, como a un hermano sobrevenido o postizo, me pareció que lo veía Luisa, alguien que va y viene y entra y sale, alguien que echa una mano con los críos o con cualquier otra cosa cuando surge un imprevisto, con quien se puede contar en casi cualquier ocasión y sin preguntarle antes y a quien se solicita consejo ante las vacilaciones como en un acto reflejo, que hace compañía sin que se lo note apenas, ni a él ni su compañía, que se presta y se ofrece siempre espontánea y gratuitamente, alguien que no necesita llamar para presentarse, y que de manera paulatina, inadvertida, acaba por compartir todo el territorio y por hacerse imprescindible. Alguien que está ahí sin que se le haga demasiado caso, y a quien se echa indeciblemente de menos si se retira o desaparece. Esto último podía suceder con Díaz-Varela en cualquier instante, porque no era un hermano incondicional y devoto que nunca va a apartarse del todo, sino un amigo del marido muerto y la amistad no se transfiere. Si acaso se usurpa. Tal vez era uno de esos amigos del alma a los que en un momento de debilidad o de premonición oscura se les pide o encomienda algo:

'Si alguna vez me ocurriese una desgracia y ya no estuviera', podría haberle dicho Deverne un día, 'cuento contigo para que te ocupes de Luisa y los niños.'

'¿Qué quieres decir? ¿A qué te refieres? ¿Te pasa algo? ¿A qué viene esto? No te estará pasando nada, ¿verdad?', le habría contestado Díaz-Varela con inquietud y sobresalto.

'No, no preveo que me pase nada, nada inminente ni tan siquiera próximo, nada concreto, estoy bien de salud y todo eso. Es sólo que quienes pensamos en la muerte, y nos paramos a observar el efecto que produce en los vivos, no podemos evitar preguntarnos de vez en cuando qué ocurriría tras la nuestra, en qué situación se quedarían las personas para las que significamos mucho, hasta dónde las afectaría. No hablo de la situación económica, eso está arreglado más o menos, sino del resto. Yo me imagino que los niños lo pasarían mal una temporada, y que a Carolina mi recuerdo le duraría toda la vida, cada vez más vago y difuso, y que por eso mismo sería capaz de idealizarme, porque uno puede hacer lo que quiera con lo vago y difuso y manipularlo a su antojo, convertirlo en el paraíso perdido, en el tiempo feliz en que todo estaba en su sitio y no faltaban nada ni nadie. Pero en fin, es demasiado pequeña para no zafarse de eso algún día, tirar adelante con su vida y crearse mil ilusiones, las que a cada edad le toquen. Sería una chica normal, con una ocasional estela de melancolía. Tendería a refugiarse en mi recuerdo cada vez que tuviera un disgusto o le salieran mal las cosas, pero eso lo hacemos todos en mayor o menor grado, buscarnos algún refugio en lo que existió y ya no existe. En todo caso la ayudaría que alguien real y vivo ocupara mi lugar, en la medida de lo posible, alguien que contestara. Tener cerca una figura paterna, a la que viera con frecuencia y ya estuviera acostumbrada. No veo a nadie más capacitado que tú para desempeñar ese papel sustitutorio. Nicolás me preocuparía menos: por fuerza me olvidaría, es muy niño. Pero también le vendría bien que tú anduvieras al quite de sus problemas, su carácter le traerá unos cuantos, bastantes. Pero sería Luisa la más desconcertada y desamparada. Claro que podría volver a casarse, sin embargo no lo veo muy factible, y desde luego no pronto, y cuanto menos joven fuera más difícil se le haría. Me imagino que sobre todo, pasada la desesperación inicial, pasado el duelo, y esas dos cosas duran mucho, sumadas, le daría una pereza infinita todo el proceso. Ya sabes: conocer a alguien nuevo, contarle la propia vida aunque sea a grandes rasgos, dejarse cortejar o ponerse a tiro, estimular, mostrar interés, enseñar la mejor cara, explicar cómo es uno, escuchar cómo es el otro, vencer recelos, habituarse a alguien y que ese alguien se habitúe a uno, pasar por alto lo que desagrada. Todo eso la aburriría, y a quién no, si bien se mira. Dar un paso, y luego otro, y otro. Es muy cansado y tiene inevitablemente algo de repetitivo y ya probado, para mí no lo quisiera a mis años. Parece que no, pero son muchos pasos hasta volver a asentarse. Me cuesta figurármela con una mínima curiosidad o ilusión, ella no es inquieta ni descontentadiza. Quiero decir que, si lo fuera, al cabo de un tiempo de haberme perdido podría empezar a ver alguna ventaja o compensación a la pérdida. Sin reconocérsela, claro, pero la vería. Poner fin a una historia y regresar a un principio, al que sea, si se ve uno obligado, a la larga no resulta amargo. Aunque estuviera uno contento con lo que se ha acabado. Yo he visto a viudos y viudas desconsolados que durante mucho tiempo han creído que jamás levantarían cabeza de nuevo. Sin embargo luego, cuando por fin se han rehecho y han encontrado otra pareja, tienen la sensación de que esta última es la verdadera y la buena y se alegran íntimamente de que la antigua desapareciera, de que dejara el campo libre para lo que ahora han construido. Es la horrible fuerza del presente, que aplasta más el pasado cuanto más lo distancia, y además lo falsea sin que el pasado pueda abrir la boca, protestar ni contradecirlo ni refutarle nada. Y no hablemos ya de esos maridos o mujeres que no se atreven a abandonar al cónyuge, o que no saben cómo hacerlo, o que temen causarle demasiado daño: esos desean secretamente que el otro se muera, prefieren su muerte antes que afrontar el problema y ponerle razonable remedio. Es absurdo, pero así es: en el fondo no es que no le deseen ningún mal y traten de preservarlo de todos con su sacrificio personal y su esforzado silencio (porque de hecho se lo desean con tal de perderlo de vista, y además el mayor e irreversible), sino que no están dispuestos a ocasionárselo ellos, quieren no sentirse responsables de la infelicidad de nadie, ni siquiera de la de quienes los atormentan con su mera existencia cercana, con el vínculo que los ata y que podrían cortar si fueran valientes. Pero, como no lo son, fantasean o sueñan con algo tan radical como la muerte del otro. "Sería una solución fácil y un enorme alivio", piensan, "yo no tendría nada que ver en ello, no le causaría dolor ni tristeza alguna, él no sufriría por mi culpa, o ella, sería un accidente, una enfermedad veloz, una desgracia en los que yo no tendría arte ni parte; al contrario, yo sería una víctima a los ojos del mundo y también a los míos, pero una víctima beneficiada. Y sería libre." Pero Luisa no es de estos. Está plenamente instalada, aposentada en nuestro matrimonio, y no concibe otra forma de vida que la que eligió y ya tiene. Tan sólo ansía más de lo mismo, sin ningún cambio. Un día tras otro idénticos, sin quitar ni añadir nada. Tanto es así que ni siquiera se le pasará por la cabeza nunca lo que a mí sí se me pasa, es decir, mi posible muerte o la suya, para ella eso no está en el horizonte, no cabe.

Bueno, la suya para mí tampoco, me cuesta mucho más planteármela y no la considero apenas. Pero la mía sí, de vez en cuando, me vienen rachas, a cada uno le toca bregar con su vulnerabilidad y no con la de los otros, por muy queridos que sean. No sé, no sé cómo decirte, hay temporadas en que veo el mundo sin mí muy fácilmente. Así que si algo me pasara un día, Javier, si me sucediera algo definitivo, ella ha de tenerte a ti como repuesto. Sí, la palabra es pragmática e innoble, pero es la adecuada. Entiéndeme bien, no te asustes. No te pido que te cases con ella ni nada por el estilo, evidentemente. Tú tienes tu vida de soltero y tus muchas mujeres a las que no ibas a renunciar por nada, menos aún por hacerle un favor póstumo a un amigo que ya no iba a pedirte cuentas ni podría echarte nada en cara, estaría bien callado en el pasado que no protesta. Pero, por favor, mantente cerca de ella si yo alguna vez falto. No te retraigas por mi ausencia sino todo lo contrario: hazle compañía, dale apoyo y conversación y consuelo, ve a verla un rato a diario y llámala cuanto puedas sin necesidad de pretextos, como algo natural y que pertenece a su día. Sé una especie de marido sin serlo, una prolongación de mí. No creo que Luisa saliera adelante sin una referencia cotidiana, sin alguien a quien hacer partícipe de sus pensamientos y a quien contarle su jornada, sin un sucedáneo de lo que tiene ahora conmigo, al menos en algún aspecto. A ti te conoce desde hace tiempo, contigo no tendría que vencer sus resistencias como con cualquier desconocido. Hasta podrías contarle tus aventuras y entretenerla con ellas, permitirle vivir vicariamente lo que le parecería imposible volver a vivir nunca por su cuenta. Sé que es mucho lo que te pido y que para ti no habría grandes ventajas, casi tan sólo una carga. Pero también Luisa podría sustituirme a mí en parte, ser a su vez una prolongación de mí, en lo que a ti respecta. Uno siempre se prolonga en los más cercanos, y éstos se reconocen y juntan a través del muerto, como si su pasado contacto con él los hiciera pertenecer a una hermandad o a una casta. Digamos que no me perderías del todo, que me conservarías un poco en ella. Tú estás muy rodeado de tus variadas mujeres, pero tampoco tienes tantos amigos. No te creas que no me echarías de menos. Y ella y yo tenemos el mismo sentido del humor, por ejemplo. Son muchos años de gastarnos bromas a diario.'

Díaz-Varela se habría echado a reír, probablemente, por rebajar el ominoso tono de su amigo y también porque su petición le habría hecho algo de gracia involuntaria, de tan extravagante e inesperada.

'¿Me estás pidiendo que te sustituya si te mueres', le habría contestado, a mitad de camino entre la afirmación y la pregunta. '¿Que me convierta en un falso marido de Luisa y en un padre a cierta distancia? No sé cómo se te ha ocurrido eso, quiero decir que tú puedas faltar de sus vidas pronto, si estás bien de salud, como dices, y no hay motivo real para temer que te pase nada. ¿Estás seguro de que no te pasa nada? No tienes ninguna enfermedad. No estás metido en ningún lío del que yo no estoy enterado. No te has cargado de deudas insaldables o que ya no se pueden pagar con dinero. Nadie te ha amenazado. No estás pensando en desaparecer por tu cuenta, en largarte.'

'No. De verdad. No te oculto nada. Es sólo lo que te he dicho, que a veces me da por imaginarme el mundo sin mí y me entran miedos. Por los niños y por Luisa, por nadie más, descuida, no me tengo por importante. Sólo quiero estar seguro de que te encargarías de ellos, al menos en los primeros tiempos. De que tendrían lo más parecido a mí posible para apoyarse. Te guste o no, lo sepas o no, tú eres lo más parecido a mí posible. Aunque sólo sea por el largo trato.'

Díaz-Varela se habría quedado pensativo un momento, luego quizá habría sido semisincero, a buen seguro no del todo:

'Pero ¿tú te das cuenta de a lo que me arrojarías? ¿Te das cuenta de lo difícil que es convertirse en un falso marido sin pasar a serlo real a la larga? En una situación como la que has descrito, es muy fácil que la viuda y el soltero pronto se crean más de lo que son, y con derechos. Pon a una persona en la cotidianidad de alguien, haz que se sienta responsable y protector y que al otro se le haga imprescindible, y verás cómo terminan. Siempre que sean medianamente atractivos y no haya un abismo de edad entre ellos. Luisa es muy atractiva, no te descubro nada, y yo no puedo quejarme de cómo me ha ido con las mujeres. No creo que me case nunca, no es eso. Pero si tú te murieras un día y yo fuera a diario a tu casa, sería dificilísimo que no pasara lo que no debería pasar nunca mientras tú estuvieras vivo. ¿Querrías morirte sabiendo eso? Aún es más: ¿propiciándolo y procurándolo, empujándonos a ello?'

Desvern se habría quedado callado unos segundos, cavilando, como si antes de formular su petición no hubiera tenido en cuenta aquel punto de vista. Luego se habría reído un poco paternalistamente y habría dicho:

'Eres incorregible en tu vanidad, en tu optimismo. Por eso serías tan buen asidero, tan buen soporte. No creo que eso ocurriese. Precisamente porque eres demasiado familiar para ella, como un primo al que le sería imposible mirar con otros ojos', aquí habría vacilado un instante o lo habría fingido, 'que los míos. Su visión de ti viene de mí, es heredada, está viciada. Eres un viejo amigo de su marido, del que me ha oído hablar muchas veces, ya puedes imaginártelo, con tanto afecto como guasa. Antes de que Luisa te conociera, yo ya le había contado cómo eras, le había pintado tu cuadro. Te ha visto siempre a esa luz y con esos rasgos, ya no puede cambiarlos, tenía una acabada imagen de ti antes de presentaros. Y bueno, no te oculto que nos hacen reír tus líos y, cómo llamarlo, tu ufanía. Me temo que no eres alguien a quien ella pudiera tomar en serio. Estoy seguro de que no te molesta que te lo diga. Es una de tus virtudes, y además lo que siempre has buscado, no ser tomado muy en serio. No irás a negármelo ahora.'

Díaz-Varela se habría sentido molesto, probablemente, pero lo habría disimulado. A nadie le agrada que le anuncien que no tiene posibilidades con alguien, aunque ese alguien no le interese ni se haya planteado conquistarlo. Muchas seducciones se han llevado a cabo, o por lo menos se han iniciado, por despecho o desafío, sólo por eso, por una apuesta o para refutar un aserto. El interés viene luego. Suele venir en esas ocasiones, lo suscitan las maniobras y el propio empeño. Pero no está al principio, o en todo caso no está antes de la disuasión o reto. Tal vez Díaz-Varela deseó en aquel momento que Deverne se muriera para demostrarle que Luisa sí podía tomarlo a él en serio cuando ya no hubiera mediadores. Claro que ¿cómo se le demuestra algo a un muerto? ¿Cómo se obtiene su rectificación, su reconocimiento? Nunca nos dan la razón que necesitamos, y sólo cabe pensar: 'Si ese muerto levantara la cabeza'. Pero ninguno la levanta. Se lo demostraría a Luisa, en quien Desvern se prolongaría o seguiría viviendo durante un tiempo, eso había dicho su marido. Quizá fuera así, quizá estuviera en lo cierto. Hasta que él lo barriese. Hasta que borrase su recuerdo y su rastro y lo suplantase.

'No, no voy a negártelo, y claro que no me molesta. Pero las maneras de mirar cambian mucho, sobre todo si quien ha pintado el retrato ya no puede seguir retocándolo y el retrato queda en manos del retratado. Éste puede corregir y desmentir todos los trazos, uno a uno, y dejar como un embustero al primer artista. O como un equivocado, o como un mal artista, superficial y sin perspicacia. "Qué idea tan errada me habían inducido a tener", puede pensar quien lo contemplaba. "Este hombre no es como me lo habían descrito, sino que tiene peso, y pasión, y entidad, y fundamento." Eso pasa a diario, Miguel, continuamente. La gente empieza viendo una cosa y acaba viendo la contraria. Empieza amando y acaba odiando, o sintiendo indiferencia y después adorando. Nunca logramos estar seguros de qué va a sernos vital ni de a quién vamos a dar importancia. Nuestras convicciones son pasajeras y endebles, hasta las que consideramos más fuertes. También nuestros sentimientos. No deberíamos fiarnos.'

Deverne habría captado algo del orgullo herido, lo habría pasado por alto.

'Aun así', habría dicho. 'Si yo no creo que eso pueda ocurrir, qué más daría si finalmente ocurriese después de mi muerte. Yo no me enteraría. Y me habría muerto convencido de la imposibilidad de tal vínculo entre tú y ella, lo que uno prevé es lo que cuenta, lo que uno ve y vive en el último instante es el final de la historia, el final del cuento propio. Uno sabe que todo continuará sin uno, que nada se para porque uno desaparezca. Pero ese después no le concierne. Lo crucial es que se para uno, y en consecuencia se detiene todo, el mundo es definitivamente como es en el momento de la terminación de quien termina, aunque no sea así de hecho. Pero ese "de hecho" ya no importa. Es el único instante en el que ya no hay futuro, en el que el presente se nos aparece como inalterable y eterno, porque ya no asistiremos a ningún hecho más ni a ningún cambio. Ha habido gente que ha intentado adelantar la publicación de un libro para que su padre llegara a verlo impreso y se despidiera con la idea de que su hijo era un escritor cumplido, qué más daba que luego no volviera a redactar ni una línea. Ha habido tentativas desesperadas de reconciliar momentáneamente a dos personas para que un agonizante creyese que habían hecho las paces y que todo estaba arreglado y en orden, qué importaba que los enemistados volvieran a tirarse los trastos a la cabeza a los dos días del fallecimiento, lo que contaba era lo que quedaba o había justo antes de esa muerte. Ha habido quien ha fingido perdonar a un moribundo para que éste se fuera en paz, o más tranquilo, qué más daba que a la mañana siguiente el perdonador le desease en su fuero interno que se pudriera en el infierno. Ha habido quienes han mentido como locos ante el lecho de la mujer o el marido y los han convencido de que jamás les fueron infieles y de que los quisieron sin fisuras y con constancia, qué importaba que al cabo de un mes ya estuvieran conviviendo con sus veteranos amantes. Lo único verdadero, y además definitivo, es lo que el que va a morir ve o cree inmediatamente antes de su marcha, porque para él no hay más historia. Hay un abismo entre lo que creyó Mussolini, que fue ejecutado por sus enemigos, y lo que creyó Franco en su cama, rodeado de sus seres queridos y adorado por sus compatriotas, digan lo que digan ahora los muy hipócritas. Yo le oí contar a mi padre que Franco tenía en su despacho una fotografía de Mussolini colgado boca abajo como un cerdo en la gasolinera de Milán a la que lo llevaron para exhibir y escarnecer su cadáver y el de su amante Clara Petacci, y que a algunas visitas que se quedaban mirándola sobrecogidas o desconcertadas les decía: "Sí, vea: yo nunca saldré así". Y tuvo razón, ya procuró que así fuera. Él murió feliz sin duda, dentro de lo que cabe, en la idea de que todo continuaría como había dictaminado. Muchos se consuelan de esta gran injusticia, o de su rabia, pensando luego: "Si levantara la cabeza", o "Tal como han ido las cosas, debe de estar revolviéndose en su tumba", sin aceptar del todo que nadie levanta la cabeza nunca ni se revuelve en su tumba ni se entera de lo que pasa en cuanto expira. Es como pensar que a quien aún no ha nacido le pudiera importar lo que sucede en el mundo, más o menos. A quien todavía no existe le es todo tan indiferente, por fuerza, como al que ya se ha muerto. Ninguno de los dos es nada, ninguno posee conciencia, el primero no puede ni presentir su vida, el segundo no está capacitado para recordarla, como si no la hubiera tenido. Están en el mismo plano, es decir, no están ni saben, aunque nos cueste admitirlo. Qué me importaría a mí lo que ocurriese una vez que me hubiera ido. Sólo me cuenta lo que ahora creo y preveo. Creo que a mis hijos les iría mejor si tú estuvieras cerca de ellos, en mi ausencia. Preveo que Luisa se recuperaría antes y sufriría un poco menos si te tuviera a mano como amigo. Yo no me puedo adentrar en las conjeturas ajenas, aunque sean tuyas o aunque fueran de Luisa, sólo me cabe atender a las mías y no os puedo imaginar de otra manera. Así que sigo pidiéndote que, si me pasa algo malo, me des tu palabra de que te encargarás de ellos.'

Díaz-Varela, acaso, aún le habría discutido algo:

'Sí, tienes razón en parte. No en una cosa, sin embargo: no es lo mismo no haber nacido que haber muerto, porque el que muere deja rastro y lo sabe. Sabe que ya no se enterará de nada pero que va a dejar huella y recuerdo. Que será echado de menos, tú mismo lo estás diciendo, y que las personas que lo conocieron no actuarán como si no hubiera existido. Habrá quien se sienta culpable respecto a él, quien deseará haberlo tratado mejor en vida, quien llorará por él y no comprenderá que no responda, quien se desesperará por su ausencia. A nadie le cuesta recuperarse de la pérdida de quien no ha nacido, si acaso a la madre que sufre un aborto, se le hace difícil abandonar la esperanza y se pregunta de vez en cuando por el niño que podría haber sido. Pero en realidad no hay ahí pérdida de ninguna clase, no hay vacío ni hay hechos pasados. En cambio quien ha vivido y ha muerto no desaparece del todo, durante un par de generaciones al menos; hay constancia de sus actos y al morir él está al tanto de eso. Sabe que ya no va a ver ni a averiguar nada más, que a partir de ese momento quedará en la ignorancia y que el final de la historia es el que es en ese instante. Pero tú mismo te estás preocupando por lo que les aguardaría a tu mujer y a tus hijos, te has ocupado de poner en orden los asuntos financieros, eres consciente del hueco que dejarías y me estás pidiendo que lo llene, que te sustituya hasta cierto punto si faltas. Nada de eso estaría en la mano de un nonato.'

'Claro que no', habría respondido Desvern, 'pero todo esto lo hago vivo, lo hace un vivo, que no tiene nada que ver con un muerto, aunque normalmente creamos que son la misma persona y así se diga. Cuando esté muerto no seré ni persona, y no podré arreglar ni pedir nada, ni ser consciente de nada, ni preocuparme. Tampoco nada de eso estaría en la mano de un muerto, es en eso en lo que se parece a un no nacido. No estoy hablando de los otros, de los que nos sobreviven y evocan y todavía están en el tiempo, ni de mí mismo ahora, del que aún no se ha ido. Ese hace cosas, por supuesto, y las piensa, nada más faltaría; maquina, toma medidas y decisiones, trata de influir, tiene deseos, es vulnerable y también puede hacer daño. Estoy hablando de mí mismo muerto, veo que se te hace más difícil que a mí imaginarme. Pues no debes confundirnos, a mí vivo y a mí muerto. El primero te pide algo que el segundo no podrá reclamarte ni recordarte ni saber si cumples. Qué te cuesta darme tu palabra, entonces. Nada te impide faltar a ella, te sale gratis.'

Díaz-Varela se habría pasado una mano por la frente y se habría quedado mirándolo con extrañeza y un poco de hartazgo, como si saliera de una ensoñación o de un sopor provocado. Salía en todo caso de una conversación inesperada, impropia y de mal agüero.

'Tienes mi palabra de honor, lo que tú digas, cuenta con ella', le habría dicho. 'Pero haz el favor de no volver a joderme en la vida con historias de estas, me has dejado mal cuerpo. Anda, vámonos a tomar una copa y a hablar de cosas menos macabras.'

—Pero qué porquería de edición es esta —oí que mascullaba el Profesor Rico sacando un volumen de un estante, había estado miroteando los libros como si en la habitación no hubiera nadie. Vi que era una edición del *Quijote* que cogía con las puntas de los dedos, como si le diera grima—. Cómo se puede tener esta edición, existiendo la mía. Es pura necedad intuitiva, no hay método ni ciencia en ella, y ni siquiera es ocurrente, copia mucho. Y encima en casa de una profesora universitaria, para mayor inri, si mal no he entendido. Así anda la Universidad madrileña —añadió mirando con reprobación a Luisa.

Ella se echó a reír de buena gana. Pese a ser la destinataria de la reprimenda, la salida de tono le había hecho gracia.

Díaz-Varela se rió también, quizá por mimetismo o por coba —para él no podía haber sorpresa en la impertinencia de Rico ni en las confianzas que se tomaba—, e intentó tirarle de la lengua, posiblemente para ver si se reía más Luisa y se arrancaba de su momento sombrío. Pero pareció espontáneo. Resultaba encantador y fingir se le daba, si fingía.

—Bueno, no me dirás que el encargado de esa edición no es una autoridad respetada, bastante más que tú en algunos círculos —le dijo a Rico.

—Bah, respetada por los ignorantes y los eunucos, que en este país casi ni caben, y en los Círculos de la Amistad de los pueblos más tirados y más holgazanes —respondió el Profesor. Abrió el volumen por una página al azar, le echó una ojeada displicente y rápida y clavó el índice en un renglón, como impulsado por un mazazo—. Aquí ya hay un error de bulto. —A continuación lo cerró como si no hubiera más que mirar—. Se lo restregaré en un artículo. —Levantó la vista con aire triunfal, sonrió de oreja a oreja (una sonrisa enorme, se la permitía su boca flexible) y añadió—: Y además, me tiene envidia.

# II

Tardé mucho tiempo en volver a ver a Luisa Alday y en el largo entretanto empecé a salir con un hombre que me gustaba a medias y me enamoré estúpida y calladamente de otro, de su enamorado Díaz-Varela, al que me encontré poco después en un lugar improbable para encontrarse a nadie, muy cerca de donde había muerto Deverne, en el edificio rojizo del Museo Nacional de Ciencias Naturales, que está justo al lado o más bien forma conjunto con la Escuela Técnica Superior de Ingenieros Industriales con su brillante cúpula de cristal y zinc, de unos veintisiete metros de altura y unos veinte de diámetro, erigida hacia 1881, cuando ese conjunto no era Escuela ni Museo, sino el flamante Palacio Nacional de las Artes y las Industrias que albergó una importante Exposición en aquel año, la zona se conocía antiguamente como los Altos del Hipódromo, por sus varios promontorios y su cercanía a unos caballos cuyas hazañas son fantasmales por partida doble o definitivamente, pues ya no debe de quedar nadie vivo que asistiera a ellas o las recuerde. El Museo de Ciencias es pobre, sobre todo si se compara con los que se encuentran en Inglaterra, pero me acercaba a él a veces con mis sobrinos pequeños para que vieran los animales estáticos tras sus vitrinas y se familiarizaran con ellos, y de ahí me quedó cierta afición a visitarlo por mi cuenta de tarde en tarde, entremezclada —de hecho invisible para ellos— con los grupos de alumnos de colegios y de institutos acompañados de una profesora exasperada o paciente y con despistados turistas sobrados de tiempo que se enteran de su existencia por alguna guía de la ciudad demasiado puntillosa y exhaustiva: aparte de las numerosísimas guardianas, casi todas sudamericanas hoy en día, esos suelen ser los únicos seres vivos de ese lugar algo irreal y superfluo y feérico, como todos los Museos de Ciencias.

Estaba mirando la maqueta de las inmensas fauces abiertas de un cocodrilo —siempre pensaba que yo cabría en ellas, y en la suerte de no vivir en un sitio en el que hubiera esos reptiles— cuando me llamaron por mi nombre y me volví un poco alarmada, por lo inesperado: cuando uno está en ese Museo semivacío, tiene la casi absoluta y reconfortante certeza de que en esos instantes nadie puede conocer su paradero.

Lo reconocí en seguida, con sus labios femeninos y su mentón falsamente partido, su sonrisa calmada y una expresión a la vez atenta y ligera. Me preguntó qué hacía allí, y le contesté: 'Me gusta venir de vez en cuando. Es un sitio lleno de fieras tranquilas, a las que uno puede aproximarse'. Nada más decir esto pensé que fieras había bien pocas y que la frase era una pavada, y además me di cuenta de que la había añadido por hacerme la interesante, supuse que con nefastos resultados. 'Es un sitio tranquilo', concluí sin más adornos. Le pregunté lo mismo, qué hacía él allí, y me contestó: 'También a mí me gusta venir de vez en cuando', y esperé una pavada suya, que para mi desgracia no llegó del todo, Díaz-Varela no deseaba impresionarme. 'Vivo bastante cerca. Cuando salgo a dar una vuelta, mis pasos me acaban trayendo hasta aquí en ocasiones.' Lo de los pasos trayéndolo me pareció levemente literario y cursi y me dio alguna esperanza. 'Luego me siento un rato en la terraza de ahí fuera y regreso a casa. Vamos, te invito a tomar algo, a no ser que quieras seguir mirando esos colmillos u otras salas.' En el exterior, bajo la arboleda, aún sobre el promontorio, frente a la Escuela, hay un quiosco de refrescos con sus mesas y sillas al aire libre.

—No —respondí—, me las conozco de memoria. Sólo pensaba bajar un rato a ver esas absurdas figuras de Adán y Eva. —Él no reaccionó, no dijo 'Ah, ya' ni nada por el estilo, como habría dicho cualquiera que visitara con frecuencia ese Museo: en el sótano hay una vitrina vertical de no muy gran tamaño, hecha por una americana o una inglesa, una tal Rosamund Algo, que representa el Jardín del Edén de manera estrafalaria. Todos los animales que rodean a la primigenia pareja están supuestamente vivos y en movimiento o alerta, monos, liebres, pavos, grullas, tejones, quizá un tucán y hasta la serpiente, que asoma con expresión demasiado humana entre las muy verdes hojas del manzano. Adán y Eva, en cambio, los dos de pie y separados, son sólo sendos esqueletos, y lo único que permite distinguirlos al ojo profano es que uno de ellos sostiene en la mano derecha una manzana. Seguramente leí alguna vez el cartel correspondiente, pero no recuerdo que diera explicación satisfactoria alguna. Si se trataba de mostrar los huesos de una mujer y de un hombre y de señalar sus diferencias, no se entiende qué necesidad había de convertirlos en nuestros primeros padres, como se los llamaba con la fe antigua, y colocarlos en ese escenario; si se trataba de representar el Paraíso con su más bien pobre fauna, lo que no se entiende son los esqueletos, mientras todos los demás animales conservan su carne y su pelo o plumaje. Es una de las más incongruentes instalaciones del Museo de Ciencias Naturales, y a nadie que lo visite le puede pasar inadvertida, no por bonita, sino por sin sentido.

—María Dolz, ¿verdad? Es Dolz, ¿no es así? —me dijo Díaz-Varela una vez que nos hubimos sentado en la terraza, como si quisiera hacer gala de su capacidad de retención y su buena memoria, al fin y al cabo mi apellido lo había pronunciado sólo yo, y apresuradamente, lo había colado como un inserto que a todos los presentes traía sin cuidado. Me sentí halagada por el detalle, no cortejada.

—Tienes buena memoria y buen oído —le dije para no ser descortés—. Sí, es Dolz, no Dols ni Dolç, con cedilla. —Y dibujé en el aire una cedilla—. ¿Cómo sigue Luisa?

—Ah, tú no la has visto. Pensaba que habíais hecho algo de amistad.

—Sí, si se puede decir eso de lo que ha durado un solo día. No he vuelto a verla desde aquella vez en su casa. Entonces nos llevamos muy bien y me habló como si en efecto fuera una amiga, yo creo que por debilidad más que nada. Pero después no he vuelto a encontrármela. ¿Cómo sigue? —insistí—. Tú sí debes de verla casi a diario, ¿no?

Esto pareció contrariarlo un poco, se quedó callado unos segundos. Se me ocurrió que quizá sólo quería sonsacarme, en la creencia de que ella y yo manteníamos contacto, y que de pronto su aproximación a mí se había quedado sin objetivo antes de empezar, o aún más irónico: sería él quien tendría que darme noticias e información sobre ella.

—Pues no bien —respondió por fin—, y ya me voy preocupando. No es que haya pasado demasiado tiempo, desde luego, pero no acaba de reaccionar, no avanza un milímetro, no es capaz de alzar la cabeza ni siquiera fugazmente y mirar a su alrededor y ver cuánto le queda. Después de la muerte de un marido aún quedan muchas cosas; a su edad, de hecho, queda otra vida entera. La mayoría de las viudas salen adelante pronto, sobre todo si son más o menos jóvenes y además tienen hijos de los que ocuparse. Pero no son sólo los niños, que en seguida dejan de serlo. Si ella pudiera verse dentro de unos pocos años, de un año incluso, comprobaría que la imagen de Miguel que ahora la ronda incesantemente se le difumina cada día que pasa y cuánto se le ha adelgazado, y que sus nuevos afectos no le permiten acordarse de él más que de tarde en tarde, con una quietud hoy sorprendente, con invariable pena pero sin apenas desasosiego. Porque tendrá nuevos afectos y su primer matrimonio acabará por parecerle algo casi soñado, un recuerdo vacilante y amortiguado. Lo que hoy es visto como anomalía trágica será percibido como normalidad irremediable, y aun deseable, puesto que habrá sucedido. Hoy le resulta inadmisible que Miguel ya no sea, pero llegará un momento en que lo incomprensible sería que volviera a ser, que sí fuera; en que la mera fantasía de una reaparición milagrosa, de una resurrección, de su vuelta, se le haría intolerable, porque ya le habría asignado su lugar definitivo y su rostro apaciguado en el tiempo, y no consentiría que ese retrato suyo acabado y fijo se expusiera de nuevo a las modificaciones de lo que permanece vivo y por lo tanto es imprevisible. Tendemos a desear que nadie se muera y que nada termine, de lo que nos acompaña y es nuestra querida costumbre, sin darnos cuenta de que lo único que mantiene las costumbres intactas es que nos las supriman de golpe, sin desviación ni evolución posibles, sin que nos abandonen ni las abandonemos. Lo que dura se estropea y acaba pudriéndose, nos aburre, se vuelve contra nosotros, nos satura, nos cansa. Cuántas personas que nos parecían vitales se nos quedan en el camino, cuántas se nos agotan y con cuántas se nos diluye el trato sin que haya aparente motivo ni desde luego uno de peso. Las únicas que no nos fallan ni defraudan son las que se nos arrebata, las únicas que no dejamos caer son las que desaparecen contra nuestra voluntad, abruptamente, y así carecen de tiempo para darnos disgustos o decepcionarnos. Cuando eso ocurre nos desesperamos momentáneamente, porque creemos que podríamos haber seguido con ellas mucho más, sin ponerles plazo. Es una equivocación, aunque comprensible. La prolongación lo altera todo, y lo que ayer era estupendo mañana habría sido un tormento. La reacción que tenemos todos ante la muerte de alguien cercano es parecida a la que tuvo Macbeth ante el anuncio de la de su mujer, la Reina. '*She should have died hereafter*', responde de manera algo enigmática: 'Debería haber muerto a partir de ahora', es lo que dice, o 'de ahora en adelante'. También podría entenderse con menos ambigüedad y más llaneza, esto es, 'más adelante' a secas, o 'Debería haber esperado un poco más, haber aguantado'; en todo caso lo que dice es 'no en este instante, no en el elegido'. ¿Y cuál sería el instante elegido? Nunca nos parece el momento justo, siempre pensamos que lo que nos gusta o alegra, lo que nos alivia o ayuda, lo que nos empuja a través de los días, podía haber durado un poco más, un año, unos meses, unas semanas, unas cuantas horas, nos parece que siempre es temprano para que se les ponga fin a las cosas o a las personas, nunca vemos el momento oportuno, aquel en el que nosotros mismos diríamos: 'Ya. Ya está bien. Es suficiente y más vale. Lo que venga a partir de ahora será peor, un deterioro, un rebajamiento, una mancha'. A eso nunca nos atrevemos; a decir 'Este tiempo ha pasado, aunque sea el nuestro', y por eso no está en nuestras manos el final de nada, porque si dependiera de ellas todo continuaría indefinidamente, contaminándose y ensuciándose, sin que ningún vivo pasara jamás a ser muerto.

Hizo una breve pausa para beber de su cerveza, hablar seca en seguida la garganta y él se había lanzado tras su desconcierto inicial, casi con vehemencia, como si aprovechara para desahogarse. Tenía labia y vocabulario, su pronunciación en inglés era buena sin afectación, lo que decía no era hueco e iba trabado, me pregunté a qué se dedicaría pero no podía preguntárselo sin interrumpirle el discurso y eso no quería hacerlo. Le miraba los labios mientras peroraba, se los miraba con fijeza y me temo que con descaro, me dejaba mecer por sus palabras y no podía apartar los ojos del lugar por donde salían, como si todo él fuera boca besable, de ella procede la abundancia, de ella surge casi todo, lo que nos persuade y lo que nos seduce, lo que nos tuerce y lo que nos encanta, lo que nos succiona y lo que nos convence. 'De la superabundancia del corazón habla la boca', se lee en la Biblia en algún sitio. Me quedé perpleja al comprobar cuánto me gustaba y hasta fascinaba aquel hombre apenas conocido, más aún al recordar que para Luisa era en cambio casi invisible e inaudible, de tan visto y oído. Cómo podía ser, uno cree que lo que lo enamora debería anhelarlo todo el mundo. No quería decir nada para no romper el ensalmo, pero también se me ocurrió que, si no lo hacía, él podría figurarse que no le prestaba atención, cuando lo cierto es que no perdía vocablo, cuanto procediera de aquellos labios me interesaba. Debía ser breve, con todo, pensé, para no distraerlo demasiado.

—Bueno, los finales sí dependen de nuestras manos, si éstas son suicidas. No digamos si son asesinas —dije. Y estuve a punto de añadir: 'Aquí mismo, ahí al lado, mataron a tu amigo Desvern de mala manera. Es extraño que ahora estemos aquí sentados y que todo esté en paz y limpio, como si no hubiera pasado nada. De haber estado aquel día, tal vez lo habríamos salvado. Aunque si él no hubiera muerto, no podríamos estar juntos en ningún lado. Ni siquiera nos conoceríamos'.

Estuve a punto pero no lo añadí, entre otras razones porque él echó una rápida ojeada —estaba de espaldas a ella, yo de frente— hacia la calle cercana en que se había producido el acuchillamiento, y pensé si no estaría pensando lo mismo que yo o algo parecido, al menos la primera parte de mi pensamiento. Se peinó con los dedos el pelo con entradas, pelo hacia atrás, pelo de músico, luego tamborileó con las uñas de esos mismos cuatro dedos contra su vaso, uñas duras, bien cortadas.

—Esas son la excepción, esas son la anomalía. Claro que hay quienes deciden poner término a su vida, y lo hacen, pero son los menos y por eso impresionan tanto, porque contradicen el ansia de duración que nos domina a la gran mayoría, la que nos hace creer que siempre hay tiempo y la que nos lleva a pedir un poco más, un poco más, cuando se acaba. En cuanto a las manos asesinas que dices, no cabe verlas nunca como *nuestras*. Ponen fin como lo pone la enfermedad, o un accidente, quiero decir que son causas externas, incluso en aquellos casos en los que el muerto se lo ha buscado, por su mala vida elegida o por los riesgos que ha asumido o porque a su vez ha matado y se ha expuesto a una venganza. Ni el mafioso más sanguinario ni el Presidente de los Estados Unidos, por poner dos ejemplos de individuos que están en permanente peligro de ser asesinados, que cuentan con esa posibilidad y conviven a diario con ella, desean nunca que se termine esa amenaza, esa tortura latente, esa zozobra insoportable. No desean que se termine nada de lo que hay, de lo que tienen, por odioso y gravoso que sea; van pasando de día en día con la esperanza de que el siguiente estará ahí también, uno idéntico a otro o muy semejantes, si hoy he existido por qué no mañana, y mañana conduce a pasado y pasado al otro. Así vamos viviendo todos, los contentos y los descontentos, los afortunados y los infelices, y si por nosotros fuera continuaríamos hasta el fin de los tiempos. —Pensé que se había liado un poco o que había intentado liarme. 'Las manos asesinas no son *nuestras* excepto si efectivamente son las nuestras de pronto, y en todo caso siempre pertenecen a alguien, que hablará de "las mías". Sean de quienes sean, no es verdad que esas no quieran que ningún vivo pase jamás a ser muerto, sino que justamente eso es lo que desean y además no pueden esperar a que el azar las beneficie ni a que el tiempo haga su trabajo; se encargan ellas de convertirlos. Esas no quieren que todo siga ininterrumpidamente, al revés, necesitan suprimir a alguien y romper varias costumbres. Esas nunca dirían de su víctima "*She should have died hereafter*", sino "*He should have died yesterday*","Debería haber muerto ayer", o hace siglos, hace mucho más tiempo; ojalá no hubiera nacido ni dejado huella alguna en el mundo, así no habríamos tenido que matarlo. El aparcacoches rompió sus costumbres y las de Deverne de un tajo, las de Luisa y las de los niños y las del chófer que acaso se salvó por una confusión, por muy poco; las del propio Díaz-Varela y hasta las mías en parte. Y las de otras personas que no conozco.' Pero no dije nada de esto, no quería tomar la palabra, no quería hablar sino que él lo siguiera haciendo. Quería oír su voz y rastrear su mente, y seguir viendo sus labios en movimiento. Corría el riesgo de no enterarme de lo que decía, por estárselos mirando embobada. Bebió otro sorbo y continuó, tras carraspear como si procurara centrarse—. Lo asombroso es que cuando las cosas suceden, cuando se producen las interrupciones, las muertes, las más de las veces se da por bueno lo sucedido, al cabo del tiempo. No me malentiendas. No es que nadie dé por buena una muerte y aún menos un asesinato. Son hechos que se lamentarán toda la vida, que ocurrieran cuando ocurrieron. Pero lo que la vida trae se impone siempre al final, con tal fuerza que a la larga nos resulta casi imposible imaginarnos sin ello, no sé cómo explicarlo, imaginar que algo acontecido no hubiera acontecido. 'A mi padre lo mataron durante la Guerra', puede contar alguien con amargura, con enorme pena o con rabia. 'Una noche lo fueron a buscar, lo sacaron de casa y lo metieron en un coche, yo vi cómo se resistía y cómo lo arrastraban. Lo arrastraron de los brazos, era como si las piernas se le hubieran paralizado y ya no lo sostuvieran. Lo llevaron hasta las afueras y allí le pegaron un tiro en la nuca y lo arrojaron a una cuneta, para que la visión de su cadáver sirviera a los demás de escarmiento.' Quien cuenta eso lo deplora, sin duda, y hasta puede pasarse la vida alimentando el odio hacia los asesinos, un odio universal y abstracto si no sabe bien quiénes fueron, sus nombres, como fue tan frecuente durante la Guerra Civil, nada más se sabía que habían sido 'los otros', tantas veces. Pero resulta que en buena medida es ese hecho odioso lo que constituye a ese alguien, que no podría renunciar nunca a él porque sería como negarse a sí mismo, borrar el que es y no tener sustituto. Él es el hijo de un hombre asesinado de mala manera en la Guerra; es una víctima de la violencia española, un huérfano trágico; eso lo configura, lo define y lo condiciona. Esa es su historia o el arranque de su historia, su origen. En cierto sentido es incapaz de desear que eso no hubiera ocurrido, porque si no hubiera ocurrido él sería otro y no sabe quién, no tiene ni idea. Ni se ve ni se imagina, ignora cómo habría salido y cómo se habría llevado con ese padre vivo, si lo habría detestado o lo habría querido o le habría sido indiferente, y sobre todo no se sabe imaginar sin ese pesar y ese rencor de fondo que lo han acompañado siempre. La fuerza de los hechos es tan espantosa que todo el mundo acaba por estar más o menos conforme con su historia, con lo que le pasó y lo que hizo y lo que dejó de hacer, aunque crea que no o no se lo reconozca. La verdad es que casi todos maldicen su suerte de algún momento y casi nadie se lo reconoce.

Aquí no tuve más remedio que intervenir:

—Luisa no puede estar conforme con lo que le ha ocurrido. Nadie puede estar conforme con que a su marido lo hayan apuñalado gratuita y tontamente, por equivocación, sin motivo y sin que él se lo hubiera buscado. Nadie puede estar conforme con que le hayan destrozado la vida para siempre.

Díaz-Varela se quedó observándome muy atentamente, con una mejilla apoyada en el puño y el codo apoyado en la mesa. Aparté la vista, me turbaron sus ojos inmóviles, de mirada nada transparente ni penetrante, quizá era nebulosa y envolvente o tan sólo indescifrable, suavizada en todo caso por la miopía (probablemente llevaba lentillas), era como si esos ojos rasgados me estuvieran diciendo: '¿Por qué no me entiendes?', no con impaciencia sino con lástima.

—Ese es el error —dijo al cabo de unos segundos, sin quitarme su mirada fija de encima ni variar su postura, como si en vez de hablar estuviera atendiendo—, un error propio de niños en el que sin embargo incurren muchos adultos hasta el día de su muerte, como si a lo largo de su vida entera no hubieran logrado darse cuenta de su funcionamiento y carecieran de toda experiencia. El error de creer que el presente es para siempre, que lo que hay a cada instante es definitivo, cuando todos deberíamos saber que nada lo es mientras nos quede un poco de tiempo. Llevamos a cuestas las suficientes vueltas y los suficientes giros, no sólo de la fortuna sino de nuestro ánimo. Vamos aprendiendo que lo que nos pareció gravísimo llegará un día en que nos resulte neutro, sólo un hecho, sólo un dato. Que la persona sin la que no podíamos estar y por la que no dormíamos, sin la que no concebíamos nuestra existencia, de cuyas palabras y de cuya presencia dependíamos día tras día, llegará un momento en que ni siquiera nos ocupará un pensamiento, y cuando nos lo ocupe, de tarde en tarde, será para un encogimiento de hombros, y a lo más que alcanzará ese pensamiento será a preguntarse un segundo: '¿Qué se habrá hecho de ella?', sin preocupación ninguna, sin curiosidad siquiera. ¿Qué nos importa hoy la suerte de nuestra primera novia, cuya llamada o el encuentro con ella esperábamos anhelantemente? ¿Qué nos importa, incluso, la suerte de la penúltima, si hace ya un año que no la vemos? ¿Qué nos importan los amigos del colegio, y los de la Universidad, y los siguientes, pese a que giraran en torno a ellos larguísimos tramos de nuestra existencia que parecían no ir a terminarse nunca? ¿Qué nos importan los que se desgajan, los que se van, los que nos dan la espalda y se apartan, los que dejamos caer y convertimos en invisibles, en meros nombres que sólo recordamos cuando por azar vuelven a alcanzar nuestros oídos, los que se mueren y así nos desertan? No sé, mi madre murió hace veinticinco años, y aunque me siento obligado a que me dé tristeza pensarlo, y hasta me la acabe dando cada vez que lo hago, soy incapaz de recuperar la que sentí entonces, no digamos de llorar como me tocó hacerlo entonces. Ahora es sólo un hecho: mi madre murió hace veinticinco años, y yo soy sin madre desde aquel momento. Es parte de mí, simplemente, es un dato que me configura, entre otros muchos: soy sin madre desde joven, eso es todo o casi todo, lo mismo que soy soltero o que otros son huérfanos desde la infancia, o son hijos únicos, o el pequeño de siete hermanos, o descienden de un militar o de un médico o de un delincuente, qué más da, a la larga todo son datos y nada tiene demasiada importancia, cada cosa que nos sucede o que nos precede cabe en un par de líneas de un relato. A Luisa le han destrozado la vida que tenía *ahora*, pero no la futura. Piensa cuánto tiempo le queda para seguir caminando, ella no va a quedarse atrapada en este instante, nadie se queda en ninguno y menos aún en los peores, de los que siempre se emerge, excepto los que poseen un cerebro enfermizo y se sienten justificados y aun protegidos en la confortable desdicha. Lo malo de las desgracias muy grandes, de las que nos parten en dos y parece que no van a poder soportarse, es que quien las padece cree, o casi exige, que con ellas se acabe el mundo, y sin embargo el mundo no hace caso y prosigue, y además tira de quien padeció la desgracia, quiero decir que no le permite salirse como quien abandona un teatro, a no ser que el desgraciado se mate. Se da a veces, no digo que no. Pero muy pocas, y en nuestra época es más infrecuente que en ninguna otra. Luisa podrá recluirse, retraerse una temporada, no dejarse ver por nadie más que por su familia y por mí, si no se cansa de mí y no prescinde; pero no va a matarse, aunque sólo sea porque tiene dos hijos de los que ocuparse y porque eso no está en su carácter. Tardará más o menos, pero al cabo del tiempo el dolor y la desesperación no le serán tan intensos, le menguará el estupor y sobre todo se habrá ido haciendo a la idea: 'Soy viuda', pensará, o 'Me he quedado viuda'. Ese será el hecho y el dato, será eso lo que contará a quienes le presenten y le pregunten por su estado, y seguramente ni siquiera querrá explicar cómo fue el caso, demasiado truculento y desventurado para relatárselo a un recién conocido cuando medie un poco de distancia, supondría ensombrecer cualquier conversación en el acto. Y será también eso lo que se cuente de ella, y lo que se cuenta de nosotros contribuye a definirnos aunque sea superficial e inexacto, al fin y al cabo no podemos sino ser superficiales para casi todo el mundo, un bosquejo, unos meros trazos desatentos. 'Es viuda', dirán, 'perdió al marido en circunstancias terribles y nunca del todo aclaradas, yo misma tengo mis dudas, creo que lo atacó un hombre en la calle, no sé si un loco o un sicario o si fue un intento de secuestro al que él se resistió con todas sus fuerzas y en vista de eso se lo cargaron allí mismo en el sitio; era un hombre adinerado, tenía mucho que perder o forcejeó más de la cuenta instintivamente, no estoy segura.' Y cuando Luisa esté casada de nuevo, y eso será a lo sumo de aquí a un par de años, el hecho y el dato, con ser idénticos, habrán cambiado y ya no pensará de sí misma: 'Me he quedado viuda' o 'Soy viuda', porque ya no lo será en absoluto, sino 'Perdí a mi primer marido y cada vez más se me aleja. Hace demasiado que no lo veo y en cambio este otro hombre está aquí a mi lado y además está siempre. También a él lo llamo marido, eso es extraño. Pero ha ocupado su lugar en mi cama y al yuxtaponerse lo difumina y lo borra. Un poco más cada día, un poco más cada noche'.

Esta conversación continuó en otras ocasiones, creo que cada vez que nos vimos —no fueron tantas— surgió o la hizo surgir Díaz-Varela, a quien me resisto a llamar Javier aunque fuera así como lo llamaba y como pensaba en él algunas noches en que volvía tarde a mi casa tras haber estado con él un rato en la cama (en las camas ajenas se está siempre sólo un rato y de prestado a no ser que uno sea invitado a dormir en ellas, y con él ese nunca fue el caso; es más, se inventaba pretextos innecesarios y absurdos para que yo tuviera que marcharme, cuando yo no he permanecido más de la cuenta en ningún sitio si no se me solicitaba). Miraba por la ventana abierta antes de cerrar los ojos, miraba hacia los árboles que tengo enfrente sin farol que los alumbre y sin apenas distinguirlos, pero los oía agitarse en la oscuridad muy cerca como preludio de las tormentas que en Madrid no siempre descargan, y me decía: 'Qué sentido tiene esto, para mí al menos. Él no disimula, no me engaña, no me oculta cuál es su esperanza ni qué lo mueve, se le nota demasiado, no se da cuenta, mientras aguarda a que ella salga de su postración o su embotamiento y empiece a verlo de otra manera, no como el amigo fiel de su marido que éste le dejó en herencia. Tiene que llevar cuidado con eso, con los pequeños pasos que da y por fuerza han de ser muy pequeños, para que no parezca que no respeta su natural abatimiento o incluso la memoria del muerto, y vigilar al mismo tiempo que no se le cuele nadie en el entretanto, no se debe despreciar como rival ni al más feo ni al más tonto ni al más extemporáneo ni al más aburrido o más lánguido, cualquiera puede ser un peligro imprevisto. Mientras la acecha a ella me ve a mí de vez en cuando y quizá también a otras mujeres (hemos dado en evitarnos preguntas), y ya no sé si yo no hago lo mismo que él en cierto modo, confiar en hacérmele imprescindible sin que él se dé cuenta, lograr formar parte de sus costumbres, aunque sean esporádicas, para que le cueste sustituirme cuando decida abandonarme. Hay hombres que desde el principio lo dejan todo muy claro sin que se lo pida nadie: "Te advierto que no habrá más de lo que hay, entre tú y yo. Y si aspiras a otra cosa más vale que cortemos esto en el acto"; o bien: "No eres la única ni pretendas serlo, si buscas exclusividad no es este el sitio"; o bien, como ha sido el caso con Díaz-Varela: "Estoy enamorado de otra a la que aún no le ha llegado el momento de corresponderme. Ya le llegará, debo ser constante y paciente. No hay nada malo en que me entretengas durante la espera, si quieres, pero ten bien presente que eso es lo que somos para el uno el otro: compañía provisional y entretenimiento y sexo, a lo sumo camaradería y contenido afecto". No es que Díaz-Varela me haya dicho nunca estas palabras, en realidad no hacen falta, porque ese es el significado inequívoco que se desprende de nuestros encuentros. Sin embargo esos hombres que advierten se desdicen con los hechos a veces, al pasar del tiempo, y además muchas mujeres tendemos a ser optimistas y en el fondo engreídas, más profundamente que los hombres, que en el terreno amoroso lo son sólo pasajeramente, se olvidan de seguirlo siendo: pensamos que ya cambiarán de actitud o de convicciones, que descubrirán paulatinamente que sin nosotras no pueden pasarse, que seremos la excepción en sus vidas o las visitas que al final se quedan, que acabarán por hartarse de esas otras invisibles mujeres que empezamos a dudar que existan y preferimos pensar que no existen, según vamos repitiendo con ellos y más los vamos queriendo a pesar nuestro; que seremos las elegidas si tenemos el aguante para permanecer a su lado sin apenas queja ni insistencia. Cuando no provocamos inmediatas pasiones, creemos que la lealtad y la presencia acabarán siendo premiadas y teniendo más durabilidad y más fuerza que cualquier arrebato o capricho. En esos casos sabemos que nos sentiremos difícilmente halagadas aunque se cumplan nuestras expectativas mejores, pero sí calladamente triunfantes, si en efecto éstas se cumplen. Pero de eso no hay certeza nunca mientras se prolonga el forcejeo, y hasta las más creídas con motivo, hasta las cortejadas universalmente hasta entonces, se pueden llevar grandes chascos con esos hombres que no se les rinden y les hacen presuntuosas advertencias. No pertenezco yo a esa clase, a la de las creídas, la verdad es que no albergo esperanzas triunfantes, o las únicas que me permito pasan por que Díaz-Varela fracase con Luisa antes, y entonces, tal vez, con suerte, se quede junto a mí por no moverse, hasta los hombres más inquietos y diligentes o maquinadores pueden tornarse perezosos en algunas épocas, sobre todo tras una frustración o una derrota o una muy larga espera inútil. Sé que no me ofendería ser un sustitutivo, porque en realidad lo es todo el mundo siempre, inicialmente: lo sería Díaz-Varela para Luisa, a falta de su marido muerto; lo sería para mí Leopoldo, al que aún no he descartado pese a gustarme sólo a medias —supongo que por si acaso— y con el que acababa de empezar a salir, qué oportuno, justo antes de encontrarme a Díaz-Varela en el Museo de Ciencias y de oírle hablar y hablar mirándole sin cesar los labios como todavía sigo haciendo cada vez que estamos juntos, sólo puedo apartar de ellos la vista para llevarla hasta sus ojos nublados; quizá la propia Luisa lo fue para Deverne en su día, quién sabe, tras el primer matrimonio de aquel hombre tan agradable y risueño que no se entendería que nadie hubiera podido hacerle mal o dejarlo, y sin embargo ahí lo tenemos, cosido a navajazos por nada y en camino hacia el olvido. Sí, todos somos remedos de gente que casi nunca hemos conocido, gente que no se acercó o pasó de largo en la vida de quienes ahora queremos, o que sí se detuvo pero se cansó al cabo del tiempo y desapareció sin dejar rastro o sólo la polvareda de los pies que van huyendo, o que se les murió a esos que amamos causándoles mortal herida que casi siempre acaba cerrándose. No podemos pretender ser los primeros, o los preferidos, sólo somos lo que está disponible, los restos, las sobras, los supervivientes, lo que va quedando, los saldos, y es con eso poco noble con lo que se erigen los más grandes amores y se fundan las mejores familias, de eso provenimos todos, producto de la casualidad y el conformismo, de los descartes y las timideces y los fracasos ajenos, y aun así daríamos cualquier cosa a veces por seguir junto a quien rescatamos un día de un desván o una almoneda, o nos tocó en suerte a los naipes o nos recogió de los desperdicios; inverosímilmente logramos convencernos de nuestros azarosos enamoramientos, y son muchos los que creen ver la mano del destino en lo que no es más que una rifa de pueblo cuando ya agoniza el verano...'. Entonces apagaba la luz de la mesilla de noche y al cabo de unos segundos los árboles que agitaba el viento se me hacían un poco visibles y podía dormirme observando, o acaso era adivinando el mecimiento de sus hojas. 'Qué sentido tiene', pensaba. 'El único sentido que tiene es que cualquier atisbo nos vale en estas tontas e invencibles circunstancias, cualquier asidero. Un día más, una hora más a su lado, aunque esa hora tarde siglos en presentarse; la vaga promesa de volver a verlo aunque pasen muchas fechas en medio, muchas fechas de vacío. Señalamos en la agenda aquellas en que nos llamó o lo vimos, contamos las que se suceden sin tener ninguna noticia, y esperamos hasta bien entrada la noche para darlas por definitivamente yermas o perdidas, no vaya a ser que a última hora suene el teléfono y él nos susurre una bobada que nos haga sentir injustificada euforia y que la vida es benigna y se apiada. Interpretamos cada inflexión de su voz y cada insignificante palabra, a la que sin embargo dotamos de estúpido y promisorio significado, y nos la repetimos. Apreciamos cualquier contacto, aunque haya sido tan sólo el justo para recibir una excusa burda o un desplante o para escuchar una mentira poco o nada elaborada. "Al menos ha pensado en mí en algún momento", nos decimos agradecidos, o "Se acuerda de mí cuando se aburre, o si ha sufrido un revés con quien le importa, que es Luisa, quizá yo esté en segundo lugar y eso ya es algo". A veces supone —aunque sólo a veces— que bastaría con que cayese quien ocupa el primero, eso lo han intuido todos los hermanos menores de los reyes y los príncipes y aun los parientes menos cercanos y los apartados y remotos bastardos, que saben que de ese modo se pasa también de ser el décimo al noveno, del sexto al quinto y del cuarto al tercero, y en algún momento todos ellos se habrán formulado en silencio su inexpresable deseo: "*He should have died yesterday*", o "Debería haber muerto ayer, o hace siglos"; o el que a continuación se enciende en las cabezas de los más atrevidos: "Todavía está a tiempo de morir mañana, que será el ayer de pasado mañana, si para entonces yo sigo vivo". Nos trae sin cuidado rebajarnos ante nosotros mismos, al fin y al cabo nadie nos va a juzgar ni hay testigos. Cuando nos atrapa la tela de araña fantaseamos sin límites y a la vez nos conformamos con cualquier migaja, con oírlo a él, con olerlo, con vislumbrarlo, con presentirlo, con que aún esté en nuestro horizonte y no haya desaparecido del todo, con que aún no se vea a lo lejos la polvareda de sus pies que van huyendo.'

Conmigo Díaz-Varela no disimulaba la impaciencia que se veía obligado a ocultar ante Luisa, cuando volvíamos a su conversación favorita, la que no podía mantener con ella y la única que me parecía que de verdad le importaba, como si todo lo demás fuera aplazable y provisorio mientras ese asunto no estuviera zanjado, como si el esfuerzo invertido en él fuera tan grande que el resto de las decisiones debieran quedar en suspenso y aguardar a que aquello se resolviera en un sentido o en otro, y el conjunto de su vida futura dependiera del fracaso o el éxito de aquella obstinada ilusión suya sin fecha de cumplimiento fijada. Quizá tampoco la había de incumplimiento definitivo; ¿qué pasaría si Luisa no reaccionaba a sus solicitudes y avances, o a sus pasiones si las expresaba, pero permanecía sola? ¿Cuándo consideraría él que era ya hora de abandonar tan larga guardia? Yo no quería deslizarme hacia lo mismo insensiblemente y por eso seguía cultivando a Leopoldo, al que había preferido no informar de la existencia de Díaz-Varela. Si habría sido ridículo que mis pasos también dependieran, indirectamente, de los que diera o no diera una viuda desconsolada, más aún lo habría sido que se añadieran los de un pobre hombre inconsciente que ni siquiera la conocía y se alargara así la cadena: con un poco de mala suerte y unos cuantos más enamorados de quienes sólo se dejan querer y no rechazan ni corresponden, se habría hecho interminable. Una serie de personas como fichas de dominó alineadas esperando el vencimiento de una mujer ajena a todo, para saber junto a quién caer y quedarse, o si junto a nadie.

En ningún momento se le ocurrió a Díaz-Varela que a mí pudiera escocerme la exposición de sus afanes, si bien es cierto que nunca se presentaba a sí mismo como la salvación o el destino de Luisa; jamás decía 'Cuando salga de su abismo y respire de nuevo a mi lado, y sonría', menos aún 'Cuando vuelva a casarse y será conmigo'. Él nunca se postulaba ni se incluía, pero resultaba diáfano, era el hombre inamovible que espera, de haber vivido en otra época habría contado los días que faltaban de luto, y los de semiluto o alivio o como se llamaran antiguamente, y habría consultado con las mujeres mayores —las más entendidas en estas cuestiones— qué fecha sería aceptable para que él se desenmascarara y empezara a tirarle tejos. Es lo malo de que se hayan perdido ya todos los códigos, que no sabemos cuándo toca nada ni a qué atenernos, cuándo es pronto y cuándo es tarde y nuestro tiempo ha pasado. Debemos guiarnos por nosotros mismos y así es fácil meter la pata.

No sé si es que lo veía todo a la misma luz o si se buscaba textos literarios e históricos que apoyaran sus argumentos y acudieran en su ayuda (quizá lo orientaba Rico, hombre de saber inmenso, aunque por lo que yo sé es tarea vana intentar sacar a este desdeñoso erudito del Renacimiento y la Edad Media, ya que nada de lo habido y sucedido después de 1650 le merece por lo visto respeto, incluida su propia existencia).

—He leído un libro bastante famoso que no sabía que lo fuera —me decía, y cogía el volumen francés de la estantería y lo agitaba ante mis ojos, como si con él en la mano pudiera hablarme con mayor conocimiento de causa y además me demostrara que en efecto lo había leído—. Es una novela corta de Balzac que me da la razón respecto a Luisa, respecto a lo que le ocurrirá de aquí a un tiempo. Cuenta la historia de un Coronel napoleónico que fue dado por muerto en la batalla de Eylau. Esta batalla tuvo lugar entre el 7 y el 8 de febrero de 1807 cerca de la población de ese nombre, en la Prusia Oriental, y enfrentó a los ejércitos francés y ruso con un frío del demonio, se dice que quizá sea la batalla librada con un tiempo más inclemente de toda la historia, aunque ignoro cómo puede saberse eso y menos aún afirmarse. Este Coronel, Chabert de nombre, al mando de un regimiento de caballería, recibe un brutal sablazo en el cráneo en el transcurso del combate. Hay un momento de la novela en el que, al quitarse el sombrero en presencia de un abogado, se le levanta también la peluca que lleva, y se le ve una monstruosa cicatriz transversal que le coge desde el occipucio hasta el ojo derecho, imagínate —y se señaló la trayectoria en la cabeza, pasándose lentamente el índice—, formando 'un enorme costurón prominente', en palabras de Balzac, quien añade que el primer pensamiento que semejante herida sugería era '¡Por ahí se ha escapado la inteligencia!'. El Mariscal Murat, el mismo que sofocó en Madrid el levantamiento del 2 de mayo, lanza entonces una carga de mil quinientos jinetes para socorrerlo, pero todos ellos, Murat el primero, pasan por encima de Chabert, de su cuerpo recién abatido. Se lo da por muerto, pese a que el Emperador, que le tenía aprecio, envía a dos cirujanos a verificar su defunción en el campo de batalla; pero esos dos hombres negligentes, sabedores de que le habían abierto la cabeza de parte a parte y luego lo habían pisoteado dos regimientos de caballería, no se molestan ni en tomarle el pulso y la certifican oficialmente, aunque a la ligera, y esa muerte pasa a constar en los boletines del ejército francés, en los que se consigna y detalla, y así se convierte en un hecho histórico. Se lo apila en una fosa con los demás cadáveres desnudos, según era la costumbre: había sido un vivo ilustre, pero ahora es sólo un muerto en medio del frío y todos van al mismo sitio. El Coronel, de manera inverosímil pero muy convincente tal como se la relata a un abogado parisiense, Derville, al que quiere encargar su caso, recupera el conocimiento antes de ser sepultado, cree estar muerto, se da cuenta de que está vivo, y con muchas dificultades y suerte logra salir de esa pirámide de fantasmas después de haber pertenecido a ellos quién sabe durante cuántas horas y de haber oído, o creído oír, como dice —y aquí Díaz-Varela abrió el librito y buscó una cita, las debía de tener señaladas y tal vez por eso lo había cogido, para ofrecerme alguna de vez en cuando—, 'gemidos lanzados por el mundo de cadáveres en medio del cual yo yacía'; y añade que aún 'hay noches en que creo oír esos suspiros ahogados'. Su mujer queda viuda, y al cabo de cierto tiempo contrae nuevas nupcias con un tal Ferraud, un Conde, del que tiene los hijos, dos, que no le había dado su primer matrimonio. Hereda de su militar caído y heroico una apreciable fortuna, se rehace y sigue adelante con su vida, aún es joven, tiene trecho por recorrer y eso es lo determinante: el trecho que previsiblemente nos resta y cómo queremos atravesarlo una vez que decidimos permanecer en el mundo y no marchar tras los espectros, que ejercen una atracción muy fuerte cuando todavía son recientes, como si trataran de arrastrarnos. Cuando mueren muchos alrededor, como en una guerra, o bien uno solo muy querido, sentimos en primera instancia la tentación de irnos con ellos, o por lo menos de cargar con su peso, de no soltarlos. La mayoría de la gente, sin embargo, los deja marchar del todo al cabo del tiempo, cuando se da cuenta de que su propia supervivencia está en juego, de que los muertos son un gran lastre e impiden cualquier avance, y aun cualquier aliento, si se vive demasiado pendiente de ellos, demasiado de su oscuro lado. Lamentablemente ya están fijos como pinturas, no se mueven, no añaden nada, no dicen nada ni jamás responden, y nos abocan al enquistamiento, a meternos en un rincón de su cuadro que no admite retoques al estar completamente acabado. La novela no cuenta la pena de esa viuda, si es que la hubo como la hay en Luisa; no habla de su dolor ni de su luto, al personaje no se lo muestra en esa época, cuando recibiera la fatal noticia, sino unos diez años más tarde, en 1817, creo, pero es de suponer que siguió todo el obligado trayecto en estos casos (estupor, desolación, tristeza y languidecimiento, apatía, sobresalto y temor al comprobar que pasa el tiempo, y recuperación entonces), puesto que tampoco aparece como una perfecta desalmada o al menos no como alguien que lo fuera desde el principio, la verdad es que no se sabe, eso queda en la penumbra.

Díaz-Varela se interrumpió y bebió un trago de su whisky con hielo que se tenía servido. No se había vuelto a sentar tras levantarse a coger el libro, yo estaba en su sofá reclinada, aún no habíamos ido a su cama. Así solía ser, primero tomábamos asiento y hablábamos durante una hora al menos, y yo siempre tenía la duda de si vendría o no el segundo acto, nuestra manera inicial de comportarnos no lo preanunciaba en modo alguno, era la de dos personas que tienen cosas que contarse o sobre las que departir y que no han de pasar inevitablemente por el sexo. Yo tenía la sensación de que éste podía o no surgir y de que las dos posibilidades eran igualmente naturales y de que ninguna debía darse por descontada, como si cada vez fuese la primera y nada se acumulara de lo habido en ese campo —ni siquiera la confianza, ni siquiera la caricia en la cara—, y el mismo recorrido hubiera de empezarse desde el principio eternamente. También tenía la seguridad de que sería lo que él quisiera o más bien propusiera, porque lo cierto es que acababa proponiéndolo él sin falta, con una palabra o un gesto, pero sólo al cabo de la sesión de charla y ante mi timidez nunca vencida. Yo temía que en cualquier ocasión, en vez de hacer aquel gesto o decir aquella palabra que me invitaban a pasar a su alcoba o a disponerme a que me levantara la falda, de pronto —o tras una pausa— pusiera fin a la conversación y al encuentro como si fuéramos dos amigos que han agotado los temas o a los que aguardan quehaceres y me despachara con un beso a la calle, jamás tenía la certeza de que mi visita acabara con el enredo de nuestros cuerpos. Esta extraña incertidumbre me gustaba y no me gustaba: por una parte me hacía pensar que él disfrutaba de mi compañía en todo caso y circunstancia, y que no me veía como un mero instrumento para su higiene o su desahogo sexuales; por otra me daba rabia que pudiera resistirse durante tanto rato a mi cercanía, que no sintiera la necesidad apremiante de abalanzarse sobre mí sin preámbulos, nada más abrirme la puerta, y satisfacer su deseo; que fuera tan capaz de aplazarlo, o quizá era de condensarlo mientras yo lo miraba y oía. Pero este reparo hay que achacarlo a la inconformidad que nos domina, o sin la que no sabemos pasarnos, sobre todo porque al final siempre llegaba lo que yo temía que no se diese, y además no había queja.

—Continúa, qué pasó después, en qué te da la razón ese libro —le dije. Desde luego tenía labia y a mí me encantaba escucharlo, me hablara de lo que me hablara y aunque me relatase una historia vieja de Balzac que yo podría leer por mi cuenta, no por él inventada, seguramente sí interpretada o tal vez tergiversada. Lograba interesarme con cualquier cosa que eligiera, y aún peor, me divertía (peor porque tenía conciencia de que un día me tocaría apartarme). Ahora que ya no voy nunca a su casa, recuerdo aquellas visitas como un territorio secreto y una pequeña aventura, gracias quizá al primer acto, o más a éste que al segundo incierto, y por incierto más ansiado entonces.

—El Coronel quiere recuperar su nombre, su carrera, su rango, su dignidad, su fortuna o parte de ella (lleva años viviendo en la miseria) y, lo que es más complicado, a su mujer, que resultaría ser bígama si se demostrase que Chabert es en efecto Chabert y no un impostor ni un lunático. Tal vez Madame Ferraud lo quiso de veras y lloró su muerte cuando se la anunciaron, y sintió que el mundo se le hundía; pero su reaparición está de sobra, su resurrección supone un verdadero incordio, un gran problema, una amenaza de catástrofe y de ruina, de nuevo el hundimiento del mundo en el colmo de la paradoja: ¿cómo puede volver a traerlo el regreso de aquel cuya desaparición ya lo trajo? Aquí se ve claramente que, con el paso del tiempo, lo que ha sido debe seguir siendo o debe seguir habiendo sido, como sucede siempre o casi siempre, así está concebida la vida, de manera que lo hecho nunca pueda deshacerse ni desacontecer lo acontecido; los muertos han de permanecer en su sitio y nada debe rectificarse. Nos permitimos añorarlos porque vamos sobre seguro con ellos: perdimos a tal persona, y como sabemos que no va a presentarse ni a reclamar el lugar que dejó vacante y que ha sido rápidamente ocupado, somos libres de anhelar con todas nuestras fuerzas su vuelta. La echamos de menos con la tranquilidad de que jamás van a cumplirse nuestros proclamados deseos y de que no hay posible retorno, de que ya no va a intervenir en nuestra existencia ni en los asuntos del mundo, de que ya no va a intimidarnos ni a cohibirnos ni tan siquiera a hacernos sombra, de que ya nunca más será mejor que nosotros. Lamentamos sinceramente su marcha, y es cierto que cuando se produjo queríamos que hubiera seguido viviendo; que se hizo un hueco espantoso, y aun un abismo por el que nos tentó despeñarnos tras ellos, momentáneamente. Eso es, momentáneamente, es raro que esa tentación no se venza. Luego pasan los días y los meses y los años y nos acomodamos; nos acostumbramos a ese hueco y ni siquiera nos planteamos la posibilidad de que el muerto volviera a llenarlo, porque los muertos no hacen eso y estamos a salvo de ellos, y además ese hueco se ha cubierto y por lo tanto ya no es el mismo o ha pasado a ser ficticio. De los más cercanos nos acordamos a diario, y aun nos entristecemos cada vez al pensar que no volveremos a verlos ni a oírlos ni a reír con ellos, o a besar a los que besábamos. Pero no hay muerte que no alivie algo en algún aspecto, o que no ofrezca alguna ventaja. Una vez acaecida, claro está, de antemano no se quiere ninguna, probablemente ni la de los enemigos. Se llora al padre, por ejemplo, pero nos quedamos con su herencia, con su casa, su dinero y sus bienes, que tendríamos que devolverle si regresara, poniéndonos en un aprieto y causándonos desgarradora angustia. Se llora a la mujer o al marido, pero a veces descubrimos, aunque tardemos un tiempo, que vivimos más felices y desahogados sin ellos o que podemos empezar de nuevo, si todavía no somos demasiado mayores para eso: la humanidad entera a nuestra disposición, como cuando éramos muy jóvenes; la posibilidad de elegir sin cometer viejos errores; el descanso de no tener que soportar las facetas de él o de ella que nos desagradaban, y siempre hay algo que desagrada de quien está siempre ahí, a nuestro lado o enfrente o detrás o delante, el matrimonio circunda, el matrimonio rodea. Se llora al gran escritor o al gran artista cuando mueren, pero hay cierta alegría en saber que el mundo se ha hecho un poco más vulgar y más pobre y que nuestras propias vulgaridad y pobreza quedan así más escondidas o disimuladas, que ya no está ese individuo que con su presencia nos subrayaba nuestra comparativa medianía, que el talento ha dado otro paso hacia su desaparición de la tierra o se desliza aún más hacia el pasado, del que no debería salir nunca, en el que debería quedar confinado para que no pudiera afrentarnos más que retrospectivamente si acaso, lo cual es menos lacerante y más llevadero. Hablo de la mayoría, no de todos, desde luego. Pero este regocijo se observa hasta en la actitud de los periodistas, que suelen titular 'Muere el último genio del piano', o 'Cae la última leyenda del cine', como si celebraran alborozados que por fin ya no hay más ni va a haberlos, que con la defunción de turno nos libramos de la universal pesadilla de que exista gente superior o especialmente dotada a la que a nuestro pesar admiramos; que ahuyentamos un poco más esa maldición o la rebajamos. Y por supuesto se llora al amigo, como yo he llorado a Miguel, pero también en eso hay una sensación grata de supervivencia y de mejor perspectiva, de ser uno quien asista a la muerte del otro y no a la inversa, de poder contemplar su cuadro completo y al final contar la historia, de encargarse de las personas que deja desamparadas y consolarlas. A medida que los amigos mueren uno se va sintiendo más encogido y más solo, pero a la vez va descontando, 'Uno menos, uno menos, yo sé lo que fue de ellos hasta el último instante, y soy quien queda para contarlo. A mí, en cambio, nadie me verá morir a quien yo le importe de veras ni será capaz de relatarme entero, luego en cierto sentido estaré siempre inacabado, porque ellos no tendrán la certeza de que yo no siga vivo eternamente, si caer no me han visto'.

Tenía una fuerte tendencia a disertar y a discursear y a la digresión, como se la he visto a no pocos escritores de los que pasan por la editorial, parece que no les bastara con llenar hojas y hojas con sus ocurrencias y sus historias absurdas cuando no pretenciosas cuando no truculentas cuando no patéticas, salvo excepción. Pero Díaz-Varela no era exactamente escritor y en su caso no me molestaba, es más, siguió siempre ocurriéndome lo que me había sucedido la segunda vez que lo vi, en la terraza vecina al Museo, que mientras peroraba no podía apartar los ojos de él y me deleitaban su voz grave y como hacia dentro y su sintaxis de encadenamientos a menudo arbitrarios, el conjunto parecía provenir a veces no de un ser humano sino de un instrumento musical que no transmite significados, quizá de un piano tocado con agilidad. En esta ocasión, sin embargo, sentía curiosidad por saber del Coronel Chabert y de Madame Ferraud, y sobre todo por qué aquella novela corta le daba la razón respecto a Luisa, según él, aunque esto último me lo iba imaginando.

—Ya, pero ¿qué pasó con el Coronel? —lo interrumpí, y vi que no se lo tomaba a mal, tenía conciencia de su propensión y quizá agradecía que se la refrenaran—. ¿Lo aceptó el mundo de los vivos al que pretendía regresar? ¿Lo aceptó su mujer? ¿Logró volver a existir?

—Lo que pasó es lo de menos. Es una novela, y lo que ocurre en ellas da lo mismo y se olvida, una vez terminadas. Lo interesante son las posibilidades e ideas que nos inoculan y traen a través de sus casos imaginarios, se nos quedan con mayor nitidez que los sucesos reales y los tenemos más en cuenta. Y lo que le pasó al Coronel lo puedes averiguar por tus propios medios, no te vendría mal leer a autores no contemporáneos de vez en cuando. Te presto el libro si quieres, ¿o no lees francés? La traducción que hay por ahí es mala. Casi nadie sabe ya francés. —Él había estudiado en el Liceo; poco nos habíamos contado de nuestras respectivas historias, eso sí me lo había llegado a decir—. Lo que aquí importa es que la reaparición de ese Chabert es una desdicha absoluta. Por supuesto para su mujer, que se había rehecho y ya tiene esta otra vida en la que no cabe él o sólo cabe como pasado, como estaba, como recuerdo cada vez más delgado, muerto y bien muerto, enterrado en una fosa desconocida y lejana junto con otros caídos de aquella batalla de Eylau de la que diez años después casi nadie se acuerda ni se quiere acordar, entre otros motivos porque el que la libró está desterrado y languidece en Santa Helena y ahora reina Luis XVIII, y lo primero que todo régimen hace es olvidar y minimizar y borrar lo del anterior, y convertir a los que lo sirvieron en nostálgicos putrefactos a los que sólo les resta apagarse quedamente y morir. El Coronel lo sabe desde el primer momento, que su inexplicable supervivencia es una maldición para la Condesa, la cual no responde a sus iniciales cartas ni quiere verlo, no está dispuesta a arriesgarse a reconocerlo y confía en que se trate de un demente o de un farsante, o si no en que desista por agotamiento, amargura y desolación. O, cuando ya no puede seguir negando, en que regrese a los campos de nieve y se muera de una vez, otra vez. Cuando por fin se encuentran y hablan, el Coronel, que no ha hallado razones para dejar de amarla durante su largo exilio de la tierra con las infinitas penalidades de ser un difunto, le pregunta —y Díaz-Varela buscó otra cita en el pequeño volumen, aunque esta era tan corta que por fuerza se la tenía que saber de memoria—: '¿Los muertos hacen mal en volver?', o acaso (también podría entenderse así): '¿Se equivocan los muertos al regresar?'. Lo que dice en francés es esto; '*Les morts ont donc bien tort de revenir?*' —Y me pareció que su acento también era bueno en esa lengua—. La Condesa, hipócritamente, le contesta: '¡Oh señor, no, no! No me crea usted ingrata', y añade: 'Si ya no está en mi mano amarlo, sé todo lo que le debo y todavía puedo brindarle los afectos de una hija'. Y dice Balzac que, tras escuchar la comprensiva y generosa respuesta del Coronel a estas palabras —y Díaz-Varela leyó de nuevo (boca carnosa, boca besable)—, 'La Condesa le lanzó una mirada impregnada de tal reconocimiento que el pobre Chabert habría querido volver a meterse en su fosa de Eylau'. Es decir, hay que entender, habría querido no causarle más problemas ni perturbaciones, no entrometerse en un mundo que había dejado de ser el suyo, no ser más su pesadilla ni su fantasma ni su tormento, suprimirse y desaparecer.

—¿Y así lo hizo? ¿Abandonó el campo y se dio por vencido? ¿Se volvió a su fosa, se retiró? —le pregunté aprovechando su pausa.

—Ya lo leerás. Pero esa desdicha de permanecer vivo tras haberse muerto y haber sido dado por muerto hasta en los anales del Ejército ('un hecho histórico'), no sólo alcanza a su mujer, sino también a él. No se puede pasar de un estado a otro, o mejor dicho, del segundo al primero, claro está, y él tiene plena conciencia de ser un cadáver, un cadáver oficial y en buena medida real, él creyó serlo del todo y oyó los gemidos de sus iguales, que ningún vivo podría oír. Cuando al comienzo de la novela se presenta en el bufete del abogado, uno de los pasantes o mandaderos le pregunta el nombre. Él responde: 'Chabert', y el individuo le dice: '¿El Coronel muerto en Eylau?'. Y el espectro, lejos de protestar, de rebelarse y enfurecerse y contradecirle en el acto, se limita a asentir y a confirmárselo mansamente: 'El mismo, señor'. Y un poco más tarde es él quien hace suya esa definición. Cuando por fin logra que lo atienda el abogado en persona, Derville, y éste le pregunta: 'Señor, ¿con quién tengo el honor de hablar?', él contesta: 'Con el Coronel Chabert'. '¿Cuál?', insiste el abogado, y lo que oye a continuación es un absurdo que no deja de ser la pura verdad: 'El que murió en Eylau'. En otro momento es el propio Balzac el que se refiere a él de esta manera, aunque sea irónicamente: 'Señor, dijo el difunto...', eso escribe. El Coronel padece sin cesar su detestable condición de hombre que no ha muerto cuando le tocaba morir o aun después de sí morir, como mandó verificar con pena el mismísimo Napoleón. Al exponerle su caso a Derville, le confiesa lo siguiente —y Díaz-Varela rebuscó entre las páginas hasta dar con la cita—: 'A fe mía que hacia aquella época, y todavía hoy, en algunos momentos, mi nombre me es desagradable. Quisiera no ser yo. El sentimiento de mis derechos me mata. Si mi enfermedad me hubiera quitado todo recuerdo de mi existencia pasada, eso me habría hecho feliz'. Fíjate bien: 'Mi nombre me es desagradable, quisiera no ser yo'. —Díaz-Varela me repitió estas palabras, me las subrayó—. Lo peor que le puede pasar a alguien, peor que la muerte misma; también lo peor que uno puede hacerles a los demás, es volver del lado del que no se vuelve, resucitar a destiempo, cuando ya no se lo espera, cuando es tarde y no corresponde, cuando los vivos lo tienen a uno por terminado y han proseguido o reanudado sus vidas sin contar más con él. No hay mayor desgracia, para el que regresa, que descubrir que está de sobra, que su presencia es indeseada, que perturba el universo, que constituye un estorbo para sus seres queridos y que éstos no saben qué hacer con él.

—'Lo peor que le puede pasar a alguien', vaya. Estás hablando como si eso sucediera, y eso no sucede jamás, o solamente en la ficción.

—La ficción tiene la facultad de enseñarnos lo que no conocemos y lo que no se da —me respondió con rapidez—, y en este caso nos permite imaginarnos los sentimientos de un muerto que se viera obligado a volver, y nos muestra por qué no deben volver. Excepto la gente muy trastornada o anciana, todo el mundo, más pronto o más tarde, hace esfuerzos por olvidarlos. Evita pensar en ellos, y cuando no lo puede remediar por alguna razón, se amohína, se entristece, se detiene, se le saltan las lágrimas, y se ve impedido de continuar hasta que se sacude el pensamiento oscuro o aborta la rememoración. A la larga, no te engañes, incluso a la media, todo el mundo acaba por sacudirse a los muertos, ese es su destino final, y lo más probable es que ellos se mostraran conformes con esa medida, y que, una vez conocida y probada su condición, no estuvieran tampoco dispuestos a regresar. Quien haya cesado en la vida, quien se haya desentendido de ella, aunque no haya sido por su voluntad sino por asesinato y a su gran pesar, no querría reincorporarse, reanudar la fatiga enorme de existir. Mira, el Coronel Chabert ha sufrido incomparables padecimientos y ha visto lo que todos tenemos por los mayores horrores, los de la guerra; uno diría que nadie podría darle lecciones de espanto a quien hubiera participado en despiadadas batallas libradas bajo un frío inhumano, como en Eylau, y esa no fue la primera en la que él tomó parte, sino la última; allí se enfrentaron dos ejércitos de setenta y cinco mil hombres cada uno; no se sabe con exactitud cuántos murieron, pero se dice que quizá no fueron menos de cuarenta mil, y que se combatió durante catorce horas o más para bien poco: los franceses se adueñaron del campo, pero éste no era más que una vasta extensión nevada con cadáveres amontonados, y el Ejército ruso quedó muy dañado cuando se retiró, pero no destruido. Los franceses estaban tan maltrechos y exhaustos, y tan ateridos, que durante cuatro horas, con la noche entrada, ni siquiera se dieron cuenta de que sus enemigos se iban silenciosamente. No habrían estado en condiciones de perseguirlos.

Se cuenta que a la mañana siguiente el Mariscal Ney recorrió el campo a caballo y que el único comentario que salió de sus labios reflejó una mezcla de sobrecogimiento, hastío y desaprobación: '¡Qué matanza! Y sin resultado'. Y sin embargo, pese a todo esto, no es precisamente el militar, no es Chabert, sino el abogado, Derville, que no ha visto nunca una carga de caballería ni una herida de bayoneta ni los estragos de un cañonazo, que se ha pasado la vida metido en su despacho o en los tribunales, a salvo de la violencia física, sin apenas salir de París, quien al final de la novela se permite hablar e ilustrarnos sobre los horrores a que ha asistido a lo largo de su carrera, una carrera civil, ejercida no en la guerra sino en la paz, no en el frente sino en la retaguardia. Le dice a su antiguo empleado Godeschal, que ahora se va a estrenar como abogado: '¿Sabe usted, querido amigo, que en nuestra sociedad existen tres hombres, el Sacerdote, el Médico y el Hombre de justicia, que no pueden estimar el mundo? Tienen vestimentas negras, quizá porque llevan el duelo de todas las virtudes, de todas las ilusiones. El más desgraciado de los tres es el abogado'. Cuando la gente acude al sacerdote, le explica, lo hace con remordimiento, con arrepentimiento, con creencias que la engrandecen y le confieren interés, y que en cierto modo consuelan el alma del mediador. 'Pero nosotros los abogados' —y aquí Díaz-Varela me leyó en español de la última página de la novela, traduciendo sobre la marcha sin duda, no es que se hubiera preparado una versión—, 'nosotros vemos repetirse los mismos sentimientos malvados, nada los corrige; nuestros bufetes son cloacas que no se pueden limpiar. ¡De cuántas cosas no me he enterado al desempeñar mi cargo! ¡He visto morir a un padre en un granero, sin blanca, abandonado por dos hijas a las que había donado cuarenta mil libras de renta! He visto arder testamentos; he visto a madres despojar a sus hijos, a maridos robar a sus mujeres, a mujeres matar a sus maridos valiéndose del amor que les inspiraban para volverlos locos o imbéciles, a fin de vivir en paz con un amante.

He visto a mujeres darle al niño de un primer lecho gotas que debían traerle la muerte, a fin de enriquecer al hijo del amor. No puedo decirle todo lo que he visto, porque he visto crímenes contra los que la justicia es impotente. En fin, todos los horrores que los novelistas creen inventar se quedan siempre por debajo de la verdad. Va usted a conocer todas estas cosas tan bonitas, a usted se las dejo; yo me voy a vivir al campo con mi mujer, París me produce horror.'

Díaz-Varela cerró el pequeño volumen y guardó el breve silencio que conviene a cualquier final. No me miró, permaneció con la vista fija en la cubierta, como si dudara si volverlo a abrir, si volver a empezar. Yo no pude por menos de preguntar otra vez por el Coronel:

—¿Y cómo acabó Chabert? Supongo que mal, si la conclusión es tan pesimista. Pero también es una visión muy parcial, lo admite el propio personaje: la de uno de los tres hombres que no pueden estimar el mundo, la del más desgraciado, según él. Por fortuna hay muchas más, y la mayoría difiere de la de esos tres.

Pero no me contestó. De hecho tuve la impresión, inicialmente, de que ni siquiera me había oído.

—Así termina el relato —dijo—. Bueno, casi: Balzac le hace responder a ese Godeschal una frase que no viene a cuento y que está a punto de anular la fuerza de esta visión que te acabo de leer; en fin, es un defecto menor. Esta novela fue escrita en 1832, hace ciento ochenta años, aunque la conversación entre los dos abogados, el veterano y el novel, Balzac la sitúa extrañamente en 1840, es decir, en lo que en aquel momento era el futuro, en una fecha en la que ni siquiera podía tener la seguridad de ir a vivir, como si supiera a ciencia cierta que nada iba a cambiar, no ya en los siguientes ocho años sino jamás. Si esa fue su intención, tenía toda la razón. No es sólo que las cosas sigan siendo hoy como las describió entonces o quizá peor, pregúntale a cualquier abogado. Es que siempre han sido así. El número de crímenes impunes supera con creces el de los castigados: del de los ignorados y ocultos ya no hablemos, por fuerza ha de ser infinitamente mayor que el de los conocidos y registrados. En realidad es natural que sea Derville, no Chabert, el encargado de hablar de los horrores del mundo. Al fin y al cabo un soldado juega relativamente limpio, se sabe a lo que va, no traiciona ni engaña y actúa no sólo obedeciendo órdenes, sino por necesidad: es su vida o la del enemigo, que quiere quitársela o más bien se encuentra en la misma disyuntiva que él. El soldado no suele obrar por propia iniciativa, no concibe odios ni resentimientos ni envidias, no lo mueven la codicia a largo plazo ni la ambición personal; carece de motivos, más allá de un patriotismo vago, retórico y hueco, eso los que lo sientan y se dejen convencer: pasaba en tiempos de Napoleón, ahora ya rara vez, ese tipo de hombre ya casi no existe, al menos en nuestros países con sus ejércitos de mercenarios. Las carnicerías de las guerras son espantosas, sí, pero quienes intervienen en ellas las ejecutan tan sólo y no las maquinan, ni siquiera las maquinan del todo los generales ni los políticos, que tienen una visión cada vez más abstracta e irreal de esas matanzas y desde luego no asisten a ellas, hoy menos que nunca; en verdad es como si enviaran al frente o a bombardear a soldaditos de juguete cuyos rostros jamás ven, o bien, hoy en día, supongo, como si activaran y se entregaran a un juego más de ordenador. En cambio los crímenes de la vida civil sí que dan escalofríos, dan pavor. Quizá no tanto por ellos, que son menos llamativos y están dosificados y esparcidos, uno aquí, otro allá, al darse en forma de goteo parece que clamen menos al cielo y no levantan oleadas de protestas por incesante que sea su sucesión: cómo podría ser, si la sociedad convive con ellos y está impregnada de su carácter desde tiempo inmemorial. Pero sí por su significado. Ahí participan siempre la voluntad individual y el motivo personal, cada uno es concebido y urdido por una sola mente, a lo sumo por unas pocas si se trata de una conspiración; y hacen falta muchas distintas, separadas unas de otras por kilómetros o años o siglos, en principio no expuestas al contagio mutuo, para que se cometan tantísimos como ha habido y aún hay; lo cual, en cierto sentido, resulta más descorazonador que una carnicería masiva ordenada por un solo hombre, por una sola mente a la que siempre podremos considerar una inhumana y desdichada excepción: la que declara una guerra injusta y sin cuartel o inicia una feroz persecución, la que dictamina un exterminio o desencadena una *yihad*. Lo peor no es esto, con ser atroz, o lo es sólo cuantitativamente. Lo peor es que tantos individuos dispares de cualquier época y país, cada uno por su cuenta y riesgo, cada uno con sus pensamientos y fines particulares e intransferibles, coincidan en tomar las mismas medidas de robo, estafa, asesinato o traición contra sus amigos, sus compañeros, sus hermanos, sus padres, sus hijos, sus maridos, sus mujeres o amantes de los que ya se quieren deshacer. Contra aquellos a los que probablemente más quisieron alguna vez, por quienes en otro tiempo habrían dado la vida o habrían matado a quien los amenazara, es posible que se hubieran enfrentado a sí mismos de haberse visto en el futuro, dispuestos a asestarles el golpe definitivo que ahora ya se aprestan a descargar sobre ellos sin remordimiento ni vacilación. Es a esto a lo que se refiere Derville: 'Nosotros vemos repetirse los mismos sentimientos malvados, nada los corrige, nuestros bufetes son cloacas que no se pueden limpiar. No puedo decirle todo lo que he visto…'. —Díaz-Varela citó esta vez de memoria y se paró, quizá porque no recordaba más, quizá porque no tenía objeto seguir. Volvió a fijar la vista en la cubierta, cuya ilustración era un cuadro con la cara de un húsar, o eso me pareció, con nariz aguileña, mirada perdida, largo bigote curvo y morrión, posiblemente de Géricault; y añadió, como si abandonara esa misma mirada perdida y saliera de una ensoñación—: Es una novela bastante famosa, aunque yo no lo sabía. Hasta se han hecho tres películas de ella, imagínate.

Cuando alguien está enamorado, o más precisamente cuando lo está una mujer y además es al principio y el enamoramiento todavía posee el atractivo de la revelación, por lo general somos capaces de interesarnos por cualquier asunto que interese o del que nos hable el que amamos. No solamente de fingirlo para agradarle o para conquistarlo o para asentar nuestra frágil plaza, que también, sino de prestar verdadera atención y dejarnos contagiar de veras por lo que quiera que él sienta y transmita, entusiasmo, aversión, simpatía, temor, preocupación o hasta obsesión. No digamos de acompañarlo en sus reflexiones improvisadas, que son las que más atan y arrastran porque asistimos a su nacimiento y las empujamos, y las vemos desperezarse y vacilar y tropezar. De pronto nos apasionan cosas a las que jamás habíamos dedicado un pensamiento, cogemos insospechadas manías, nos fijamos en detalles que nos habían pasado inadvertidos y que nuestra percepción habría seguido omitiendo hasta el fin de nuestros días, centramos nuestras energías en cuestiones que no nos afectan más que vicariamente o por hechizo o contaminación, como si decidiéramos vivir en una pantalla o en un escenario o en el interior de una novela, en un mundo ajeno de ficción que nos absorbe y entretiene más que el nuestro real, el cual dejamos temporalmente en suspenso o en un segundo lugar, y de paso descansamos de él (nada tan tentador como entregarse a otro, aunque sólo sea con la imaginación, y hacer nuestros sus problemas y sumergirnos en su existencia, que al no ser la nuestra ya es más leve por eso). Tal vez sea excesivo expresarlo así, pero nos ponemos inicialmente al servicio de quien nos ha dado por querer, o por lo menos a su disposición, y la mayoría lo hacemos sin malicia, esto es, ignorando que llegará un día, si nos afianzamos y nos sentimos firmes, en que él nos mirará desilusionado y perplejo al comprobar que en realidad nos trae sin cuidado lo que antaño nos suscitaba emoción, que nos aburre lo que nos cuenta sin que él haya variado de temas ni éstos hayan perdido interés. Será sólo que hemos dejado de esforzarnos en nuestro entusiasta querer inaugural, no que fingiéramos y fuéramos falsas desde el primer instante. Con Leopoldo nunca hubo un ápice de ese esfuerzo, porque tampoco lo hubo de ese voluntarioso e ingenuo e incondicional querer; sí en cambio con Díaz-Varela, con quien me volqué íntimamente —es decir, con prudencia y sin agobiarlo, ni casi hacérselo notar— pese a saber de antemano que él no podría corresponderme, que él estaba a su vez al servicio de Luisa y que además llevaba por fuerza mucho tiempo esperando su oportunidad.

Me llevé la novelita de Balzac (sí, sé francés) porque él la había leído y me había hablado de ella, y cómo no interesarme por lo que le había interesado a él si estaba en la fase del enamoramiento en que éste es una revelación. También por curiosidad: quería averiguar qué le había ocurrido al Coronel, aunque ya suponía que no habría terminado bien, que no habría reconquistado a su mujer ni recuperado su fortuna ni su dignidad, que acaso habría añorado su condición de cadáver. No había leído nunca nada de ese autor, era un nombre célebre más al que como a tantos otros no me había asomado, es verdad que el trabajo en una editorial impide conocer, paradójicamente, casi todo lo valioso que la literatura ha creado, lo que el tiempo ha sancionado y autorizado milagrosamente a permanecer más allá de su brevísimo instante que cada vez se hace más breve. Pero además me intrigaba saber por qué Díaz-Varela se había fijado y detenido tanto en ella, por qué lo había llevado a esas reflexiones, por qué la utilizaba como demostración de que los muertos están bien así y nunca deben volver, aunque su muerte haya sido intempestiva e injusta, estúpida, gratuita y azarosa como la de Desvern, y aunque ese riesgo no exista, el de su reaparición. Era como si temiera que en el caso de su amigo esa resurrección fuera posible y quisiera convencerme o convencerse del error que significaría, de su inoportunidad, y aun del mal que ese regreso haría a los vivos y también al difunto, como irónicamente había llamado Balzac al superviviente y fantasmal Chabert, de los padecimientos superfluos que les causaría a todos, como si los verdaderos muertos aún pudieran padecer. Asimismo me daba la impresión de que Díaz-Varela se esforzaba por suscribir y dar por cierta la visión pesimista del abogado Derville, sus ideas sombrías sobre la capacidad infinita de los individuos normales (de ti, de mí) para la codicia y el crimen, para anteponer sus intereses mezquinos a cualquier otra consideración de piedad, afecto y hasta temor. Era como si quisiera verificar en una novela —no en una crónica ni en unos anales ni en un libro de historia—, persuadirse a través de ella de que la humanidad era así por naturaleza y lo había sido siempre, de que no había escapatoria y de que no cabía esperar más que las mayores vilezas, las traiciones y las crueldades, los incumplimientos y los engaños que brotaban y se cometían en todo tiempo y lugar sin necesidad de ejemplos previos ni de modelos que imitar, sólo que la mayoría quedaban en secreto, encubiertos, eran subrepticios y jamás salían a la luz, ni siquiera al cabo de cien años, que es justamente cuando a nadie le preocupa saber lo que aconteció tanto tiempo atrás. Y no había llegado a decirlo, pero era fácil deducir que ni siquiera creía que hubiera muchas excepciones, aunque quizá sí unas pocas de los seres cándidos, sino más bien que donde parecía haberlas lo que en verdad solía haber era mera falta de imaginación o de audacia, o bien mera incapacidad material para llevar a cabo el desvalijamiento o el crimen, o bien ignorancia nuestra, desconocimiento de lo que la gente había hecho o planeado o mandado ejecutar, conseguida ocultación.

Al llegar al final de la novela, a las palabras de Derville que Díaz-Varela me había recitado improvisando en español, me llamó la atención que hubiera incurrido en un error de traducción, o acaso era que había entendido mal, tal vez involuntariamente o tal vez a propósito para cargarse aún más de razón; quizá había querido o había optado por leer algo que no estaba en el texto y que, en su equivocada interpretación, deliberada o no, reforzaba lo que él trataba de suscribir y subrayaba lo despiadados que eran los hombres, o en este caso las mujeres. Él había citado así: 'He visto a mujeres darle al niño de un primer lecho gotas que debían traerle la muerte, a fin de enriquecer al hijo del amor'. Al oír esa frase se me había helado la sangre, porque suele estar fuera de nuestras cabezas la idea de que una madre haga distinciones entre sus criaturas, más aún que las haga en función de quiénes sean los padres, de cuánto hayan amado a uno o detestado o padecido a otro, y todavía más que sea capaz de causarle la muerte al primer vástago en beneficio del preferido, administrándole a aquél con añagaza un veneno, aprovechándose de su confianza ciega en la persona que lo trajo al mundo, que lo ha alimentado y cuidado y sanado durante su existencia entera, quizá en forma de curativas gotas contra la tos. Pero no era eso lo que decía el original, en la novela no se leía '*J'ai vu des femmes donnant à l'enfant d'un premier lit des gouttes qui devaient amener sa mort...*', sino '*des goûts*', que no significa 'gotas' sino 'gustos', aunque aquí no cupiera traducirlo así, porque sería como mínimo ambiguo e induciría a confusión. Sin duda Díaz-Varela tenía mejor francés que yo, si había estudiado en el Liceo, pero me atreví a pensar que el equivalente más adecuado a lo que escribió Balzac sería algo semejante a esto: 'He visto a mujeres inculcarle al hijo de un primer lecho aficiones' (o quizá 'inclinaciones') 'que debían acarrearle la muerte, a fin de enriquecer al hijo del amor'. Bien mirado, tampoco era demasiado clara la frase según esta interpretación, ni demasiado fácil imaginarse a qué se refería exactamente Derville. ¿Darle, inculcarle aficiones que le acarrearían la muerte? ¿Acaso la bebida, el opio, el juego, una mentalidad criminal? ¿El gusto por el lujo sin el que ya no se podría pasar y que lo llevaría a delinquir para procurárselo, la lascivia enfermiza que lo expondría a infecciones o lo impulsaría a violar? ¿Un carácter tan medroso y débil que lo empujaría al suicidio al primer revés? Sí, era oscura y casi enigmática. Fuera lo que fuese, en todo caso, cuán a largo plazo se produciría esa deseada, esa maquinada muerte, cuán lento el plan, o prolongada la inversión. Y al mismo tiempo, de ser así, el grado de perversidad de esa madre sería mucho mayor que si se limitara a darle a su primogénito unas gotas asesinas disimuladas, que tal vez sólo un médico inquisitivo y terco sabría detectar. Hay una diferencia entre educar a alguien para su perdición y su muerte y matarlo sin más, y normalmente creemos que lo segundo es más grave y más condenable, la violencia nos horroriza, la acción directa nos escandaliza más, o acaso es que en ella no hay lugar para la duda ni para la excusa, quien la ejecuta o comete no puede parapetarse en nada, ni en el equívoco ni en el accidente ni en un mal cálculo ni en ningún error. Una madre que echó a perder a su hijo, que lo malcrió o desvió intencionadamente, siempre podría decir ante las consecuencias nefastas: 'Ah no, yo no quería. Dios mío, qué torpe fui, ¿cómo imaginar este resultado? Siempre lo hice todo por amor excesivo y con la mejor intención. Si lo protegí hasta tornarlo cobarde, o le di caprichos hasta torcerlo y convertirlo en un déspota, fue buscando siempre su felicidad. Qué ciega y dañina fui'. Y aun sería capaz de llegar a creérselo ella misma, mientras que le sería imposible pensar o contarse nada parecido si el vástago hubiera muerto a sus manos, por obra suya y en el momento decidido por ella. Es muy distinto causar la muerte, se dice quien no empuña el arma (y nosotros seguimos su razonamiento sin advertirlo), que prepararla y aguardar a que venga sola o a que caiga por su propio peso; también que desearla, también que ordenarla, y el deseo y la orden se mezclan a veces, llegan a ser indistinguibles para quienes están acostumbrados a ver aquéllos satisfechos nada más expresarlos o insinuarlos, o a hacer que se cumplan nada más concebirlos. Por eso los más poderosos y los más arteros no se manchan nunca las manos ni casi tampoco la lengua, porque así les cabe la posibilidad de decirse en sus días más autocomplacientes, o en los más acosados y fatigados por la conciencia: 'Ah, al fin y al cabo yo no fui. ¿Acaso estaba presente, acaso cogí la pistola, la cuchara, el puñal, lo que acabara con él? Ni siquiera estaba allí cuando murió'.

Empecé no a sospechar, pero sí a preguntarme, cuando una noche, tras volver de casa de Díaz-Varela de buen humor y animada, ya acostada frente a mis árboles agitados y oscuros, me sorprendí deseando, o fue más bien fantaseando con la posibilidad de que Luisa muriera y me dejara el campo libre con él, ella que no hacía nada por ocuparlo. Nos llevábamos bien, me interesaba cuanto me contaba o yo estaba dispuesta a que me interesase sin que me costara el menor esfuerzo lograrlo, y a él era evidente que le agradaba y divertía mi compañía, desde luego en la cama pero también fuera de ella, y es esto último lo determinante, o si lo primero es necesario no basta, es insuficiente sin lo segundo, y yo contaba con ambas ventajas. En momentos vanidosos tendía a pensar que, de no tener él aquella vieja fijación, aquella antigua pasión cerebral —no me atrevía a llamarlo aquel viejo proyecto, porque eso habría implicado sospecha y ésta aún no me había asaltado—, no sólo habría estado contento conmigo, sino que me le habría hecho imprescindible paulatinamente. A veces tenía la sensación de que no podía abandonarse conmigo —es decir, entregárseme— porque había decidido en su cabeza, hacía tiempo, que era Luisa la persona elegida, y además lo había sido con el convencimiento que otorga carecer de toda esperanza, cuando no existía la más remota posibilidad de ver cumplido su sueño y ella era la mujer de su mejor amigo al que los dos tanto querían. Tal vez hasta la había convertido en un pretexto ideal para no comprometerse nunca lo bastante con nadie, para saltar de una mujer a otra y que ninguna tuviera mucha duración ni importancia, porque él estaba mirando de reojo siempre hacia otro lado, o por encima de sus hombros mientras las abrazaba despierto (por encima de nuestros hombros, yo ya debía incluirme entre las así abrazadas). Cuando uno desea algo largo tiempo, resulta muy difícil dejar de desearlo, quiero decir admitir o darse cuenta de que ya no lo desea o de que prefiere otra cosa. La espera nutre y potencia ese deseo, la espera es acumulativa para con lo esperado, lo solidifica y lo vuelve pétreo, y entonces nos resistimos a reconocer que hemos malgastado años aguardando una señal que cuando por fin se produce ya no nos tienta, o nos da infinita pereza acudir a su llamada tardía de la que ahora desconfiamos, quizá porque no nos conviene movernos. Uno se acostumbra a vivir pendiente de la oportunidad que no llega, en el fondo tranquilo, a salvo y pasivo, en el fondo incrédulo de que nunca vaya a presentarse.

Pero ay, al mismo tiempo nadie renuncia a la oportunidad del todo, y ese picor nos desvela, o nos impide sumergirnos en el profundo sueño. Las cosas más improbables han sucedido, y eso todos lo intuimos, hasta los que no saben nada de historia ni de lo acontecido en el mundo anterior, ni siquiera de lo que ocurre en este, que avanza al mismo paso indeciso que ellos. Quién no ha asistido a algo así, a veces sin reparar en ello hasta que alguien nos lo señala con el dedo y le da formulación: el más torpe del colegio ha llegado a ministro y el holgazán a banquero, el individuo más tosco y feo tiene un éxito loco con las mejores mujeres, el más simple se convierte en escritor venerado y es candidato al Premio Nobel, como quizá lo sea de veras Garay Fontina, vendrá acaso el día en que lo llamarán de Estocolmo; la admiradora más pesada y vulgar logra acercarse a su ídolo y acaba casándose con él, el periodista corrupto y ladrón pasa por moralista y por paladín de la honradez, reina el más remoto y pusilánime de los sucesores al trono, el último de la lista y el más catastrófico; la mujer más cargante, engreída y despreciativa es adorada por las clases populares a las que aplasta y humilla desde su sillón de dirigente y que deberían odiarla, y el mayor imbécil o el mayor sinvergüenza son votados en masa por una población hipnotizada por la vileza o dispuesta a engañarse o quizá a suicidarse; el asesino político, en cuanto cambian las tornas, es liberado y aclamado como patriota heroico por la multitud que hasta entonces había disimulado su propia condición criminal, y el patán más clamoroso es nombrado embajador o Presidente de la República, o hecho príncipe consorte si por medio anda el amor, el casi siempre idiota y desatinado amor. Todos aguardan la oportunidad o se la buscan, a veces depende sólo de cuánta voluntad se ponga en la consecución de cada anhelo, cuánto afán y paciencia en la de cada propósito, por megalómano y descabellado que sea. Cómo no iba yo a acariciar la idea de que Díaz-Varela se quedara finalmente conmigo, porque se le abrieran los ojos o porque fracasara con Luisa pese a habérsele aparecido ahora la oportunidad y contar con el probable permiso, o aun con el encargo, de su difunto amigo Deverne. Cómo no iba yo a pensar que se me podría presentar la mía, si hasta el espectro anciano del Coronel Chabert creyó por un momento poder reincorporarse al estrecho mundo de los vivos y recuperar su fortuna y el afecto, aunque fuera filial, de su espantada mujer amenazada por su resurrección. Cómo no iba a pasárseme por la cabeza en noches ilusionadas, o de vaga embriaguez sentimental, si a nuestro alrededor vive gente de talento nulo que consigue convencer a sus contemporáneos de que lo posee inmenso, y majaderos y camelistas que aparentan con éxito, durante media o más vida, ser de una inteligencia extrema y se los escucha como a oráculos; si hay personas nada dotadas para aquello a lo que se dedican que sin embargo hacen en ello fulgurante carrera bajo el aplauso universal, al menos hasta su salida del mundo que acarrea su inmediato olvido; si hay gañanes descomunales que dictan la moda y la vestimenta de los educados, los cuales les hacen misterioso y absoluto caso, y mujeres y hombres desagradables y torcidos y malintencionados que levantan pasiones allí donde van; y si tampoco faltan los amores grotescos en sus pretensiones, condenados al descalabro y la burla, que acaban imponiéndose y realizándose contra todo pronóstico y razonamiento, contra toda apuesta y probabilidad. Todo puede acontecer, todo puede tener lugar, y quien más quien menos está al tanto de ello, por eso son pocos los que cejan en su gran empeño —aunque sea sesteante y venga y vaya—, entre los que tienen algún gran empeño, claro está, y esos nunca son tantos como para saturar el mundo de incesantes denuedo y confrontación.

Pero a veces basta con que alguien se aplique en exclusiva y con todas sus fuerzas a ser algo determinado o a alcanzar una meta para que acabe siéndolo o alcanzándola, pese a tener todos los elementos objetivos en contra, pese a no haber nacido para eso o no haberlo llamado Dios por esa senda, como se decía antiguamente, y donde más salta eso a la vista es en las conquistas y en los enfrentamientos: hay quien lleva todas las de perder en su enemistad o su odio hacia otro, quien carece de poder y de medios para eliminarlo y al lado de éste se asemeja a una liebre tratando de atacar a un león, y no obstante ese alguien saldrá victorioso a fuerza de tenacidad y falta de escrúpulos y estratagemas y saña y concentración, de no tener más objetivo en la vida que perjudicar a su enemigo, desangrarlo y minarlo y después rematarlo, ay de quien se echa un enemigo de estas características por débil y menesteroso que parezca ser; si uno no tiene ganas ni tiempo de dedicarle la misma pasión y responder con igual intensidad acabará sucumbiendo ante él, porque no es posible combatir distraído en una guerra, sea declarada o soterrada u oculta, ni menospreciar al adversario terco, aunque lo creamos inocuo y sin capacidad de dañarnos, ni siquiera de arañarnos: en realidad cualquiera nos puede aniquilar, de la misma manera que cualquiera puede conquistarnos, y esa es nuestra fragilidad esencial. Si alguien decide destruirnos es muy difícil evitar esa destrucción, a menos que abandonemos todo lo demás y nos centremos sólo en esa lucha. Pero el primer requisito es saber que esa lucha existe, y no siempre nos enteramos, las que ofrecen más garantía de éxito son las taimadas y las silenciosas y las traicioneras, como las guerras no declaradas o en las que el atacante es invisible o está disfrazado de aliado o de neutral, yo podía lanzar contra Luisa una ofensiva por la espalda u oblicua de la que ella no tendría conocimiento porque ni siquiera sabría que la acechaba una enemiga. Podemos ser un obstáculo para alguien sin buscarlo ni tener ni idea, estar en medio, entorpeciendo una trayectoria contra nuestra voluntad o sin darnos cuenta, y así ninguno jamás está a salvo, todos podemos ser detestados, a todos se nos puede querer suprimir, hasta al más inofensivo o infeliz. La pobre Luisa era ambas cosas, pero nadie renuncia del todo a la oportunidad y yo no iba a ser menos que los demás. Sabía lo que cabía esperar de Díaz-Varela y jamás me engañé, y aun así no podía evitar aguardar un golpe de fortuna o una extraña transformación en él, que un día descubriese que era incapaz de estar sin mí, o que necesitaba estar con las dos. Aquella noche veía como único golpe de fortuna verdadero y posible que se muriese Luisa, y que al desaparecer y no poder ser ya el objetivo, la meta, el trofeo largamente anhelado, a Díaz-Varela no le quedase más remedio que verme de veras y refugiarse en mí. A ninguno debe ofendernos que alguien se conforme con nosotros, a falta de quien fue mejor.

Si yo era capaz de desear a solas, durante un rato en la noche de mi habitación; si era capaz de fantasear con la muerte de Luisa, que nada me había hecho y contra la que nada tenía, que me inspiraba simpatía y piedad y hasta me provocaba cierta emoción, me pregunté si a Díaz-Varela no le habría ocurrido lo mismo, y con más largo motivo, respecto a su amigo Desvern. Uno no quiere en principio la muerte de quienes le son tan cercanos que casi constituyen su vida, pero a veces nos sorprendemos figurándonos qué pasaría si desapareciera alguno de ellos. En ocasiones la figuración viene suscitada sólo por el temor o el horror, por el excesivo amor que les profesamos y el pánico a perderlos: '¿Qué haría yo sin él, sin ella? ¿Qué sería de mí? No podría seguir adelante, me querría ir tras él'. La mera anticipación nos da vértigo y solemos alejar el pensamiento al instante, con un estremecimiento y una sensación salvífica de irrealidad, como cuando nos sacudimos una pesadilla persistente que ni siquiera cesa del todo en el momento de nuestro despertar. Pero en otras la ensoñación tiene mezcla y es impura. Uno no se atreve a desearle la muerte a nadie, menos aún a un allegado, pero intuye que si alguien determinado sufriera un accidente, o enfermara hasta su final, algo mejoraría el universo, o, lo que es lo mismo para cada uno, la propia situación personal. 'Si él o ella no existieran', se puede llegar a pensar, 'qué diferente sería todo, qué peso me quitaría de encima, acabarían mis penurias, o mi insoportable malestar, o cómo destacaría yo.' 'Luisa es el único impedimento', llegué yo a pensar; 'sólo la obsesión de Díaz-Varela con ella se interpone entre nosotros. Si él la perdiera, si se viera privado de su misión, de su afán...' Entonces no me forzaba a llamarlo mentalmente por el apellido, todavía era 'Javier', y ese nombre era adorado como lo que no se puede conseguir. Sí, si yo me deslizaba hacia este tipo de consideración, cómo no iba a haberle ocurrido lo mismo a él, mientras Deverne era el obstáculo. Una parte de Díaz-Varela habría ansiado a diario que se muriera su amigo del alma, que se esfumara, y esa misma parte, o acaso una mayor, se habría regocijado ante la noticia de su acuchillamiento inesperado, en el que él nada habría tenido que ver. 'Qué desgracia y qué suerte', habría pensado quizá, al enterarse. 'Cómo lo lamento, cómo lo celebro, qué enorme desventura que Miguel estuviese allí en aquel instante, cuando a ese individuo le dio el ataque homicida, podía haberle pasado a cualquier otro, incluso a mí, y él podía haberse encontrado en cualquier otro lugar, cómo es posible que le tocara a él, qué ventura que me lo hayan quitado de en medio y me hayan despejado el campo que creía ocupado para siempre, y sin que yo lo haya propiciado en modo alguno, ni siquiera por omisión, por descuido o por una casualidad que maldecirá uno retrospectivamente, por no haberlo retenido más tiempo a mi lado y haberle impedido ir donde fue, eso sólo habría sido posible si lo hubiera visto ese día, pero ni lo vi ni hablé con él, iba a llamarlo más tarde, para felicitarlo, qué desdicha, qué bendición, qué golpe de fortuna y qué espanto, qué pérdida y qué ganancia. Y nada puede reprochárseme.'

Nunca amanecí en su casa, nunca pasé una noche a su lado ni conocí la alegría de que su rostro fuera lo primero que veían mis ojos por la mañana; pero sí hubo una vez, o fueron más, en que me quedé dormida involuntariamente en su cama a media tarde o cuando ya anochecía, un sueño breve pero profundo tras el satisfecho agotamiento que esa cama me producía, qué sé yo si era a los dos, uno nunca sabe si lo que se le dice es verdad, nunca hay certeza de nada que no venga de nosotros mismos, y aun así. En aquella ocasión —fue la última— tuve vaga conciencia de oír un timbre, alcé un poco los párpados, medio instante, y lo vi a él a mi lado, ya completamente vestido (se vestía en seguida siempre, como si junto a mí no quisiera permitirse ni un minuto de la indolencia cansada o contenta de los amantes tras un encuentro), leyendo a la luz de la mesilla de noche quieto como una foto, la espalda recostada en la almohada, sin velarme ni hacerme caso, así que seguí sin despertarme. El timbre volvió a sonar, dos o tres veces y cada vez más prolongadamente, pero no me perturbó y lo incorporé a mi sueño, segura de que no me atañía. No me moví, no abrí más un ojo, pese a notar que a la tercera o cuarta llamada Díaz-Varela se deslizaba de la cama con un movimiento lateral silencioso y rápido. Lo incumbía a él, pero no a mí en todo caso, nadie sabía que yo estaba allí (de entre todos los sitios del mundo en aquella cama). La conciencia, con todo, empezó a alertárseme, aunque aún dentro del sueño. Me había quedado dormida sobre la colcha, semidesnuda, o desvestida hasta donde él había decidido, y ahora noté que me había echado una manta por encima, para que no cogiera frío o quizá para no seguir viendo mi cuerpo, para que no le resultara tan palmario lo que acababa de hacer conmigo, para él nada cambiaba tras las efusiones, actuaba como si no hubieran existido aun si habían sido aparatosas, el trato era el mismo después que antes. Me arropé con la manta de manera refleja, y ese gesto me despertó más, aunque permanecí con los ojos cerrados, ahora en una duermevela, levemente atenta a él puesto que había salido de la habitación y se me había ido.

Era alguien que estaba en el portal, abajo, porque no oí abrirse la puerta, sino la voz amortiguada de Díaz-Varela, que contestaba por el telefonillo, palabras que no entendí, sólo un tono entre sorprendido y molesto, luego resignado y condescendiente, como de quien acepta a regañadientes algo que lo contraría mucho y que lo concierne a su pesar. Al cabo de unos segundos —o fueron un par de minutos— me llegó con más nitidez y fuerza la voz del recién llegado, una voz de hombre alterada, Díaz-Varela lo habría esperado con la puerta de la casa abierta para que no tuviera que llamar también a ese timbre, o quizá pensaba despacharlo en el umbral, sin invitarlo a pasar siquiera.

'Mira que tener apagado el móvil, a quién se le ocurre', le reprochó aquel individuo. 'Me he tenido que venir hasta aquí como un idiota.'

'Baja el tono, ya te he dicho que no estoy solo. Una tía, ahora está dormida, no querrás que se despierte y nos oiga. Además, conoce a la mujer. ¿Y qué pretendes, que tenga siempre el móvil encendido por si se te ocurre llamarme? En principio no tienes por qué llamarme, ¿hace cuánto que no hablamos tú y yo? Ya puede ser importante lo que tengas que contarme. A ver, espera.'

Aquello fue suficiente para que me despertara del todo. Basta saber que no se quiere que escuchemos para hacer todo lo posible por enterarnos, sin caer en la cuenta de que a veces se nos ocultan las cosas por nuestro bien, para no decepcionarnos o para no involucrarnos, para que la vida no nos parezca tan mala como suele ser. Díaz-Varela había creído bajar la voz al responder, pero no lo había conseguido por causa de su irritación, o tal vez era aprensión, por eso oí sus frases con claridad. Su última palabra, 'Espera', me hizo suponer que iba a asomarse a la alcoba para comprobar que yo seguía dormida, así que me mantuve muy quieta y con los ojos bien cerrados, pese a haber ya salido enteramente del sueño. Y así fue, oí cómo entraba en el dormitorio y daba cuatro o cinco pasos hasta ponerse a la altura de mi cabeza sobre la almohada y mirarme unos segundos, como quien está haciendo una prueba, los pasos que dio no fueron cautos, sino normales, como si estuviera solo en la habitación. Los de salida, en cambio, fueron ya mucho más precavidos, me pareció que no quería arriesgarse a despertarme una vez que se había cerciorado de que dormía profundamente. Noté cómo cerraba la puerta con cuidado, y cómo desde fuera tiraba del picaporte para asegurarse de que no quedaba una rendija por la que se pudiera colar su conversación. El salón era contiguo. Sin embargo no sonó el clic, aquella puerta no cerraba hasta el final, 'Una tía', pensé entre divertida y susceptible; no 'una amiga' ni 'un ligue' ni 'una novia'. Posiblemente no era aún lo primero ni ya lo segundo ni sería jamás lo tercero, ni siquiera en el sentido más amplio y difuminado de la palabra, con su valor de comodín. Podía haber dicho 'una mujer'. Bueno, acaso su interlocutor era uno de esos hombres que tanto abundan, a los que sólo puede hablarse con un vocabulario determinado, el suyo, no con el que uno emplea normalmente, a los que más vale adaptarse siempre para que no recelen ni se sientan incómodos o disminuidos. En modo alguno me lo tomé a mal, para la mayoría de los tíos del mundo yo sería tan sólo 'una tía'.

Salté de la cama en el acto, medio desvestida como estaba (pero había conservado en todo momento la falda), me acerqué con cautela a la puerta y pegué el oído. Así sólo me alcanzaba un murmullo con algún vocablo suelto, los dos hombres estaban demasiado nerviosos para conseguir bajar de veras la voz, pese a sus intentos y a su voluntad. Me atreví a abrir un poco la rendija que Díaz-Varela había procurado eliminar con su suave tirón desde el exterior; por suerte no hubo chirrido que me delatara; y si se daba cuenta de mi indiscreción, yo tenía la excusa de haber oído voces y de haber querido confirmar que alguien había venido, precisamente para abstenerme de aparecer mientras durara su visita y ahorrarle a Díaz-Varela la obligación de presentarme o de dar cualquier explicación. No es que fueran clandestinos nuestros esporádicos encuentros, al menos no habíamos convenido en ello, pero me maliciaba que él no se los habría confiado a nadie, tal vez porque tampoco lo había hecho yo. O acaso era porque ambos se los habríamos ocultado sin duda a la misma persona, a Luisa, en mi caso ignoraba el porqué, fuera de un vago e incongruente respeto a los planes que él albergaba en silencio, y a la perspectiva de que los sacara adelante y un día se convirtieran en marido y mujer. Aquella mínima rendija que ni siquiera llegaba a serlo (la madera un poco hinchada, por eso la puerta no cerraba del todo) me permitía distinguir quién hablaba en cada momento y a veces algunas frases completas, otras sólo fragmentos o apenas nada, dependía de que los hombres lograran hablar en susurros, como era su intención. Pero en seguida elevaban de nuevo el tono sin querer, se los notaba excitados si es que no algo alarmados o incluso asustados. Si Díaz-Varela me descubría más adelante espiando (quizá volvería a asomarse por precaución), cuanto más tiempo pasara lo tendría más difícil, aunque siempre me cabría pretextar que había creído que él había cerrado la puerta para no despertarme nada más, no porque fuera secreto lo que hubiera de tratar con su visitante. No se lo tragaría, pero yo salvaría el tipo, formalmente al menos, a no ser que él se encarara conmigo con desabrimiento o furor, sin importarle las consecuencias, y me acusara de embustera. Con razón, porque lo cierto es que yo sabía desde el principio que su conversación no era para mis oídos, no sólo por reserva general, sino porque 'además', yo conocía 'a la mujer', y esa palabra había sido dicha en su sentido de esposa, de mujer de alguien, y ese alguien, por ahora, no podía ser sino Desvern.

'Bueno, ¿que pasa, que es eso tan urgente?, le oí decir a Díaz-Varela, y también oí la respuesta del otro individuo, cuya voz era sonora y su dicción correcta y muy clara, no llegaba a tener un acento madrileño de chiste —se supone que separamos y remarcamos mucho cada sílaba, sin embargo nunca he oído a nadie de mi ciudad hablar así, sólo en las películas y en el teatro anticuados, o si acaso en broma—, pero apenas unía vocablos y todos eran bien distinguibles cuando no le salía el cuchicheo al que aspiraba y para el que su habla o su tono parecían incapacitados.

'Por lo visto el fulano ha empezado a largar. Está saliendo de su mutismo.'

'¿Quién, Canella?', también oí esa pregunta de Díaz-Varela con nitidez, oí el nombre como quien oye una maldición que lo sobrecoge —recordaba ese nombre, lo había leído en Internet y además lo recordaba entero, Luis Felipe Vázquez Canella, como si fuera un título pegadizo o un verso; y también percibí su sobresalto, su pánico—, o como quien oye su propia sentencia o la del ser más querido y no da crédito y a la vez que la escucha la niega y se dice que no es posible, que eso no está sucediendo, que no está oyendo lo que sí está oyendo y que no ha llegado lo que sí ha llegado, como cuando nuestro amor nos convoca con la frase universal ominosa a la que recurren todas las lenguas —'Tenemos que hablar,

María', llamándonos además por nuestro nombre de pila que apenas usa en las demás circunstancias, ni siquiera cuando jadea dentro, su halagadora boca muy cerca, junto a nuestro cuello— y a continuación nos condena: 'No sé lo que me está pasando, yo mismo no logro explicármelo'; o bien: 'He conocido a otra persona'; o bien: 'Me habrás notado algo raro y distante en los últimos tiempos', todo son preludios de la desgracia. O como quien oye pronunciar al médico el nombre de una enfermedad ajena que no nos atañe, la que padecen otros pero no uno mismo, y esta vez nos la atribuye inverosímilmente, cómo puede ser, tiene que haber un error o lo que ha sido oído no ha sido dicho, eso a mí no me toca ni va conmigo, yo nunca he sido un desdichado, una desdichada, yo no soy de esos ni voy a serlo.

También yo me sobresalté, también yo sentí pánico momentáneo y estuve a punto de retirarme de la puerta para no oír más y así poder convencerme luego de que había oído mal o de que en realidad no había oído nada. Pero siempre sigue uno escuchando, una vez que ha empezado, las palabras caen o salen flotando y no hay quien las pare. Deseé que consiguieran bajar de una vez las voces, para que no dependiera de mi voluntad no enterarme, y se hiciera nebuloso o se difuminara todo, y me cupieran dudas; para no fiarme de mis sentidos.

'Claro, quién va a ser', contestó el otro con un poco de desdén y de impaciencia, como si ahora que había dado la alarma fuera él quien tuviera la sartén por el mango, el que trae una noticia siempre la tiene, hasta que la suelta entera y la traspasa y entonces ya se queda sin nada, y el que la escucha deja de necesitarlo. Al portador apenas le dura la posición dominante, sólo mientras anuncia que sabe y a la vez guarda silencio.

'¿Y qué es lo que está diciendo? Tampoco puede decir mucho, ¿qué puede decir? ¿No? ¿Qué puede decir ese desgraciado? ¿Qué importa lo que diga un trastornado?' Díaz-

Varela se repetía la frase sobre todo a sí mismo, estaba nervioso, como si quisiera conjurar un maleficio.

Su visitante se atropelló —ya no pudo aguantarse— y al hacerlo bajó y subió el tono varias veces, involuntariamente. De su contestación sólo me alcanzaron fragmentos, pero bastantes.

'... hablando de las llamadas, de la voz que le contaba', dijo; '... del hombre de cuero, que soy yo', dijo. 'No me hace gracia... no es grave... pero voy a tener que jubilarlos, y bien que me gustan, los llevo desde hace la tira de años... No se le encontró ningún móvil, de eso ya me encargué yo... así que les sonará a fantasía... El peligro no es que le crean, es un chalado... Sería que a alguien se le ocurriera... no espontáneo sino instigado... Lo más probable es que no, si de algo está lleno el mundo es de perezosos... Ha pasado bastante tiempo... Era lo previsto, que se negara a hablar fue un regalo, las cosas están ahora como esperábamos al principio... nos hemos acostumbrado mal... En su momento, en caliente... peor, más creíble... Pero quería que lo supieras de inmediato, porque es un cambio, y no pequeño, aunque por ahora no nos afecte ni creo que vaya a hacerlo... Mejor que estés avisado.'

'No, no es pequeño, Ruibérriz', le oí decir a Díaz-Varela, y oí bien ese apellido infrecuente, estaba demasiado excitado para moderar la voz, no la controlaba. 'Aunque sea un chiflado, está diciendo que alguien lo convenció, en persona y con llamadas, o que le metió la idea. Está repartiendo la culpa, o ampliándola, y el siguiente eslabón eres tú, y detrás de ti ya voy yo, maldita la gracia que tiene. Supón que le enseñan una foto tuya y que te señala. Tienes antecedentes, ¿verdad? Estás fichado, ¿no? Y tú lo has dicho, llevas la vida entera con esos abrigos de cuero, todo el mundo te conoce por ellos y por tus nikis de verano, ya no tienes edad para ponértelos, por cierto. Al principio me dijiste que tú nunca irías, que no te dejarías ver, que mandarías a un tercero si hacía falta darle un empujón, envenenarlo más y enseñarle un rostro en el que confiara.

Que entre él y yo habría por lo menos dos pasos, no uno, y que el más alejado ni sabría de mi existencia. Ahora resulta que estás sólo tú en medio y que podría reconocerte. Estás fichado, ¿no? Dime la verdad, no es hora de paños calientes, prefiero saber a qué atenerme.'

Hubo un silencio, quizá aquel Ruibérriz se estaba pensando si decir o no la verdad, como le había pedido Díaz-Varela, y si se lo pensaba es que estaba fichado, sus fotos en un archivo. Temí que la pausa se debiera a algún ruido que yo hubiera hecho sin darme cuenta, un pie sobre la madera, no creía, pero el temor nos obliga a no descartar nada, ni lo inexistente. Me imaginé a los dos parados, conteniendo la respiración un instante, aguzando con suspicacia el oído, mirando de reojo hacia el dormitorio, haciéndose un gesto con la mano, un gesto que significaría 'Espera, esa tía está despierta'. Y de pronto les tuve miedo, los dos juntos me dieron miedo, quise creer que Javier a solas aún no me lo habría dado: acababa de acostarme con él, lo había abrazado y besado con todo el amor que me atrevía a manifestarle, es decir, con mucho amor retenido o disimulado, lo dejaba traslucir sólo en detalles en los que probablemente él no reparaba, lo último que deseaba era asustarlo, espantarlo antes de hora, ahuyentarlo —la hora ya llegaría, de eso estaba segura—. Noté que ese amor guardado se suspendía, en cualquiera de sus formas es incompatible con el miedo; o que se aplazaba hasta mejor momento, el del mentís o el olvido, pero no se me escapaba que ninguno de los dos era posible. Así que me aparté de la puerta por si él volvía a entrar para comprobar que seguía dormida, que no había testigo auditivo de aquella charla. Me metí en la cama, adopté una postura que me pareció convincente, aguardé, ya no oí nada, me perdí la respuesta de Ruibérriz, antes o después debió darla. Quizá permanecí allí un minuto, dos, tres, nadie entró, no pasó nada, de manera que me armé de osadía y salí de nuevo de entre las sábanas, me acerqué a la falsa rendija, siempre medio desvestida, como me había él dejado, siempre con falda. La tentación de oír no se resiste, aunque nos demos cuenta de que no nos conviene. Sobre todo cuando el conocimiento ya ha empezado.

Las voces eran menos audibles ahora, un murmullo, como si se hubieran sosegado tras el inicial sobresalto. Tal vez antes estaban los dos de pie y ahora habían tomado asiento un instante, se habla menos alto cuando se está sentado.

'Qué te parece que hagamos', capté por fin a Díaz-Varela. Quería zanjar el asunto.

'No hay que hacer nada', contestó Ruibérriz elevando el tono, acaso porque daba instrucciones y volvía a sentirse momentáneamente al mando. Sonó como si resumiera, pensé que se marcharía pronto, quizá ya había recogido su abrigo y se lo había echado al brazo, en el supuesto de que hubiera llegado a quitárselo, la suya era una visita intempestiva y relámpago, seguro que Díaz-Varela no le había ofrecido ni agua. 'Esta información no apunta a nadie, no nos concierne, ni tú ni yo tenemos que ver con esto, cualquier insistencia por mi parte resultaría contraproducente. Olvídate, una vez enterado. Nada cambia, nada ha cambiado. Si hay alguna novedad más la sabré, pero no tendría por qué haberla. Lo más probable es que tomen nota, la archiven y no hagan nada. Por dónde van a investigar, de ese móvil no hay rastro, no existe. Canella ni siquiera supo el número nunca, por lo visto ha dado cuatro o cinco distintos, le bailan las cifras, normal, inventados todos, o soñados. Se le dio el teléfono pero nunca se le dijo el número, eso convinimos y así se hizo. ¿Qué hay de nuevo, por tanto? El fulano oyó voces, dice ahora, que le hablaban de sus hijas y le señalaban al culpable. Como tantos otros pirados. Nada tiene de particular que, en vez de en su cabeza o desde el cielo, resonaran a través de un móvil, lo tomarán por desvarío, ganas de darse importancia. Hasta los matados se enteran de los avances del mundo, hasta los locos, y el que no tiene un móvil es el más pringado. Déjalo estar. No te asustes más de la cuenta, tampoco ganamos nada con eso.'

'Ya, ¿y el hombre de cuero? Tú mismo te has alarmado, Ruibérriz. Por eso has venido corriendo a contármelo. Ahora no me digas que no hay motivo. En qué quedamos.'

'Ya, sí, cuando lo he sabido me he acojonado un poco, lo reconozco, vale. Estábamos tan tranquilos con su negativa a declarar, a decir nada. Me ha pillado por sorpresa, no me lo esperaba a estas alturas. Pero al contártelo me he dado cuenta de que en realidad no pasa nada. Y que se le presentara un hombre de cuero un par de veces, bueno, como si se le hubiera aparecido la Virgen de Fátima, a efectos prácticos. Ya te he dicho que sólo se me busca en México, si es que no ha prescrito, seguro que sí, aunque no me voy a ir allí a averiguarlo: una cosa de juventud, hace siglos. Y entonces no llevaba estos abrigos.' Ruibérriz era consciente de que estaba en falta, de que nunca debía haberse dejado ver por el gorrilla. Quizá por eso intentaba restarle ahora peligro a la información que había traído.

'Ya te puedes deshacer de los que tengas, en todo caso. Empezando por este. Quémalo, hazlo jirones. No vaya a haber algún listo al que se le ocurra relacionarte. No estarás fichado aquí, pero te conoce más de un poli. Esperemos que los de Homicidios no crucen datos con los de otros delitos. Bueno, aquí nadie cruza nada con nadie, por lo visto. Cada cuerpo a su bola, sería extraño.' También Díaz-Varela procuraba ser optimista ahora, y serenarse. Sonaban como gente normal dentro de todo, como aficionados tan a tientas como yo lo habría estado. Gente desacostumbrada al crimen, o sin la suficiente conciencia de haber instigado uno, casi de haberlo encargado, por lo que colegía.

Quería ver a aquel Ruibérriz, debía de estar a punto de despedirse: su cara, y también su famoso abrigo, antes de que lo destruyera. Decidí salir, tuve el impulso de vestirme rápido. Pero si lo hacía Díaz-Varela podría sospechar que llevaba un rato avisada de que había alguien más en la casa y tal vez escuchando, espiando, por lo menos los segundos que hubiera tardado en ponerme el resto de la ropa. Si irrumpía en el salón como estaba, en cambio, daría la impresión de que acababa de despertarme y no tenía conocimiento de la presencia de nadie. Nada habría oído, estaba en la creencia de que él y yo seguíamos solos, como siempre, sin testigo posible de nuestras conjunciones ocasionales, algunas tardes. Salía a su encuentro con naturalidad, tras descubrir que durante mi sueño no había permanecido a mi lado, en la cama. Más valía que me presentara medio desvestida, sin ninguna cautela y haciendo ruido, como una inocente que continuaba en Babia.

Pero en realidad no estaba medio desvestida, sino más bien medio o casi desnuda, y el resto de la ropa significaba toda menos la falda, porque era eso lo único que había conservado, a Díaz-Varela le gustaba vérmela subida o subírmela él durante nuestros afanes, pero por placer o por comodidad acababa por quitarme las demás prendas; bueno, a veces me sugería que me calzara los zapatos de nuevo tras despojarme de las medias, sólo si eran de tacón los que llevaba, muchos hombres son fieles a ciertas imágenes clásicas, yo los entiendo —tengo las mías— y no me opongo, nada me cuesta complacerlos y aun me siento halagada de responder a una fantasía ya dotada de algún prestigio, el de su perduración a través de unas cuantas generaciones, no es poco mérito. Así que la exagerada escasez de vestimenta —la falda justo por encima de la rodilla cuando estaba en su sitio y lisa, pero es que ahora estaba arrugada y movida y parecía más exigua— me detuvo en seco y me hizo dudar, y plantearme si en el caso de creerme en efecto a solas con Díaz-Varela en su piso, habría salido de la habitación con los pechos al aire o me los habría cubierto, hay que estar muy seguro de que no han cedido, de que no nos delatan su balanceo o su brincar excesivos, para caminar así delante de nadie (nunca he entendido el desenfado de los nudistas crecidos); no es lo mismo que un hombre los vea en reposo, o en medio de un fragor confuso y cercano, que de frente y con distancia y en movimiento incontrolado. Pero no llegué a resolver la duda, porque se entrometió el pudor y prevaleció en seguida. La perspectiva de mostrarme por primera vez de ese modo ante un completo desconocido me pareció insoportable, más aún cuando se trataba de un individuo turbio y sin escrúpulos. También Díaz-Varela carecía de ellos, según acababa de descubrir, y quizá en mayor grado, pero no dejaba de ser alguien que conocía cuanto de mi cuerpo es visible y no sólo eso, alguien todavía querido, sentía una mezcla de incredulidad radical y repugnancia primaria e irreflexiva, era incapaz de asumir lo que creía saber ahora —no digamos de analizarlo—, y si digo 'creía' es porque confiaba en haber oído mal, o en un malentendido, en que yo hubiera interpretado aquella conversación erróneamente, en que hubiera una explicación de algún tipo que me permitiera pensar más tarde: 'Cómo he podido imaginarme eso, qué tonta e injusta he sido'. Y a la vez me daba cuenta de que ya había interiorizado, incorporado sin remedio los hechos que se desprendían de ella, estaban así registrados en mi cerebro mientras no se produjera un desmentido que yo no podría pedir sin ponerme tal vez en grave riesgo. Tenía que fingir no haberme enterado de nada no sólo para no aparecer como una espía y una indiscreta a sus ojos —en la medida en que me importaba cómo me vieran y entonces seguía importándome, pues ningún cambio es de una vez e instantáneo, ni el provocado por un descubrimiento horrendo—, sino que además me convenía, o incluso me era vital literalmente. También sentí miedo, por mí, un poco de miedo, me resultaba imposible tener mucho, calibrar la dimensión de lo sucedido y lo que entrañaba, no era fácil pasar de la placidez o el sopor *post coitum* al temor hacia la persona junto a la que se habían alcanzado. En todo aquello había algo de inverosímil, de irreal, de sueño difamatorio y aciago que nos pesa sobre el alma y no aguantamos, era incapaz de ver a Díaz-Varela de golpe como a un asesino que pudiera reincidir en el crimen una vez atravesada la raya, una vez ya probado. No lo era de hecho, quise pensar más tarde: él no había agarrado una navaja ni le había asestado puñaladas a nadie, ni siquiera había hablado con aquel Vázquez Canella, el gorrilla homicida, no le había encargado nada, con él no había tenido contacto, jamás había cruzado palabra, por lo que deducía. Acaso ni había ideado esa maquinación, podía haberle contado sus cuitas a Ruibérriz y haberlo éste planeado todo por su cuenta —deseoso de agradar, un cabeza hueca, un cabeza loca—, y aun haberle venido a él con los hechos consumados, como quien se presenta con un regalo inesperado: 'Mira cómo te he allanado el camino, mira cómo te he despejado el campo, ahora ya está todo en tu mano'. Ni siquiera este Ruibérriz había sido el ejecutor, tampoco él había empuñado el arma ni había dado indicaciones precisas a nadie: había sido inicialmente un tercero, por lo que había entendido, un mandado, y se habían limitado a emponzoñar la desvariada imaginación del indigente y a confiar en su reacción o arranque violento algún día, lo cual podía darse o no darse nunca, si era un crimen premeditado se había dejado en exceso al azar, extrañamente. Hasta qué punto habían tenido certeza, hasta qué punto eran responsables. A menos que también le hubieran dado instrucciones u órdenes y lo hubieran coaccionado, y le hubieran procurado su navaja tipo mariposa, de siete centímetros de hoja que entran todos en la carne, no deben de conseguirse así como así puesto que en teoría están prohibidas, ni tampoco resultar baratas para quien apenas gana unas propinas y duerme en un coche desvencijado. Le habían proporcionado un móvil seguramente para hacerle ellos llamadas, no para que llamara él —tal vez no tenía ni a quién, sus hijas en paradero desconocido o deliberadamente fuera de su alcance, huyendo como de la peste de semejante padre colérico, puritano y trastornado—, para persuadirlo al oído, como quien susurra, nadie tiene presente que lo que se nos dice por teléfono no nos llega desde lejos sino desde muy cerca, y que por eso nos convence mucho más que lo escuchado a un interlocutor cara a cara, éste no nos rozará la oreja, o sólo en caso muy raro. Por lo general esta reflexión no sirve, o al contrario, es una agravante, pero a mí me sirvió momentáneamente para serenarme un poco y no sentirme amenazada, no en principio y no entonces, no en casa de Díaz-Varela, no en su dormitorio, en su cama: era seguro que él no se había manchado las manos de sangre, con la de su mejor amigo, aquel hombre que tan bien me caía a distancia, durante mis desayunos de varios años.

Luego estaba el otro, a quien quería verle la cara, por el que estaba dispuesta a salir medio desnuda, antes de que se marchara y me perdiera su visión ya para siempre. Quizá era más peligroso y no le hiciera la menor gracia verme, o que yo guardara imagen suya a partir de entonces; acaso con él me exponía de veras y leyera en su mirada estas frases: 'Me he quedado con tu rostro; no me costará dar con tu nombre ni averiguar dónde vives'. Y le viniera la tentación de suprimirme.

Pero tenía que darme prisa, no podía dudar ya más rato, así que me puse el sostén y los zapatos —me los había vuelto a quitar, restregando los talones contra el borde inferior de la cama, los había dejado caer desde allí al suelo justo antes de adormilarme—. Con el sostén era suficiente, quizá me lo habría puesto de todas formas, aunque no hubiera habido un intruso, a sabiendas de que de pie, en movimiento, me favorecía: incluso ante Díaz-Varela, que acababa de verme sin nada. Era de una talla menor que la que me corresponde, un viejísimo truco que en los encuentros galantes siempre da resultado, hace parecer los pechos algo más elevados, algo más rebosantes, aunque yo nunca haya tenido, hasta ahora, mucho problema con los míos. Pero bueno. Son pequeños señuelos y evitan llevarse chascos, cuando se acude a una cita con una idea preconcebida de lo que debe contener esa cita, junto a otras cosas más variables. Ese sostén me haría tal vez más llamativa —o bueno, no: más atractiva— a ojos del desconocido, pero también me sentía más protegida, atenuaba mi vergüenza.

Me dispuse a abrir la puerta, antes me había calzado sin preocuparme por el ruido de los tacones sobre la madera, una manera de avisarlos, si es que estaban atentos, lo bastante, y no absortos en sus apuros. Debía vigilar mi expresión, tenía que ser de absoluta sorpresa cuando viera al tal Ruibérriz, lo que no había resuelto era cuál había de ser mi primera reacción verosímil, seguramente dar media vuelta con azoramiento y meterme a toda prisa en el cuarto para no reaparecer hasta que me hubiera puesto el jersey de pico que llevaba aquel día, ligeramente escotado, o lo suficiente. Y a lo mejor taparme el busto con las manos, ¿o habría sido pudibundo en exceso? Nunca es fácil ponerse en la situación que no es, no me explico cómo tanta gente se pasa la vida fingiendo, porque es del todo imposible tener todos los elementos en cuenta, hasta el último e irreal detalle, cuando en verdad ninguno existe y todos han de fabricarse.

Respiré hondo y tiré del picaporte, dispuesta a representar mi comedia, y en aquel mismo momento supe que estaba ya ruborizada, antes de que Ruibérriz entrara en mi campo visual, porque sabía que él iba a verme en sostén y ajustada falda y me daba pudor así mostrarme ante un desconocido del que además me había hecho la peor idea, quizá mi acaloramiento provenía en parte de lo que acababa de oír, de la mezcla de indignación y espanto que no lograba disminuir la incredulidad que también me rondaba; estaba alterada en todo caso, con sensaciones y pensamientos confusos, el ánimo muy agitado.

Los dos hombres estaban de pie y volvieron la vista al instante, no debían de haberme oído ponerme los zapatos ni nada. En los ojos de Díaz-Varela noté en seguida frialdad, o recelo, censura, severidad incluso. En los de Ruibérriz sorpresa tan sólo, y un destello de apreciación masculina que sé reconocer y que él no podía evitar, probablemente, hay hombres con pupila muy rauda para esa clase de valoración, y no saben refrenarla, son capaces de fijarse en los muslos al descubierto de una mujer que ha sufrido un accidente, tendida en la carretera y ensangrentada, o en el canalillo que asoma en la que se agacha para socorrerlos si son ellos los malheridos, es superior a su voluntad o no tiene que ver con ella es una manera de estar en el mundo que les durará hasta su agonía, y antes de cerrar para siempre los párpados observarán con complacencia la rodilla de su enfermera, aunque lleve medias blancas con grumos.

Sí me tapé con las manos, instintiva y sinceramente; lo que no hice fue dar media vuelta y retirarme de inmediato, porque pensé que debía decir algo, manifestar violencia, sobresalto. Esto no fue tan espontáneo.

—Ay, lo siento, perdona —me dirigí a Díaz-Varela—, no sabía que había venido nadie. Disculpad, voy a ponerme algo.

—No, si yo ya me iba —dijo Ruibérriz, y me tendió la mano.

—Ruibérriz, un amigo —me lo presentó Díaz-Varela, incómodo, escueto—. Ella es María. —Me privó del apellido, como Luisa en su casa, pero es posible que él lo hiciera a conciencia, por protegerme mínimamente.

—Ruibérriz de Torres, un placer —puntualizó el presentado, tenía que subrayar que su apellido era compuesto. Y siguió con la mano tendida.

—Encantada.

Se la estreché velozmente —me descubrí un lado un segundo, sus ojos volaron hacia ese seno— y entré en el dormitorio, no cerré la puerta, así quedaba clara mi intención de regresar donde ellos, la visita no se iría sin despedirse de quien aún tenía a la vista. Cogí el jersey, me lo puse ante su mirada —la noté fija en mi figura, de perfil para vestirme— y salí de nuevo. Ruibérriz de Torres llevaba un *foulard* rodeándole el cuello —mero adorno, quizá no se lo había quitado en todo el rato— y se había echado sobre los hombros su famoso abrigo de cuero, que le caía así como una capa, de manera teatral o carnavalesca. Era largo y de cuero negro, como los que lucen los miembros de las SS o quizá de la Gestapo en las películas de nazis, un tipo al que gustaba llamar la atención por la vía rápida y fácil aun a riesgo de provocar rechazo, ahora tendría que renunciar a esa prenda, si obedecía a Díaz-

Varela. Lo primero que se me pasó por la cabeza fue preguntarme cómo es que éste se fiaba de un sujeto con tan visible aspecto de sinvergüenza, lo llevaba pintado en el rostro y en la actitud, en la complexión y en los ademanes, bastaba una sola ojeada para detectar su esencia. Había cumplido ya los cincuenta, sin embargo todo en él aspiraba al juvenilismo: el agradable pelo echado hacia atrás y con ondulaciones sobre las sienes, un poco abultado y largo pero ortodoxo, con mechones o bloques de canas que no le daban respetabilidad porque semejaban artificiales, como de mercurio; el tórax atlético aunque ya levemente abombado, como les sucede a quienes evitan a toda costa engordar en el abdomen y han cultivado los pectorales; la sonrisa abierta que dejaba ver una dentadura relampagueante, el labio superior se le doblaba hacia arriba, mostrando su parte interior más húmeda y acentuando con ello la salacidad del conjunto. Tenía una nariz recta y picuda con el hueso muy marcado, parecía más romano que madrileño y me recordaba a aquel actor, Vittorio Gassman, no en su vejez de aire más noble sino cuando interpretaba a truhanes. Sí, saltaba a la vista que era jovial, y un farsante. Cruzó los brazos de modo que cada mano cayó sobre el bíceps del otro lado —los tensó al instante, un acto reflejo—, como si se los acariciara o midiera, como si quisiera hacerlos resaltar pese a tenerlos ahora cubiertos por el abrigo, un gesto estéril. Podía imaginármelo en niki, perfectamente, y aun con botas altas, una barata imitación de jugador de polo frustrado al que jamás se consintió subirse a un caballo. Sí, era extraño que Díaz-Varela lo tuviera como cómplice en una empresa tan secreta y delicada, en una que mancha tanto: la de traerle a alguien la muerte cuando *'he should have died hereafter'*, cuando le tocaba morir más adelante o a partir de ahora, quizá mañana y si no mañana o mañana, pero nunca ahora. Ahí reside el problema, porque todos morimos, y al fin y al cabo nada cambia demasiado —nada cambia en esencia— cuando se adelanta el turno y se asesina a alguien, el problema reside en el cuándo, pero quién sabe cuál es el adecuado y el justo, qué quiere decir 'a partir de ahora' o 'de ahora en adelante', si el ahora es por naturaleza cambiante, qué significa 'en otro tiempo' si no hay más que un tiempo y es continuo y no se parte y se va pisando los talones eternamente, impaciente y sin objetivo, se va atropellando como si no estuviera en su mano frenarse e ignorara él mismo su propósito. Y por qué ocurren las cosas cuando ocurren, por qué en esta fecha y no en la anterior ni en la siguiente, qué tiene de particular o decisivo este momento, qué lo señala o quién lo elige, y cómo puede decirse lo que dijo Macbeth a continuación, fui a mirar el texto después de que Díaz-Varela me citara de él, y lo que añade de inmediato es esto: *'There would have been a time for such a word'*, 'Habría habido un tiempo para semejante palabra', esto es, 'para tal información' o 'semejante frase', la que acaba de oír de labios de su ayudante Seyton, portador del alivio o la desgracia: 'La Reina, mi Señor, ha muerto'. Como tantas veces en Shakespeare, los anotadores no se ponen de acuerdo sobre la ambigüedad y el misterio de tan famosas líneas. ¿Qué quiere eso decir? ¿'Habría habido tiempo más apropiado'? ¿'Mejor ocasión para ese hecho, porque esta no me conviene'? ¿Tal vez 'un tiempo más oportuno y pacífico, durante el que se le podrían haber rendido honores, en el que yo podría haberme detenido y haber llorado debidamente la pérdida de quien compartió tanto conmigo, la ambición y el crimen, la esperanza y el poder y el miedo'? Macbeth dispone entonces tan sólo de un minuto para soltar, acto seguido, sus diez célebres versos, no son más, su soliloquio extraordinario que tanta gente se ha aprendido de memoria en el mundo y que empieza: 'Mañana, y mañana, y mañana…'. Y cuando lo ha concluido —pero quién sabe si lo había acabado o si pensaba agregar algo más, de no haber sido interrumpido—, aparece un mensajero que reclama su atención, pues le trae la terrible y sobrenatural noticia de que el gran bosque de Birnam se está moviendo, se levanta y avanza hacia la alta colina de Dunsinane, donde él se encuentra, y eso significa que será vencido. Y si es vencido será muerto, y una vez muerto le cortarán la cabeza y la exhibirán como un trofeo, separada del cuerpo que la sostiene aún, mientras habla, y sin mirada. 'Debería haber muerto más adelante, cuando yo ya no estuviera aquí para escucharlo, ni tampoco para ver ni soñar nada; cuando ya no estuviera en el tiempo, y ni siquiera pudiera enterarme.'

Contrariamente a lo que me había ocurrido al escucharlos sin verlos, cuando aún no conocía el rostro de Ruibérriz de Torres, los dos juntos no me dieron miedo durante el breve rato que estuve en su compañía, pese a que los rasgos y las maneras del llegado no fueran tranquilizadores. Todo en él delataba a un sinvergüenza, en efecto, pero no a un tipo siniestro; seguramente era capaz de mil vilezas menores, que podían llevarlo a cometer una mayor de tarde en tarde, arrastrado por la vecina frontera, pero como quien pisa un territorio en visita relámpago, por el que le horripilaría transitar a diario. Les noté falta de familiaridad y aun de sintonía, y me pareció que, lejos de potenciarse recíprocamente como una pareja asesina, la presencia de cada uno neutralizaba la peligrosidad del otro, y que ninguno se atrevería a manifestar sus suspicacias ni a interrogarme ni a hacerme nada ante la mirada de un testigo, por más que éste hubiera sido su cómplice en la maquinación de un crimen. Era como si se hubieran unido azarosa y pasajeramente, sólo para una acción suelta, y en modo alguno formaran sociedad estable ni tuvieran planes conjuntos a más largo plazo, y estuvieran vinculados exclusivamente por aquella empresa ya ejecutada y por sus posibles consecuencias, una alianza de circunstancias, indeseada acaso por ambos, a la que Ruibérriz se habría prestado tal vez por dinero, por deudas, y Díaz-Varela por no conocer socio mejor

—socio más sucio— y no quedarle más remedio que encomendarse a un vivales. 'En principio no tienes por qué llamarme, ¿hace cuánto que no hablamos tú y yo? Ya puede ser importante lo que tengas que contarme', había reñido el segundo al primero cuando éste se había permitido a su vez reconvenirlo a él por su móvil desconectado. No estaban habitualmente en contacto, las confianzas que se tenían para hacerse reproches provenían tan sólo del secreto que compartían, o de la culpa, si es que la había, no me daba esa impresión en absoluto, habían sonado desaprensivos. Las personas se sienten ligadas cuando cometen un delito juntas, cuando conspiran o traman algo, más aún cuando lo llevan a cabo. Entonces se toman confianzas las unas con las otras de golpe, porque se han quitado la máscara y ya no pueden aparentar ante los semejantes que no son lo que sí son, o que jamás harían lo que han hecho. Están atadas por ese conocimiento mutuo, de manera parecida a como lo están los amantes clandestinos y aun los que no lo son o no tienen necesidad de serlo pero deciden mostrarse reservados, los que consideran que al resto del mundo no le incumben sus intimidades, que no hay por qué darle parte de cada beso y cada abrazo, como nos sucedía a Díaz-Varela y a mí, que callábamos sobre los nuestros, en realidad era aquel Ruibérriz el primero en estar al tanto. Cada criminal sabe de lo que su compinche es capaz, y que éste a su vez sabe de él exactamente lo mismo. Cada amante sabe que el otro conoce una debilidad suya, que ante ese otro ya no puede fingir que no lo tienta físicamente, que le produce aversión o le es del todo indiferente, ya no puede fingir que lo desdeña o lo descarta, no al menos en ese terreno carnal que con la mayoría de los hombres resulta, durante bastante tiempo —hasta que se acostumbran poco a poco, y entonces se ponen sentimentales— muy prosaico a pesar nuestro. Y aún tenemos suerte si los encuentros con ellos se tiñen de cierto tono humorístico, de hecho es a menudo el primer paso para el enternecimiento de tantos varones ásperos.

Si son molestas las confianzas que un desconocido o conocido se toma tras pasar por nuestra cama —o nosotras por la suya, da lo mismo—, cuánto más no han de serlo las derivadas de un delito compartido, y una de ellas, a buen seguro, es la falta cabal de respeto, sobre todo si los malhechores lo son sólo ocasionales, si son individuos corrientes que se habrían horrorizado al oír el relato de sus hazañas si se lo hubieran referido de otros, poco antes de concebir las suyas y probablemente también tras llevarlas a efecto. Gente que después de propiciar un asesinato, o aun de encargarlo, todavía pensaría de sí misma con convencimiento: 'Yo no soy un asesino, no me tengo por tal, en modo alguno. Es sólo que las cosas pasan y uno a veces interviene en una fase, qué más da si es una intermedia, la de la desembocadura o la del nacimiento, ninguna es nada sin las otras. Los factores son siempre muchos y uno solo nunca es la causa. Podría haberse negado Ruibérriz, o el sujeto enviado por él a emponzoñarle la mente al gorrilla. Éste podría no haber contestado las llamadas al teléfono móvil que en efecto poseyó durante un tiempo, nosotros se lo regalamos y nosotros se las hicimos, y logramos convencerlo de que Miguel era el responsable de la prostitución de sus hijas; podría no haber hecho caso de las insidias, o haberse confundido hasta el final de persona y haberle asestado al chófer sus dieciséis puñaladas, incluidas las cinco mortales, no en balde días atrás le había dado un puñetazo. Miguel podría no haber cogido el automóvil en su cumpleaños y entonces nada habría ocurrido, no en esa fecha y quizá ya en ninguna, acaso nunca habrían vuelto a juntarse todos los elementos... El indigente podría no haber tenido navaja, la que yo ordené que le compraran, se abre tan rápidamente... Qué responsabilidad tengo yo en la conjunción de las casualidades, los planes que uno se traza no son más que tentativas y pruebas, cartas que se van descubriendo, y la mayoría de ellas no salen, no combinan. Lo único de lo que uno es culpable es de coger un arma y utilizarla con sus propias manos. Lo demás es contingente, cosas que uno imagina —un alfil en diagonal, un caballo de ajedrez que salta—, que uno desea, que uno teme, que uno instiga, con las que uno juega y fantasea, que de vez en cuando acaban pasando. Y si pasan pasan aunque uno no las quiera o no pasan aunque las anhele, poco depende de nosotros en todas las circunstancias, ninguna urdimbre está a salvo de que un hilo no se tuerza. Es como lanzar una flecha al cielo en mitad de un campo: lo normal es que al iniciar su descenso, con la punta ya hacia abajo, caiga recta, sin desviarse, y no alcance ni hiera a nadie. O sólo al arquero, si acaso.

Esa falta cabal de respeto se la noté a Díaz-Varela en la manera de dirigirse a Ruibérriz e incluso de darle órdenes para despedirlo ('Bueno, ya me has entretenido bastante y no puedo desatender a mi visita más rato. Así que anda, haz el favor de irte largando. Ruibérriz: aire', llegó a decirle al término de nuestro mínimo diálogo: sin duda le había pagado dinero o todavía se lo pagaba, por la mediación, por la intendencia del crimen, por el seguimiento de sus consecuencias), y a éste en la forma en que me repasó con la mirada desde el principio hasta que salió por la puerta: no rectificó la inicial apreciativa; tolerable por la sorpresa, al comprobar que no era la primera vez que yo estaba allí, en aquella alcoba, eso se percibe en seguida; al ver que mi presencia no era azarosa ni de tanteo, que no era una mujer que ha subido a la casa de un hombre una sola tarde —o una inaugural, digamos, que a menudo se queda igualmente en única— como quizá podría haber ido a la de otro que también le hubiera gustado, sino que, por así expresarlo, estaba 'ocupada' por su amigo, al menos durante aquella temporada, como de hecho casi era el caso. Eso le dio lo mismo: no moderó en ningún momento sus ojos masculinos valorativos ni su sonrisa salaz de coqueteo que enseñaba las encías, como si aquella visión imprevista de una mujer en sostén y falda, y su conocimiento, le supusieran una inversión para el futuro próximo y esperara volver a encontrarme muy pronto a solas o en otro sitio, o aun pensara pedirle mi teléfono más tarde a quien nos había presentado en contra de su voluntad, sin más remedio.

—Perdonad la aparición, de verdad —repetí cuando pasé al salón de nuevo, ya con mi jersey puesto—. No habría salido así de haberme imaginado que ya no estábamos solos. —Me traía cuenta hacer hincapié en eso, para disipar sospechas. Díaz-Varela me seguía mirando con seriedad, casi con reprobación, o era dureza; no así Ruibérriz.

—No hay nada que perdonar —se atrevió a soltar éste con galantería anticuada—. El atuendo no ha podido ser más deslumbrante. Lástima de fugacidad, eso aparte.

Díaz-Varela torció el gesto, nada de lo sucedido le hacía la menor gracia: ni la llegada de su cómplice ni las noticias que le había traído, ni mi irrupción en escena y que éste y yo nos hubiéramos conocido, ni la posibilidad de que los hubiera oído a través de la puerta, cuando me creía dormida; seguramente tampoco la codicia visual de Ruibérriz hacia mi sostén y mi falda, o hacia lo poco que ocultaban, y sus consiguientes requiebros, aunque fueran bastante educados. Me hizo una ilusión pueril, tras lo que acababa de descubrir incongruente —pero me duró sólo un instante—, figurarme que Díaz-Varela pudiera sentir por mi causa algo semejante a celos, o más bien reminiscente de ellos. Su mal humor era visible y lo fue más cuando nos quedamos a solas, una vez que Ruibérriz se hubo marchado con su abrigo sobre los hombros y su caminar lento hacia el ascensor, como si estuviera satisfecho de su estampa y quisiera darme tiempo para admirársela de espaldas: un tipo optimista, sin duda, de los que no se percatan de que cumplen años. Antes de meterse en él se volvió hacia nosotros, que lo acompañábamos con la vista desde la entrada, como si fuéramos un matrimonio, y nos saludó llevándose una mano a una ceja, un segundo, y alzándola luego en un gesto que remedaba el de quitarse un sombrero. La preocupación con la que había llegado parecía haberse desvanecido, debía de ser un hombre ligero que se distraía de las pesadumbres con cualquier cosa, con cualquier presente sustitutivo que le levantara el ánimo. Se me ocurrió que no haría caso a su amigo y no destruiría su abrigo de cuero, se gustaba con él demasiado.

—¿Quién es? —le pregunté a Díaz-Varela, procurando emplear un tono de indiferencia, o no intencionado—. ¿A qué se dedica? Es el primer amigo tuyo que conozco y no pegáis mucho, ¿no? Tiene una pinta un poco rara.

—Es Ruibérriz —me contestó con sequedad, como si eso fuera un dato nuevo o lo definiera. A continuación se dio cuenta de lo desabrido de su respuesta y de que no había dicho nada. Se quedó en silencio unos momentos, como si calibrara lo que podía contarme sin comprometerse—. También has conocido a Rico —puntualizó—. Se dedica a muchas cosas y a nada en particular. No es un amigo, lo conozco superficialmente, aunque desde hace tiempo. Tiene vagos negocios que no acaban de enriquecerlo, así que toca muchas teclas, las que puede. Si conquista a una mujer adinerada, gandulea mientras ella lo ayude y no se harte. Si no, escribe guiones de televisión, prepara discursos para ministros, presidentes de fundaciones, banqueros, para quien se tercie, trabaja de negro. Busca documentación para novelistas históricos puntillosos, qué ropa vestía la gente en el siglo XIX o en los años treinta, cómo era la red de transportes, qué armamento se usaba, de qué material estaban hechas las brochas de afeitar o las horquillas, cuándo se construyó tal edificio o se estrenó tal película, todas esas cosas superfluas con las que los lectores se aburren y los autores creen lucirse. Rebusca en las hemerotecas, proporciona datos, de lo que le pidan. A lo tonto tiene muchos conocimientos. Creo que en su juventud publicó un par de novelas, sin éxito. No sé. Hace favores aquí y allá, probablemente viva sobre todo de eso, de sus muchos contactos: un hombre útil en su inutilidad, o viceversa. —Se detuvo, dudó si era o no imprudente añadir lo que vino a continuación, decidió que no tenía por qué serlo o que era peor dar la impresión de no querer completar un retrato inocuo—. Ahora es medio propietario de un restaurante o dos, pero le van mal, los negocios no le duran, los abre y los cierra. Lo curioso es que siempre logra abrir otro nuevo, al cabo de cierto tiempo, en cuanto se recupera.

—¿Y qué quería? Ha venido sin avisar, ¿no?

Me arrepentí de preguntar tanto nada más haberlo hecho.

—¿Por qué quieres saberlo? ¿Qué te importa?

Lo dijo con hosquedad, casi airado. Estaba segura de que de pronto ya no se fiaba de mí, me veía como un incordio, tal vez una amenaza, un posible testigo incómodo, había subido la guardia, era extraño, hacía poco rato yo era una persona placentera e inofensiva, todo menos un motivo de preocupación, seguramente lo contrario, una distracción muy agradable mientras él aguardaba a que el tiempo pasara y curara y se cumplieran sus expectativas, o a que ese tiempo hiciera por él labores que le son ajenas, de persuasión, de acercanza, de seducción y aun de enamoramiento; alguien que no esperaba nada que no hubiera ya y que a él no le pedía nada que no estuviera dispuesto a dar. Ahora se le había presentado un recelo, una duda. No podía preguntarme si había oído su conversación: si no lo había hecho, era llamar mi atención sobre lo que quisiera que hubieran hablado Ruibérriz y él mientras yo dormía, aunque no fuera de mi incumbencia y me trajera más bien sin cuidado, yo estaba allí sólo de paso; si sí, era obvio que yo le contestaría que no, él seguiría sin saber la verdad en todo caso. No había forma de que yo no fuera una sombra a partir de aquel instante, o aún peor, un engorro, un estorbo.

Entonces me vino de nuevo un poco el miedo, él sí me lo dio, él a solas, sin nadie delante capaz de frenarlo. Quizá no tuviera otra manera de asegurarse de que su secreto estaba a salvo que quitándome de en medio, se dice que una vez probado el crimen no se hace tan cuesta arriba reincidir, repetirlo, que cruzada la raya no hay vuelta atrás y que lo cuantitativo pasa a ser secundario ante la magnitud del salto dado, el salto cualitativo que lo convierte a uno para siempre en asesino, hasta el último día de su existencia y aun en la memoria de quienes nos sobreviven, si están al tanto o se enteran más tarde, cuando ya no estemos para intentar enredar y negarlo. Un ladrón puede restituir lo robado, un difamador reconocer su calumnia y rectificarla y limpiar el buen nombre de la persona acusada, hasta un traidor puede enmendar su traición a veces, antes de que sea demasiado tarde. Lo malo del asesinato es que siempre es demasiado tarde y no se puede devolver al mundo a quien de él fue suprimido, eso es irreversible y no hay modo de repararlo, y salvar otras vidas en el futuro, por muchas que sean, no borra nunca la que uno ha quitado. Y si no hay remisión —eso se dice—, hay que continuar por el camino emprendido cada vez que haga falta. Lo principal ya no es no mancharse, puesto que uno lleva en su seno una mancha que jamás se elimina, sino que ésta no se descubra, que no trascienda, que no tenga consecuencias y no nos pierda, y entonces añadir otra no es tan grave, se mezcla con la primera o ésta la absorbe, las dos se juntan y se hacen la misma, y uno se acostumbra a la idea de que matar forma parte de su vida, de que le ha tocado eso en suerte como a tantas otras personas a lo largo de la historia. Uno se dice que no hay nada nuevo en la situación en que se encuentra, que son incontables los individuos que han pasado por esa experiencia y luego han convivido con ella sin demasiadas penalidades y sin abismarse, e incluso han llegado a olvidarla intermitentemente, cada día un rato en el día a día que nos sostiene y arrastra. Nadie se puede pasar todas las horas lamentando algo concreto, o con plena conciencia de lo que hizo una vez lejana, o fueron dos o fueron siete, los minutos ligeros y sin pesadumbre siempre aparecen y el peor asesino disfruta de ellos, probablemente no menos que cualquier inocente. Y sigue adelante y deja de ver el asesinato como una monstruosa excepción o un error trágico, sino como un recurso más que proporciona la vida a los más audaces y resistentes, a los más resueltos y con mayor aguante. En modo alguno se sienten aislados, sino en abundante compañía larga y antigua, y formar parte de una especie de estirpe los ayuda a no verse tan desfavorecidos ni anómalos y a comprenderse y justificarse: como si hubieran heredado sus actos, o como si se los hubieran adjudicado en una rifa de feria en la que jamás se ha librado nadie de tomar parte, yen consecuencia no los hubieran cometido del todo, o no solos.

—No, por nada, perdona —me apresuré a responder, en el tono de mayor inocencia, y de mayor sorpresa por su reacción defensiva, que mi garganta fue capaz de encontrar. Era una garganta ya temerosa, sus manos podían rodearla en cualquier instante y les sería muy fácil apretar, apretar, mi cuello es delgado y no opondría la menor resistencia, mis manos carecerían de fuerza para apartar las suyas, para abrir sus dedos, mis piernas se doblarían, yo caería al suelo, él se me echaría encima como otras veces, notaría la presión de su cuerpo y su calor —o sería frío—, ya no tendría voz para convencerlo ni para implorar. Pero ese era un falso temor, me di cuenta nada más ceder a él: Díaz-Varela no se encargaría nunca de expulsar de la tierra personalmente a nadie, como no se había encargado con su amigo Deverne. A menos que se sintiera desesperado y bajo una amenaza inminente, a menos que pensara que yo iba a ir derecha a contarle a Luisa lo que había averiguado por azar y por mi indiscreción. Nunca puede descartarse nada con nadie, eso es lo malo, el temor iba y venía, era un poco artificial—. Preguntaba sólo por preguntar. —Y aún tuve el valor o la imprudencia de añadir—: Y porque, bueno, si ese Ruibérriz hace favores, no sé si yo te puedo hacer alguno… En fin, no lo creo, pero si te pudiera servir de algo, aquí me tienes a tu disposición.

Me miró con fijeza durante unos segundos que se me hicieron muy largos, como si me ponderara, como si quisiera descifrarme, como se mira a la gente que no se sabe mirada y yo no estuviera allí sino en la pantalla de una televisión y él pudiera observarme a sus anchas, sin preocuparse de mi respuesta a semejante insistencia o penetración, su expresión era cualquier cosa menos soñadora o miope, en contra de lo habitual, era aguda e intimidatoria. Mantuve los ojos firmes (al fin y al cabo éramos amantes y nos habíamos contemplado en silencio y sin apenas pudor), sosteniéndole y aun devolviéndole el escrutinio, con gesto interrogativo o de falta de comprensión, o eso creí. Hasta que ya no pude aguantar y los bajé hasta sus labios, hacia donde estaba tan acostumbrada a mirar desde el día que lo conocí, cuando hablaba y cuando estaba callado, aquellos labios de los que no me cansaba y que nunca me inspiraban miedo sino atracción. Fueron mi refugio momentáneo, no tenía nada de extraño que yo posara la vista allí; era tan frecuente, era lo normal, no había motivo para que la sospecha se le acentuara por ello, alcé un dedo y se los toqué, recorrí su dibujo con suavidad, con la yema, una prolongada caricia, pensé que sería una forma de aplacarle el ánimo, de darle confianza y seguridad, de decirle sin hablar: 'Nada ha cambiado, sigo aquí y sigo queriéndote. Nada te revelo, tú te has dado cuenta hace tiempo y te dejas querer por mí, es agradable sentirse amado por quien nada te va a pedir. Yo me retiraré cuando decidas que basta, que ya está bien, cuando me abras la puerta y me veas ir hacia el ascensor sabiendo que no vendré más. Cuando por fin se agote la pena de Luisa y seas correspondido, me haré a un lado sin rechistar, mi paso por tu vida sé que es provisional, un día más, un día más, y otro día ya no. Pero no te aflijas ahora, descuida, porque no he oído nada, no me he enterado de nada que tú desearas ocultar o guardar para ti, y si me he enterado no me importa, estás a salvo conmigo, no te voy a delatar, ni siquiera estoy segura de haber escuchado lo que sí he escuchado, o no le doy crédito, estoy convencida de que debe haber un error, o una explicación, o incluso —quién sabe— una justificación. Tal vez Desvern te había hecho gran daño, tal vez él había intentado matarte antes a ti, también a través de terceros, taimadamente también, y ahora erais ya él o tú, acaso te viste obligado, no había lugar en el mundo para los dos, y eso se parece mucho a la defensa propia. No has de temer de mí, yo te quiero, estoy a tu lado, de momento no te voy a juzgar. Y además, no te olvides de que sólo son imaginaciones tuyas, de que en realidad nada sé'.

No es que pensara todo esto de veras ni con claridad, pero es lo que le intenté transmitir con mi dedo demorándose sobre sus labios, él se dejó hacer mientras seguía mirándome con atención, trataba de buscar señales contrarias a las que yo le enviaba voluntariosamente, notaba cómo aún recelaba de mí. Eso tenía mal arreglo o carecía de él, no se iría nunca del todo, disminuiría o aumentaría, se adensaría o adelgazaría, pero siempre permanecería ahí.

—No ha venido a hacerme un favor —contestó—. Ha venido a pedirme uno, esta vez, por eso le urgía verme. Te agradezco tu ofrecimiento, en todo caso.

Yo sabía que eso no era verdad, los dos estaban en el mismo aprieto, difícil que el uno sacara al otro, lo más que estaba a su alcance era tranquilizarse recíprocamente e instarse a esperar acontecimientos, confiando en que no hubiera más, en que las palabras del indigente cayeran en el vacío y nadie se molestara en investigar. Era eso lo que habían hecho, calmarse y ahuyentar el pánico.

—No hay de qué.

Entonces me puso una mano en el hombro y la noté como un peso, como si me cayera encima un enorme trozo de carne. Díaz-Varela no era especialmente grande ni fuerte aunque sí de buena estatura, pero los hombres sacan fuerza de no se sabe dónde, casi todos o la mayoría, o a nosotras siempre nos parece mucha por comparación, es muy fácil que nos atemoricen con un solo ademán amenazante o nervioso o mal medido, con que nos agarren de la muñeca o nos abracen con demasiado ímpetu o nos aplasten sobre el colchón. Me alegré de tener el hombro cubierto por el jersey, pensé que sobre la piel ese peso me habría hecho estremecer, no era un gesto habitual en él. Me lo apretó sin hacerme daño, como si fuera a darme un consejo o a confiarme algo, me hice una idea de lo que sería esa mano sobre mi cuello, una sola, no digamos las dos. Temí que con un rápido movimiento la trasladara hasta él, él debió de percibir mi alerta, mi tensión, mantuvo la presión sobre mi hombro o me pareció que la aumentó, deseaba zafarme, escurrirme, su mano derecha sobre mi hombro izquierdo, como si fuera un padre o un profesor y yo una niña, una alumna, me sentí empequeñecida, seguramente ese era el propósito, para que le contestara con sinceridad, y si no con inquietud.

—No has oído nada de lo que me ha contado, ¿verdad? Estabas dormida cuando ha llegado, ¿no? He entrado a comprobarlo antes de hablar con él y te he visto muy dormida, estabas dormida, ¿verdad? Lo que me ha contado es muy íntimo, y a él no le gustaría que se hubiera enterado nadie más. Aunque seas una desconocida para él. Hay cosas que da vergüenza que escuche nadie, hasta a mí le ha costado contármelo, y eso que venía a eso y no tenía más remedio si quería el favor. No te has enterado de nada, ¿verdad? ¿Qué es lo que te despertó?

Así que me lo preguntaba a las claras, inútilmente o no tanto: por cómo respondiera yo, él podría figurarse o deducir si le mentía o no, o eso creería. Pero sería eso a lo sumo, una deducción, una figuración, una suposición, un convencimiento, es increíble que tras tantos siglos de incesantes charlas entre las personas no podamos saber cuándo se nos dice la verdad. 'Sí', se nos dice, y siempre puede ser 'No'. 'No', se nos dice, y siempre puede ser 'Sí'. Ni siquiera la ciencia ni los infinitos avances técnicos nos permiten averiguarlo, no con seguridad. Y aun así él no pudo resistirse a interrogarme directamente, de qué le servía que le contestara 'Sí' o 'No'. De qué le habían servido a Deverne todas las profesiones de afecto de uno de sus mejores amigos a lo largo de años, si es que no del mejor. Lo último que uno imagina es que ese lo vaya a matar, aunque sea de lejos y sin presenciarlo, sin intervenir ni mancharse un solo dedo, de tal manera que pueda pensar luego a veces, en sus días de felicidad, o serán de exultación: 'En realidad yo no lo hice, no tuve nada que ver'.

—No, no he oído nada, no te preocupes. He tenido un sueño profundo, aunque me haya durado poco. Además, he visto que habías cerrado la puerta, no podía oíros.

La mano sobre mi hombro seguía apretando, me parecía que un poco más, algo casi imperceptible, como si me quisiera hundir en el suelo muy lentamente, sin que yo me percatara de ello. O tal vez ni siquiera apretaba, sino que al dilatarse su peso se me agudizaba la sensación de opresión. Levanté el hombro sin brusquedad, todo lo contrario, con delicadeza, con timidez, como para indicarle que lo prefería libre, que no quería aquel pedazo de carne plantado así sobre mí, había en aquel contacto desacostumbrado un vago elemento de humillación: 'Prueba mi fuerza', podía ser. O 'Imagina de lo que soy capaz'. Hizo caso omiso de mi leve gesto —quizá fue demasiado leve— y volvió a su última pregunta que yo no había contestado, insistió:

—¿Qué fue lo que te despertó? Si creías que no estaba más que yo, ¿por qué te has puesto el sostén para salir? Debe de haberte llegado el rumor de nuestras voces, ¿no? Y algo habrás oído entonces, digo yo.

Tenía que mantener la calma y negar. Cuanto más sospechara él, más tenía que negar. Pero debía hacerlo sin vehemencia ni énfasis de ninguna clase. A mí qué me importaba lo que se trajera entre manos con un tipo del que ni le había oído hablar, esa era mi mayor baza para convencerlo, para aplazar su certeza al menos; qué interés tenía yo en espiarlo, todo lo que sucediera fuera de aquel dormitorio me daba igual, incluso dentro cuando no estaba yo en él, eso había de quedarle claro, nuestra relación no era sólo pasajera, era reducida, estaba circunscrita a aquellos encuentros ocasionales en su casa, en una habitación o dos, qué se me daba a mí todo el resto, sus idas y venidas, su pasado, sus amistades, sus planes, sus cortejos y su vida entera, yo no había estado en ella ni tampoco iba a estar '*hereafter*', a partir de ahora ni más adelante, nuestros días tenían su número y nunca estuvo lejos. Y sin embargo, con ser todo eso verdad en esencia, no lo era absolutamente: había sentido curiosidad, me había despertado al captar una palabra clave —quizá 'tía', o 'conoce', o 'mujer', o seguramente la combinación de las tres—, me había levantado de la cama, había pegado el oído, había forzado una rendija mínima para escuchar mejor, me había alegrado cuando él y Ruibérriz habían sido incapaces de moderar sus voces, de alcanzar el susurro, se lo había impedido la excitación. Empecé a preguntarme porqué había hecho eso, e inmediatamente empecé a lamentarlo: por qué tenía que saber lo que sabía, por qué la idea, por qué ya no me era posible tenderle los brazos y rodearlo por la cintura y acercarlo a mí, habría sido tan fácil quitarme su mano del hombro con ese solo movimiento, natural y sencillo unos minutos atrás; por qué no podía obligarlo a abrazarme sin más demora ni vacilación, allí estaban sus queridos labios, como siempre deseaba besarlos y ahora no me atrevía o es que algo me repelía en ellos a la vez que aún me atraían, o lo que me repelía no estaba en ellos —los pobres, sin culpa—, sino en todo él. Lo seguía queriendo y le tenía miedo, lo seguía queriendo y mi conocimiento de lo que había hecho me daba asco; no él, sino mi conocimiento.

—Pero qué preguntas son esas —le dije con desenfado—. Yo qué sé lo que me despertó, un mal sueño, una mala postura, saber que me estaba perdiendo un rato contigo, no sé, qué más da. y qué me iba a importar a mí lo que te contara ese hombre, ni siquiera sabía que estuviera aquí. Si me he puesto el sostén es porque no es lo mismo que me veas echada y a poca distancia, o a ráfagas, que de pie y caminando por la casa como si me creyera una modelo de Victoria's Secret o aún mejor, al fin y al cabo ellas siempre llevan lencería. Es que todo hay que explicártelo o qué.

—¿Qué quieres decir?

En verdad pareció desconcertado, pareció no entender, y eso —el desplazamiento de su interés, su distracción— me dio una ligera y momentánea ventaja, pensé que no tardaría en dejar de hacerme preguntas torcidas y yo podría salir de allí, me urgía sacudirme aquella mano y perderlo de vista. Aunque mi yo anterior, que todavía rondaba —aún no había sido sustituido ni reemplazado, cómo podía serlo tan rápido; ni cancelado ni desterrado—, no tenía ninguna prisa por salir de allí: cada vez que se había ido había ignorado cuándo regresaría, o si ya no regresaría más.

—Qué torpes sois los hombres a veces —dije con deliberación, me pareció aconsejable soltar algún tópico y desviar la conversación, llevarla al territorio más vulgar, que también suele ser el más inofensivo y el que más invita a confiarse y a bajar la guardia—. Hay zonas en las que las mujeres nos creemos ya envejecidas a los veinticinco o treinta años, no digamos con diez más. Por comparación con nosotras mismas, guardamos memoria de cada año que se fue. Así que no nos gusta exponer esas zonas de manera intempestiva y frontal. Bueno, a mí no me hace gracia, la verdad es que a muchas les da lo mismo, y las playas están llenas de exposiciones no ya frontales sino brutales, catastróficas, incluidas las de quienes se han colocado un par de leños bien rígidos y creen haber solucionado todo problema con eso. La mayoría dan dentera. —Me reí brevemente por la palabra elegida, añadí otra similar—: Dan repelús.

—Ah —dijo él, y se rió brevemente también, era una buena señal—. A mí no me parece que ninguna zona tuya esté envejecida, yo las veo todas bien.

'Está más tranquilo', pensé, 'menos preocupado y suspicaz, porque tras el susto necesita estar así. Pero más tarde, cuando se quede a solas, volverá a convencerse de que sé lo que no me tocaba saber; lo que nadie más que Ruibérriz debía saber. Repasará mi actitud, recordará mi prematuro sonrojo al salir de la alcoba y mi fingida ignorancia de todo este rato, se dirá que tras las fogosidades lo normal habría sido que me trajera sin cuidado cómo me viera, qué sostén ni qué sostén, uno se relaja, se desprotege mucho después; dejará de creerse la explicación que ahora acepta por sorprendente, porque no se le había pasado por la imaginación que algunas mujeres pudiéramos estar tan pendientes de nuestro aspecto en todo momento, de lo que tapamos o permitimos ver y hasta de la intensidad de nuestros jadeos, o que nunca perdamos del todo el pudor, ni siquiera en medio de la mayor agitación. Le dará vueltas de nuevo y no sabrá qué le conviene hacer, si alejarme paulatinamente y con naturalidad o interrumpir bruscamente todo trato conmigo o seguir como si nada para vigilarme de cerca, para controlarme, para calibrar cada día el peligro de una delación, esa es una situación angustiosa, tener que interpretar a alguien sin cesar, a alguien que nos tiene en su mano y que nos puede buscar la ruina o nos puede chantajear, no se aguanta mucho tiempo una zozobra así, se la intenta remediar como sea, se miente, se intimida, se engaña, se paga, se pacta, se quita de en medio, esto último es lo más seguro a la larga —es lo definitivo— y lo más arriesgado en el instante, también lo más difícil ahora y después y en cierto sentido lo más perdurable, uno se vincula al muerto para siempre jamás, se expone a que se le aparezca vivo en los sueños y uno crea no haber acabado con él, y entonces sienta alivio por no haberlo matado o sienta espanto y amenaza y planee volverlo a hacer; se expone a que ese muerto ronde todas las noches su almohada con su vieja cara sonriente o ceñuda y los ojos bien abiertos que fueron cerrados hace siglos o anteayer, y le susurre maldiciones o súplicas con su voz inconfundible que ya no oye nadie más, y a que la tarea le parezca siempre inconclusa y agotadora, un infinito quehacer, cada mañana pendiente antes de despertar. Pero todo eso será más adelante, cuando él rumie lo sucedido o lo que temerá que haya sucedido. Quizá decida entonces enviarme a Ruibérriz con algún pretexto, para que me sondee, para que me sonsaque, esperemos que no para algo más grave, para que un intermediario difumine o debilite el vínculo, tampoco yo podré vivir en paz a partir de hoy. Pero no es ahora el momento y ya se verá, he de aprovechar que lo he distraído de sus recelos y le he hecho un poco de gracia, y salir ya de aquí.'

—Gracias por el cumplido, no los sueles prodigar —le dije. Y, sin ningún esfuerzo físico y con considerable esfuerzo mental, acerqué mi cara a la suya y lo besé en los labios con los labios cerrados y secos, suavemente, tenía sed, de manera parecida a como se los había recorrido antes con la yema del dedo, mi boca acarició la suya, eso fue, creo yo. Eso fue nada más.

Levantó entonces la mano y me liberó el hombro y me quitó el odioso peso de encima, y con esa misma mano que casi me había causado dolor —o es lo que empezaba a creer sentir—, me acarició la mejilla, otra vez como si fuera una niña y él tuviera poder para castigarme o premiarme con un solo gesto, y todo dependiera de su voluntad. Estuve a punto de rehuirle esa caricia, había ahora una diferencia entre que lo tocara yo a él y me tocara él a mí, por suerte me contuve y lo dejé hacer. Y al salir de la casa unos minutos más tarde, me pregunté, como siempre, si volvería a entrar allí. Sólo que esta vez no fue sólo con esperanza y deseo, sino que se mezclaron, qué fue: no sé si fue repugnancia, o pavor, o si fue más bien desolación.

# III

En toda relación desigual y sin nombre ni reconocimiento explícito, alguien tiende a llevar la iniciativa, a llamar y a proponer encontrarse, y la otra parte tiene dos posibilidades o vías para alcanzar la misma meta de no esfumarse y desaparecer en seguida, aunque crea que de todas formas será ese su destino final. Una es limitarse a esperar, no dar nunca un paso, confiar en que pueda añorársela y en que su silencio y su ausencia resulten insospechadamente insoportables o preocupantes, porque todo el mundo se acostumbra pronto a lo que se le regala o a lo que hay. La segunda vía es intentar colarse con disimulo en la cotidianidad de ese alguien, persistir sin insistir, hacerse sitio con pretextos varios, llamar no a proponer nada —eso está vedado aún— sino a consultar cualquier cosa, a pedir consejo o un favor, a contar lo que nos ocurre —la manera más eficaz y drástica de involucrar— o a dar alguna información; estar presente, actuar como recordatorio de uno mismo, tararear en la distancia, zumbar, dar lugar a un hábito que se instala imperceptiblemente y como a hurtadillas, hasta que un día ese alguien se descubre echando en falta la llamada que se ha hecho consuetudinaria, siente algo parecido al agravio —o es la sombra de un desamparo— e, impaciente, levanta el teléfono sin naturalidad, improvisa una excusa absurda y se sorprende marcando él.

Yo no pertenecía a ese segundo tipo atrevido y emprendedor, sino al primero callado, más soberbio y más sutil, pero también más expuesto a ser borrado u olvidado con prontitud, y a partir de aquella tarde me alegré de correr ese riesgo, de estar supeditada por costumbre a las solicitudes o proposiciones de quien para mí era aún Javier pero acababa de iniciar el camino de convertirse en un apellido compuesto que más bien cuesta recordar; de no tener que llamarlo ni buscarlo, y de que abstenerme de hacerlo no resultara, por tanto, sospechoso ni delator. Que yo no estableciera contacto con él no significaba que quisiera evitarlo, ni que me hubiera decepcionado —es una palabra suave—, ni que le hubiera cogido miedo, ni que deseara interrumpir todo trato con él tras enterarme de que había urdido el apuñalamiento de su mejor amigo sin ni siquiera tener la certeza de lograr con ello su fin, aún le restaba la tarea más fácil o la más ardua, eso nunca se sabe, la del enamoramiento (la más insignificante o la más sustancial). Que yo no diera señales de vida no significaba que supiera nada de eso ni nada nuevo de él, mi silencio no me traicionaba, todo era como siempre durante nuestra breve frecuentación, dependía de que él sintiera vaga añoranza o se acordara de mí y me convocara a su alcoba, sólo entonces tendría que pensar cómo conducirme y qué hacer. El enamoramiento es insignificante, su espera en cambio es sustancial.

Cuando Díaz-Varela me había hablado del Coronel Chabert, había identificado a éste con Desvern: el muerto que debe seguir muerto puesto que su muerte constó en los anales y pasó a ser un hecho histórico y se relató y detalló, y cuya nueva e incomprensible vida es un incómodo postizo, una intrusión en la de los demás; el que viene a perturbar el universo que no sabe ni puede rectificar y que por tanto continuó sin él. Que Luisa no se sacudiese en seguida a Deverne, que de forma inerte o rutinaria continuase sujeta a él o a su recuerdo aún reciente —reciente para la viuda pero lejano para el que llevaba ya mucho anticipando su supresión—, debía de parecerle a Díaz-Varela la intromisión de un fantasma, de un aparecido tan fastidioso como Chabert, sólo que éste había vuelto en carne y hueso y cicatriz cuando ya estaba olvidado y su regreso era un engorro hasta para el curso del tiempo, al que en contra de su naturaleza se forzaba a retroceder y corregir, mientras que Desvern no se había ido del todo en espíritu, se demoraba, y lo hacía precisamente ayudado por su mujer, todavía enfrascada en el lento proceso de sobreponerse a su abandono y a su deserción; incluso trataba de retenerlo aún, un poco más, a sabiendas de que llegaría un día en que inverosímilmente se le desdibujaría su rostro o se le congelaría en cualquiera de las muchas fotos que se empeñaría en seguir mirando, a ratos con sonrisa embobada y a ratos entre sollozos, siempre a solas, siempre escondida.

Y sin embargo era a Díaz-Varela a quien yo veía ahora más bien como Chabert. Éste había sufrido amarguras y penalidades sin cuento y aquél las había infligido, éste había sido víctima de la guerra, de la negligencia, de la burocracia y de la incomprensión, y aquél se había constituido en verdugo y había perturbado gravemente el universo con su crueldad, su egoísmo tal vez estéril y su descomunal frivolidad. Pero los dos se habían mantenido a la espera de un gesto, de una especie de milagro, un aliento y una invitación, Chabert del casi imposible reenamoramiento de su mujer y Díaz-Varela del improbable enamoramiento de Luisa, o por lo menos de su consolación junto a él. Algo de común había en la esperanza de ambos, en la paciencia, aunque las del viejo militar estuvieran dominadas por el escepticismo y la incredulidad y las de mi pasajero amante por el optimismo y la ilusión, o acaso era por la necesidad. Los dos eran como espectros haciendo visajes y señas e incluso algún aspaviento inocente, aguardando a ser vistos y reconocidos y quizá llamados, deseosos de oír al fin estas palabras: 'Sí, está bien, te reconozco, eres tú', aunque en el caso de Chabert supusieran sólo concederle la carta de existencia que se le estaba negando y en el de Díaz-Varela significaran bastante más: 'Quiero estar a tu lado, acércate y quédate aquí, ocupa el lugar vacío, ven hasta mí y abrázame'. Y los dos debían de pensar algo parecido, algo que les daba fuerza y los sostenía en su espera y les impedía rendirse: 'No puede ser que haya pasado por lo que he pasado, que me hayan matado un sablazo en el cráneo y los cascos al galope de infinitos caballos, y sin embargo haya surgido de entre una montaña de muertos tras la larga e inútil batalla que convirtió en verdaderos cadáveres a cuarenta mil como yo, tenía que haber sido uno de ellos, solamente uno más; no puede ser que haya sanado con dificultad, lo bastante para tenerme en pie y caminar, que a lo largo de años haya recorrido Europa pasando penurias y sin que me creyera nadie, obligado a convencer a cualquier imbécil de que yo era todavía yo, de que no era un absoluto difunto pese a figurar como tal; y que por fin haya llegado hasta aquí, donde tuve mujer, casa, rango y fortuna, aquí donde solí vivir, para que la persona que más he querido y que me heredó ni siquiera admita que existo, finja no conocerme y me tilde de impostor. Qué sentido tendría haber sobrevivido a mi reiterada muerte, haber emergido de la fosa en la que ya me había resignado a habitar, desnudo y sin distintivos, igualado del todo con mis iguales caídos, oficiales y soldados rasos, compatriotas y tal vez enemigos, qué sentido tendría todo esto si lo que me reservaba el final de ese trayecto era la negación y el despojamiento de mi identidad, de mi memoria y de cuanto ha seguido ocurriéndome después de morir. La superfluidad de mi ventura, de mi ordalía, de mi gran esfuerzo, de lo que se parecía tanto a un destino...'. Eso debía de pensar el Coronel Chabert mientras iba y venía por París, mientras suplicaba ser recibido y atendido por el abogado Derville y por Madame Ferraud, que en virtud de su resurrección no era ya su viuda sino su mujer, y así volvía a ser, para su desdicha, la también enterrada y pretérita, la detestada Madame Chabert.

Y Díaz-Varela debía de pensar a su vez: 'No puede ser que yo haya hecho lo que he hecho o más bien he fraguado y he puesto en marcha, que haya cavilado durante mucho tiempo y, tras consumirme en dudas, haya logrado maquinar una muerte, la de mi mejor amigo, fingiendo que la dejaba un poco al azar, que podía resultar o no, tener lugar o jamás suceder; o bien no lo fingía sino que en verdad era así; que ideara un plan imperfecto y lleno de cabos sueltos, precisamente para salvar la cara ante mí mismo y poder decirme que a fin de cuentas había permitido la existencia de numerosos resquicios y escapatorias, que no me había asegurado, que no había enviado a un sicario ni le había ordenado a nadie: "Mátalo"; no puede ser que haya interpuesto a dos personas o quizá han sido tres, a Ruibérriz, a su subalterno que efectuó llamadas y al propio indigente que las escuchó, a fin de sentirme muy lejos de la ejecución, de los hechos mismos cuando se produjeran si se producían, no había certeza sobre la reacción del gorrilla, podía haber hecho caso omiso o haberse limitado a insultar a Miguel, o haberle dado sólo un puñetazo como a su chófer cuando confundió a los dos, también el encizañamiento podía haber caído en saco roto desde el principio y no haber surtido el menor efecto, pero sí lo surtió y entonces qué; no, no puede ser que las cosas hayan salido según mi deseo contra casi toda probabilidad, que al hacerlo hayan perdido su posible carácter de juego o apuesta y hayan pasado a ser una tragedia y seguramente un asesinato inducido que a su vez me ha convertido a mí en un asesino indirecto, mías fueron la concepción y la decisión de empezar, de lanzar los dados trucados, de dar impulso a la amañada rueda y echarla a girar, fui yo quien dijo "Conseguidle un móvil para corromperle el oído, por ese conducto se llega a la mente, a la trastornada y a la que no lo está; compradle una navaja para tentarlo, para hacérsela acariciar y también abrir y cerrar, sólo el que tiene un arma la puede querer usar"; no, no puede ser que yo me haya metido en esto y me haya arrojado una mancha imposible de quitar para que luego no sirva de nada y mi intención no se cumpla. Qué sentido tendría haberme impregnado así, del crimen, de la conspiración, del horror, llevar para siempre en mi seno el engaño y la traición, no poder sacudírmelos ni olvidarme de ellos más que sólo a ratos de enajenamiento o quizá de extraña plenitud que no he probado, no sé, haber establecido un vínculo que reaparecerá en mis sueños y que jamás podré cortar, qué sentido tendría si no alcanzo mi propósito único, si lo que me reservaba el final de ese trayecto era la negativa o la indiferencia o la lástima, el mero y viejo afecto que me mantendría sólo en mi lugar, para qué tanta vileza, o aún peor, la denuncia, el descubrimiento, el desprecio, la espalda vuelta y su voz helada diciéndome como si surgiera de un yelmo: "Quítate de mi vista y no vuelvas a aparecer ante mí". Como si fuera una Reina que desterrara a perpetuidad a su más fervoroso súbdito, a su mayor adorador. Y eso puede ocurrir ahora, eso puede ocurrir fácilmente si esta mujer, si María ha oído lo que no debía y decide ir a contárselo, aunque yo lo negara bastaría la duda para que mis posibilidades desaparecieran, para que dejaran totalmente de existir. De Ruibérriz sé que no hay que temer y por eso le encargué la operación, lo conozco hace mucho y nunca se iría de la lengua, ni siquiera si lo interrogaran o lo detuvieran, si el mendigo lo reconociera y dieran con él, ni siquiera bajo gran presión, por la cuenta que le trae y también porque es legal. Los otros, Canella y el que lo llamó, el que varias veces al día le recordó a sus hijas putas y lo obligó a imaginárselas en plena faena con mortificante detalle, el que lo obsesionó y acusó a Miguel, esos no me han visto en la vida ni han oído mi nombre ni han escuchado mi voz, para ellos no existo, sólo existe Ruibérriz con sus nikis o sus abrigos de cuero y su sonrisa salaz. Pero de María lo ignoro todo en realidad, noto que se está enamorando o que se ha enamorado ya, demasiado rápido para que no responda a una decisión generosa de la que por tanto se puede apear todavía cuando quiera, por cansancio o despecho o por sensatez o decepción, lo segundo no parece sentirlo ni que lo vaya a sentir, está conforme con que no haya más que lo que hay y sabe que algún día dejaré de verla y la borraré porque Luisa me habrá llamado por fin, en modo alguno eso es seguro pero puede suceder, y aún es más, debería suceder antes o después. A menos que María posea un estúpido y fuerte sentido de la justicia, y la decepción de saberme un criminal se le imponga sobre cualquier otra consideración y así no le parezca suficiente renegar y apartarse de mí, sino que necesite apartarme de mi amor. Y entonces, si supiera Luisa, o si la idea le entrara en la cabeza, no haría falta más, qué sentido tendría que tras adentrarme por la senda más sucia ya no hubiera esperanza, ni siquiera la más remota, la irreal que nos ayuda a vivir. Quizá hasta la espera me quedaría prohibida, no ya la esperanza sino la simple espera, el refugio último del peor desdichado, de los enfermos y de los decrépitos y de los condenados y de los moribundos, que esperan a que llegue la noche y luego a que llegue el día y la noche otra vez, sólo a que cambie la luz para saber al menos qué les toca, si estar despiertos o dormir. Incluso los animales esperan. El refugio de todo ser sobre la tierra, de todos menos de mí...'.

Fueron pasando los días sin noticias de Díaz-Varela, uno, dos, tres y cuatro, y eso era enteramente normal. Cinco, seis, siete y ocho, y también eso era normal. Nueve, diez, once y doce, y eso ya no lo fue tanto, pero tampoco resultó muy extraño, a veces él viajaba y a veces viajaba yo, no teníamos costumbre de avisarnos de antemano y aún menos de despedirnos, jamás alcanzamos tanta familiaridad ni contamos el uno para el otro como para juzgar necesario o prudente informarnos de nuestros movimientos, de nuestras ausencias de la ciudad. Cada vez que él había tardado esos días o más en llamar o dar señales, yo había pensado con lástima —pero siempre con conformidad, o acaso era resignación— que ya me tocaba salir de escena, que el breve tiempo que yo misma me había adjudicado en su vida había sido brevísimo al final; suponía que se había cansado, o que, fiel a su tendencia, había cambiado de nuevo de pareja de distracción (nunca me tuve por mucho más, pese a querer sentirme algo más) durante lo que ahora veía como una espera suya inmemorial, o más bien como un acecho; o que Luisa lo iba aceptando antes de lo previsible y que ya no había lugar para mí ni seguramente para nadie más; o que él estaba volcado con ella en sus visitas y en su atención, en llevar al colegio a sus niños y ayudarla en lo que pudiera, en hacerle compañía y estar a su disposición. 'Ya está, ya se ha ido, ya me ha echado, se acabó', eso pensaba. 'Todo ha durado tan poco que me solaparé con otras y su memoria me confundirá. Seré indistinguible, seré un antes, una página en blanco, lo contrario de "a partir de ahora", y perteneceré a lo que ya no cuenta. No importa, está bien, lo sabía desde el principio, está bien.' Si al duodécimo o decimoquinto día sonaba el teléfono y oía su voz, no podía evitar dar un salto de alegría interior y decirme: 'Bueno, mira, todavía no, por lo menos habrá una vez más'. Y durante esos periodos de involuntaria espera mía y absoluto silencio suyo, cada vez que sonaba el timbre o me avisaba el móvil de que había recibido un mensaje mientras lo tenía apagado, o de que había un SMS aguardando a ser leído, confiaba con optimismo en que estuviera él detrás.

Ahora me sucedía lo mismo, pero con aprensión. Miraba la diminuta pantalla con sobresalto, deseando no ver su nombre y su número y —eso era lo desasosegante, lo raro— deseándolo a la vez. Prefería no tener que ver más con él y no exponerme a un nuevo encuentro de nuestra única modalidad, durante el que ignoraba cómo reaccionaría; cómo me podría comportar. Era más fácil que me notara huidiza o remisa si nos veíamos que si sólo hablábamos, y también más —obviamente— si hacíamos esto último que si no. Pero no responder ni devolverle la llamada habría tenido el mismo efecto, puesto que nunca lo había hecho con anterioridad. Si accedía a ir a su casa y allí me proponía acostarnos, como solía acabar por sugerir de aquella manera tácita suya que le permitía actuar como si lo que ocurría no ocurriera o no fuera digno de reconocimiento, y yo rehusaba con alguna excusa, eso le podría hacer sospechar. Si me citaba y le daba largas, también eso lo escamaría, pues en la medida de lo posible me había acomodado siempre a su iniciativa. Consideraba una bendición, una suerte, que él callara desde aquella tarde, que no me solicitara, verme libre de sus pesquisas y capciosidades, de su olisqueo de la verdad, de encararme de nuevo con él, de no saber a qué atenerme ni cómo tratarlo ahora, de que me inspirara miedo y repulsa mezclados seguramente con atracción o con enamoramiento, porque estas dos últimas cosas no se suprimen de golpe y a voluntad, sino que tienden a demorarse como una convalecencia o como la propia enfermedad; la indignación no ayuda apenas, su impulso se agota en seguida, no se puede mantener su virulencia, o ésta viene y se va y cuando se va no deja huella, no es acumulativa, no mina nada y en cuanto se aplaca se olvida, como el frío una vez que se ha ido, o como la fiebre y el dolor. La corrección de los sentimientos es lenta, desesperantemente gradual. Uno se instala en ellos y se hace muy difícil salirse, se adquiere el hábito de pensar en alguien con un pensamiento determinado y fijo —se adquiere también el de desearlo— y no se sabe renunciar a eso de la noche a la mañana, o durante meses y años, tan larga puede ser su adherencia. y si lo que hay es decepción, entonces se la combate al principio contra toda verosimilitud, se la matiza, se la niega, se la intenta desterrar. A ratos pensaba que no había oído lo que había oído, o me retornaba la débil idea de que tenía que haber un error, un malentendido, incluso una explicación aceptable para que Díaz-Varela hubiera organizado la muerte de Desvern —pero cómo podía ser eso aceptable—, me daba cuenta de que mientras duraba aquella espera rehuía la palabra 'asesinato' en mi mente. Y así, a la vez que consideraba una suerte que Díaz-Varela no me reclamara y me dejara recomponerme y respirar, me preocupaba y sufría porque no lo hiciera. Quizá me parecía imposible —un final pálido, un mal final— que todo se disolviera así, tras descubrir yo su secreto y que él se lo maliciara, tras interrogarme él un poco y después nada más. Era como si la función se interrumpiera antes de terminar, como si todo quedara suspendido en el aire, indeciso, flotante, persistente en su irresolución, como un olor desagradable en el interior de un ascensor. Pensaba confusamente, quería y no quería saber de él, mis sueños eran contradictorios y, cuando permanecía una noche en vela, en verdad no discernía, notaba sólo la cabeza llena y mi detestable impotencia para vaciarla.

Me preguntaba en mi insomnio si debía hablar con Luisa, con la que ya no coincidía nunca en el desayuno de la cafetería, habría abandonado la costumbre para no aumentarse la pena o para ir olvidando mejor, o quizá iría más tarde, cuando yo ya estuviera en el trabajo (acaso era a su marido al que le tocaba madrugar más y ella sólo lo acompañaba para retrasar la separación). Me preguntaba si no era mi obligación prevenirla, ponerla al tanto de quién era aquel amigo, su pretendiente quizá inadvertido y su constante protector; pero carecía de pruebas y podría tomarme por loca o por despechada, por vengativa y desquiciada, resulta complicado irle a nadie con un cuento tan siniestro y turbio, cuanto más exagerada y alambicada una historia más difícil de creer, en eso confían, en parte, quienes cometen atrocidades, en que costará darles crédito precisamente por su magnitud. Pero no era tanto eso cuanto algo más extraño, por su escasez: la mayoría de la gente está dispuesta, a la mayoría le encanta señalar con el dedo a escondidas y acusar y denunciar, chivarse a sus amistades, a los vecinos, a sus superiores y jefes, a la policía, a las autoridades, descubrir y exponer a culpables de cualquier cosa, aunque lo sean sólo en su imaginación; hundirles la vida si pueden o por lo menos dificultársela, procurar que haya apestados, crear desechos, desprendidos, causar bajas a su alrededor y expulsar de su sociedad, como si la reconfortara decirse tras cada víctima o pieza cobrada: 'Ese ha sido desgajado, apartado, ese ha caído y yo no'. Entre toda esa gente hay unos pocos —a diario vamos menguando— que sentimos, por el contrario, una indecible aversión a asumir ese papel, el papel del delator. Y tan al extremo llevamos esa antipatía que ni siquiera nos es fácil vencerla cuando conviene, por nuestro bien y el de los demás. Hay algo que nos repugna en marcar un número y decir sin confesar nuestro nombre: 'Mire, he visto a un terrorista al que buscan, su foto está en los periódicos y acaba de entrar en tal portal'. Probablemente lo haríamos en un caso así, pero pensando más en los crímenes que podríamos evitar con ello que en el castigo de los ya pasados, porque esos nadie es capaz de remediarlos y la impunidad del mundo es tan inabarcable, tan antigua y larga y ancha que hasta cierto punto nos da lo mismo que se le añada un milímetro más. Suena raro y suena mal, y sin embargo puede ocurrir: quienes sentimos esa aversión preferimos a veces ser injustos y que algo quede sin castigo antes que vernos como delatores, no lo podemos soportar —al fin y al cabo la justicia no es cosa nuestra, no nos toca actuar de oficio—; y todavía nos es más odioso ese papel cuando se trata de desenmascarar a alguien a quien se ha querido, o peor: a quien, por inexplicable que sea —pese al horror y la náusea de nuestra conciencia, o es de nuestro conocimiento, que sin embargo se sobresalta menos cada día que se completa y se va—, no se ha dejado enteramente de querer. Y entonces pensamos algo que no llega a formularse del todo, un balbuceo incoherente y reiterativo, casi febril, algo semejante a esto: 'Sí, es muy grave, es muy grave. Pero es él, aún es él'. En aquel tiempo de espera o de adiós no pronunciado no lograba ver a Díaz-Varela como un peligro futuro para nadie más, ni siquiera para mí, que le había tenido momentáneo temor y aún se lo tenía intermitente en ausencia, en mi recuerdo o en mis anticipaciones. Quizá pecaba de optimista, pero no lo veía capaz de repetir. Para mí seguía siendo un aficionado, un intruso ocasional. Un hombre normal en esencia, que había hecho una sola excepción.

Al decimocuarto día me llamó al móvil, cuando yo estaba en la editorial reunida con Eugeni y con un autor semijoven que nos había recomendado Garay Fontina en premio a la adulación con que aquél lo obsequiaba en su *blog* y en una revista literaria especializada que dirigía, es decir, pretenciosa y más bien marginal. Me salí del despacho un momento, le dije que lo llamaría más tarde, él pareció no fiarse y me retuvo un instante.

'Es sólo un minuto', dijo. '¿Qué tal te va que nos veamos hoy? He estado fuera unos días y tengo ganas de verte. Si te parece, te espero en casa cuando salgas del trabajo.'

'No sé si hoy me voy a retrasar, hay mucho lío aquí', improvisé sobre la marcha; quería pensármelo, o por lo menos tener tiempo para hacerme a la idea de ir a verlo otra vez. Seguía sin saber qué prefería, su esperada e inesperada voz me trajo alarma y alivio, pero en seguida prevaleció el envanecimiento de sentirme requerida, de comprobar que todavía no me había dado carpetazo, que no se había desentendido de mí ni me dejaba desaparecer en silencio, aún no era la hora de mi difuminación. 'Déjame que te diga algo por la tarde. Según cómo vayan las cosas, me paso o te aviso de que no podré.'

Entonces dijo mi nombre, lo que no solía hacer.

'No, María. Pásate.' E hizo una pausa, como si en verdad quisiera sonar imperativo, y así sonó. Como yo no respondí nada en el acto, añadió algo para rebajar esa impresión. 'No es sólo que tenga ganas de verte, María.' Dos veces mi nombre, eso ya era insólito, un mal augurio. 'Tengo que consultarte algo urgente. Aunque sea tarde, no me importa, yo no me voy a mover de aquí. Te esperaré en todo caso. Y si no, te iré a buscar', terminó con resolución.

Tampoco yo pronunciaba mucho su nombre, lo hice esta vez por mimetismo o para no quedarme atrás, es frecuente que oír el nuestro nos ponga en estado de alerta, como si estuviéramos recibiendo una advertencia o fuera el preámbulo de una adversidad o de un adiós.

'Javier, hace un montón de días que no nos vemos ni hablamos, tan urgente no será, podrá esperar un día o dos más, ¿no? Si al final me es imposible, quiero decir.'

Me estaba haciendo de rogar pero deseaba que no desistiera, que no se conformara con un 'veremos' o un 'quizá'. Su impaciencia me halagaba, pese a notar que no se trataba, aquel día, de una impaciencia meramente carnal. Incluso era probable que no hubiera en ella ni un ápice de carnalidad, sino que obedeciera tan sólo a la prisa por poner y verbalizar un final: una vez que se decide que las cosas no floten, que no se diluyan ni se mueran calladas ni sea pálida su conclusión, entonces por lo general se hace arduo y casi imposible esperar; hay que decirlo y soltarlo en seguida, hay que comunicárselo al otro para zafarse de golpe, para que sepa lo que le toca y no ande engañado y ufano, para que no se crea que sigue siendo alguien en nuestra vida cuando ya no lo es, que ocupa un lugar en nuestro pensamiento y en nuestro corazón del que precisamente ha sido relevado por ellos; para que se borre de nuestra existencia sin dilación. Pero me daba lo mismo. Me daba lo mismo si Díaz-Varela me estaba convocando tan sólo para largarme, para despedirme, hacía catorce días que no lo veía y había temido no volverlo a ver y eso era lo único que me importaba: si él me veía de nuevo quizá le costara mantener su decisión, yo podría tentarlo, hacer que anticipara su futura añoranza de mí, persuadirlo con mi presencia para dar marcha atrás. Pensé eso y me di cuenta de lo idiota que era: son desagradables esos momentos, cuando ni siquiera nos avergüenza percatarnos de nuestra idiotez y nos abandonamos a ella de todas formas, con plena conciencia y a sabiendas de que nos diremos muy pronto: 'Pero si lo sabía y estaba segura. Pero qué tonta he sido, por favor'. Y esta reacción como de hierro hacia el imán me vino, para mayor inconsecuencia y mayor idiotez, cuando ya estaba medio decidida a romper toda relación con él si él volvía a solicitarme. Había hecho matar a su mejor amigo, eso era demasiado para mi conciencia despierta. Ahora comprobaba que no lo era, o todavía no, o que mi conciencia se enturbiaba o adormecía al menor descuido, y eso me llevaba a pensar lo mismo: 'Pero qué tonta soy, por favor'.

Díaz-Varela estaba mal acostumbrado, en todo caso, a que yo no opusiera más resistencia a sus proposiciones que la que me imponía mi trabajo, y hay pocas tareas que no puedan dejarse para el día siguiente, al menos en una editorial. Leopoldo nunca fue obstáculo mientras duró, él estaba respecto a mí en la misma posición que yo respecto a Díaz-Varela, o quizá en una aún peor, yo tenía que poner de mi parte para estar a gusto en la intimidad con él, y nunca me pareció que Díaz-Varela hubiera de recurrir a un voluntarismo semejante conmigo, aunque tal vez eso eran ilusiones mías, quién sabe nada de nadie con seguridad. A Leopoldo yo le decía cuándo podíamos vernos y cuándo no y le fijaba la duración, para él siempre fui una mujer absorbida por actividades inagotables de las que ni siquiera le hablaba, debía de figurarse mi pequeño y pausado mundo como una vorágine difícil de soportar, tan pocas veces ponía mi tiempo a su disposición, tan atareada me mostraba ante él. Duró lo que Díaz-Varela en mi vida: como ocurre con frecuencia cuando se simultanean dos relaciones, la una no sabe sobrevivir sin la otra por muy distintas u opuestas que sean. Cuántas veces dos amantes no terminan su historia adúltera cuando el que estaba casado se separa o queda viudo, como si de pronto se atemorizaran de verse solos frente a frente o no supieran qué hacer ante la falta de impedimentos para vivir y desarrollar lo que hasta entonces era un amor limitado, confortablemente condenado a no manifestarse, acaso a no salir de una habitación; cuántas veces no se descubre que lo que empezó de una manera azarosa debe ceñirse para siempre a esa manera, y que la incursión en otra es sentida y rechazada por las partes como una impostura o falsificación. Leopoldo nunca supo de Díaz-Varela, ni una palabra sobre su existencia, no era asunto suyo, no tenía por qué. Nos separamos en buenos términos, mucho daño no le hice, aún me llama de tarde en tarde, poco rato, nos aburrimos, tras las tres primeras frases no encontramos de qué hablar. Tan sólo vio truncada una breve ilusión, por fuerza tenue y algo escéptica, la ausencia de entusiasmo es indisimulable y la percibe hasta el más optimista. Eso es lo que creo, que apenas lo dañé, no se enteró. Tampoco es cuestión de averiguarlo ahora, qué más da o qué más me da. Díaz-Varela no se molestaría en saber cuánto daño me causó a mí, o si no me lo causó: al fin y al cabo yo siempre fui escéptica, ni siquiera puede decirse que me hiciera ninguna verdadera ilusión. Con otros sí, con él no. Algo aprendí de este amante, a pasar por encima sin mirar mucho atrás.

Lo siguiente ya sonó a exigencia, aunque mal disfrazada de imploración:

'Te digo que te pases, María, imposible no será. Quizá la consulta en sí misma pudiera esperar un día o dos más. Soy yo quien no puede esperar a hacértela, y ya sabes cómo son las urgencias subjetivas, no hay manera de calmarlas. También a ti te conviene pasarte. Te lo ruego, pásate'.

Tardé unos segundos en contestar, para que no le pareciera todo tan fácil como siempre, había ocurrido algo espantoso la última vez, aunque él no lo supiera o quizá sí. En realidad ardía en deseos de verlo, de ponernos a prueba, de recrearme en su cara y en sus labios otra vez, incluso de acostarme con él, por lo menos con el él anterior, que seguía estando en el nuevo, en qué otro lugar podía estar. Por fin dije:

'Está bien, si tanto insistes. No te sé decir a qué hora, pero me pasaré. Eso sí, si te cansas de esperar, avísame, para ahorrarme el viaje. Y ahora ya no puedo entretenerme más'.

Colgué y apagué el móvil, regresé a mi inútil reunión. A partir de aquel instante fui incapaz de prestar ninguna atención al autor semijoven recomendado, que me miró con malos ojos porque eso es lo que quería, público y mucha atención. Después de todo estaba segura de que no iba a publicárselo en la editorial, no al menos en lo que respectaba a mí.

Al final me sobró tiempo y no era nada tarde cuando me encaminé hacia la casa de Díaz-Varela. Tanto me sobró que tuve ocasión de pararme y conjeturar y dudar, de dar varias vueltas por las cercanías y aplazar el momento de entrar. Hasta me metí en Embassy, ese lugar arcaico de señoras y diplomáticos que meriendan o toman el té, me senté a una mesa, pedí y aguardé. No a que fuera una hora concreta —sólo tenía conciencia de que cuanto más me demorara más nervioso se pondría él—, sino a que transcurrieran los minutos y yo me armara de la suficiente determinación o la impaciencia se me condensara hasta hacerme levantarme, dar un paso, y otro, y otro, y encontrarme ante su puerta llamando al timbre con agitación. Pero, una vez que había decidido acudir, una vez que sabía que estaba en mi mano volverlo a ver aquel día, ni lo uno ni lo otro acababan de llegar. 'Dentro de un rato', pensaba, 'no hay prisa esperaré un poco más. Él permanecerá en casa, no va a escapárseme, no se va a marchar. Que cada segundo se le haga largo y los cuente, que lea unas páginas sin enterarse, que encienda y apague la televisión sin objeto, que se exaspere, que prepare o memorice lo que va a decirme, que se asome al descansillo cada vez que oiga el ascensor y se lleve el chasco de comprobar que se detiene antes de alcanzar su piso o que pasa de largo hacia arriba. ¿Qué me querrá consultar? Es la expresión que ha empleado, vacua y sin significado, una especie de comodín, la que suele ocultar otro propósito, la trampa que se tiende a alguien para que se sienta importante y a la vez despertarle la curiosidad.' Y al cabo de unos minutos pensaba: '¿Por qué me presto? ¿Por qué no me niego, por qué no huyo de él y me escondo, o mejor, por qué no lo denuncio sin más? ¿Por qué me avengo a tratarlo aun sabiendo lo que sé, a escucharlo si se quiere explicar, seguramente a acostarme con él si me lo propone con un mero gesto, con una caricia, o aunque sólo sea con ese masculino y prosaico ademán de la cabeza que señala vagamente hacia la alcoba sin mediar una palabra lisonjera, perezoso con la lengua como lo son tantos hombres?'. Me acordé de una cita de *Los tres mosqueteros* que mi padre se sabía de memoria en francés y que recitaba de vez en cuando sin venir mucho a cuento, casi como una muletilla distraída para no alargar un silencio, probablemente le gustaban el ritmo, la sonoridad y la concisión de las frases, o quizá lo habían impresionado de niño, la primera vez que las leyó (al igual que Díaz-Varela, había estudiado en un colegio francés, San Luis de los Franceses, si no recordaba mal). Athos está hablando de sí mismo en tercera persona, es decir, está contándole a d'Artagnan su historia como si se la atribuyera a un antiguo amigo aristócrata, el cual se habría casado, a sus veinticinco años, con una inocente y embriagadora chiquilla de dieciséis, 'bella como los amores', o 'como los amoríos', o 'como los enamoramientos', eso dice Athos, que en aquel entonces no era él, el mosquetero, sino el Conde de la Fère. Durante una cacería, su jovencísima y angelical mujer, con la que ha contraído matrimonio sin saber mucho de ella, sin averiguar su procedencia e imaginándola sin pasado, sufre un accidente, cae del caballo y se desmaya. Al acercarse a socorrerla, Athos observa que el vestido la está oprimiendo, casi ahogando; saca su puñal y se lo rasga para que respire, dejándole el hombro al descubierto. Y es entonces cuando ve que lleva en él, grabada a fuego, una infame flor de lis, la marca con la que los verdugos señalaban para siempre a las prostitutas y a las ladronas o a las criminales en general, no lo sé. 'El ángel era un demonio', sentencia Athos. 'La pobre muchacha había robado', añade un poco contradictoriamente. D'Artagnan le pregunta qué hizo el Conde, a lo que su amigo responde con sucinta frialdad (y esta era la cita que repetía mi padre y de la que yo me acordé): '*Le Comte était un grand seigneur, il avait sur ses terres droit de justice basse et haute: il acheva de déchirer les habits de la Comtesse, il lui lia les mains derriére le dos et la pendit à un arbre*'. O lo que es lo mismo: 'El Conde era un gran señor, tenía sobre sus tierras derecho de justicia baja y alta: acabó de desgarrar las ropas de la Condesa, le ató las manos a la espalda y la colgó de un árbol'. Eso es lo que hizo Athos en su juventud, sin dudar, sin atender a razones ni buscar atenuantes, sin pestañear, sin piedad ni lamento por su escasa edad, con la mujer de la que se había enamorado tanto como para convertirla en su esposa por una voluntad de honradez, ya que, como reconoce, podía haberla seducido o tomado por la fuerza, a su gusto: siendo como era el amo del lugar, ¿quién habría acudido en ayuda de una forastera, de una desconocida de la que sólo se sabía el nombre verdadero o falso de Anne de Breuil? Pero no: '¡el muy tonto, el muy necio, el imbécil!' hubo de casarse con ella, le reprocha Athos a su antiguo yo, el tan recto como feroz Conde de la Fère, que nada más descubrir el engaño, la infamia, la indeleble mácula, se dejó de averiguaciones y de sentimientos encontrados, de titubeos y de aplazamientos y de compasión —no se dejó sin embargo de amor, porque siempre la siguió queriendo, o al menos no se recuperó—, y, sin darle a la Condesa oportunidad de explicarse ni de defenderse, de negar ni de persuadir, de implorar clemencia ni de volverlo a embrujar, ni siquiera de poder 'morir más adelante', como quizá se merece hasta la criatura más ruin de la tierra, 'le ató las manos a la espalda y la colgó de un árbol', sin vacilar. D'Artagnan se horroriza y exclama: '¡Cielos! ¡Athos! ¡Un asesinato!'. A lo que Athos responde misteriosa o más bien enigmáticamente: 'Sí, un asesinato, no más', y a continuación pide más vino y jamón, dando así por concluido el relato. Lo misterioso o incluso enigmático es ese 'no más', en francés '*pas davantage*'. Athos no rebate el indignado grito de d'Artagnan, no se justifica ni lo corrige diciéndole: 'No, fue tan sólo una ejecución', o 'Se trató de un acto de justicia', ni siquiera intenta hacer más comprensible su precipitado, despiadado, presumiblemente solitario ahorcamiento de la mujer que amaba, seguramente él y ella nada más en medio de un bosque, una improvisación sin testigos, sin consejo ni ayuda ni nadie a quien apelar: 'Estaba ciego de ira y no se supo contener; necesitaba tomar venganza; se arrepintió toda la vida', tampoco le contesta nada de semejante índole. Admite que fue un asesinato, sí, pero 'no más', sólo eso y no otra cosa más execrable, como si el asesinato no fuera lo peor concebible o fuese algo tan común y corriente que ante ello no cupieran el escándalo ni la sorpresa, en el fondo lo mismo que opinaba el abogado Derville que tomó a su cargo el caso del muerto vivo que debió seguir muerto, el viejo Coronel Chabert, y que, como todos los de su oficio, veía 'repetirse los mismos sentimientos malvados' sin que nada los corrigiera, sus bufetes convertidos en 'cloacas que no se pueden limpiar': el asesinato es algo que sucede y de lo que cualquiera es capaz, lleva sucediendo desde la noche de los tiempos y continuará hasta que tras el último día ya no haya noche ni quede más tiempo para albergarlos; el asesinato es cosa de a diario, anodina y vulgar, cosa del tiempo; los periódicos y las televisiones del mundo están llenos de ellos, a qué viene tanto grito en el cielo, tanto horror, tanto aspaviento. Sí, un asesinato. No más.

'¿Por qué no puedo ser yo como Athos o como el Conde de la Fère, que fue primero y dejó de ser?', me preguntaba aún en Embassy, envuelta en el zumbido continuo de las señoras que hablaban a gran velocidad y de algún diplomático holgazán. '¿Por qué no puedo ver las cosas con la misma nitidez y actuar en consecuencia, ir a la policía o a Luisa y contarles lo que sé, suficiente para que rebusquen e indaguen y vayan a por Ruibérriz de Torres, eso al menos para empezar? ¿Por qué no soy capaz de atarle las manos a la espalda al hombre que amo y colgarlo de un árbol sin más, si me consta que ha cometido un crimen odioso, viejo como la Biblia y por un móvil rastrero, obrando además de manera cobarde, valiéndose de intermediarios que lo protejan y le oculten el rostro, de un pobre infeliz, de un trastornado, de un menesteroso sin juicio que no podía defenderse y estaría siempre a su merced? No, no me toca a mí ser drástica en esto porque yo no poseo en la tierra derecho de justicia alta ni baja, y porque además el muerto no puede hablar y el vivo sí, éste puede explicarse, y convencer y argumentar, y hasta es capaz de besarme y de hacerme el amor, mientras que aquél no ve ni oye y se pudre y no responde y ya no puede influir ni amenazar, ni procurarme el menor placer; tampoco pedirme cuentas ni mostrarse decepcionado ni mirarme acusadoramente con su infinita lástima y su dolor inmenso, ni siquiera rozarme ni echarme el aliento, nada es posible hacer con él.'

Por fin me armé de decisión, o quizá fue de aburrimiento, o del afán de dejar atrás el miedo que me asaltaba de vez en cuando, o de impaciencia por ver al antiguo yo que todavía seguía queriendo porque no se había disipado del todo y prevalecía sobre el manchado y sombrío, como la imagen viva de cualquier muerto aunque haya muerto hace ya mucho tiempo. Pedí la cuenta, pagué, salí a la calle otra vez y eché a andar en la dirección que conocía tan bien, la de aquella casa que no visité demasiadas veces y que ya no existe —o en la que ya no vive Díaz-Varela, luego no existe para mí—, pero que nunca se me va a olvidar. Mis pasos aún fueron lentos, no tenía prisa por llegar, avanzaba como si diera un paseo, más que dirigirme a un lugar concreto en el que desde hacía rato se me esperaba para hacerme una consulta, esto es, para interrogarme de nuevo o contarme algo, o tal vez para pedírmelo, o acaso para acallarme. Me vino a la memoria otra cita de *Los tres mosqueteros,* que no recitaba mi padre pero yo me sabía en español, lo que impresiona en la infancia perdura como una flor de lis grabada en nuestra imaginación: aquella mujer marcada y colgada de un árbol, en su origen Anne de Breuil, religiosa durante un breve periodo y escapada de su convento, después fugaz Condesa de la Fère y más tarde conocida como Charlotte, Lady Clarick, Lady De Winter, Baronesa de Sheffield (de niña me llamaba la atención que se pudiera cambiar tanto de nombre a lo largo de una sola existencia), fijada en la literatura como 'Milady' a secas, no había muerto, lo mismo que el Coronel Chabert. Pero así como Balzac explicaba con todo detalle el milagro de su supervivencia y cómo se había arrancado de la pirámide de fantasmas a la que se lo había arrojado tras la batalla, Dumas, quizá más apremiado por los plazos de entrega y por la continua demanda de acción, desde luego más desahogado o despreocupado como narrador, no se había molestado en contar —o al menos eso yo no lo recordaba— cómo diablos se había librado la joven de morir, tras el apasionado ahorcamiento dictado por la cólera y el honor herido disfrazados de derecho de justicia alta y baja correspondiente a un gran señor. (Tampoco explicaba cómo un marido podía no haber visto nunca en el lecho la trágica flor de lis.) Valiéndose de su gran belleza, de su astucia y de su falta de escrúpulos —es de suponer que también de su rencor—, se había hecho poderosa, contando con el favor del mismísimo Cardenal Richelieu, y había acumulado crímenes sin remordimiento alguno. A lo largo de la novela de Dumas comete unos cuantos más, convirtiéndose posiblemente en el personaje femenino más malvado, venenoso e inmisericorde de la historia de la literatura, imitado luego hasta la saciedad. En un capítulo irónicamente titulado 'Escena conyugal', se produce el encuentro entre Athos y ella, que tarda unos segundos en reconocer con un estremecimiento a su antiguo marido y verdugo, a quien también daba por muerto, como él a su amadísima esposa con bastante más razón. 'Os cruzasteis ya en mi camino', le dice Athos, algo así, 'creía haberos fulminado, Madame; pero, o bien me equivocaba o el infierno os ha resucitado.' Y añade, respondiendo a su propia duda: 'Sí, el infierno os ha hecho rica, el infierno os ha dado otro nombre, el infierno casi os ha reconstruido otro rostro; pero no os ha borrado las manchas del alma ni la mancilla de vuestro cuerpo'. Y poco después viene la cita de la que me acordé, en mi camino hacia Díaz-Varela por última o penúltima vez: 'Me creíais muerto, ¿no es así?, como os creía yo muerta a vos. Nuestra posición es en verdad extraña; el uno y el otro hemos vivido hasta ahora tan sólo porque nos creíamos muertos, y porque un recuerdo molesta menos que una criatura, aunque a veces un recuerdo sea algo devorador'.

Si se me quedó en la memoria, o ésta la recuperó, es porque a medida que vamos viviendo esas palabras de Athos se parecen más a una verdad: se puede vivir con un remedo de paz, o simplemente continuar, cuando se cree fuera de la tierra y difunto al que nos causó enorme daño o pesar; cuando ya es sólo un recuerdo y no más una criatura, no más un ser vivo que alienta y todavía recorre el mundo con sus pasos envenenados, al que podríamos volver a encontrar y ver; alguien a quien, de saberlo emboscado —de saberlo aún por aquí—, querríamos rehuir a toda costa, o lo que es más mortificante, hacer pagar por su mal. La muerte del que nos hirió o mató en vida —expresión exagerada que ha acabado por ser común— no nos cura del todo ni nos faculta para olvidar, el propio Athos acarreaba su remota pesadumbre bajo su disfraz de mosquetero y su nueva personalidad; pero nos aplaca y nos deja vivir, respirar se hace más llevadero si nos quedan sólo una remembranza que ronda y la sensación de tener saldadas las cuentas en este mundo que es el único, por mucho que siga doliendo ese recuerdo cada vez que se lo convoca o que se presenta sin ser llamado. En cambio puede resultar insoportable saber que aún se comparte aire y tiempo con quien nos destrozó el corazón o nos engañó o traicionó, con quien nos arruinó la vida o nos abrió demasiado los ojos o con excesiva brutalidad; puede paralizarnos que esa criatura aún exista, que no haya sido fulminada ni colgada de un árbol, y pueda reaparecer. Es otra razón más para que los muertos no regresen, al menos aquellos cuya condición nos provoca alivio y nos permite avanzar, si se quiere como espectros, tras enterrar nuestro antiguo yo: a Athos como a Milady, al Conde de la Fère como a Anne de Breuil, se lo permitieron durante años sus creencias respectivas de que el otro era sólo un muerto y ya no hacía temblar ni una hoja, incapaz de respirar; también la suya a Madame Ferraud, que rehízo sin estorbos su vida porque para ella su marido, el viejo Coronel Chabert, sin duda era solamente un recuerdo, y ni siquiera devorador.

'Ojalá Javier hubiera muerto', me sorprendí pensando aquella tarde, mientras daba un paso y otro y otro. 'Ojalá se muriera ahora mismo y al llamar a su timbre no me abriera, caído en el suelo y para siempre inmóvil, sin nada que consultarme, imposible hablar con él. Si estuviera muerto se disiparían mis dudas y mis temores, no tendría que escuchar sus palabras ni plantearme cómo obrar. Tampoco podría caer en la tentación de besarlo ni de acostarme con él, engañándome con la idea de que sería la última vez. Podría callar eternamente sin preocuparme de Luisa, menos aún de la justicia, y olvidarme de Deverne, al fin y al cabo yo no llegué a conocerlo, sólo de vista durante años, de vista durante el desayuno. Si quien le quitó la vida la pierde y se convierte también en recuerdo y no hay criatura a la que acusar, las consecuencias importan menos y qué más da lo que pasó. Para qué decir ni contar nada, incluso para qué averiguar, guardar silencio es lo más sosegado, no hace falta alterar más el mundo con historias de quienes ya son cadáveres y merecen algo de piedad, aunque sólo sea porque han puesto fin a su paso, han terminado y ya no existen. Ya no estamos en aquellos tiempos en que todo debía juzgarse o por lo menos saberse; hoy son incontables los crímenes que jamás se resuelven ni se castigan porque se ignora quién los puede cometer —son tantos que no hay suficientes ojos para mirar en derredor— y rara vez se encuentra a alguien a quien sentar en un banquillo con un poco de verosimilitud: atentados terroristas, asesinatos de mujeres en Guatemala o en Ciudad Juárez, ajustes de cuentas entre traficantes, matanzas indiscriminadas en África, bombardeos sobre civiles por parte de esos aviones nuestros sin piloto y por tanto sin rostro... Son aún más incontables aquellos de los que nadie se ocupa y que ni siquiera son investigados, se ve como tarea ilusa y se archivan nada más suceder; y todavía más los que no dejan rastro, los que no están registrados, los jamás descubiertos, los desconocidos. De todas estas clases los hubo siempre sin duda, y quizá durante muchos siglos sólo fueron castigados los cometidos por vasallos y pobres y desheredados, y quedaron impunes —salvo excepciones— los de los poderosos y ricos, por hablar en términos vagos y superficiales. Pero había un simulacro de justicia, y al menos de puertas afuera, al menos en la teoría, se fingía perseguirlos todos y en ocasiones se intentaba, y se sentía como "pendiente" lo que aún no estaba aclarado, y ahora en cambio no es así: de demasiadas cosas se sabe que no se pueden aclarar, y quizá tampoco se quiere, o se considera que no valen la pena el esfuerzo ni los días ni el riesgo. Qué lejos quedan aquellos tiempos en que las acusaciones se pronunciaban con solemnidad extrema y las sentencias se dictaban sin apenas temblor en la voz, como hizo Athos dos veces con su mujer Anne de Breuil, primero joven y después ya no: la segunda vez que la juzgó no estaba solo, sino en compañía de los otros tres mosqueteros, Porthos, d'Artagnan y Aramis, y de Lord De Winter, en quienes delegó, y también de un hombre embozado y envuelto en una capa roja que resultó ser el verdugo de Lille, el mismo que hacía mil años —en realidad en otra vida; a otra persona— le había grabado a fuego a Milady la infamante flor de lis. Cada uno de ellos enunció su acusación, empezando todos con una fórmula inimaginable hoy en día: "Ante Dios y ante los hombres, yo acuso a esta mujer de haber envenenado, de haber asesinado, de haber hecho asesinar, de haberme empujado a asesinar, de haber llevado a la muerte mediante una extraña enfermedad, de haber cometido sacrilegio, de haber robado, de haber corrompido, de haber incitado al crimen...". "Ante Dios y ante los hombres." No, esta no es época de solemnidad. Y entonces Athos, quizá para aparentar engañarse, para creer en vano que esta vez no la juzgaba ni condenaba él, les fue preguntando a los otros, uno a uno, la pena que reclamaban contra aquella mujer. A lo que fueron respondiendo uno tras otro: "La pena de muerte, la pena de muerte, la pena de muerte, la pena de muerte". Una vez oída la sentencia, fue Athos quien se volvió hacia ella y como maestro de ceremonias le dijo: "Anne de Breuil, Condesa de la Fère, Milady De Winter, vuestros crímenes han agotado a los hombres sobre la tierra y a Dios en el cielo. Si sabéis alguna oración, decidla, porque estáis condenada y vais a morir". Quien haya leído esta escena en su infancia o en su primera juventud la recuerda siempre, no la puede olvidar, como tampoco la que viene a continuación: el verdugo ató de pies y manos a la mujer aún "bella como los amores", la cogió en brazos y la condujo a una barca, con la que cruzó el río cercano hasta la otra orilla. Durante el trayecto Milady logró soltar la cuerda que le inmovilizaba los pies, y al llegar a tierra echó a correr, pero resbaló en seguida y cayó de rodillas. Debió de sentirse perdida entonces, porque ya no intentó levantarse sino que se quedó en esa postura, con la cabeza agachada y las manos juntas, no sabemos si delante o detrás, a la espalda, como cuando, siendo muy joven, hacía siglos, la habían matado por primera vez. El verdugo de Lille alzó su espada y la bajó, y así puso fin a la criatura para convertirla definitivamente en recuerdo, poco importa si devorador o no. Luego se quitó la capa roja, la tendió en el suelo, en ella acostó el cuerpo truncado y arrojó la cabeza, anudó la tela por las cuatro esquinas. Se echó el fardo al hombro y lo llevó de nuevo a la barca. De regreso, en mitad del río, en su parte más profunda, lo dejó caer. Sus jueces lo vieron hundirse desde la ribera, vieron cómo el agua se abrió un instante y se volvió a cerrar. Pero esto es una novela, como me dijo Javier cuando le pregunté qué le había pasado a Chabert: "Lo que pasó es lo de menos, y lo que ocurre en ellas da lo mismo y se olvida, una vez terminadas. Lo interesante son las posibilidades e ideas que nos inoculan y traen a través de sus casos imaginarios, se nos quedan con mayor nitidez que los sucesos reales y los tenemos más en cuenta". No es verdad, o sí lo es muchas veces, pero no siempre se olvida lo que pasó, no en una novela que casi todo el mundo conocía o conoce, hasta los que jamás la han leído, ni en la realidad cuando lo que sucede en ella nos sucede a nosotros y va a ser nuestra historia, que puede terminar de una manera u otra sin que ningún novelista lo fije ni dependa de nadie más... Sí, ojalá Javier hubiera muerto y se hubiera convertido también en recuerdo', volví a pensar. 'Me ahorraría mis problemas de conciencia y mi miedo, mis dudas y mis tentaciones y tener que decidir, mi enamoramiento y mi necesidad de hablar. Y lo que me espera ahora, hacia lo que voy, que quizá sea algo parecido a una escena conyugal.'

—Bueno, a qué viene tanta urgencia —le solté a Díaz-Varela nada más abrirme él la puerta, no le di ni un beso en la mejilla, apenas lo saludé al entrar, procuré evitar una mirada de frente, aún prefería no rozarme con él. Si empezaba por pedirle cuentas, tal vez pudiera tomarle la delantera, por así decir, adquirir cierta ventaja para manejar la situación, fuera cual fuese: él la había propiciado, casi la había impuesto, yo no podía saber—. No dispongo de demasiado tiempo, he tenido un día agotador. Anda, dime, qué me querías consultar.

Estaba muy bien afeitado y acicalado, no como si llevara largo rato en casa esperando, y además sin seguridad de que no fuera en vano —eso siempre deteriora el aspecto, sin que se dé uno cuenta—, sino como si estuviera a punto de salir. Debía de haber combatido la incertidumbre y la inacción repasándose la barba una y otra vez, peinándose y despeinándose, cambiándose varias veces de camisa y de pantalón, poniéndose y quitándose la chaqueta, calculando el efecto que produciría con ella y sin ella, al final se la había dejado como si de ese modo me advirtiera acaso de que aquel encuentro no iba a ser como los otros, de que no por fuerza acabaríamos en el dormitorio al que aparentábamos trasladarnos cada vez sin intención. Al fin y al cabo llevaba una prenda más de lo habitual; aunque toda prenda se puede quitar, o ni siquiera hace falta. Ahora ya sí levanté la vista y la crucé con la suya, soñadora o miope como de costumbre, aplacada respecto a mi visita anterior o más bien a los minutos finales —cuando ya todo se había torcido— en que me puso la mano en el hombro y me dio a entender que podía hundirme con tan sólo apretar lentamente. Lo vi muy atractivo tras tantos días, la parte más elemental de mí lo había echado de menos —uno echa de menos cuanto está en su vida, hasta lo que no ha tenido tiempo de aposentarse; y hasta lo pernicioso—, mi mirada se fue en seguida hacia donde solía, nunca lo pude evitar. Cuando eso nos sucede con alguien, es una verdadera maldición. Ser incapaz de apartar los ojos: se siente uno dirigido, obediente, es casi una humillación.

—No tengas tanta prisa. Descansa un poco, respira, tómate una copa, siéntate. Lo que quiero hablar contigo no se despacha en tres frases ni de pie. Anda, ten paciencia y sé generosa. Siéntate.

Así lo hice, en el sofá que solíamos ocupar cuando permanecíamos en el salón. Pero no me quité la chaqueta y me senté en el borde, como si mi presencia allí siguiera siendo provisional y un favor. Lo notaba calmado y a la vez muy concentrado, como lo están muchos actores justo antes de salir a escena, esto es, con una calma artificial, que se obligan a tener para no echar a correr e irse a casa a ver la televisión. No parecía quedar nada de la imperiosidad y el acuciamiento de la mañana, cuando me había llamado al trabajo y casi me había conminado a acudir. Debía de sentir satisfacción o alivio porque estuviera ya a su alcance, por tenerme ya allí, en cierto modo me había vuelto a poner en sus manos, no sólo en sentido figurado. Pero ahora yo estaba libre de esa clase de temor, había comprendido que él nunca me haría nada, no con sus manos y sin mediación. Con las de otro y sin estar él presente, sin enterarse de cuándo sucedía sino más tarde, cuando ya fuera un hecho y no hubiera remedio y le cupiera la posibilidad de decirse como quien oye algo de nuevas: 'Habría habido un tiempo para semejante palabra, debería haber muerto más adelante', eso podía ser.

Fue a la cocina y me trajo una copa y se sirvió una él. No había rastros de otras, quizá se había prohibido probar una gota durante su espera, para mantenerse despejado, tal vez la había empleado en seleccionar y ordenar lo que iba a decirme, incluso en memorizar alguna parte.

—Bien, ya estoy sentada. Tú dirás.

Tomó asiento a mi lado, demasiado cerca de mí, aunque eso no lo habría pensado cualquier otro día, me habría parecido normal o ni siquiera habría reparado en cuánta distancia había entre los dos. Me aparté un poco, sólo un poco, tampoco quería darle una impresión de rechazo, y además no lo había en lo referente a lo físico, reconocí que aún me gustaba su proximidad. Bebió un trago. Sacó un cigarrillo, encendió y apagó el mechero varias veces como si estuviera algo abstraído o se dispusiera a tomar impulso, por fin lo alumbró. Se pasó la mano por la barbilla, no se le veía azulada como casi siempre, tanto había apurado el afeitado esta vez. Ese fue todo el preámbulo, y entonces me habló, con una sonrisa que se esforzaba en hacer aparecer de tanto en tanto —como si se la aconsejara a sí mismo cada varios minutos o se la hubiera programado y se acordara de activarla tardíamente—, pero con un tono de seriedad.

—Sé que nos oíste, María, a Ruibérriz y a mí. No tiene sentido que lo niegues ni que intentes convencerme de lo contrario, como la última vez. Fue un error mío, hablar así contigo en la casa, contigo aquí, una mujer atenta a un hombre siempre tiene curiosidad por cualquier cosa relativa a él: por sus amigos, por sus negocios, sus gustos, da lo mismo. Se siente interesada por todo, sólo quiere conocerlo mejor. —'Lo ha estado rumiando, como preveía', pensé. 'Habrá repasado cada detalle y cada palabra, y ha llegado a esta conclusión. Menos mal que no ha dicho "una mujer enamorada de un hombre", aunque sea eso lo que ha querido decir y además sea la verdad. O lo haya sido, ya no sé, ya no puede ser. Pero hace dos semanas lo era, así que no le falta razón'—. Sucedió y no hay vuelta de hoja. Lo acepto, no voy a engañarme: oíste lo que no te tocaba; ni a ti ni a nadie, pero sobre todo no a ti, nos habría correspondido separarnos limpiamente, sin dejarnos ninguna marca. —'Él lleva ahora una flor de lis', pensé—. A partir de lo que escuchaste te habrás hecho una idea, una composición de lugar. Veamos esa idea; es mejor que rehuirla o que fingir que no está en tu mente, que no la hay. Estarás pensando lo peor de mí y no te culpo, la cosa debió sonarte fatal. Repugnante, ¿no? Es de agradecer que a pesar de todo hayas venido, habrás tenido que hacerte violencia, para volverme a ver.

Intenté protestar, sin mucho empeño; lo veía decidido a abordar el asunto y a no dejarme salida, a hablarme a las claras de su asesinato por delegación. El convencimiento absoluto de que yo estaba enterada no podía tenerlo, aun así se disponía a hacerme una confesión o algo parecido. O tal vez era a ponerme en antecedentes, a informarme de las circunstancias, a justificarse quién sabía cómo, a contarme lo que posiblemente yo preferiría ignorar. Si conocía detalles me sería aún más difícil hacer caso omiso o no hacer nada, lo que en cierto modo, sin proponérmelo, había conseguido hasta aquella tarde sin por ello descartar otra reacción futura, mañana puede cambiarnos y traer un irreconocible yo: me había quedado quieta y había dejado pasar los días, esa es la mejor manera de que se disuelvan o se descompongan las cosas en la realidad, aunque permanezcan para siempre en nuestro pensamiento y en nuestro saber, allí podridas y sólidas y despidiendo brutal hedor. Pero eso es soportable y se puede vivir con ello. Quién no acarrea algo así.

—Javier, ya hablamos de eso. Ya te dije que no había oído nada, y mi interés por ti no llega tan lejos como supones…

Me paró haciendo un movimiento de abanico con la mano a media altura ('No me vengas con historias', decía esa mano;

'no me vengas con remilgos'), no me permitió continuar. Sonrió ahora con un poco de condescendencia, o quizá era ironía hacia sí mismo, por verse en la situación evitable en que se encontraba, por haber sido tan descuidado.

—No insistas. No me tomes por tonto. Aunque sin duda haya sido muy torpe. Tenía que haberme llevado a la calle a Ruibérriz en cuanto apareció. Claro que nos oíste: al entrar en el salón dijiste que no sabías que hubiera aquí nadie más, pero te habías puesto el sostén para cubrirte mínimamente ante un desconocido, no por frío ni por ningún motivo rebuscado, y ya venías sonrojada al abrir la puerta de la habitación. No te avergonzó lo que te encontraste, te habías avergonzado tú sola con anterioridad por lo que ibas a hacer, mostrarte medio desnuda ante un individuo indeseable al que nunca habías visto; pero le habías oído hablar, y no de cualquier cosa, no de fútbol ni del tiempo, ¿verdad? —'Así que se dio cuenta de lo que yo temí que se la diera', pensé fugazmente. 'De nada sirvieron mi anticipación, mis pequeñas artimañas, mis precauciones ingenuas'—. La cara de sorpresa no te salió mal, tampoco lo bastante bien. Y además, lo más transparente: de pronto me tuviste miedo. Te había dejado confiada y tranquila en la cama; incluso cariñosa y contenta, me pareció. Te habías dormido apaciblemente, y al despertar y quedarte de nuevo a solas conmigo, de pronto me tenías miedo, ¿creíste que no te lo iba a notar? Siempre lo notamos, cuando infundimos temor. Quizá las mujeres no, o es que rara vez lo infundís y desconocéis la sensación, excepto con los niños, bueno: los podéis aterrorizar. Para mí no es nada agradable, aunque a muchos hombres les encante y la busquen, una sensación de fortaleza, de dominación, de momentánea y falsa invulnerabilidad. A mí me incomoda mucho que se me vea como una amenaza. Hablo de miedo físico, claro está. De otro tipo sí que lo dais las mujeres. Da miedo vuestra exigencia. Da miedo vuestra obstinación, que a menudo es sólo ofuscación. Da miedo vuestra indignación, una especie de furia moral que os asalta, a veces sin la menor razón. Desde hace dos semanas debes de haber sentido eso hacia mí. No te lo reprocho en tu caso. En tu caso era comprensible, tenías una razón. Y no del todo equivocada. Sólo a medias. —Hizo una pausa, se llevó la mano al mentón, se lo acarició con mirada ausente (por primera vez apartó los ojos de mí), como si en verdad cavilara, o se preguntara sinceramente lo que a continuación expresó—: Lo que no entiendo es por qué apareciste, por qué saliste, por qué te expusiste a que ocurriera lo que ocurre ahora. Si te hubieras quedado quieta, si me hubieras esperado en la cama, habría dado por supuesto que no nos habías oído, que no te habías enterado de nada, que todo seguía como hasta entonces, en general y entre tú y yo. Aunque lo más probable es que el miedo te lo hubiera notado igual, antes o después, aquel día u hoy. Eso no se cambia una vez que nace, y no se puede esconder.

Se detuvo, bebió otro trago, encendió otro cigarrillo, se puso en pie y dio un par de vueltas por el salón, luego se paró detrás de mí. Al levantarse me sobresalté, di un respingo que él percibió, y cuando se quedó unos segundos inmóvil, con las manos a la altura de mi cabeza, la volví en seguida, como si no quisiera perderlo de vista o tenerlo a mi espalda. Entonces hizo un ademán con la mano abierta, como para señalar una evidencia ('¿Lo ves?', dijo la mano. 'No te hace gracia no saber dónde estoy. Hace unas semanas no te habrían preocupado lo más mínimo mis movimientos a tu alrededor: ni les habrías prestado atención'). La verdad es que no había motivo para mi sobresalto ni para mi inquietud, no real. Díaz-Varela estaba hablando con calma y civilizadamente, sin irritarse ni apasionarse, sin ni siquiera regañarme o pedirme cuentas por mi indiscreción. Quizá era eso lo llamativo, que estuviera hablándome así de un crimen grave, de un asesinato cometido indirectamente o fraguado por él, algo de lo que no se habla con naturalidad o al menos no se solía, en un pasado aún no remoto, casi reciente: cuando se descubría o se reconocía una cosa semejante, no venían explicaciones ni disertaciones ni conversaciones sosegadas ni análisis, sino horror y cólera, escándalo, gritos y acusaciones vehementes, o bien se cogía una soga y se colgaba al asesino confeso de un árbol, y éste a su vez intentaba huir y mataba de nuevo si hacía falta. 'Nuestra época es extraña', pensé. 'De todo se permite hablar y se escucha a todo el mundo, haya hecho lo que haya hecho, y no sólo para que se defienda, sino como si el relato de sus atrocidades tuviera en sí mismo interés.' Y se me añadió un pensamiento que a mí misma me extrañó: 'Esa es una fragilidad nuestra esencial. Pero contravenirla no está en mi mano, porque yo también pertenezco a esta época, y no soy más que un peón'.

Carecía de sentido seguir negando, como había dicho Díaz-Varela nada más empezar. Él ya había admitido las suficientes sombras ('Fue un error mío', 'Debía haberme llevado a la calle a Ruibérriz', 'Tenías una razón no del todo equivocada, sólo a medias') para que a mí no me cupiera otra opción que preguntarle de qué diablos me hablaba, si me mantenía en mi postura. Si me empecinaba en fingir que todo aquello me pillaba de nuevas y que ignoraba a qué se refería, aun así no me libraba: me tocaba exigirle su historia y oírsela, sólo que desde el principio. Más valía que me diera por enterada, para ahorrarme las repeticiones y quizá alguna invención excesiva. Todo iba a ser desagradable, todo lo era. Cuanto menos durara su relato, mejor. O acaso iba a ser una disquisición. Me quería ir, no me atreví ni a intentarlo, no me moví.

—Está bien, os oí. Pero no todo lo que hablasteis, ni todo el rato. Lo bastante, eso sí, para que me entrara miedo de ti, o qué esperabas. Bien, ya lo sabes seguro, hasta ahora no podías tener la certeza absoluta, ahora sí. ¿Y qué vas a hacer? ¿Para eso me has hecho venir, para confirmarlo? Estabas más que convencido ya, podíamos haberlo dejado correr y no grabarnos más marcas, por seguir con esa palabra tuya. Como ves, yo no he hecho nada, no se lo he contado a nadie, ni siquiera a Luisa. Supongo que sería la última persona a la que se lo contaría. A menudo son los más afectados por algo los que menos lo quieren saber, los más próximos: los hijos lo que hicieron los padres, los padres lo que han hecho los hijos... Imponerles una revelación —dudé, no sabía cómo terminar la frase, corté por lo sano, simplifiqué—, eso es demasiada responsabilidad. Para alguien como yo. —'Al fin y al cabo soy la Joven Prudente', pensé. 'No tuve otro nombre para Desvern'—. Seguramente no debes temerme tú a mí. Deberías haber permitido que me hiciera a un lado, que me retirara de tu vida en silencio y con discreción, más o menos como entré y como he permanecido, si es que he permanecido. Nunca ha habido nada que nos obligara a volver a vernos. Para mí cada vez era la última, jamás conté con la siguiente. Hasta nuevo aviso, hasta tu contraorden, tú siempre has llevado la iniciativa, tú siempre has propuesto. Todavía estás a tiempo de dejarme ir sin más, no sé ni qué pinto aquí.

Dio unos pasos, se movió, dejó de estar detrás de mí, pero no se sentó otra vez a mi lado, sino que se quedó de pie, parapetado ahora por un sillón, enfrente de mí. Yo no lo perdí de vista en ningún instante, esa es la verdad. Miraba sus manos y miraba sus labios, por ellos hablaba y además era la costumbre, eran mi imán. Entonces se quitó la chaqueta y la colgó del respaldo, como solía hacer. Luego se subió lentamente las mangas de la camisa, y aunque eso también era normal —siempre estaba remangado en casa, con los puños abotonados lo vi sólo aquel día, y durante poco rato—, que lo hiciera me puso más en guardia, muchas veces es el gesto de quien se prepara para una faena, para un esfuerzo físico, y allí no había ninguno en perspectiva. Cuando hubo acabado de doblárselas, apoyó los brazos en lo alto del sillón, como si se dispusiera a perorar. Durante unos segundos se quedó observándome muy atentamente de una manera que le conocía, y aun así me ocurrió lo mismo que en la anterior ocasión: aparté la vista, me turbaron sus ojos inmóviles, de mirada nada transparente ni penetrante, quizá era nebulosa y envolvente o tan sólo indescifrable, suavizada en todo caso por la miopía (llevaba lentillas), era como si esos ojos rasgados me estuvieran diciendo: '¿Porqué no me entiendes?', no con impaciencia sino con lástima. Y su postura no era distinta de la que había adoptado otras tardes, para hablarme de *El Coronel Chabert* o de cualquier cosa que se le ocurriera o en la que se hubiera fijado, yo le oía lo que fuera con gusto. 'Otras tardes o atardeceres', pensé, 'sin duda la hora peor para Luisa como lo es para la mayoría, la de las dos luces, la más cuesta arriba, y aquellos atardeceres en los que él y yo nos veíamos', me di cuenta en seguida de que pensaba en pasado, como si ya nos hubiéramos despedido y cada uno estuviera en el anteayer del otro; pero continué lo mismo, 'Javier no se acercaba a su casa, no iba a visitarla ni a distraerla, no le hacía compañía ni le echaba una mano, seguramente necesitaba descansar a veces —una cada diez, doce días— de la persistente tristeza de aquella mujer que con constancia amaba, a la que con inagotable paciencia esperaba; necesitaría tomar energías de algún lugar, de mí, de otra intimidad, de otra persona, para llevárselas después a ella renovadas. Tal vez yo la había ayudado así un poco, sin proponérmelo ni imaginármelo, indirectamente, no me molestaba. De quién las sacaría él ahora, si yo me iba de su lado. No tendrá problemas para sustituirme, de eso estoy segura.' Y al pensar esto último volví al tiempo presente.

—No quiero que te quede una marca que no es, una que no corresponde, o sólo en lo sucedido pero no en los motivos ni en las intenciones, aún menos en la concepción, en la iniciativa. Veamos esa idea que tú te has hecho, esa composición de lugar, esa historia que te has contado: yo ordené matar a Miguel, muy a distancia. Tracé un plan no exento de riesgos (sobre todo el riesgo de que no saliera), pero que me dejaba a mí fuera de toda sospecha. Yo no me acerqué, no estuve allí, su muerte nada tuvo que ver conmigo y era imposible relacionarme con un gorrilla grillado con el que no había cruzado una palabra. Otros se encargaron de eso, de averiguar su desdicha y dirigir y manipular su mente frágil. La muerte de Miguel quedó como un terrible accidente, como un caso de pésima suerte. ¿Por qué no recurrí ni siquiera a un sicario, más seguro y más sencillo en apariencia? Hoy en día se los hace venir a propósito de cualquier sitio, de la Europa del Este o de América, y no son muy caros: el pasaje de ida y vuelta, unas dietas y tres mil euros o menos, o algo más, según, digamos tres mil si uno no quiere un chapuzas o alguien demasiado bisoño. Hacen lo suyo y se largan, cuando la policía empieza a investigar ya están en el aeropuerto o en pleno vuelo. La pega es que nada te garantiza que no repitan, que no vuelvan a España para otro trabajo o que incluso le tomen gusto y se instalen. Algunos individuos que se han valido de ellos luego son muy descuidados, a veces no se les ocurre otra cosa que recomendarles a un amigo o colega (eso sí, muy *sotto voce*) al mismo fulano que les prestó un servicio, o al mismo intermediario, que a su vez, perezoso, llama y trae al mismo fulano. Cualquiera que haya actuado aquí ya no está limpio del todo. Cuanto más pisen el territorio, más posibilidades de que al final los cacen, también más de que se acuerden de ti, o de tu testaferro, y establezcan un vínculo que puede no ser fácil cortar, hay sujetos que no se conforman con estar mano sobre mano y alargar una de vez en cuando. Y si se los caza, cantan. Hasta los que están a sueldo de alguna mafia y se quedan por eso, ya como fijos, en España hay ahora bastantes, aquí va habiendo trabajo. Los códigos de silencio se respetan poco o nada. El sentido de la camaradería ya no funciona, no hay sensación de pertenencia: si pillan a uno, allá se las componga, mala suerte, o error del que ha caído, culpa suya. Es prescindible y las organizaciones no se hacen cargo, ya han tomado sus medidas para no verse salpicadas de lleno, los sicarios cada vez van más a ciegas, conocen a un solo elemento o ni eso: una voz al teléfono, y las fotos de los objetivos se las mandan por móvil. Así que los detenidos responden con la misma moneda. Hoy todo el mundo se preocupa sólo de salvar el pellejo, de conseguir que le rebajen los cargos. Cantan lo que haga falta y luego se verá, lo principal es no hipotecarse durante mucho tiempo en la cárcel. Cuanto más estén allí, quietos y localizables, más riesgo corren de que se los ventile su propia mafia: ya son inútiles, un peso muerto, un pasivo. Y como lo que pueden cantar sobre ellas no es gran cosa, hacen méritos: 'Verá, también le cumplí un encargo hace años a un importante empresario, o quizá fue a un político, o a un banquero. Creo que me voy acordando. Si me estrujo la memoria, ¿qué saco?'. Más de un empresario ha acabado en prisión por eso. Y algún político valenciano, ya sabes que por allí son ostentosos, lo de la discreción no lo comprenden.

'Cómo sabrá Javier todo esto', me pregunté mientras lo escuchaba. Y me acordé de mi única verdadera conversación con Luisa, también ella estaba algo enterada de estas prácticas, me había hablado de ellas, incluso había empleado algunas frases muy parecidas a las de su enamorado: 'Traen a un tipo, hace su trabajo, le pagan y se larga, todo en un día o dos, nunca los encuentran...'. En su momento pensé que lo habría leído en la prensa o le habría oído hablar de ello a Deverne, al fin y al cabo era un empresario. Tal vez era a Díaz-Varela a quien había oído. Diferían, sin embargo, respecto a la eficacia del método, que para él no servía o estaba lleno de inconvenientes, sonaba mucho más informado. Luisa había añadido: 'Si hubiera pasado algo así, ni siquiera podría odiar mucho a ese sicario abstracto... Pero sí a los inductores, tendría la posibilidad de sospechar de unos y otros, de cualquier competidor o resentido o damnificado, todo empresario hace víctimas sin querer o queriendo; y hasta de los colegas amigos, como leí el otro día una vez más, en el Covarrubias'. Lo había cogido, un voluminoso tomo verde, y me había leído parte de la definición de 'envidia' en 1611 nada menos, en vida de Shakespeare y de Cervantes, hacía cuatrocientos años y todavía valía, es desolador que algunas cosas no cambien nunca en esencia, aunque también es reconfortante que algo persista, que no se mueva un milímetro ni un vocablo: 'Lo peor es que este veneno suele engendrarse en los pechos de los que nos son más amigos...'. Javier me estaba relatando o confesando ese caso, pero sólo como hipótesis, previsiblemente para negarla; estaba describiendo lo que yo imaginaba, la conclusión que había sacado tras oírles a él y a Ruibérriz, suponía que para desmentirla acto seguido. 'Quizá me va a engañar con la verdad', pensé por primera vez, porque no fue la única. 'Quizá me está contando la verdad ahora para que parezca mentira. Como si lo pareciese, y como si lo fuese.'

—¿Cómo sabes todo eso?

—Me enteré. Cuando uno quiere saber algo, se entera. Averigua los pros y los contras, se entera. —Esto me lo contestó muy rápido y después se quedó callado. Pareció que iba a añadir algo más, por ejemplo cómo se había enterado. No fue así. Tuve la impresión de que mi interrupción lo había irritado, de que le había hecho perder el impulso momentáneamente, si no el hilo. Acaso estaba más nervioso de lo que aparentaba. Dio unos pasos por la habitación y se sentó en el sillón en cuyo respaldo había colgado la chaqueta y se había apoyado. Seguía enfrente de mí, pero ahora volvía a estar a mi altura. Se llevó otro cigarrillo a los labios, no lo encendió, al hablar de nuevo le bailaba. No le ocultaba la boca, sino que se la subrayaba—. Así que lo de los sicarios suena bien en principio, para quien quiere quitar a alguien de en medio. Pero resulta que siempre es peligroso entrar en contacto con ellos, por muchas precauciones que uno tome y aunque sea a través de terceros. O de cuartos o quintos; en realidad, cuanto más larga la cadena, cuantos más eslabones tenga, más fácil que se desenganche alguno, que se descontrole un elemento. En cierto sentido lo mejor sería contratar directamente y sin intermediarios: el que concibe la muerte al que va a ejecutarla. Pero claro, ningún pagador final, ningún empresario ni ningún político van a mostrarse, se expondrían demasiado al chantaje. La verdad es que no hay modo seguro, no hay forma adecuada de ordenar o pedir eso. Y además, luego están las sospechas innecesarias. Si un hombre como Miguel parece víctima de un ajuste de cuentas o de un asesinato por encargo, se empieza a mirar hacia todos lados: primero investigan a sus rivales y competidores, después a sus colegas, a todos aquellos con quienes hiciera negocios o tuviera tratos, a los empleados despedidos o prejubilados, y por último a su mujer y a sus amistades. Es mucho más aconsejable, es mucho más limpio que no parezca eso en absoluto. Que la calamidad sea tan diáfana que no haga falta interrogar a nadie. O solamente al que ha matado.

Pese a que pudiera no hacerle gracia, me atreví a intervenir de nuevo. O, más que atreverme, se me fue la lengua, no supe aguantarme.

—Al que ha matado que no sabe nada, ni siquiera que él no lo ha decidido, que le han metido en la cabeza la idea, que lo han instigado. Al que ha estado a punto de equivocarse de hombre, leí la prensa de aquellos días; que poco antes le había pegado al chófer como podía haberlo apuñalado dando así al traste con vuestros planes, supongo que tuvisteis que llamarlo al orden: 'Ojo, que no es ese, es el otro que coge el coche; al que has pegado no tiene culpa, es sólo un mandado'. Al que ha matado que no sabe explicarse o que le da vergüenza contarle a la policía, es decir, a la prensa y a todo el mundo, que sus hijas son prostitutas y prefiere callarse. Que se niega a declarar, tu pobre loco, y que no señala a nadie, hasta que hace dos semanas os da un susto de muerte.

Díaz-Varela me miró con una leve sonrisa, no sé cómo decirlo, cordial y simpática. No era cínica, no era paternalista, no era zumbona, no era desagradable ni siquiera en aquel contexto oscuro. Era sólo como si constatara que mi reacción era la adecuada, que todo iba por el camino previsto. Encendió el mechero un par de veces pero no el cigarrillo. Yo sí encendí ahora uno mío. Siguió hablando con el suyo en la boca, acabaría por pegársele a un labio, al superior seguramente, a mí me gustaba tocárselo. Mi interrupción no pareció molestarlo.

—Eso fue un golpe de suerte inesperado, que se negara a declarar, que se cerrara en banda. Yo no contaba con eso, no contaba con tanto. Con un relato confuso sí, una explicación inconexa, con su desvarío, con que sólo sacaran en limpio que le había dado un arrebato, producto de una fijación enfermiza y absurda y de unas voces imaginarias. ¿Qué podía tener que ver Miguel con una red de prostitución, con la trata de blancas? Pero aún fue mejor que decidiera no soltar prenda, ¿verdad? Que no hubiera el más mínimo riesgo de que involucrara a terceros, aunque fueran a sonar fantasmagóricos; de que mencionara llamadas telefónicas raras a un móvil inexistente o en todo caso inencontrable y jamás registrado a su nombre, una voz al oído que le susurraba cosas, que le señalaba a Miguel, que lo persuadía de que él era el causante de la desgracia de sus hijas. Tengo entendido que las localizaron y que se negaron a ir a verlo. Al parecer no tenían trato con él desde hacía unos cuantos años, se habían llevado a matar y lo daban por imposible, se habían desentendido completamente; el gorrilla, como quien dice, llevaba tiempo solo en el mundo. Y por lo visto se dedican a la prostitución, en efecto, pero por su propia voluntad, en la medida en que la voluntad permanece intacta ante la necesidad: digamos que, entre varias servidumbres posibles, habían optado por esa y no les va mal, no se quejan. Creo que, si no de alto, son de medio *standing*, se defienden bien, no son tiradas. El padre no quiso saber más de ellas ni ellas de él, debía de ser bastante venado desde siempre. Probablemente luego, en su soledad, en su desequilibrio creciente, las recordaba de niñas más que de jóvenes, más de promesas que de decepciones, y se convenció de que habían actuado obligadas. No borró el dato pero quizá sí las razones y las circunstancias, las sustituyó por otras para él más aceptables aunque más indignantes, pero la indignación da fuerza y vida. Qué sé yo: para resguardar mejor en su imaginación a aquellas niñas, debían de ser de lo poco salvable que le quedaba esas figuras, el mejor recuerdo de los tiempos mejores. No sé quién ni qué fue antes de ser indigente; para qué iba a hacer averiguaciones; todas esas historias son tristes, se piensa en quién fue uno de esos hombres, o aún peor, una de esas mujeres, cuando no podía prever su arrastrado futuro, y se hace doloroso echarle un vistazo al ignorante pasado de nadie. Sólo sé que era viudo desde hacía años, quizá entonces empezó su descenso. No tenía sentido que me informara de nada, se lo prohibí a Ruibérriz si se enteraba, ya me creaba mala conciencia utilizarlo como instrumento, la acallaba con la idea de que allí donde lo metieran, donde está ahora, estaría mejor que en el coche desvencijado en el que dormía. Estará mejor atendido y más cuidado, y en efecto ya se ha visto que además era un peligro. Más vale que no esté en la calle. —'Eso le creaba mala conciencia', pensé. 'Tiene guasa. En medio de lo que me está contando, de lo que ya más o menos sabía, intenta no presentarse como un desaprensivo y muestra escrúpulos. Debe de ser normal, supongo que lo mismo intentan la mayoría de los que matan, sobre todo cuando son descubiertos; por lo menos los que no son sicarios, los que lo hacen una vez y basta, o eso esperan, y lo viven como una excepción, casi como un terrible accidente en el que contra su voluntad se han visto envueltos (en cierto modo como un paréntesis tras el cual puede seguirse): "No, yo no quería. Fue un momento de obnubilación, de pánico, en realidad me obligó ese muerto. Si no hubiera tirado tanto de la cuerda y llevado las cosas tan lejos, si hubiera sido más comprensivo, si no me hubiera apretado o eclipsado tanto, si hubiera desaparecido… Me causa enorme pesar, no te creas". Sí, no debe de ser soportable la conciencia de lo que se ha hecho, y se perderá un poco, por tanto. Y sí, lleva razón, se hace doloroso mirar el ignorante pasado de nadie, por ejemplo el del pobre Desvern sin suerte la mañana de su cumpleaños, pobre hombre, mientras desayunaba con Luisa y yo los observaba con complacencia a distancia, como cualquier otra mañana inocua. Ya lo creo que tiene guasa, me repetí, y noté que se me encendía el rostro. Pero me callé, no dije nada, me guardé mi indignación, la que él temía en las mujeres, y además me di cuenta a tiempo de que había perdido la noción, en algún instante de su parlamento (en cuál), de que lo que me contaba Díaz-Varela era todavía una hipótesis, o una glosa de mis deducciones a partir de lo que había oído, esto es, una ficción según él, seguramente. Su relato o repaso había comenzado así, como mera ilustración de mis conjeturas, verbalización de mis sospechas, e insensiblemente había adquirido para mí un aire o tono verídico, había pasado a escucharlo como si se tratara de una confesión en regla y fuera cierto. Aún cabía la posibilidad de que no lo fuera, según él, eso siempre (nunca sabría más que lo que él me dijera, luego nunca sabría nada con seguridad absoluta; sí, es ridículo que tras tantos siglos de práctica, y de increíbles avances e inventos, todavía no haya forma de saber cuándo alguien miente; claro que eso nos beneficia y perjudica por igual a todos, quizá sea el único reducto de libertad que nos queda). Me pregunté por qué había consentido, por qué había procurado que sonara como verdad lo que previsiblemente iba a ser negado más tarde. Después de sus últimas palabras, se me hacía difícil esperar a esa negación probable, anunciada ('No quiero que te quede una marca que no es', así había empezado); sin embargo era lo que me tocaba, ahora ya no podía marcharme: oír lo horrible, esperar aún, tener paciencia. Todos estos pensamientos me cruzaron como una ráfaga, porque él no se detuvo, se limitó a una mínima pausa—. Así que su inesperado silencio fue como una bendición, como la confirmación de que había acertado en mis azarosos planes, y lo eran mucho, date cuenta: ese Canella podía haber sido inmune a mis intrigas, o se lo podía haber convencido de que Miguel era el culpable de la perdición de sus hijas, pero nada más, eso podía no haber tenido la menor consecuencia.

De nuevo se me fue la lengua, tras haberla retenido justo antes, de qué poco me había servido. Intenté que mis frases sonaran más como un recordatorio que como una acusación, un reproche, aunque sin duda lo eran (lo intenté para no irritarlo en exceso).

—Bueno, le entregasteis una navaja, ¿no? Y no precisamente una cualquiera, sino una especialmente peligrosa y dañina, está prohibida. Eso tuvo su consecuencia, ¿no?

Díaz-Varela me miró con sorpresa un momento, lo vi desconcertado por primera vez. Se quedó callado, quizá estaba haciendo veloz memoria de si había hablado con Ruibérriz de aquella navaja mientras yo espiaba. En las dos semanas transcurridas desde entonces debía de haber reconstruido con todo detalle lo dicho por ambos en aquella ocasión, debía de haber medido con exactitud de qué y de cuánto me había enterado —a buen seguro con la colaboración de su amigo, al que habría informado del contratiempo; de pronto no me hizo ninguna gracia la idea de que éste estuviera al tanto de mi indiscreción, tal como me había mirado—, y eso que ignoraba que yo me había incorporado a la conversación con retraso y que a ratos me habían llegado tan sólo fragmentos. Se habría puesto en lo peor por si acaso, habría dado por sentado que lo había oído todo, por eso habría decidido llamarme y neutralizarme con la verdad, o con su apariencia, o con parte de ella. Y aun así no tendría registrado que se hubiera mencionado el arma, menos aún el hecho de que se la hubieran comprado y proporcionado ellos al aparcacoches. Yo misma no estaba segura y creía que no; me percaté de ello al notar su perplejidad, o la repentina desconfianza que lo había asaltado, de sus recuerdos y de sus meticulosos repasos. Era muy posible que yo lo hubiera deducido, y luego dado por descontado. Le entraron dudas, debió de preguntarse rápidamente si sabía algo más de lo que me correspondía, y cómo. A mí me dio tiempo a tomar conciencia de que, mientras yo había empleado la segunda persona del plural varias veces, incluyendo a Ruibérriz y al anónimo enviado de éste (acababa de decir 'le entregasteis'), él hablaba siempre en primera persona del singular (acababa de decir 'había acertado en mis azarosos planes'), como si asumiera él solo el crimen, como si fuera cosa suya exclusivamente, pese a la manipulación del ejecutor y la ayuda de por lo menos dos cómplices, los que le habían hecho el trabajo sin que él tuviera que intervenir ni mezclarse. Él había quedado muy lejos de lo sucio y sangriento, del gorrilla y sus cuchilladas, del móvil y del asfalto, del cuerpo de su mejor amigo tirado en medio de un charco. Con nada había tenido contacto; era raro que a la hora de contarlo no se aprovechara de eso, sino lo contrario. Que no distribuyera la culpa entre quienes habían participado. Eso siempre disminuye la propia, aunque esté claro quién ha movido los hilos y quién ha urdido y ha dado la orden. Lo han sabido los conspiradores desde tiempos inmemoriales, y también las turbas espontáneas y acéfalas, azuzadas por extrañas cabezas que no sobresalen y que nadie distingue: no hay nada como el reparto para salir mejor librado.

No le duró el desconcierto, se recompuso en seguida. Tras hacer memoria y no encontrar nada nítido en ella debió de pensar que en el fondo era indiferente lo que yo supiera y lo que supusiera, al fin y al cabo dependía de él en ambos terrenos ahora, como se depende siempre de quien nos cuenta algo, éste decide por dónde empieza y cuándo para, qué revela y qué insinúa y qué calla, cuándo dice verdad y cuándo mentira o si combina las dos y no permite reconocerlas, o si engaña con la primera como se me había ocurrido que quizá estaba él haciendo; no, no es tan difícil, basta con exponerla de manera que no se crea, o que cueste tanto creerla como para acabar desechándola. Las verdades inverosímiles se prestan a eso y la vida está llena de ellas, mucho más que la peor novela, ninguna se atrevería a dar cabida en su seno a todos los azares y coincidencias posibles, infinitos en una sola existencia, no digamos en la suma de las habidas y de las que aún discurren. Resulta bochornoso que la realidad no imponga límites.

—Sí —respondió—, eso tuvo una consecuencia, pero también podía no haberla tenido. Canella era libre de rechazar la navaja, o de cogerla y después tirarla o venderla. O de conservarla y no usarla. Tampoco habría sido improbable que la perdiera o se la robaran antes de tiempo, entre los indigentes es una posesión muy preciada, porque todos se sienten amenazados e indefensos. En suma, proporcionarle a alguien un motivo y una herramienta no garantiza que se vaya a valer de ellos, en absoluto. Mis planes fueron muy azarosos incluso después de cumplidos. El hombre estuvo a punto de equivocarse de persona, en efecto. Más o menos un mes antes. Sí, claro que hubo que aleccionarlo, que insistirle, que aclarárselo, sólo habría faltado una metedura así de pata. Eso no le habría sucedido a un sicario, pero ya te he dicho los inconvenientes que pueden traer, si no a la corta, sí a la larga. Preferí arriesgarme a fallar, a que no saliera, antes que a acabar descubierto. —Se paró, como si se hubiera arrepentido de la última frase, o tal vez de haberla soltado en aquel momento, era posible que aún no tocara; quien relata algo que se ha preparado, algo ya elaborado, suele decidir con antelación qué irá antes y qué más tarde, y se preocupa de no contravenir ni alterar ese orden. Bebió, se subió las mangas ya subidas en un gesto maquinal que hacía de vez en cuando, encendió por fin su cigarrillo, fumaba unos alemanes muy ligeros fabricados por la casa Reemtsma, cuyo propietario fue secuestrado y hubo de pagar el mayor rescate de la historia de su país, una cantidad monstruosa, luego escribió un libro sobre su experiencia al que eché un vistazo en la editorial en su versión inglesa, consideramos publicarlo en España, pero al final Eugeni lo juzgó deprimente y no quiso. Supongo que los seguirá fumando a no ser que se haya quitado, no creo, no es de los que aceptan imposiciones sociales, lo mismo que su amigo Rico, por lo visto hace y dice lo que le da la gana en todas partes y las consecuencias le traen sin cuidado (a veces me pregunto si estará al tanto de lo hecho por Díaz-Varela, si se lo olerá siquiera: es improbable, me dio la impresión de no interesarse mucho por lo próximo y contemporáneo, ni de enterarse de ello). Díaz-Varela pareció dudar si continuar por ese camino. Lo hizo, muy brevemente, quizá para no subrayar su arrepentimiento con un giro demasiado brusco—. Por extraño que te parezca en un caso de homicidio, matar a Miguel era mucho menos importante que no ser pillado ni involucrado. Quiero decir que no valía la pena asegurarse de que moría entonces, ese día o cualquier otro cercano, si a cambio yo corría el más mínimo peligro de quedar expuesto o bajo sospecha alguna vez, aunque fuera de aquí a treinta años. Eso no podía permitírmelo bajo ningún concepto, ante esa posibilidad era mejor que él siguiera vivo, abandonar cualquier plan y renunciar a su muerte entonces. Dicho sea de paso, el día no lo elegí yo, desde luego, sino el gorrilla. Una vez realizada mi tarea, estaba todo en su mano. Habría sido de un mal gusto exagerado que yo hubiera escogido precisamente el de su cumpleaños. Fue una casualidad, quién sabía cuándo iba a decidirse el hombre, o si nunca iba a hacerlo. Pero todo eso te lo explicaré más tarde. Sigamos con tu idea, con tu composición de lugar, te habrá dado tiempo a asentarla en estas dos semanas.

Quería reprimirme y dejarlo hablar hasta que se cansara y hubiera acabado, pero de nuevo no fui capaz, mi cerebro había captado dos o tres cosas al vuelo, y me hervían demasiado para callármelas todas en el instante. 'Habla de homicidio a estas alturas del cuento, y no de asesinato, ¿cómo puede ser si ya no está disimulando?', pensé. 'Desde el punto de vista del aparcacoches será lo primero, y también desde el de Luisa, y desde el de la policía y el de los testigos, y desde el de los lectores de prensa que se encontraron la noticia una mañana y se horrorizaron al ver lo que podía pasarle a cualquiera en una de las zonas de Madrid más seguras, y después la olvidaron porque no hubo continuidad y porque además la desgracia, una vez aplacada en sus imaginaciones, contribuyó a que se sintieran a salvo: "No he sido yo", se dijeron, "y algo así no ocurrirá dos veces". Pero no desde el suyo, desde el punto de vista de Javier es un asesinato, no le puede valer que su plan tuviera grandes fisuras, el elemento azaroso, que sus cálculos tal vez no se cumplieran, es inteligente como para engañarse con eso. ¿Y por qué ha dicho "entonces" y lo ha repetido?

"Asegurarse de que moría entonces", "su muerte entonces", como si hubiera cabido aplazarla o dejarla para más adelante, es decir, para "*hereafter*", en la certeza de que llegaría. Y "Habría sido de un mal gusto exagerado", también ha dicho eso, como si no lo fuera bastante dar la orden de matar a un amigo.' Me quedé con lo último, como ocurre siempre, aunque no fuera lo más llamativo; sí quizá lo más ofensivo.

—De un mal gusto exagerado —repetí—. Pero ¿qué estás diciendo, Javier? ¿Tú crees que ese detalle cambia en algo lo principal? Me estás hablando de un asesinato. —Y aproveché para darle su nombre—. ¿Crees que fijar un día u otro puede añadirle o restarle gravedad a eso? ¿Añadirle buen gusto o restarle algo de malo? No te entiendo. Bueno, tampoco aspiro a entender nada, no sé ni por qué te estoy escuchando. —Y ahora fui yo quien encendió un segundo cigarrillo y bebió, alterada; me atropellé, casi me atraganté, bebí cuando aún no había expulsado el primer humo.

—Claro que lo entiendes, María —me contestó rápidamente—, y por eso me estás escuchando, para acabar de creértelo, para comprobarlo. Te lo has contado y recontado sin cesar, todos los días y noches de estas dos semanas. Has comprendido que para mí mis anhelos están por encima de toda consideración y todo freno y todo escrúpulo. Y de toda lealtad; figúrate. Yo he tenido muy claro, desde hace algún tiempo, que quiero pasar junto a Luisa lo que me quede de vida. Que sólo hay una y que es esta y que no se puede confiar en la suerte, en que las cosas ocurran por sí solas y se aparten como por ensalmo los obstáculos y las resistencias. Uno tiene que ponerse a la faena. El mundo está lleno de perezosos y de pesimistas que nada consiguen porque a nada se aplican, después se permiten quejarse y se sienten frustrados y alimentan su resentimiento hacia lo externo: así son la mayoría de los individuos, holgazanes idiotas, derrotados de antemano, por su instalación en la vida y por sí mismos. Yo he permanecido soltero todos estos años; sí, con historias muy gratificantes, distrayéndome, a la espera. Primero a la espera de que apareciera alguien que me trajera debilidad, y por quien la tuviera. Luego... Para mí es el único modo de reconocer ese término que todo el mundo emplea con desenvoltura pero que no debería ser tan fácil puesto que no lo conocen muchas lenguas, sólo el italiano además de la nuestra, que yo sepa, claro está que yo sé pocas... Tal vez el alemán, la verdad es que lo ignoro: el enamoramiento. El sustantivo, el concepto; el adjetivo, el estado, eso sí es más conocido, por lo menos el francés lo tiene y el inglés no, pero se esfuerza y se acerca... Nos hacen mucha gracia muchas personas, nos divierten, nos encantan, nos inspiran afecto y aun nos enternecen, o nos gustan, nos arrebatan, incluso nos vuelven locos momentáneamente, disfrutamos de su cuerpo o de su compañía o de ambas cosas, como me sucede contigo y me ha sucedido otras veces, unas pocas. Hasta se nos hacen imprescindibles algunas, la fuerza de la costumbre es inmensa y acaba por suplir casi todo, incluso por suplantarlo. Puede suplantar el amor, por ejemplo; pero no el enamoramiento, conviene distinguir entre los dos, aunque se confundan no son lo mismo... Lo que es muy raro es sentir debilidad, verdadera debilidad por alguien, y que nos la produzca, que nos haga débiles. Eso es lo determinante, que nos impida ser objetivos y nos desarme a perpetuidad y nos haga rendirnos en todos los pleitos, como acabó rendido el Coronel Chabert ante su mujer en cuanto volvió a verla a solas, te hablé de esa historia, te la leíste. Lo logran los hijos, dicen, y no tengo inconveniente en creerlo, pero ha de ser de una índole distinta, son seres desprotegidos desde que aparecen, desde el primer instante, la debilidad que nos traen debe de venirnos ya impuesta por su indefensión absoluta, y al parecer permanece. En general la gente no experimenta eso con un adulto, ni en realidad lo busca. No aguarda, es impaciente, es prosaica, quizá ni siquiera lo quiere porque tampoco lo concibe, así que se junta o se casa con el primero que se le aproxima, no es tan extraño, esa ha sido la norma durante toda la vida, hay quienes piensan que el enamoramiento es una invención moderna salida de las novelas. Sea como sea, ya la tenemos, la invención, la palabra y la capacidad para el sentimiento. —Díaz-Varela había dejado alguna frase inacabada o medio en el aire, había titubeado, había estado tentado de hacer digresiones de sus digresiones, se había frenado; no quería discursear, pese a su tendencia, sino contarme algo. Se había ido echando hacia delante, estaba sentado en el borde del sillón ahora, los codos sobre las rodillas y las manos juntas; su tono se había hecho vehemente dentro de la frialdad y el orden expositivo, casi didáctico, que empleaba cuando peroraba. Y, como siempre que hablaba seguido, yo no podía apartar la vista de su cara, de sus labios que se movían veloces al soltar las palabras. No es que no me interesara lo que decía, me había interesado en todos los casos, y más ahora en que me estaba confesando lo que había hecho y por qué y cómo, o lo que él creía que yo creía, y acertaba. Pero aunque no me hubiera interesado, habría continuado oyéndolo indefinidamente, oyéndolo mientras lo miraba. Encendió otra luz, la de la lámpara que tenía al lado (se sentaba a leer en ese sillón a veces), ya había anochecido del todo y la que había no bastaba. Lo vi mejor, le vi sus pestañas bastante largas y su expresión algo ensoñada, también entonces. Su semblante no denotaba preocupación ni violencia por lo que estaba contando. De momento no le costaba. Yo tenía que recordarme cuán odiosa resultaba su tranquilidad dominante en aquellas circunstancias, porque lo cierto era que no me lo resultaba—. Uno sabe que es incondicional de esa persona —prosiguió—, que la va a ayudar y a apoyar en lo que sea, aunque se trate de un empeño horrible (por ejemplo cargarse a alguien, uno pensará que le han dado motivos o que no hay más remedio), y que hará por ella lo que se tercie. Son personas que no es que a uno le hagan gracia, en el sentido más noble del término; es que le caen en gracia, que es diferente y mucho más fuerte y duradero. Como todos sabemos, esa incondicionalidad apenas tiene que ver con la razón, ni siquiera con las causas. De hecho, es curioso, el efecto es enorme y no hay causas, no suele haberlas o no son formulables. A mí me parece que interviene no poco la decisión, una decisión arbitraria... Pero en fin, esa es otra historia. —De nuevo le había apetecido disertar, se forzaba a no caer en ello. Dentro de todo, procuraba ir al grano, y tuve la sensación de que, si aun así se espaciaba, no era contra su voluntad y porque no pudiera evitarlo, sino que buscaba algo con ello, quizá envolverme y acostumbrarme más a los hechos. De vez en cuando yo me paraba y pensaba: 'Estamos hablando de lo que estamos hablando, un asesinato, es insólito; y yo le presto atención en vez de colgarlo de un árbol'. Y en seguida acudía a mi pensamiento la contestación de Athos a d'Artagnan cuando éste había exclamado lo mismo: 'Sí, un asesinato, no más'. Y cada vez lo pensaba menos—. Casi nadie puede responder a esa pregunta que los demás sí se hacen sobre uno, sobre cualquiera: '¿Por qué se habrá enamorado de ella? ¿Qué le habrá visto?'. Sobre todo cuando es alguien que se juzga insoportable, no es el caso de Luisa, yo creo; pero bueno, no soy quién para decirlo, por lo que acabo de exponer, justamente. Pero ni tú misma, María, sin ir más lejos, sabrías responder por qué te has encaprichado de mí durante esta temporada, con todos mis defectos y a sabiendas de que mi verdadero interés estaba en otra parte desde el principio, de que tenía un objetivo irrenunciable desde hacía tiempo, de que no había posibilidad de que tú y yo fuéramos más allá de donde hemos ido. No sabrías, quiero decir, fuera del balbuceo de cuatro subjetividades imprecisas y poco airosas, tan discutibles como indiscutibles: indiscutibles para ti (¿quién osaría contradecirte?), discutibles para los otros. —'Es verdad, no sabría', pensé. 'Como una estúpida. ¿Qué iba a decir, que me gustaba mirarlo y besarlo, y acostarme con él, y la zozobra de no saber si iba a hacerlo, y escucharlo? Sí, son razones idiotas y que no convencen a nadie, o así suenan siempre a oídos del que no siente lo mismo o no ha probado nada semejante en su vida. Ni siquiera son razones, como ha dicho Javier, seguramente tienen más que ver con una manifestación de fe que con ninguna otra cosa; aunque tal vez sí sean causas. Y su efecto es enorme, eso es cierto. Es invencible.' Debí de sonrojarme levemente, o acaso me removí en el sofá con incomodidad, con vergüenza. Me molestaba que me hubiera mencionado abiertamente, que hubiera hecho referencia a mis sentimientos hacia él cuando yo había sido siempre discreta y parca en palabras, nunca lo había atosigado con peticiones ni declaraciones, ni con indirectas sutiles que lo hubieran invitado a expresarme algo de afecto, me había abstenido de hacerle sentir la menor responsabilidad u obligación o necesidad de respuesta, ni sombra de ello; tampoco había albergado esperanzas de que la situación cambiara, o sólo en la soledad de mi alcoba mirando los árboles, lejos de él, en secreto, como quien fantasea cuando empieza a venirle el sueño, todo el mundo tiene derecho a eso, a imaginarse lo imposible cuando la vigilia inicia por fin su retirada, qué menos, y se clausura el día. Me desazonaba que me hubiera incluido en todo aquello, podía habérselo ahorrado; no lo habría hecho inocentemente, alguna intención guardaría, no se le habría escapado. Otra vez me entraron ganas de levantarme y marcharme, de salir de una vez de aquella casa querida y temida y no volver; pero ahora ya sabía que no iba a irme hasta que terminara, hasta que me contara enteras su verdad o su mentira, o su verdad y su mentira, las dos juntas, no todavía. Díaz-Varela advirtió mi rubor o mi desasosiego, lo que fuese, porque se apresuró a añadir, como quien templa gaitas—: Ojo, no estoy insinuando que tú estés enamorada de mí ni que me seas incondicional ni que yo te haya caído en gracia, nada de eso. No soy tan presuntuoso. Sé bien que no es tanto, que estás muy lejos, que no puede compararse lo que tú sientes por mí desde hace poco con lo que yo siento por Luisa desde hace años. Sé que soy sólo un entretenimiento, que te he hecho gracia. Como tú a mí, no hay apenas diferencia, ¿me equivoco? Si lo menciono es como prueba de que hasta los encaprichamientos más pasajeros y leves carecen de causas. No digamos lo que es mucho más, infinitamente más que eso.

Me quedé callada, más rato del que quería. No estaba segura de qué contestar, y esta vez él había hecho una pausa como incitándome a decir algo. En pocas frases Díaz-Varela había rebajado mis sentimientos y me había dado a conocer los suyos clavándome un pequeño aguijón superfluo, puesto que yo ya estaba al tanto sin haberle oído nunca algo tan claro al respecto, o no palabras tan hirientes como las que acababa de pronunciar. Por idiotas que fueran, como en realidad lo son todos los sentimientos cuando se los describe o explica o simplemente se enuncian, había colocado los míos muy por debajo de la calidad de los suyos hacia otra persona, cómo iban a compararse. ¿Qué sabía él de mí, tan callada y prudente como había sido siempre? ¿Tan vencida de antemano, tan falta de aspiraciones, tan poco dispuesta a competir y a luchar, o no dispuesta en absoluto? Desde luego yo no era capaz de planear y encargar un asesinato, pero quién hubiera sabido más tarde, de haberse enquistado durante años nuestra relación de ahora, o más bien la que había existido hasta hacía dos semanas, la conversación con Ruibérriz lo había trastocado todo, o mejor dicho, que yo la escuchara. De no haberlos espiado, Díaz-Varela podía haber seguido aguardando la lenta recuperación y el vaticinado enamoramiento de Luisa indefinidamente y no haberme sustituido ni haber prescindido de mí mientras tanto, ni yo haberme apartado sino haber continuado viéndolo en los mismos términos. Y entonces, ¿quién está libre de empezar a querer más, a impacientarse y a no estar ya conforme, de sentir que ha adquirido derechos con el transcurso de los meses y de los años iguales, por la sola acumulación de tiempo, como si algo tan insignificante y tan neutro como la sucesión de días supusiera un mérito para el que los atraviesa, o quizá es para el que los aguanta sin abandonar ni rendirse? El que no esperaba nada acaba exigiendo, el que se acercaba con devoción y modestia se torna tiránico e iconoclasta, el que mendigaba sonrisas o atención o besos de la persona amada se hace de rogar y se vuelve soberbio, y se los escatima ahora a esa misma persona a la que la mera llovizna del tiempo ha subyugado. El paso del tiempo exaspera y condensa cualquier tormenta, aunque al principio no hubiera ni una nube minúscula en el horizonte. Uno ignora lo que el tiempo hará de nosotros con sus capas finas que se superponen indistinguibles, en qué es capaz de convertirnos. Avanza sigilosamente, día a día y hora a hora y paso a paso envenenado, no se hace notar en su subrepticia labor, tan respetuosa y mirada que nunca nos da un empujón ni un sobresalto. Cada mañana aparece con su semblante tranquilizador e invariable, y nos asegura lo contrario de lo que está sucediendo: que todo está bien y nada cambia, que todo es como ayer —el equilibrio de fuerzas—, que nada se gana y nada se pierde, que nuestro rostro es el mismo y también nuestro pelo y nuestro contorno, que quien nos odiaba nos sigue odiando y quien nos quería nos sigue queriendo. Y es todo lo contrario, en efecto, sólo que no nos permite advertirlo con sus traicioneros minutos y sus taimados segundos, hasta que llega un día extraño, impensable, en el que nada es como fue siempre: en el que dos hijas beneficiadas por él abandonan a su padre a la muerte en un granero, sin blanca, y se queman los testamentos que a los vivos son ingratos; en el que las madres despojan a sus hijos y los maridos roban a sus mujeres, o las mujeres matan a sus maridos valiéndose del amor que les inspiraban para volverlos locos o imbéciles, a fin de vivir en paz con un amante; en el que otras mujeres le dan al niño de un primer lecho gotas que debían traerle la muerte, a fin de enriquecer a otro hijo, el del amor que ahora sí sienten, aunque ignoren cuánto más va a durarles; en el que una viuda que heredó posición y fortuna de su marido soldado, caído en la batalla de Eylau en medio del frío más frío, reniega de él y lo acusa de farsante cuando al cabo de los años y las penalidades consigue regresar de entre los muertos; en el que Luisa le suplicará a Díaz-Varela, hacia el que tanto tardó en volverse, que no la abandone y permanezca a su lado, y abjurará de su antiguo amor por Deverne, que será rebajado y no será nada y no podrá compararse con el que le profesa a él ahora, a ese segundo marido inconstante que amenaza con dejarla; en el que será Díaz-Varela el que me implore a mí que no me aleje, que me quede junto a él y comparta para siempre su almohada, y se burlará del amor obstinado e ingenuo que sintió por Luisa largo tiempo y lo llevó a matar a un amigo, y se dirá y me dirá: 'Qué ciego estuve, cómo es que no supe verte, cuando aún estaba a tiempo'; un día extraño, impensable, en el que yo planearé el asesinato de Luisa, que se interpone entre nosotros sin ni siquiera saber que hay 'nosotros' y contra la que no tengo nada, y quizá lo lleve a cabo, todo es posible ese día. Sí, es todo cuestión de desesperante tiempo, pero el nuestro se ha interrumpido, para nosotros se ha acabado ese que consolida y prolonga y a la vez pudre y arruina y vuelve las tornas, y no se nota en ningún caso. No me alcanzará a mí ese día, para mí no hay 'más adelante' o 'a partir de ahora', como no lo hubo para Lady Macbeth, estoy a salvo de esa prórroga benefactora o dañina, esa es mi desgracia y mi suerte.

—¿Quién te ha dicho que no estoy enamorada de ti? Qué sabrás tú, si nunca te he hablado. Si nunca me has preguntado.

—Vamos, vamos, no exageres —respondió él sin sorprenderse. Habían sido comedia sus últimas palabras estaba al cabo de la calle de lo que yo sentía, o de lo que había sentido hasta dos semanas antes. Quizá ahora lo sentía también, pero con mancha y con mezcla de lo que no puede manchar ni mezclarse, no al menos en los enamoramientos. Estaba al cabo de la calle, el que es amado lo percibe siempre, si está en sus cabales y no lo ansía, porque el que lo ansía no distingue, e interpreta las señales equivocadamente. Pero él estaba libre de eso, no quería que yo lo quisiese, poco había hecho por alentarme, eso era justo reconocérselo—. De ser así —añadió—, no estarías tan espantada por lo que has descubierto, ni habrías sacado tus conclusiones tan rápido. Estarías en vilo, a la espera de una explicación aceptable. Pensarías que quizá no había habido más remedio por algún motivo que desconoces. Estarías dispuesta, estarías deseando engañarte.

Hice caso omiso de estos comentarios capciosos que buscaban conducirme a algún sitio por él previsto. Sólo contesté a lo primero.

—Tal vez no exagere. Tal vez no exagere en absoluto, y tú lo sabes. Lo que pasa es que no te gusta esa responsabilidad, aunque ya sé que no es palabra adecuada: a nadie puede responsabilizarse de que otro se le enamore. Descuida, yo no te responsabilizo de mis sentimientos idiotas y que sólo a mí me conciernen. Pero es inevitable que los veas como una pequeña carga. Si Luisa supiera de la intensidad de los tuyos (puede que en su ensimismamiento sólo se haya dado cuenta de lo superficial, de tu galantería y tu afecto por la viuda de tu mejor amigo); no digamos si se enterara de lo que han sido causa, los sentiría como una carga insoportable. Hasta es posible que se matara, al no ser capaz de sobrellevarla. Por eso, entre otras razones, no voy a decirle nada. No tienes que preocuparte por eso, no soy una desalmada. —Aún no había tomado una decisión definitiva al respecto, mi intención iba oscilando a medida que le escuchaba y me indignaba o no tanto ('Ya lo pensaré más adelante, con calma, a solas, en frío', pensaba), pero en todo caso me convenía tranquilizarlo para poder salir de allí sin sensación de amenaza, presente o futura, aunque esta última nunca desaparecería del todo, suponía, en toda mi vida. Y me atreví a añadir con un poco de guasa, también la guasa me convenía—: Claro que esa sería la mejor manera de quitarla de en medio, de hacer lo que has hecho tú con Desvern, sólo que manchándome mucho menos las manos.

Lejos de apreciar el humor —bien es verdad que un humor tétrico—, esta observación lo puso serio y como a la defensiva. Ahora sí se subió más las mangas efectivamente, con sendos gestos enérgicos como si se aprestara a combatir o a hacerme una demostración física, se las subió hasta por encima de los bíceps como un galán tropical de los años cincuenta, Ricardo Montalbán, Gilbert Roland, uno de aquellos hombres simpáticos ya olvidados por casi todo el mundo. No iba a combatir, desde luego, ni tampoco a pegarme, eso no entraba en su carácter. Comprendí que algo lo había contrariado sobremanera y que iba a refutármelo.

—Yo no me las he manchado, no te olvides. He llevado todo el cuidado. Tú no sabes lo que es mancharselas de veras. No sabes lo que delegar aleja de los hechos, no tienes ni idea de cuánto ayuda poner gente en medio. ¿Por qué te crees que lo hace todo el que puede, a las primeras de cambio, ante la menor situación incómoda o ligeramente desagradable? ¿Por qué te crees que intervienen abogados en los pleitos, y en los divorcios? No es sólo por su sapiencia y sus mañas. ¿Por qué te crees que los actores y actrices tienen representantes, y los escritores agentes, y los toreros apoderados, y los boxeadores *managers*, cuando aún había boxeo? Acabarán con todo estos puritanos de ahora. ¿Por qué te crees que los empresarios se valen de testaferros, o que cualquier criminal con dinero envía matones o contrata sicarios? No es sólo por no mancharse las manos literalmente, ni por cobardía, para no dar la cara ni arriesgarse a salir dañado. La mayoría de los tipos que recurren habitualmente a esas figuras (otra cosa son los que lo hacen excepcionalmente, como yo mismo) empezaron ejerciendo sus mismas tareas y quizá han sido maestros en ellas:

están acostumbrados a dar palizas o incluso a meterle una bala a alguien, sería improbable que salieran maltrechos de un encuentro de esos. ¿Porqué crees que los políticos mandan tropas a las guerras que declaran, si es que se molestan aún en declararlas? Ellos, a diferencia de los otros, no podrían hacer el trabajo de los soldados, pero es más que eso. En todos los casos hay una autosugestión enorme, que proporcionan la mediación y la distancia de lo que ocurre, y el privilegio de no presenciarlo. Parece increíble, pero así funciona, yo lo he comprobado personalmente. Uno llega a convencerse de que no tiene que ver con lo que sucede a ras de suelo, o en el cuerpo a cuerpo, aunque lo haya originado y desencadenado y haya pagado por que acontezca. El divorciado acaba por persuadirse de que su exigencia mezquina y la saña no son suyas, sino de su abogado. 'Los actores y los escritores de fama, los toreros y los boxeadores se disculpan por las pretensiones económicas de sus representantes o por las trabas que ponen, como si éstos no obedecieran sus órdenes ni trabajaran a su dictado. El político ve en la televisión o en la prensa los efectos de los bombardeos que él ha iniciado, o se entera de las atrocidades que su ejército está cometiendo sobre el terreno; niega con la cabeza con desaprobación y con asco, se pregunta cómo es que sus generales son tan bestias o tan torpes, cómo es que no pueden controlar a sus hombres en cuanto empieza la lucha y los pierden un poco de vista, pero jamás se ve como culpable de lo que pasa a millares de kilómetros, sin que él tome parte ni sea testigo: en seguida ha logrado olvidarse de que dependió todo de él, de que él dio la voz de 'Adelante'. Lo mismo el *capo* que ha lanzado a sus matones: lee o le informan de que éstos se han sobrepasado, de que no se han limitado a cargarse a unos cuantos, de acuerdo con sus indicaciones, sino que además les han cortado la cabeza y los testículos y se los han metido en la boca; se estremece un instante al figurárselo y piensa que esos esbirros suyos en verdad son unos sádicos, ya no recuerda que les dejó la imaginación y las manos libres y que les dijo: 'Que la cosa espante a todo el mundo. Que sirva bien de escarmiento. Que con esto cunda el pánico'.

Díaz-Varela se detuvo, como si esta enumeración lo hubiera dejado momentáneamente exhausto. Se sirvió otra copa y bebió un buen trago, sediento. Encendió otro pitillo. Se quedó mirando al suelo, absorto. Durante unos segundos vi la imagen de un hombre abatido, abrumado, quizá lleno de remordimientos, quizá arrepentido. Pero no había habido nada de eso hasta ahora, en su relato ni en sus digresiones. Más bien lo contrario. '¿Por qué se asocia a sí mismo con estos individuos?', pensé. '¿Por qué me los trae a la memoria, en vez de ahuyentármelos? ¿Qué gana con que yo vea sus actos a esta luz tan repugnante? Siempre puede hallarse alguna que embellezca el crimen más feo, que lo justifique mínimamente, una causa no del todo siniestra que al menos permita entenderlo sin náusea. "Así funciona, yo lo he comprobado personalmente", ha dicho incluyéndose en la nómina. Se comprende en el caso de los divorciados y los toreros, no en el de los políticos cínicos y los criminales de oficio. Es como si no buscara paliativos, como si quisiera horrorizarme todavía más, a ratos. Tal vez sea para predisponerme a abrazar cualquier excusa, las que vengan luego, tienen que llegar pronto o tarde, no es posible que me reconozca sin más su egoísmo y su vileza, su traición, su falta de escrúpulos, ni siquiera hace mucho hincapié en su enamoramiento de Luisa, en su apasionada necesidad de ella, no se ha rebajado a decir frases ridículas pero que emocionan a veces y ablandan, como "No puedo vivir sin ella, ¿comprendes? No aguantaba más, para mí es como el aire; me ahogaba sin ninguna esperanza y ahora en cambio tengo una. No le deseaba a Miguel mal alguno, al contrario, era mi mejor amigo; pero estaba en medio de mi única vida, de la única que quiero, mala suerte, y lo que nos impide vivir hay que quitarlo". Se aceptan los excesos de los enamorados, no todos, claro, pero en ocasiones basta con decir que alguien lo está mucho o lo estuvo para ahorrarse otras razones. "Es que la quería tanto", se dice, "que no sabía lo que hacía", y la gente asiente y se hace cargo, como si se le hablara de algo conocido por todos. "Vivía por y para él, no había nadie más en la tierra, habría sacrificado lo que fuera, el resto no le importaba", y con eso ya se entienden tantos actos innobles y ruines, y hasta se disculpan algunos. ¿Por qué no insiste Javier en su condición enfermiza que cree poder padecer todo el mundo? ¿Por qué no se escuda más en ella? La da por supuesta pero no la subraya, no la pone por delante, y, en contra de lo que le convendría, se vincula con personajes despreciables y fríos. Sí, quizá sea eso: cuanto más me espante y me someta el pánico, cuanto más sienta el arrastre del vértigo, más proclive seré a aferrarme a cualquier atenuante. No le faltaría razón, de ser ese su propósito. Estoy deseando que aparezca alguna, alguna explicación o atenuante que me levante un poco de peso. Ya no puedo más de estos hechos, tal como son y me los imaginaba desde el maldito día en que escuché tras esa puerta. Estaba al otro lado aquel día, donde ya nunca más volveré a estar, ahora es seguro. Aunque se me acercara Javier y me abrazara por la espalda, y me acariciara con dedos y labios. Aunque me susurrara al oído palabras que jamás ha pronunciado. Aunque me dijera: "Qué ciego he estado, cómo es que no he sabido verte, pero aún estoy a tiempo". Aunque tirara de mí hacia esa puerta, y me lo suplicara.'

Nada de eso iba a suceder en ningún caso. Ni siquiera si le hacía chantaje, si lo amenazaba con contarlo o era yo quien le suplicaba. Seguía metido en sus pensamientos, extrañamente ajeno, continuaba con la vista fija en el suelo. Lo saqué de su ensimismamiento en vez de aprovechar para largarme, ya era tarde: habría preferido quedarme con mis conjeturas sombrías y no saber nada seguro, después de haberle escuchado; pero ahora quería que terminara, por ver si su historia era algo menos mala, algo menos triste de lo que sonaba.

—Y tú, ¿qué es lo que pensaste? ¿De qué lograste convencerte? ¿De que no tenías arte ni parte en el asesinato de tu mejor amigo? Resulta difícil de creer, ¿no? Por mucha autosugestión que le echaras.

Alzó los ojos y se bajó de nuevo las mangas hasta los antebrazos, como si le hubiera entrado frío. Pero no lo abandonó del todo aquella especie de abatimiento o cansancio que parecía haberlo asaltado. Habló más despacio, con menos seguridad y menos brío, la mirada posada en mi rostro y a la vez un poco perdida, como si yo estuviera a gran distancia.

—No lo sé —dijo—. Sí, es verdad que uno sabe, sabe la verdad en el fondo, cómo no, cómo va a ignorarla. Sabe que uno ha puesto en marcha un mecanismo y que además podría pararlo, nada es inevitable hasta que ha sucedido y el 'más adelante' con que todos contamos deja de existir para alguien.

Pero hay algo misterioso en la delegación, ya te lo he dicho. Yo le hice un encargo a Ruibérriz, y desde ese momento siento que la maquinación ya no es tan mía, por lo menos está compartida. Ruibérriz le ordenó a otro que le consiguiera un móvil al gorrilla y le hiciera llamadas, los dos se las hicieron, turnándose, dos voces convencen más que una y le pusieron la cabeza como un bombo; ni siquiera sé bien cómo se lo proporciona ese otro, el móvil, se lo deja en el coche en el que vivía, creo, le aparece allí como por ensalmo, y lo mismo la navaja luego, para no ser visto, era imposible anticipar el resultado de todo eso. En cualquier caso ese otro, ese tercero, no conoce mi nombre ni mi cara ni yo tampoco los suyos, y con su intervención desconocida se me aleja todo un poco más, es menos mío, y mi participación se difumina, ya no está todo en mis manos sino cada vez más repartido. Una vez que uno activa algo y lo entrega es también como si lo soltara y se deshiciera de ello, no sé si eres capaz de entenderlo, quizá no, nunca has tenido que organizar y preparar una muerte. —Reparé en la expresión empleada, 'tenido que'; esa idea era absurda, él no había 'tenido que' hacer nada, nadie lo había obligado. Y había dicho 'una muerte', el término más neutro posible, no 'un homicidio' ni 'un asesinato' ni 'un crimen'—. Uno recibe sucintos informes de cómo marchan las cosas y supervisa, pero no se ocupa directamente de nada. Sí, se produce un error, Canella se confunde de hombre y a mí me llega la noticia, hasta Miguel me menciona el percance sufrido por el pobre Pablo, sin sospechar que tuviera que ver con su petición, sin relacionar una cosa con otra, sin imaginarse que yo estuviera detrás, o disimuló muy bien, cómo voy a saberlo. —Me di cuenta de que me estaba perdiendo (¿qué petición? ¿qué relación? ¿qué disimulo?), pero él siguió como si hubiera tomado carrerilla de pronto, no me dejó interrumpirlo—. El idiota de Ruibérriz no se fía del tercero a partir de eso, le pago bien y me debe favores, así que toma las riendas y se presenta ante el aparcacoches, con precaución, a escondidas, es verdad que no hay nadie en esa calle de noche, pero se deja ver por él con su abrigo de cuero, espero que los haya tirado todos, para asegurarse de que no va a equivocarse de nuevo y a acabar acuchillando al pobre chófer, a Pablo, y echándolo todo por tierra. Sí, ese incidente me llega, por ejemplo, pero para mí es solamente un relato que me cuentan en mi casa, yo no me muevo de aquí, nunca piso el terreno ni me mancho, así que no siento que nada de eso sea enteramente responsabilidad ni obra mía, son hechos remotos. No te sorprenda, los hay que aún van más lejos: hay quienes ordenan la eliminación de alguien y luego ni siquiera quieren enterarse del proceso, de los pasos dados, del cómo. Confían en que al final venga un mandado y les comunique que ese alguien ha muerto. Ha sido víctima de un accidente, les dicen, o de una grave negligencia médica, o se ha tirado por el balcón, o lo han atropellado, o lo han atracado una noche, con tan mala pata que forcejeó y se lo cargaron. Y, por extraño que parezca, el que dictaminó esa muerte, sin especificar cómo ni cuándo, puede exclamar con sinceridad relativa, o con cierta dosis de asombro: 'Vaya por Dios, qué tragedia', casi como si él fuera ajeno y el destino se hubiera encargado de cumplir sus deseos. Eso procuré yo, verme lo más ajeno posible, aunque hubiera trazado el cómo en parte: Ruibérriz averiguó cuál era el drama en la vida de ese indigente, el motivo de su mayor rabia, su afrenta, por casualidad o no tanto, no sé, me vino un día con la historia de sus hijas metidas a putas a la fuerza o con engaños, él toca todas las teclas, no le faltan conexiones en ningún ámbito, y en consecuencia el plan era mío, o bueno, era de los dos, era nuestro. Pero aun así yo me mantenía lejos, apartado: estaba el propio Ruibérriz en medio, y su amigo, ese tercero, y sobre todo estaba Canella, que no sólo decidía cuándo, sino que podía decidir no hacerlo, en realidad nada estaba en mi mano. Y entonces hay tanta delegación, tanto dejado a la acción de otros, tanto al azar, tanta distancia, que uno es medio capaz de decirse, una vez que ha sucedido: '¿Qué tengo que ver yo con esto, con lo que ha hecho un trastornado en la calle, a una hora y en una zona seguras? Ya se ve que era un peligro público, un violento, no debería haber andado suelto, aún menos tras el aviso con Pablo. La culpa es de las autoridades que no tomaron medidas, y también de la pésima suerte, que todavía sigue existiendo'.

Díaz-Varela se levantó y dio una vuelta por el salón hasta volver a pararse detrás de mí, me puso las manos en los hombros, me los apretó suavemente, nada que ver con la que me había plantado dos semanas atrás, antes de irme, él y yo de pie, reteniéndome, era una losa. Ahora no tuve temor, lo noté como un gesto de afecto, y además su tono había cambiado. Se había teñido de una especie de pesadumbre o de leve desesperación ante lo irremediable —leve por ser ya retrospectiva— y se había desprendido del cinismo, como si éste hubiera sido impostado. También había empezado a mezclar tiempos verbales, presente de indicativo, pretérito indefinido e imperfecto, como le ocurre a veces a quien revive una mala experiencia o se está recontando un proceso del que sólo cree haber salido y no es cierto. Había adquirido un acento de verdad poco a poco, no de golpe, y eso lo hacía más creíble. Pero tal vez eso era lo fingido. Es detestable no saberlo, también todo lo anterior me había sonado a verdadero, había tenido el mismo acento o no el mismo sino otro distinto, pero igualmente de verdad en todo caso. Ahora se había callado y podía preguntarle por lo que me había resultado incomprensible, por lo que se le había escapado. O quizá no se le había escapado en absoluto, lo había introducido a conciencia y aguardaba mi reacción a ello, confiaba en que lo hubiera cazado.

—Has hablado de una petición de Deverne, y de un posible disimulo suyo. ¿Qué petición es esa? ¿Qué iba a disimular él? No he entendido. —Y al decir esto pensé: '¿Qué diablos estoy haciendo, cómo puedo referirme con civilidad a todo esto, cómo puedo hacerle preguntas sobre los pormenores de un asesinato? ¿Y por qué estamos hablándolo? No es tema de conversación, o sólo cuando ya han transcurrido muchos años, como en la historia de Anne de Breuil muerta por Athos cuando éste ni siquiera era Athos, En cambio Javier es Javier todavía, no le ha dado tiempo a convertirse en otro'.

Volvió a apretarme con suavidad los hombros, era casi una caricia. Yo había hablado sin darme la vuelta, ahora no necesitaba tenerlo a la vista, no me era desconocido ni preocupante ese tacto. Me invadió una sensación de irrealidad, como si estuviéramos en otro día, un día anterior a mi escucha, cuando aún no había descubierto nada ni había ningún espanto, sólo placer provisional y resignada espera enamorada, espera a ser dada de baja o despedida de su lado cuando fuera Luisa quien se le enamorara, o por lo menos le consintiera dormirse y despertarse a diario en su cama. Ahora se me antojó figurarme que no faltaba tanto para eso, hacía mucho que no la veía, ni de lejos siquiera. Quién sabía cómo había evolucionado, si se había ido recuperando del golpe, hasta qué punto Díaz-Varela se le había inoculado, se le había hecho indispensable en su solitaria vida de viuda con niños que le pesaban a veces, cuando quería encerrarse a llorar y no hacer nada. Lo mismo que yo había intentado con él en su solitaria vida de soltero, sólo que tímidamente y sin convencimiento ni empeño, desde el principio derrotada.

En otro día habría sido posible que las manos de Díaz-Varela se hubieran deslizado desde mis hombros hasta mis pechos, y que yo no sólo lo hubiera permitido, sino que lo hubiera alentado con el pensamiento: 'Desabróchame un par de botones y mételas bajo mi jersey o mi blusa', ordena uno mentalmente, o suplica. 'Vamos, hazlo ya, ¿a qué esperas?' Me atravesó el impulso de pedírselo así, en silencio, la fuerza de la expectativa, la persistencia irracional del deseo, que a menudo hace olvidar cuáles son las circunstancias y quién es quién, y borra la opinión que uno tiene de la persona que le provoca el deseo, en aquel momento lo que me predominaba era el desprecio. Pero él no iba a ceder hoy a eso, conservaba más conciencia que yo de que no estábamos en otro día, sino en el que él había elegido para contarme su conspiración y sus actos y luego decirme adiós para siempre, después de aquella conversación no podríamos seguir viéndonos, no era posible, los dos lo sabíamos. Así que no bajó las manos lentamente sino que las levantó como quien ha sido recriminado por tomarse confianzas o aun por propasarse —pero yo no había dicho nada, ni mi actitud tampoco— y volvió a su sillón, se sentó de nuevo enfrente de mí y me miró fijamente con sus ojos nebulosos o indescifrables que jamás lograban mirar fijamente del todo y con aquella pesadumbre o desesperación retrospectiva que le había aparecido en la voz poco antes y que ya no se le iría, ni del tono ni de la mirada, como si me dijera una vez más: '¿Por qué no me entiendes?', no con impaciencia sino con lástima.

—Todo lo que te he contado es cierto, en lo relativo a los hechos —me respondió—. Sólo que lo principal aún no te lo he dicho. Lo principal no lo sabe nadie, o sólo Ruibérriz a medias, que por fortuna ya no hace demasiadas preguntas; sólo escucha, complace, sigue las instrucciones y cobra. Ha aprendido. Las dificultades lo han convertido en un hombre dispuesto a muchas cosas a cambio de un sueldo, sobre todo si se lo paga un viejo amigo que no va a endosarle un marrón, ni a traicionarlo ni a sacrificarlo, hasta ha aprendido a ser discreto. Es cierto cómo lo hicimos, y que no teníamos seguridad de que el plan fuera a salir, en modo alguno, era casi una moneda al aire, pero yo no quería recurrir a un sicario, ya te lo he explicado. Tú has sacado tus conclusiones y no te lo reprocho; o algo sí, pero te comprendo en parte: las cosas pintan como pintan, si uno ignora la causa. Tampoco voy a negar que quiera a Luisa ni que piense permanecer a su lado, estar bien a mano, por si un día se olvida de Miguel y da unos pasos en mi dirección: yo estaré cerca, muy cerca, para que no le dé tiempo a pensárselo ni a arrepentirse durante el trayecto. Creo que eso sucederá antes o después, más bien antes; que se recuperará como le pasa a todo el mundo, ya te dije una vez que la gente acaba por dejar marchar a los muertos, por mucho apego que les tenga, cuando nota que su propia supervivencia está en juego y que son un gran lastre; y lo peor que éstos pueden hacer es resistirse, aferrarse a los vivos y rondarlos e impedirles avanzar, no digamos regresar si pudieran, como pudo el Coronel Chabert de la novela, amargándole la vida a su mujer y causándole un daño mayor que el de su muerte en aquella remota batalla.

—Más daño le causó ella a él —le contesté—, con su negación y sus artimañas para mantenerlo muerto y privarlo de existencia legal, para enterrarlo vivo por segunda vez, sólo que ahora no por error. Él había padecido mucho, lo suyo era suyo y no tenía culpa de seguir en el mundo, menos aún de recordar quién era. Hasta dijo aquello que me leíste, el pobre: 'Si mi enfermedad me hubiera quitado todo recuerdo de mi existencia pasada, eso me habría hecho feliz'.

Pero Díaz-Varela ya no estaba para discutir de Balzac quería continuar con su historia hasta el final. 'Lo que pasó es lo de menos', me había dicho al hablarme de *El Coronel Chabert*. 'Es una novela, y lo que ocurre en ellas da lo mismo y se olvida, una vez terminadas.' Quizá pensaba que con los hechos reales no sucedía así, con los de nuestra vida. Probablemente sea cierto para el que los vive, pero no para los demás. Todo se convierte en relato y acaba flotando en la misma esfera, y apenas se diferencia entonces lo acontecido de lo inventado. Todo termina por ser narrativo y por tanto por sonar igual, ficticio aunque sea verdad. Así que prosiguió como si yo no hubiera dicho nada.

—Sí, Luisa saldrá de su abismo, no te quepa duda. De hecho ya está saliendo, cada día que pasa un poco más, yo lo percibo y eso no tiene vuelta de hoja una vez iniciado el proceso de la despedida, de la segunda y definitiva, de la que es sólo mental y nos trae mala conciencia porque parece que nos descargamos del muerto, lo parece y así es. Puede haber un retroceso ocasional, según cómo le vaya a uno en la vida o por algún azar, pero nada más. Los muertos sólo tienen la fuerza que los vivos les dan, y si se la retiran... Luisa se soltará de Miguel, en mucha mayor medida de lo que es capaz de imaginarse ahora mismo, y eso él lo sabía muy bien. Es más, decidió facilitárselo dentro de sus posibilidades, y fue por eso por lo que en parte me hizo su petición. Sólo en parte. Desde luego, había una razón de más peso.

—¿De qué petición me estás hablando otra vez? ¿Qué petición? —No pude evitar impacientarme, tenía la sensación de que quería enredarme a base de curiosidad.

—A eso voy, esa es la causa —dijo—. Escucha bien. Meses antes de su muerte, Miguel sentía cierto cansancio general no muy significativo, algo insuficiente para acudir al médico, no era aprensivo y se encontraba bien de salud. Al poco le apareció un síntoma no preocupante, visión levemente borrosa en un ojo, pensó que sería pasajero y tardó en ir al oftalmólogo. Cuando por fin lo hizo, al no ceder por sí sola esa visión, éste le hizo una detenida exploración y le vino con un diagnóstico muy malo: un melanoma intraocular de gran tamaño, y lo remitió a un médico internista para un estudio general. El internista lo repasó de arriba abajo, le hizo TAC y resonancia magnética de todo el cuerpo, así como una analítica extensa. Su diagnóstico fue aún peor, fue el peor: metástasis generalizada en todo el organismo, o, como me dijo que le dijo en su jerga aséptica, 'melanoma metastático muy evolucionado', pese a estar Miguel por entonces casi asintomático, no había notado ningún otro malestar.

'Así que Desvern no le pudo decir a Javier, como yo me había figurado en una ocasión: "No, no preveo que me pase nada, nada inminente ni tan siquiera próximo, nada concreto, estoy bien de salud y todo eso", sino lo contrario', pensé. 'O bueno, eso dice ahora Javier.' Todavía lo llamaba así aquella tarde, pronto cambiaría, aún no había decidido recordarlo y referirme a él por el apellido, para distanciarme de nuestra proximidad pasada o hacerme esa ilusión.

—Ya, y todo eso, ¿qué significaba exactamente, aparte de ser algo muy malo? —le pregunté, y procuré que hubiera en mi tono escepticismo o incredulidad: 'Cuenta, cuenta y sigue contando, no me voy a tragar fácilmente esta historia tuya de última hora, me huelo por dónde vas'. Pero al mismo tiempo estaba ya interesada en lo que me había empezado a relatar, fuera verdad o no. Díaz-Varela lograba divertirme a menudo e interesarme siempre. Así que añadí, y ahora me salió un tono de preocupación sincera, luego también de credulidad—: ¿Y eso puede ocurrir, tener algo tan grave sin presentar casi síntomas? Bueno, ya sé que sí, pero ¿tanto? ¿Y tan sin aviso? ¿Y tan avanzado? Es para echarse a temblar, ¿no?

—Sí, puede ocurrir, y le ocurrió a Miguel. Pero no te alarmes, por fortuna ese melanoma es muy infrecuente y muy raro. A ti no te va a pasar nada parecido. Ni a Luisa, ni a mí, ni al Profesor Rico, sería mucha casualidad. —Había advertido mi instantánea aprensión. Esperó a que su vaticinio sin fundamento surtiera su efecto y me tranquilizara como a una niña, esperó unos segundos para continuar—. Miguel no me dijo una palabra hasta que tuvo todos los datos, y a Luisa ni siquiera le comunicó el principio, cuando no había qué temer: que iba al oftalmólogo, ni que veía un poco borroso, lo último que quería era inquietarla por nada, y ella se inquieta con facilidad. Aún menos le contó después. De hecho no le contó nada a nadie más, con una excepción. Desde el diagnóstico del internista sabía que la cosa era mortal, pero éste no le dio toda la información, o no con detalle, o quizá se la suavizó, o él no se la preguntó, no lo sé, prefirió preguntarle a un médico amigo que no iba a ocultarle nada si él se lo pedía: un antiguo compañero de colegio, cardiólogo, que le efectuaba controles periódicos y con quien tenía toda la confianza del mundo. Fue a verlo con su diagnóstico en firme y le dijo: 'Dime lo que me aguarda, dímelo a las claras. Cuéntame los pasos. Dime cómo va a ser'. Y su amigo le dibujó un panorama que no pudo soportar.

—Ya —repetí, como quien se afana en dudar, en no creer. Pero en ese registro no me salió nada más. Lo intenté, me forcé, por fin conseguí pronunciar esta frase, completamente neutra en realidad—: ¿Y cuáles eran esos pasos terribles? —Aunque aquello fuera mentira, me atemorizaba la narración del proceso, del descubrimiento.

—No era sólo que no hubiera curación, dada la extensión por todo el organismo. Apenas si había tampoco tratamiento paliativo, o el que había era casi peor que la enfermedad. El pronóstico del fallecimiento, sin ese tratamiento, se establecía en unos cuatro a seis meses, y con él en no mucho más. Poco tiempo iba a ganar, y malo, a cambio de una quimioterapia de extraordinaria agresividad con efectos secundarios devastadores. Pero había más: el melanoma en el ojo hace que éste se deforme y duela espantosamente, el dolor es por lo visto inaguantable, es lo que le anunció su amigo cardiólogo, que cumplió con sus deseos y no le ahorró nada de lo que quería saber. La única medida contra eso consiste en resecar el ojo, es decir, en extirparlo, lo que los médicos llaman 'enucleación', según dijo Miguel, por el gran tamaño del tumor. ¿Te das cuenta, María? Un tumor enorme en el interior del ojo, que empuja hacia fuera y hacia dentro, supongo; un ojo protuberante, una frente y un pómulo que se abomban, crecientes; y después un hueco, una cuenca vacía que tampoco es la última metamorfosis, eso en el mejor de los casos y sin que sirva de gran cosa. —Aquella breve descripción gráfica me causó más recelo, era su primera concesión a la truculencia y a la imaginación, hasta entonces había contado con sobriedad—. El aspecto del paciente se va haciendo horroroso, su deterioro progresivo es lamentable y no sólo en la cara, claro está, todo se va viendo minado con cada vez mayor rapidez, y lo único que obtiene con esa extirpación y esa quimioterapia brutal son unos meses más de vida. De vida así, de vida muerta o premuerta, de padecimiento y deformidad, de no ser ya quien es sino un espectro angustiado que se limita a entrar y salir de un hospital. La transformación del aspecto, eso era lo único, no tenía por qué ser inmediata, no lo sería: contaba con mes y medio o dos meses antes de que los síntomas en el rostro aparecieran o resultaran visibles, antes de que los demás se dieran cuenta disponía de ese tiempo para ocultárselo a todo el mundo y fingir. —La voz de Díaz-Varela sonaba en verdad afectada, pero acaso afectaba la afectación. He de reconocer que no me lo pareció cuando añadió, con un timbre de amargura o de fatalidad—: Un mes y medio o dos meses, ese fue el plazo que me dio.

Más o menos sabía la respuesta, pero aun así se lo pregunté, hay relatos a los que les cuesta continuar sin alguna pregunta retórica por medio. Este habría continuado de todas formas, solamente lo agilicé un poco, quería terminar lo antes posible pese a mi interés. Oírlo todo para marcharme a mi casa y entonces dejar de oír.

—¿A ti? ¿Para qué? —Sin embargo no supe quedarme con las ganas de decirle que era previsible lo que me iba a contar—. Ahora vas a venirme con que él te pidió que le hicieras lo que le hiciste como un favor: un montón de navajazos a cargo de un energúmeno en mitad de la calle, ¿verdad? Una manera alambicada y desagradable de suicidarse, habiendo pastillas y tantas cosas más. Y muy engorrosa para vosotros, ¿no?

Díaz-Varela me lanzó una mirada de fastidio y reprobación, mis comentarios le habían parecido fuera de lugar.

—Que te quede una cosa clara, María, escúchame bien. No te estoy contando lo que pasó para que me creas, me trae sin cuidado que tú me creas o no, otra historia sería Luisa, con la que espero no tener nunca una conversación semejante, en parte va a depender de ti. Yo te lo cuento por las circunstancias y ya está. No me hace gracia, como podrás imaginar. Lo que hicimos entre Ruibérriz y yo no fue plato de gusto y es tan delito como un asesinato, en cualquier caso. Es más, técnicamente eso es lo que fue, y a un juez o a un jurado no les importaría lo más mínimo la verdadera causa que nos movió a cometerlo, y tampoco podríamos probar que fue la que fue. Ellos juzgan hechos y éstos son los que son, por eso nos alarmamos cuando Canella empezó a hablar, de las llamadas al móvil y demás. Tuvimos la mala suerte de que tú nos oyeras ese día, o mejor dicho, yo fui un imprudente y lo propicié. A raíz de eso tú te has hecho una falsa, una inexacta composición de lugar. No me gusta, como es natural, ni que te falte el dato decisivo, cómo me va a gustar. Por eso te lo cuento, a título personal, porque tú no eres un juez y puedes entender lo que hubo detrás. Luego, tú verás. Y tú sabrás lo que haces con la información, eso también. Pero si no quieres no sigo, tampoco te voy a obligar. Que me creas o no no está en mi mano, así que tú dirás si ponemos fin ahora mismo a esta conversación. Ahí tienes la puerta, si crees que ya te lo sabes todo y no deseas oír más.

Pero sí deseaba oír más. Como he dicho, hasta el final, para terminar.

—No, no, continúa. Disculpa —rectifiqué—. Continúa, haz el favor, todo el mundo tiene derecho a ser escuchado, faltaría más. —Y procuré que aún hubiera un dejo de ironía en estas últimas palabras, 'faltaría más'—. ¿Te dio ese plazo para qué?

Noté que me entraban leves dudas, ante el tono ofendido o dolido de Díaz-Varela, aunque ese tono sea uno de los más fáciles de aparentar o imitar, casi todos los culpables de algo recurren a él en seguida. Claro que los inocentes también. Me di cuenta de que cuanto más me contara más dudas tendría, y de que no lograría salir de allí sin ninguna, es lo malo de dejar que la gente hable y se explique y por eso trata de impedirse tantas veces, para conservar las certezas y no dar cabida a las dudas, es decir, a la mentira. O es decir, a la verdad. Tardó un poco en contestar o reanudar, y cuando lo hizo volvió a su tono anterior, de pesadumbre o desesperación retrospectiva, en realidad ni siquiera lo había abandonado del todo, sólo le había agregado un momento el de persona herida.

—Miguel no tenía demasiado reparo en morir, si eso puede decirse, entiéndeme, de alguien a punto de cumplir cincuenta años y a quien la vida iba bien, con hijos pequeños y una mujer a la que quería, o bueno, sí, de la que estaba enamorado, sí. Claro que era una tragedia, como para cualquiera. Pero él siempre fue muy consciente de que si estamos aquí es por una inverosímil conjunción de azares, y que del término de eso no se puede protestar. La gente cree que tiene derecho a la vida. Es más, eso lo recogen las religiones y las leyes de casi todas partes, cuando no las Constituciones, y sin embargo él no lo veía así. ¿Cómo va a tenerse derecho a lo que uno no ha construido ni se ha ganado?, solía decir. Nadie puede quejarse de no haber nacido, o de no haber estado antes en el mundo, o de no haber estado siempre en él, así que, ¿por qué habría de quejarse nadie de morir, o de no estar después en el mundo, o de no permanecer siempre en él? Lo uno le parecía tan absurdo como lo otro. Nadie objeta la fecha de su nacimiento, luego tampoco habría de objetar la de su muerte, igualmente debida a un azar. Hasta las violentas, hasta los suicidios, son debidos a un azar. Y si ya se estuvo en la nada, o en la no existencia, no es tan extraño ni grave regresar a ella, pese a que ahora haya término de comparación y conozcamos la facultad de añorar. Cuando supo lo que le pasaba, cuando supo que le tocaba acabarse, maldijo su suerte como cualquiera y sintió desolación, pero también pensó que tantos otros habían desaparecido a edades mucho más tempranas que él; que el segundo azar los había suprimido sin darles apenas tiempo a conocer nada ni brindarles una oportunidad: jóvenes, niños, recién nacidos que ni siquiera recibieron un nombre. Así que fue consecuente y no se desmoronó. Ahora bien, lo que no pudo resistir, lo que lo hundió y lo puso fuera de sí, fue la forma, el detestable proceso, la lentitud dentro de la rapidez, el deterioro, el dolor y la deformación, todo lo que le anunció su amigo médico. Por eso no estaba dispuesto a pasar, menos aún a permitir que sus hijos y Luisa asistieran a ello. Que asistiera nadie, en realidad. Aceptaba la idea de cesar, no la de sufrir sin sentido, la de penar durante meses sin objeto ni compensación, dejando además tras de sí una imagen desfigurada y tuerta, y de absoluta indefensión. No veía la necesidad de eso, contra eso sí cabía rebelarse, protestar, torcer el sino. No estaba en su mano quedarse en el mundo, pero sí salir de él de manera más airosa que la señalada, bastaba con salir un poco antes. —'He aquí un caso entonces', pensé, 'en el que no convendría decir "*He should have died hereafter*", porque ese "más adelante" significaría mucho peor, con más padecimiento y humillación, con menor entereza y más horror para sus allegados, no siempre es deseable, por tanto, que todo dure un poco más, un año, unos meses, unas semanas, unas cuantas horas, no siempre nos parece temprano para que se les ponga fin a las cosas o a las personas, ni es cierto que jamás veamos el momento oportuno, puede haber uno en el que nosotros mismos digamos: "Ya. Ya está bien. Es suficiente y más vale. Lo que venga a partir de ahora será peor, un rebajamiento, una denigración, una mancha". Y en el que nos atrevamos a reconocer: "Este tiempo ha pasado, aunque sea el nuestro". Y aunque estuviera en nuestras manos el final de todo, no siempre continuaría todo indefinidamente, contaminándose y ensuciándose, sin que ningún vivo pasara nunca a ser muerto. No sólo hay que dejar marchar a los muertos cuando se demoran o los retenemos; también hay que soltar a los vivos a veces.' Y me di cuenta de que al pensar esto, contra mi voluntad, estaba dando momentáneo crédito a la historia que me contaba ahora Díaz-Varela. Mientras uno escucha o lee algo tiende a creerlo. Otra cosa es después, cuando el libro ya está cerrado o la voz no habla más.

—¿Y por qué no se suicidó?

Díaz-Varela me miró de nuevo como a una niña, es decir, como a una ingenua.

—Qué pregunta —se permitió observar—. Como la mayoría de la gente, era incapaz. No se atrevía, él no podía determinar el cuándo: por qué hoy en vez de mañana, si todavía hoy no me veo cambios ni me siento muy mal. Casi nadie encuentra el momento, si lo tiene que decidir. Deseaba morir antes de los estragos de la enfermedad, pero le resultaba imposible fijar ese 'antes': disponía de un mes y medio o dos, ya te he dicho, quién sabía si de algo más. Y, también como la mayoría, no quería conocer el hecho de antemano y con seguridad, no quería levantarse un día sabiendo a ciencia cierta, diciéndose: 'Este es el último. Hoy no veré anochecer'. Ni siquiera le servía que se encargaran otros por él, si él sabía a lo que iba, a lo que se prestaba, si tenía el dato con anterioridad. Su amigo le habló de un sitio en Suiza, una organización seria y controlada por médicos llamada Dignitas, totalmente legal, claro está (bueno, allí legal), en la que personas de cualquier país pueden solicitar un suicidio asistido cuando hay suficiente motivo, y esto lo deciden los de la organización, no el interesado. Éste ha de presentar su historial médico en regla y se comprueba su acierto y su veracidad; por lo visto hay un minucioso proceso preparatorio excepto en casos de extrema urgencia, y de entrada se intenta convencer al paciente de que siga viviendo con paliativos, si los hay, que por la razón que sea no se le hayan administrado hasta entonces; se verifica que está en plena posesión de sus facultades mentales y que no atraviesa una depresión temporal, un sitio serio, me contó Miguel. Pese a tanto requisito, su amigo creía que en su caso no habría objeción. Le habló de ese lugar como posible remedio, como mal menor, y Miguel tampoco se sintió capaz, no se atrevió. Quería morir, pero sin saberlo. No quería saber cómo ni cuándo, no al menos con exactitud.

—¿Quién es ese amigo médico? —se me ocurrió preguntarle de pronto, forzándome a suspender la credulidad que casi siempre invade, poco a poco, a quien está oyendo contar.

Díaz-Varela no se sorprendió demasiado, quizá un poco sí. Pero contestó sin vacilación:

—¿Quieres decir cómo se llama? El Doctor Vidal.

—¿Vidal? ¿Qué Vidal? Eso es como no decir nada. Hay muchos Vidal.

—¿Qué pasa? ¿Quieres hacer comprobaciones? ¿Quieres ir a hablar con él y que te confirme mi versión? Hazlo, es un hombre muy afable y cordial, yo he coincidido un par de veces con él. Doctor Vidal Secanell. José Manuel Vidal Secanell, te será fácil encontrarlo, no tienes más que consultar la lista del Colegio de Médicos o como se llame, seguro que estará en Internet.

—¿Y el oftalmólogo? ¿Y el internista?

—Eso ya no lo sé. Miguel nunca los mencionó por sus nombres, o si lo hizo yo no los retuve. A Vidal sí lo conozco porque era amigo suyo desde la infancia, ya te he dicho. Pero esos otros no sé. Con todo, supongo que no te sería muy difícil averiguar quién era su oftalmólogo, si es lo que quieres, ¿vas a dedicarte a investigar? Eso sí, mejor que no se lo preguntes a Luisa directamente a menos que estés dispuesta a contárselo todo, a contarle el resto. Ella nunca ha sabido nada de esto, ni del melanoma ni nada, ese era el deseo de Miguel.

—Bastante raro eso, ¿no? Uno diría que para ella era menos traumático saber de su enfermedad que verlo cosido a navajazos y desangrándose en el suelo. Que le costaría más reponerse de una muerte tan violenta y salvaje. O reconciliarse con ella, como dice la gente ahora, ¿no?

—Tal vez —contestó Díaz-Varela—. Pero, con ser importante esa consideración, entonces era secundaria. Lo que horrorizaba a Miguel era pasar por las fases que Vidal le había descrito; también que Luisa lo contemplara, pero eso quedaba ya a cierta distancia, por fuerza era una preocupación menor en comparación. Cuando alguien es consciente de que le toca largarse, está muy metido en sí mismo y piensa poco en los demás, incluso en los más cercanos, en los más queridos, aunque se empeñe en no desentenderse, en no perderlos de vista en medio de su tribulación. Uno sabe que se va solo y que ellos se quedan, y en eso hay siempre un elemento fastidioso que lleva a sentirlos apartados y ajenos, casi a guardarles rencor. Así que sí, quería ahorrarle su agonía a Luisa, pero sobre todo quería ahorrársela él. Además, ten en cuenta que él ignoraba de qué manera repentina iba a morir. Eso me lo dejó a mí. Ni siquiera sabía si iba a haber tal muerte repentina o si no le quedaría más remedio que aguantarse y sufrir la evolución de la enfermedad hasta el final, o esperar a sacar fuerzas para tirarse por una ventana cuando ya estuviera peor y empezara a verse deformado y a sentir mucho dolor. Yo nunca le garanticé nada, nunca le dije que sí.

—¿Que sí a qué? ¿Nunca le dijiste que sí a qué?

Díaz-Varela volvió a mirarme con aquella fijeza suya que uno nunca acababa de percibir como tal, si acaso como envolvimiento. Ahora me pareció ver en sus ojos un destello de irritación. Pero como todos los destellos fue fugaz, porque en seguida me contestó, y al hacerlo se le fue esa expresión.

—A qué va a ser. A su petición. 'Quítame de en medio', me pidió. 'No me digas cómo ni cuándo ni dónde, que me venga de sorpresa, tenemos mes y medio o dos meses, busca una manera y ponla en práctica. No me importa cuál sea. Cuanto más rápida mejor. Cuanto menos sufra y menos daño mejor. Cuanto menos me la espere mejor. Haz lo que quieras, contrata a alguien que me pegue un tiro, haz que me atropellen al cruzar una calle, que se me derrumbe un muro encima o no me funcionen los frenos del coche, o los faros, no sé, no lo quiero saber ni pensar, piénsalo tú, lo que sea, lo que esté en tu mano, lo que se te ocurra. Tienes que hacerme este favor, tienes que salvarme de lo que me aguarda si no. Ya sé que es mucho pedir, pero yo no soy capaz de matarme, ni de trasladarme a un sitio en Suiza a sabiendas de que voy hasta allí nada más que para morir entre desconocidos, quién podría someterse a un viaje tan lúgubre, camino de su ejecución, sería como morirse varias veces durante el trayecto y la estancia, sin cesar. Prefiero amanecer aquí cada día con una mínima apariencia de normalidad, y seguir con mi vida mientras me sea posible con el temor y la esperanza de que ese día sea el último. Pero sobre todo con la incertidumbre, la incertidumbre es lo único que me puede ayudar; y lo que sé que puedo soportar. Lo que no puedo es saber que depende de mí. Tiene que depender de ti. Quítame de en medio antes de que sea tarde, tienes que hacerme este favor.' Eso fue más o menos lo que me vino a decir. Estaba desesperado y también muerto de miedo. Pero no estaba fuera de sí. Lo había meditado mucho. Si cabe decirlo, con frialdad. Y no veía otra solución. En verdad no la veía.

—¿Y tú qué le contestaste?— le pregunté, y nada más preguntárselo volví a caer en la cuenta de que algo de crédito estaba dando a su historia, aunque fuera un crédito hipotético y pasajero, aunque yo me dijera que en realidad mi pregunta había sido: 'Y en el supuesto de que todo esto hubiera sido así, pongámonos en ello un instante, ¿tú qué le contestaste?'. Pero lo cierto es que no se la formulé de este modo, desde luego que no.

—Al principio me negué en redondo, sin darle opción a insistir. Le dije que eso no podía ser, que en efecto era demasiado pedir, que no podía encomendarle a nadie una tarea que sólo le correspondía a él. Que encontrara valor o contratara él mismo a un sicario, no sería la primera vez que alguien encargase y pagase su propia ejecución. Dijo que sabía de sobra que carecía de ese valor y que tampoco se veía capaz de contratar él a nadie, que eso equivalía a saber con antelación, a estar enterado del cómo y casi del cuándo: una vez que estableciera el contacto el sicario se pondría en marcha, son gente expeditiva y que no se da aplazamientos, hacen lo que tienen que hacer y a otra cosa. Eso no era muy distinto de la visita a Suiza, dijo, seguía siendo una decisión suya, era poner una fecha concreta y renunciar al pequeño consuelo de la incertidumbre, y si de algo se sentía incapaz era de decidir si hoy o mañana o pasado. Iría dejando la cosa de un día para otro, le irían pasando sin atreverse, no vería nunca el momento y entonces acabaría por pillarlo la virulencia de la enfermedad, lo que a toda costa debía evitar… Y sí, yo le entendía, en esas circunstancias es muy fácil decirse: 'Aún no, aún no. Quizá mañana. Sí, de mañana no pasa. Pero esta noche voy a dormir aún en casa, en mi cama, voy a dormir aún con Luisa. Solamente un día más'. —'Debería morir más adelante, entretenerme pálidamente', pensé. 'Al fin y al cabo, después ya no podré volver. Y aunque pudiera: los muertos hacen mal en regresar'—. Miguel tenía muchas virtudes, pero era débil e indeciso. Posiblemente lo seríamos casi todos en una situación así. Supongo que yo también.

Díaz-Varela se quedó callado y abstrajo la mirada, como si se estuviera poniendo en el lugar de su amigo o rememorara el tiempo en que lo había hecho. Tuve que sacarlo de su estupor, formara éste parte de una representación o no.

—Eso fue al principio, has dicho. ¿Y después? ¿Qué te hizo cambiar de opinión?

Siguió pensativo unos instantes, se pasó la mano por la cara varias veces, como quien comprueba si todavía le dura el afeitado o la barba ya le ha empezado a crecer. Cuando habló de nuevo, sonó muy cansado, tal vez saturado de sus explicaciones y de aquella conversación en la que él llevaba todo el peso. Mantuvo los ojos idos y murmuró como para sí:

—No cambié de opinión. Nunca cambié de opinión. Desde el primer momento supe que no me quedaba alternativa. Que, por difícil que se me hiciera, debía satisfacer su petición. Una cosa fue lo que le dije. Otra lo que me tocaba hacer. Había que quitarlo de en medio, como él decía, porque él nunca se iba a atrever, ni activa ni pasivamente, y lo que lo aguardaba era en verdad cruel. Me insistió y me suplicó, se ofreció a firmarme un papel asumiendo la responsabilidad, hasta propuso ir a un notario. No se lo acepté. Si lo hacía él tendría la sensación de haber firmado algo más, una especie de contrato o de pacto, lo habría tomado por un sí y eso yo quería evitarlo, prefería que creyera que no. Pero al final tampoco le cerré la puerta del todo. Le dije que lo pensaría un poco más pese a estar seguro de que no iba a cambiar de idea. Que no contara con ello. Que no volviera a hablarme del asunto ni a preguntarme nada al respecto. Que lo mejor sería que no nos viéramos ni nos llamáramos de momento. Le sería imposible no insistirme, si no con palabras, sí con la mirada y el tono y con una actitud expectante, y a eso yo no estaba dispuesto: una vez y no más, aquel encargo macabro, aquella tétrica conversación. Le dije que ya me iría yo poniendo en contacto con él, para saber de su estado, no lo dejaría solo, y que mientras tanto se buscara la vida, es decir, que se buscara la muerte sin contar con mi participación. No podía involucrar a un amigo en algo así, le tocaba resolverlo a él. Pero le introduje la duda. No le di esperanza y a la vez sí se la di: suficiente para que pudiera instalarse en su salvadora incertidumbre, para que no descartara del todo mi ayuda, y tampoco sintiera por ello que había una amenaza real e inminente, que su supresión ya estaba en marcha. Sólo de ese modo sería capaz de seguir viviendo lo que le quedara de vida 'sana' con una mínima apariencia de normalidad, como había dicho y pretendía ilusoriamente. Pero quién sabe, quizá lo logró un poco, en la medida de lo posible. Hasta el punto de ni siquiera asociar, acaso, el ataque del gorrilla a Pablo, ni sus insultos y acusaciones con la petición que me había hecho, no lo puedo saber, no lo sé. Yo acabé por llamarlo de vez en cuando, en efecto, para preguntarle cómo iba, si le habían aparecido el dolor y los síntomas o todavía no. Incluso nos vimos en un par de ocasiones y cumplió a rajatabla con lo que le había pedido, no volvió a sacarme el tema ni a insistirme, hicimos como si aquella conversación no hubiera tenido lugar. Pero era como si confiara en mí, yo lo notaba; como si aún aguardara que yo lo sacara del atolladero, que le diera el golpe de gracia por sorpresa, algún día antes de que fuera tarde, y aún viera en mí su salvación, si es que podía darse ese nombre a su eliminación violenta. Yo no le había dicho que sí en modo alguno, pero en el fondo tenía razón: desde el primer momento, desde que me contó su situación, mi cabeza se puso a funcionar. Hablé con Ruibérriz para que me echara una mano y se ocupara de la puesta en acción, y el resto ya lo conoces. Mi cabeza tuvo que ponerse a funcionar, a maquinar como la de un criminal. Tuve que pensar cómo matar a tiempo, cómo hacer morir dentro de un plazo a un amigo sin que pareciera un asesinato ni se sospechara de mí. Y sí, fui poniendo intermediarios, evité mancharme las manos, intervino la voluntad de otros, fui delegando, fui dejando cabos al azar y alejando el hecho de mí y de mi alcance hasta hacerme la ilusión de que no tenía que ver con él, o sólo en origen. Pero también he sabido siempre que en origen hube de pensar y actuar como un asesino. Así que en realidad no es tan extraño que esa sea la idea que hoy tienes de mí. Lo que tú creas, María, con todo, no tiene demasiada importancia. Como quizá puedas imaginar.

Entonces se levantó como si ya hubiera terminado o no tuviera ganas de proseguir, como si diera por concluida la sesión. Nunca le había visto los labios tan pálidos, pese a habérselos mirado tanto. La fatiga y el abatimiento, la desesperación retrospectiva que le habían aparecido hacía rato se le habían acentuado brutalmente. En verdad ahora parecía exhausto, como si hubiera realizado un enorme esfuerzo físico, el que casi desde el principio llevaban anunciando sus mangas subidas, y no sólo verbal. Quizá se vería igual de agotado a quien acabara de asestarle nueve puñaladas a un hombre, o tal vez diez, o dieciséis.

'Sí, un asesinato', pensé, 'no más.'

# IV

Esa fue la última vez que vi a solas a Díaz-Varela, como me imaginaba, y pasó bastante tiempo hasta que volví a encontrarme con él, en compañía y por casualidad. Pero durante casi todo ese tiempo rondó mis días y mis noches, al principio con intensidad, luego se demoró pálidamente, '*palely loitering*', como dice un medio verso de Keats. Supongo que él pensaba que no teníamos más que hablar, debió de quedarse con la sensación de que había cumplido de sobra con la inesperada tarea de darme unas explicaciones que sin duda había previsto no tener que dar a nadie jamás. Había sido imprudente con la Joven Prudente (ya no soy ni era tan joven, por lo demás), y no le había quedado más remedio que contarme su siniestra o lóbrega historia, según la versión. Después de eso no hacía falta mantener más contacto conmigo, exponerse a mis suspicacias, a mis miradas, a mis evasivas, a mis silenciosos juicios, tampoco yo habría querido someterlo a ellos, nos habría envuelto una atmósfera de taciturnidad y malestar. Él no me buscó ni lo busqué yo a él. Había habido una despedida implícita, se había llegado a un final que ninguna atracción física mutua ni ningún sentimiento no mutuo bastaban para retrasar.

Al día siguiente, pese a su fatiga, debió de sentir que se había quitado un peso de encima, o que si lo había sustituido por otro —yo ahora sabía más, había asistido a una confesión—, éste era mucho menor —resultaba aún más improbable que antes que yo acudiera a nadie con mi siempre indemostrable saber—. En todo caso me traspasó uno a mí: peor que la grave sospecha y las conjeturas quizá apresuradas e injustas, era conocer dos versiones y no saber con cuál quedarme, o más bien saber que me tenía que quedar con las dos y que ambas convivirían en mi memoria hasta que ésta las desalojara, cansada de la repetición. Cuanto a uno se le cuenta se le queda incorporado y pasa a formar parte de su conciencia, incluso si no lo cree o le consta que jamás ha sucedido y que solamente es invención, como las novelas y las películas, como la remota historia de nuestro Coronel Chabert. Y aunque Díaz-Varela había observado el viejo precepto de relatar en último lugar lo que debía figurar como verdadero, y en primero lo que se debía entender como falso, lo cierto es que esa regla no basta para borrar lo inicial o anterior. Uno lo ha oído también, y aunque momentáneamente se vea negado por lo que viene después, ya que esto lo contradice y desmiente, su recuerdo perdura, y sobre todo perdura el recuerdo de nuestra propia credulidad mientras lo escuchábamos, cuando todavía ignorábamos que lo seguiría un mentís y lo tomábamos por la verdad. Cuanto ha sido dicho se recupera y resuena; si no en la vigilia sí en la duermevela y los sueños, donde el orden no importa, y siempre permanece agitándose y latiendo como si fuera un enterrado vivo o un muerto que reaparece porque en realidad no murió, ni en Eylau ni en el camino de vuelta ni colgado de un árbol ni en ningún otro lugar. Lo dicho nos acecha y revisita a veces como los fantasmas, y entonces siempre nos parece que fue insuficiente, que la más larga conversación fue muy corta y la más cabal explicación tuvo lagunas; que debimos preguntar mucho más y prestar más atención, y fijarnos en lo que no fue verbal, que engaña un poco menos que lo que sí lo es.

Se me pasó por la cabeza, ya lo creo, la posibilidad de buscar e ir a ver a aquel Doctor Vidal, Vidal Secanell, con el segundo apellido no había pérdida. Incluso descubrí en Internet que trabajaba en un sitio llamado Unidad Médica Angloamericana, un nombre curioso, con sede en la calle Conde de Aranda, en el barrio de Salamanca, me habría sido fácil solicitarle hora y pedirle que me auscultara y me hiciera un electrocardiograma, quién no se preocupa por su corazón. Pero mi espíritu no es detectivesco, o no lo es mi actitud, y sobre todo me pareció un movimiento tan arriesgado como inútil: si Díaz-Varela no había tenido inconveniente en proporcionarme sus datos, era seguro que aquel médico me corroboraría su versión, tanto si era cierta como si no. Tal vez aquel Doctor Vidal era antiguo compañero suyo y no de Desvern, tal vez estaba avisado de lo que debía responderme si yo me presentaba y lo interrogaba; siempre podría negarme el acceso a un historial que quizá jamás había existido, en esas cuestiones manda la confidencialidad, y al fin y al cabo quién era yo; tendría que haber ido con Luisa para que se lo exigiera, y ella no estaba al tanto de nada ni albergaba la menor sospecha, cómo iba yo a abrirle los ojos de pronto, eso implicaba tomar varias decisiones y asumir una enorme responsabilidad, la de revelarle a alguien lo que acaso no quisiera saber, y nunca se sabe lo que alguien no quiere saber hasta que ya se le ha hecho la revelación, y entonces el posible mal no tiene remedio y es tarde para retirarla, para echarla atrás. Aquel Vidal podía ser un colaborador más, deberle a Díaz-Varela favores enormes, formar parte de la conspiración. O ni siquiera hacía falta. Habían transcurrido dos semanas desde que yo había espiado la conversación con Ruibérriz; Díaz-Varela había dispuesto de muchos días para concebir y preparar un relato que me neutralizara o apaciguara, por así decir; podía haberle preguntado a aquel cardiólogo, con cualquier pretexto (los novelistas de la editorial, con el engreído Garay Fontina a la cabeza, hacían esa clase de consultas a todo tipo de profesionales sin cesar), qué enfermedad dolorosa, desagradable y mortal justificaría con verosimilitud que un hombre prefiriese matarse o le suplicara a un amigo que lo quitara de en medio, al no atreverse él. Podía ser honrado e ingenuo, aquel Vidal, y haberle dado su información de buena fe; y Díaz-Varela habría contado con que yo no iría nunca a visitarlo, aunque estuviera tentada, como así fue (así fue que me tentó y que no fui). Pensé que me conocía mejor de lo que yo suponía, que durante nuestro tiempo juntos había estado menos distraído de lo que aparentaba y me había estudiado con aplicación, y ese pensamiento me halagó un poco, estúpidamente, o eran los vestigios de mi enamoramiento; éstos jamás terminan de golpe, ni se convierten instantáneamente en odio, desprecio, vergüenza o mero estupor, hay una larga travesía hasta llegar a esos sentimientos sustitutorios posibles, hay un accidentado periodo de intrusiones y mezcla, de hibridez y contaminación, y el enamoramiento nunca acaba del todo mientras no se pase por la indiferencia, o más bien por el hastío, mientras uno no piense: 'Qué superfluo regresar al pasado, qué pereza la idea de volver a ver a Javier. Qué pereza me da incluso acordarme de él. Fuera de mi mente aquel tiempo, lo inexplicable, un mal sueño. No resulta tan difícil, puesto que ya no soy la que fui. La única pega es que, aunque ya no lo sea, en muchos momentos no consigo olvidarme de eso que fui, y entonces, simplemente, mi nombre me es desagradable y quisiera no ser yo. En todo caso un recuerdo molesta menos que una criatura, aunque a veces un recuerdo sea algo devorador. Pero este ya no lo es, ya no lo es'.

Pensamientos parecidos me tardaron en llegar, como era de esperar y es natural. Y no pude evitar darle mil vueltas (o eran sólo diez, que se repetían) a lo que Díaz-Varela me había contado, a sus dos versiones si es que eran dos, y preguntarme por detalles que no me habían sido aclarados en una o en otra, no hay historia sin puntos ciegos ni contradicciones ni sombras ni fallos, lo mismo las reales que las inventadas, y en ese aspecto —el de la oscuridad que circunda y envuelve a cualquier narración—, no importaba nada cuál fuera cuál.

Volví a consultar las noticias que había leído en Internet sobre la muerte de Deverne, y en una de ellas encontré las frases que me rondaban la memoria: 'La autopsia del cadáver del empresario ha revelado que la víctima recibió dieciséis navajazos de su asesino. Todas las puñaladas afectaron a órganos vitales. Además, cinco de ellas eran, según dedujo el forense, mortales'. No entendía bien la diferencia existente entre una herida mortal y otra que afectara a órganos vitales. A primera vista, para un profano, ambas parecían la misma cosa. Pero eso era secundario en mi desazón: si había intervenido un forense y éste había redactado un informe; si había habido una autopsia, como debe de ser preceptivo en toda muerte violenta o al menos en todo homicidio; ¿cómo era posible que no se hubiera descubierto en ella una 'metástasis generalizada en todo el organismo', según había dicho Díaz-Varela que le había diagnosticado el internista a Desvern? Aquella tarde no se me había ocurrido preguntarle a Díaz-Varela, no había caído en la cuenta, y ahora ya no quería o no podía llamarlo, menos aún para eso, habría recelado, se habría puesto en guardia o se habría hartado, quizá habría pensado en otras medidas para neutralizarme, al comprobar que no me había apaciguado con sus explicaciones o su representación. Podía entender que los periódicos no se hubieran hecho eco de eso, o que el dato ni siquiera se les hubiera comunicado, al no tener relación con el suceso, pero me parecía más extraño que no se hubiera informado a Luisa de una circunstancia así. Cuando yo había hablado con ella era obvio que lo ignoraba todo respecto a la enfermedad de Deverne, tal como él había querido, siempre según su amigo y verdugo indirecto, o 'en origen'. También podía imaginarme la respuesta de éste, si hubiera tenido oportunidad de preguntarle: '¿Tú te crees que un forense que examina a un tipo al que le han dado dieciséis puñaladas se va a molestar en mirar más, en indagar el previo estado de salud de la víctima? Es posible que ni siquiera la abrieran y que por tanto ni se enteraran; que ni siquiera hubiera autopsia propiamente dicha y se rellenara el informe con los ojos cerrados: estaba muy claro de qué había muerto Miguel'. Y tal vez habría tenido razón: al fin y al cabo esa había sido la actitud de dos cirujanos negligentes, dos siglos atrás, pese a haberles hecho su encargo el mismísimo Napoleón: sabiendo lo que sabían, ni se molestaron en tomarle el pulso al caído y arrollado Chabert. Y además, en España casi todo el mundo hace sólo lo justo para cubrir el expediente, pocas ganas hay de ahondar, o de gastar horas en lo innecesario.

Y luego estaban aquellos términos excesivamente profesionales en boca de Díaz-Varela. No era muy probable que los hubiera memorizado sólo tras oírselos a Desvern tiempo atrás, ni siquiera que éste los hubiera reproducido en el relato de su desgracia, por mucho que los hubieran empleado sus médicos, el oftalmólogo, el internista, el cardiólogo. Un hombre desesperado y atemorizado no recurre a ese léxico aséptico para poner al tanto de su condena a un amigo, no es lo normal. 'Melanoma intraocular', 'melanoma metastático muy evolucionado', el adjetivo 'asintomático', 'resecar el ojo', 'enucleación', todas aquellas expresiones me habían sonado a recién aprendidas, a recién escuchadas al Doctor Vidal. Pero quizá mi desconfianza era infundada: al fin y al cabo yo tampoco las he olvidado cuando ha pasado mucho más tiempo desde que se las oí a él, nada más que aquella vez. Y quizá sí las repite y emplea quien padece la enfermedad, como si así se la pudiera explicar mejor.

En favor de la veracidad de su historia, o de su versión final, estaba en cambio el hecho de que Díaz-Varela se hubiera abstenido de cargar las tintas en lo relativo a su sacrificio, a su padecimiento, a la desgarradora contradicción, a su dolor inmenso por haberse visto obligado a suprimir de manera rauda y violenta —casi la única manera de que sea rauda una supresión, es la desdicha— a su mejor amigo, al que más iba a echar en falta. Con el tiempo corriendo en su contra y dentro de un plazo, además, a sabiendas de que precisamente en este caso, más que nunca, '*there would have been a time for such a word*', como había añadido Macbeth tras enterarse de la intempestiva muerte de su mujer. De que sin duda 'habría habido un tiempo, otro tiempo, para semejante palabra', esto es, 'para tal frase' o 'noticia' o 'información': a Díaz-Varela le habría bastado con no hacer nada, con declinar el encargo y rechazar la petición para permitir su llegada, la de ese otro tiempo que él no habría traído ni acelerado ni perturbado; con dejar que las cosas siguieran su anunciado curso natural, despiadado y fúnebre como todos los demás. Sí, podía haber elaborado mucha literatura sobre su maldición o su sino, podía haber dado a su tarea esos nombres, haber hecho hincapié en su lealtad, subrayado su abnegación, incluso haber intentado despertar mi compasión. Si se hubiera dado golpes de pecho y me hubiera descrito su angustia, cómo había tenido que guardarse sus sentimientos y hacer de tripas corazón por salvar a Deverne y a Luisa de un sufrimiento mayor, lento y cruel, del deterioro y la deformidad y también de su contemplación, habría sospechado más de él y me habrían quedado pocas dudas sobre su falsedad. Pero había sido sobrio y me lo había ahorrado; se había limitado a exponerme la situación y a confesar su parte. Lo que desde el primer momento, eso había dicho, había sabido que le tocaba hacer.

Todo acaba atenuándose a veces poco a poco y con mucho esfuerzo y poniendo de nuestra voluntad; a veces con inesperada rapidez y en contra de esa voluntad, mientras intentamos en vano que no palidezcan ni se nos difuminen los rostros, y que los hechos y las palabras no se hagan imprecisos y floten en nuestra memoria con el mismo valor escaso que los leídos en las novelas y los vistos y oídos en las películas: lo que ocurre en ellas da lo mismo y se olvida, una vez terminadas, aunque tengan la facultad de enseñarnos lo que no conocemos y lo que no se da, como había dicho Díaz-Varela al hablarme de *El Coronel Chabert*. Lo que alguien nos cuenta siempre se parece a ellas, porque no lo conocemos de primera mano ni tenemos la certeza de que se haya dado, por mucho que nos aseguren que la historia es verídica, no inventada por nadie sino que aconteció. En todo caso forma parte del vagaroso universo de las narraciones, con sus puntos ciegos y contradicciones y sombras y fallos, circundadas y envueltas todas en la penumbra o en la oscuridad, sin que importe lo exhaustivas y diáfanas que pretendan ser, pues nada de eso está a su alcance, la diafanidad ni la exhaustividad.

Sí, todo se atenúa, pero también es cierto que nada desaparece ni se va nunca del todo, permanecen débiles ecos y huidizas reminiscencias que surgen en cualquier instante como fragmentos de lápidas en la sala de un museo que nadie visita, cadavéricos como ruinas de tímpanos con inscripciones quebradas, materia pasada, materia muda, casi indescifrables, sin apenas sentido, absurdos restos que se conservan sin ningún propósito, porque no podrán recomponerse nunca y ya son menos iluminación que tiniebla y mucho menos recuerdo que olvido. Y sin embargo ahí están, sin que nadie los destruya y los junte con sus trozos desperdigados o hace siglos perdidos: ahí están guardados como pequeños tesoros y superstición, como valiosos testigos de que alguien existió alguna vez y de que murió y tuvo nombre, aunque no lo veamos completo y su reconstrucción sea imposible, y a nadie le importe nada ese alguien que no es nadie. No desaparece del todo el nombre de Miguel Desvern, aunque yo jamás lo conociera y sólo lo viera a distancia, todas las mañanas con complacencia, mientras desayunaba con su mujer. Como tampoco se van del todo los nombres ficticios del Coronel Chabert y de Madame Ferraud, del Conde de la Fère y de Milady De Winter o en su juventud Anne de Breuil, a la que se ató las manos a la espalda y se colgó de un árbol, para que misteriosamente no muriera y volviera, bella como los amores o los enamoramientos. Sí, se equivocan los muertos al regresar, y aun así casi todos lo hacen, no cejan, y pugnan por convertirse en el lastre de los vivos hasta que éstos se los sacuden para avanzar. Nunca eliminamos todos los vestigios, no obstante, nunca logramos que la materia pasada enmudezca de veras y para siempre, y a veces oímos una casi imperceptible respiración, como la de un soldado agonizante que hubiera sido arrojado desnudo a una fosa con sus compañeros muertos, o quizá como los gemidos imaginarios de éstos, como los suspiros ahogados que algunas noches aquél aún creía escuchar, acaso por su demorado roce y por su condición tan próxima, porque estuvo a punto de ser uno de ellos o tal vez lo fue, y entonces sus posteriores andanzas, su deambular por París, su reenamoramiento y sus penalidades y sus ansias de restitución, fueron sólo las de un fragmento de lápida en la sala de un museo, las de unas ruinas de tímpanos con inscripciones ya ilegibles, quebradas, las de una sombra de huella, un eco de eco, una mínima curva, una ceniza, las de una materia pasada y muda que se negó a pasar y a enmudecer. Algo así pude ser yo de Deverne, pero ni siquiera eso he sabido ser. O quizá es que no he querido que ni su lamento más tenue se filtrara al mundo, a través de mí.

Ese proceso de atenuación debió empezar al día siguiente de mi última visita a Díaz-Varela, de mi despedida de él, como empiezan todos ellos en cuanto algo se acaba, como a buen seguro empezó para Luisa el de la atenuación de su pena al día siguiente de la muerte de su marido, aunque ella sólo pudiera verlo como el primero de su eterno dolor.

Ya era noche cerrada cuando salí de allí, y en aquella ocasión lo hice sin la más mínima duda. Nunca había tenido certeza de que fuera a haber una próxima vez, de que fuera a regresar, de que volviera a tocarle los labios ni desde luego a acostarme con él, todo quedaba siempre indefinido entre nosotros, como si cada vez que nos encontráramos hubiera que comenzar desde el principio de nuevo, como si nada se acumulara ni sedimentara, ni se hubiera recorrido un trecho con anterioridad, ni lo sucedido una tarde fuera garantía —ni siquiera anuncio, ni siquiera probabilidad— de que sucediese lo mismo en otra tarde venidera, cercana o lejana; sólo *a posteriori* se descubría que sí, sin que eso sirviera nunca para la siguiente oportunidad: siempre había una incógnita, siempre acechaba la posibilidad de que no, aunque también la de que sí, como es natural, o no habría sucedido lo que acababa por suceder.

En aquella ocasión, en cambio, estuve segura de que aquella puerta no se me abriría nunca más, de que una vez que la cerrara a mi espalda y me encaminara hacia el ascensor aquella casa quedaría clausurada para mí, tanto como si su dueño se hubiera mudado o se hubiera exiliado o se hubiera muerto, uno de esos portales ante los que a partir de nuestra exclusión uno intenta no pasar, y si pasa por descuido o porque el rodeo es largo y no hay más remedio, lo mira de reojo con un estremecimiento de congoja —o es el espectro de la antigua emoción— y aviva el paso, a fin de no sumergirse en el recuerdo de lo que hubo y no hay. En la noche de mi habitación, ya acostada frente a mis árboles siempre agitados y oscuros, antes de cerrar los ojos para dormir o no, lo tuve claro y así me lo dije: 'Ahora ya sé que no veré más a Javier, y es lo mejor, pese a que me esté entrando ya la añoranza de lo bueno que había, de lo que me gustaba tanto cuando iba allí. Eso se terminó, antes de hoy. Mañana mismo iniciaré la tarea de que deje de ser una criatura y se convierta en un recuerdo, aunque sea, durante algún tiempo, un recuerdo devorador. Paciencia, porque llegará un día en que no lo será'.

Pero al cabo de una semana, o fue menos, algo interrumpió aquel proceso, cuando aún luchaba por arrancar. Salía yo del trabajo con mi jefe Eugeni y mi compañera Beatriz, ya un poco tarde, pues procuraba pasar allí el mayor número de horas posible, en compañía y con la cabeza ocupada en cosas que no me importaban, como hace todo el mundo cuando se aplica a esa tarea lenta y a no pensar en aquello en lo que inevitablemente tiende a pensar. En seguida, mientras les decía adiós, divisé una figura alta que daba breves paseos de un lado a otro con las manos metidas en los bolsillos del abrigo, en la acera de enfrente, como si tuviera frío por llevar rato allí, cerca de aquella cafetería de la parte alta de Príncipe de Vergara en la que todas las mañanas desayunaba yo aún, siempre acordándome en algún momento de mi pareja perfecta que se había deshecho, como si aguardara a alguien con quien se hubiera citado y que le estuviera dando plantón. Y aunque no llevaba abrigo de cuero, sino uno anticuado de color camello y aun quizá de piel de ese animal, al instante lo reconocí. No podía ser una coincidencia, era seguro que me esperaba a mí. 'Qué hace aquí', pensé, 'lo envía Javier', y fue un pensamiento en el que se mezclaron —una vez más en lo relacionado con aquel Javier de última hora, con el que combinaba dos caras o el desenmascarado, por llamarlo así— un temor irracional y una tonta ilusión. 'Lo envía para comprobar que estoy neutralizada y apaciguada, o simplemente por interés, para saber de mí, para saber cómo estoy después de sus revelaciones e historias, todavía no ha logrado apartarme de su mente, por el motivo que sea. O tal vez es una amenaza, un aviso, y Ruibérriz quiera advertirme de lo que me puede ocurrir si no permanezco callada hasta el fin de los tiempos o si me pongo a indagar y voy a ver al Doctor Vidal, Javier es de los que dan vueltas a los hechos después de que ocurran, ya lo hizo así tras mi escucha de su conversación.' Y mientras pensaba esto, dudaba si esquivarlo y marcharme con Beatriz, acompañarla hasta donde hiciera falta, o quedarme sola, como en principio iba a hacer, y dejar que me abordara. Opté por esto último, de nuevo me pudo la curiosidad; acabé de despedirme y di siete u ocho pasos hacia la parada de mi autobús, sin mirarlo a él. Sólo siete u ocho, porque inmediatamente cruzó la calle sorteando los coches y me paró, me tocó el codo con levedad, para no asustarme, y al volverme me encontré con el estallido de su dentadura, una sonrisa tan amplia que, como había observado la primera vez, mostraba la parte interior de sus labios al doblársele el superior hacia arriba, una cosa llamativa, como si se le pusiera del revés. También mantenía su mirada masculina valorativa, pese a que en esta ocasión yo estuviera bien tapada y no en falda algo arrugada o subida y en sostén. Daba lo mismo, sin duda era un individuo con visión sintética o global: antes de que una mujer se diera cuenta, ya la habría examinado en su totalidad. No me sentí muy halagada por ello, me parecía uno de esos hombres que a medida que se hacen mayores rebajan sus niveles de apreciación, no precisan de mucho incentivo y se acaban afanando tras todo lo que se mueva con un poco de gracia.

—Qué estupendo, María, qué casualidad —me dijo, y se llevó una mano a una ceja, remedando el gesto de quitarse un sombrero, como asimismo había hecho al despedirse la otra vez, a punto de entrar en el ascensor—. Te acuerdas de mí, ¿espero? Nos conocimos en casa de Javier, Javier Díaz-Varela. Tuve el privilegio de que no supieras que estaba allí, ¿te acuerdas? Te llevaste una sorpresa, yo me llevé un deslumbramiento, por desgracia muy fugaz.

Me pregunté a qué estaba jugando. Se permitía hacerse el encontradizo, cuando yo lo había visto en su espera y él seguramente me había visto verlo, no quitaba ojo de la puerta de la editorial mientras paseaba de un lado a otro, así habría estado desde quién sabía cuándo, quizá desde la hora teórica del fin de nuestra jornada laboral, que podía haber preguntado por teléfono y nada tenía que ver con la de verdad. Decidí seguirle la corriente, al menos en primera instancia.

—Ah, sí —contesté, y esbocé una sonrisa a mi vez, por cortesía, por corresponder—. Fue un poco embarazoso para mí. Ruibérriz, ¿verdad? No es un apellido muy común.

—Ruibérriz de Torres, es compuesto. Nada común. Una familia de militares, prelados, médicos, abogados y notarios. Si yo te contara. A mí me tienen en su lista negra, soy la oveja negra, te lo puedo asegurar, aunque hoy vaya vestido de claro. —Y se tocó la solapa del abrigo con el dorso de la mano, un gesto despectivo, como si aún no estuviera acostumbrado a él, como si lo incomodara no verse de cuero negro Gestapo. Se rió de su propio minichiste sin venir a cuento. O se hacía gracia a sí mismo o intentaba contagiar a su interlocutor. Tenía todas las trazas de un bribón, pero a primera vista parecía un bribón cordial y más bien inofensivo, costaba creer que hubiera estado metido en la fabricación de un asesinato. Al igual que a Díaz-Varela, se lo veía como a un tipo normal cada uno en su estilo. Si había participado en aquello (y había participado muy activamente, eso era seguro, por los motivos que hubieran sido, vagamente leales o incontestablemente ruines), no parecía capaz de reincidir. Pero tal vez la mayoría de los criminales sean así, simpáticos y amables, pensé, cuando no están cometiendo sus crímenes—. Te invito a tomar algo para celebrar nuestro encuentro, ¿tienes tiempo? Aquí mismo si quieres. —Y señaló la cafetería de los desayunos—. Aunque conozco centenares de sitios infinitamente más divertidos y con más ambiente, sitios que no puedes ni imaginarte que haya en Madrid. Si luego te animas, podemos ir a alguno de ellos. O a cenar a un buen restaurante, ¿cómo andas de hambre? También podemos ir a bailar, si prefieres.

Me hizo gracia esta última proposición, ir a bailar, sonaba a otra época. ¿Y cómo me iba a ir a bailar a la salida del trabajo, a una hora absurda y con un desconocido, como si tuviera dieciséis años? Y, como me hizo gracia, me reí abiertamente.

—Qué dices, cómo me voy a ir a bailar a estas horas, y así vestida. Llevo ahí desde las nueve de la mañana. —E hice un gesto con la cabeza hacia la puerta de la editorial.

—Bueno, yo decía luego, después de cenar. Pero como te apetezca, si quieres pasamos por tu casa, te duchas, te cambias y nos vamos de juerga. Tú no lo sabrás, pero hay sitios para bailar a cualquier hora. Hasta al mediodía. —Y soltó una carcajada. Su risa era disoluta— Yo te espero lo que haga falta, o te recojo donde me digas.

Era invasivo y enredador. Tal como se comportaba, no daba la impresión de que Díaz-Varela lo hubiera enviado, aunque tenía que haber sido así. ¿Cómo, si no, sabía dónde trabajaba? Pero en verdad actuaba como si lo hiciera por iniciativa propia, como si simplemente se hubiera quedado con mi imagen ligera de ropa, unas semanas atrás, y hubiera decidido jugársela sin ningún disimulo, lanzarse en plancha, un capricho urgente, es la táctica de algunos hombres y no les suele dar mal resultado, si son joviales. Recordé haber tenido la sensación, entonces, de que no sólo registraba mi existencia al instante, sino de que consideraba ya un paso adelante o incluso una inversión el hecho de haber sido presentados, tan someramente; de que, por así decir, me anotaba en una agenda mental como si esperara volver a encontrarme muy pronto a solas o en otro lugar, o aun pensara pedirle mi teléfono más tarde a Díaz-Varela, sin cortarse un pelo. Quizá éste se había referido a mí como a 'una tía' porque era el único término que Ruibérriz de Torres era capaz de entender: para él desde luego era eso, exclusivamente 'una tía'. No me molestaba, para mí también hay sujetos que son 'tíos' sin más. Él pertenecía a esa clase de individuos cuyo desparpajo es ilimitado, tanto que resulta desarmante a veces. Yo había asociado esa actitud con la falta de respeto que los dos se tenían, al saberse cómplices, al conocer el uno del otro las peores debilidades, al haber sido compañeros de crimen. A Ruibérriz parecía traerle sin cuidado cuál fuera mi relación con Díaz-Varela. O acaso, se me ocurrió, éste le había informado de que ya no había ninguna. Esa idea sí me fastidió, la posibilidad de que le hubiera dado luz verde sin el más mínimo duelo, sin un resto de sentido de la propiedad, por difuso que fuera —de sentido del descubrimiento, si se quiere—, sin el menor atisbo de celos, y eso me ayudó a ponerme más seria, a pararle los pies al sinvergüenza, con suavidad, sin palabras, su aparición me seguía intrigando. Acepté tomar una copa en la cafetería, brevemente; no más, se lo advertí. Nos sentamos a la mesa que quedaba junto al ventanal, la que solía ocupar la Pareja Perfecta cuando existía, pensé 'Qué decadencia'. Él se quitó el abrigo con ademán resuelto, casi de trapecista, y nada más hacerlo hinchó el tórax, sin duda estaba orgulloso de sus pectorales, los juzgaba un activo. Se dejó puesto el *foulard*, creería que le sentaba bien y que hacía juego con sus pantalones muy entallados, ambas prendas de color crudo: distinguido color, pero más apropiado para la primavera, no debía de hacer mucho caso de lo que sugieren las estaciones.

Me iba lanzando requiebros, habló de trivialidades. Los requiebros eran directos, descaradamente aduladores, pero no de mal gusto, intentaba ligar y parecer gracioso —lo era más cuando no lo pretendía, sus bromas eran previsibles, mediocres, un poco ingenuas—, eso era todo. Me impacienté, mi amabilidad inicial fue decreciendo, me costaba ya reír, me sobrevino el cansancio de la larga jornada, tampoco dormía muy bien desde mi despedida de Díaz-Varela, acosada por las pesadillas y la agitación de mis despertares. Ruibérriz no me caía mal pese a lo que sabía —bueno, tal vez sólo había devuelto favores o ayudado a un amigo que tenía que pasar el pésimo trago de ayudar a morir rápidamente a otro amigo que debería haber muerto ayer, antes de tiempo o de su tiempo natural o fijado (de su segundo azar, son lo mismo)—, pero no me interesaba nada, carecía de pliegues, ni siquiera podía apreciar sus galanterías. No era consciente de que cumplía años, debía de estar más cerca de los sesenta que de los cincuenta, se comportaba como un hombre de treinta. Quizá en parte era culpa de que se conservara tan bien físicamente, eso era innegable, al primer golpe de vista aparentaba cuarenta y tantos.

—¿Para qué te ha enviado Javier? —le pregunté de repente, aprovechando un momento de silencio o de conversación languidecida: o no se daba cuenta de que su cortejo perdía fuelle y cualquier posibilidad de éxito o su tesón era invencible, una vez en faena.

—¿Javier? —Su sorpresa pareció auténtica—. No me ha enviado Javier, he venido yo por mi cuenta, tenía unos asuntos aquí al lado. Y aunque no hubiera sido así: no te hagas de menos, sabes que para acercarse a ti no haría falta que lo alentase a uno nadie. —No dejaba pasar ocasión de halagarme, iba al grano. Como he dicho, un capricho urgente, y también había urgencia por averiguar si podría o no satisfacerlo. Si sí, estupendo. Si no, a otra cosa, lo que no veía es que fuera individuo para probar dos veces, ni para eternizarse en una conquista. Si algo no salía a la primera embestida, renunciaría sin sensación de fracaso y no volvería a acordarse. Aquella era su primera embestida y probablemente la única, tampoco iba a perder tiempo otro día, teniendo donde elegir con sus amplias tragaderas.

—¿Ah, no? ¿Y cómo has sabido dónde trabajo? No me vengas con que pasabas por aquí casualmente. Te he visto cómo esperabas. ¿Desde qué hora estabas ahí? El día está frío para aguantar en la calle, muchas molestias para venir por tu cuenta, y tampoco soy para tanto. Cuando Javier nos presentó ni siquiera dijo mi apellido. Ya me dirás cómo me has localizado con tanta precisión, si no te ha enviado. ¿Qué quiere saber, si le he creído su historia de amistad y sacrificio?

Ruibérriz interrumpió lentamente una de sus sonrisas; o mejor dicho su sonrisa, la verdad es que en ningún instante la abandonaba, a buen seguro también consideraba un activo su relampagueante dentadura a lo Gassman, el parecido con ese actor era notable y contribuía a hacerlo simpático. O no fue lentamente, sino que el labio superior doblado hacia arriba se le quedó enganchado o pegado a la encía, eso pasa cuando falta saliva, y tardó en liberarlo más de la cuenta. Debió de ser eso, porque hizo unos gestos de roedor; un poco raros.

—Sí, no dijo tu apellido entonces —contestó con expresión de extrañeza por mi reacción—, pero luego hablamos de ti por teléfono, y se le escaparon los suficientes datos para que no me costara ni diez minutos dar contigo. No me subestimes. Investigar no se me da mal, tampoco carezco de contactos, y hoy en día, con Internet y Facebook y todo eso, no hay quien se escurra en cuanto se conoce un detalle. ¿Es que no te cabe en la cabeza que desde que te vi aparecer me gustaras un huevo? Vamos, vamos. Me gustas mogollón, María, ya lo notas. También hoy, pese a encontrarte en circunstancias y en atuendo tan distintos de la primera vez, no le va a tocar a uno siempre la lotería. Eso sí que fue un *flash*, un fogonazo. Si quieres la verdad verdadera, hace semanas que no me quito esa imagen de la cabeza. —Y recobró su sonrisa como si tal cosa. No le importaba referirse una y otra vez a aquella escena de mi semidesnudez, no le preocupaba resultar insolente, al fin y al cabo se suponía que su llegada nos había interrumpido un polvo a Díaz-Varela y a mí, o poco menos. No había sido así, pero casi. Había dicho 'mogollón' y 'un *flash*', expresiones que sonaban ya antiguas; y el verbo 'escurrirse' está en retirada: su vocabulario delataba su edad, más que su aspecto, conservaba cierta apostura.

—¿Hablasteis de mí? ¿A santo de qué? La relación que hemos tenido no ha sido pública precisamente. Todo lo contrario. No le hizo la menor gracia que me vieras, que coincidiéramos, ¿o no te diste cuenta de eso, de que le reventaba? Me extraña mucho que me mencionara después, debió de querer borrar ese encuentro… —Me callé de golpe, porque entonces me acordé de lo que había pensado, que Díaz-Varela habría tratado de reconstruir con Ruibérriz el diálogo que habían sostenido mientras yo los escuchaba detrás de la puerta, para calibrar cuánto y qué había podido oír, de cuánto me habría enterado; y que, tras repasar sus palabras, aquél habría llegado a la conclusión de que más valía hacerme frente, darme sus explicaciones, inventarse una historia o confesarme lo sucedido, en todo caso ofrecerme un relato mejor del por mí imaginado, por eso me había llamado y convocado al cabo de dos semanas. Así que sí, era probable que hubieran hablado de mí, y que Javier le hubiera soltado lo bastante para que Ruibérriz me buscara por su cuenta y sin permiso, por así decirlo. Sin duda no era individuo para pedirle a nadie su consentimiento a la hora de aproximarse a una tía. Sería de los que no respetaban ni se prohibían a mujeres ni a novias de amigos, abundan mucho más de lo que se cree y pasan por encima de todo. Tal vez Díaz-Varela ignoraba su acercamiento, su incursión de aquella tarde—. Ya, bueno, espera —añadí en seguida—. Sí te habló de mí, ¿verdad? Como problema. Te habló con preocupación, te contó que os había escuchado, que podía poneros en un aprieto si me daba por irle con el cuento a alguien, a Luisa, o a la policía. Te habló de mí por eso, ¿no? ¿Y qué, inventasteis juntos la historia del melanoma o Vidal os echó una mano? ¿O a lo mejor se te ocurrió a ti solo, como hombre de recursos? ¿O fue a él? No sé tú, ahora que caigo, pero él es lector de novelas, así que tiene unos cuantos números.

Ruibérriz volvió a perder la sonrisa, sin transición esta vez, como si le hubieran pasado un paño. Se puso serio, vi algo de alarma en sus ojos, su actitud dejó de ser galante y ligera en el acto, hasta apartó su silla de la mía, había procurado arrimarse.

—¿Sabes lo de la enfermedad? ¿Qué más sabes?

—Bueno, me contó el melodrama entero. Lo que hicisteis con el pobre gorrilla, lo del móvil, lo de la navaja. Ya te puede estar agradecido, te tocó la peor parte mientras él se quedaba en casa, ¿no? Dirigiendo las operaciones, un Rommel. —No pude evitar el sarcasmo, a Díaz-Varela le tenía agravio.

—¿Sabes lo que hicimos? —Fue una constatación más que una pregunta. Tardó en proseguir unos segundos, como si tuviera que digerir el descubrimiento, para él parecía serlo. Se bajó del todo el labio superior con los dedos, un gesto veloz y furtivo: no se le había quedado enganchado pero sí un poco alto. Quizá quería asegurarse de que su expresión ya no era risueña. Lo que acababa de saber lo inquietaba, o le sentaba como un tiro, si es que no estaba fingiendo. Añadió por fin, el tono era decepcionado—: Creí que al final no iba a contarte nada, eso me dijo. Que le parecía más prudente dejar las cosas como estaban y confiar en que no hubieras oído demasiado, o en que no acabaras de atar cabos, o simplemente en que te callaras. Terminar la relación contigo, eso sí. No era sólida, me dijo, podía dejarse morir sin problemas. Bastaba con no buscarte más y no devolver tus posibles llamadas, o darte largas. Aunque no creía que insistieras, 'Es muy discreta', me dijo, 'nunca espera nada'. Tampoco había obligaciones. Propiciar que se te olvidara lo que te hubiera podido llegar de nuestra charla. Mejor no dar datos, decía, y que el tiempo le vaya haciendo dudar de lo oído. 'Acabará resultándole irreal, pensando que fueron imaginaciones suyas. Imaginaciones auditivas', no estaba mal visto. Por eso asumí que tenía vía libre, me refiero contigo. Y que de mí no sabrías nada. Nada de esto. —Se quedó callado de nuevo. Estaba haciendo memoria o reflexionando, tanto que lo siguiente que dijo lo dijo como para sí, no para mí—: No me gusta, no me gusta que no me informe, que se permita no tenerme al tanto de algo que me afecta directamente. Él no debería contarle a nadie esa historia, no es sólo suya, de hecho es más mía. Yo he corrido más riesgos, y estoy más expuesto. A él no lo ha visto nadie. No me hace ni puta gracia que haya cambiado de opinión y te lo haya contado, ¿sabes?, y encima sin avisarme. Seguramente he estado haciendo el ridículo, aquí contigo.

Se lo veía quemado, con la mirada abstraída, o reconcentrada. El entusiasmo por mí se le había helado. Esperé un poco antes de contestar nada.

—Bueno, la verdad es que confesar un asesinato cometido entre varios... —dije—. Habría que consultárselo a los otros, ¿no?, previamente. Eso por lo menos.—Aquí no pude evitar la ironía.

Saltó como un resorte, sublevado.

—Eh, oye, oye. Eso no es así, no te pases. De asesinato nada. Se trataba de darle a un amigo una muerte mejor, con menos sufrimiento. Vale, vale, no hay ninguna buena, y el gorrilla se ensañó con las cuchilladas, eso no podíamos preverlo, ni siquiera teníamos certeza de que se decidiera a usar la navaja. Pero la que lo aguardaba era espantosa, espantosa, Javier me describió el proceso. La que tuvo fue rápida al menos, de una sola vez y sin atravesar etapas. Etapas de mucho dolor, de deterioro, de que su mujer y sus hijos lo vieran hecho un monstruo. A eso no se lo puede llamar asesinato, no me jodas, es otra cosa. Es un acto de piedad, como dijo Javier. Un homicidio piadoso.

Sonaba convencido, sonaba sincero. Así que pensé: 'Una de tres: o el melodrama es verdad, no es un invento; o Javier también ha engañado a este tipo con lo de la enfermedad; o este tipo está haciendo comedia a las órdenes de quien le paga. Y en este último caso es muy buen actor, hay que reconocérselo'. Me acordé de la fotografía de Desvern aparecida en la prensa y que yo había visto en Internet malamente: sin chaqueta ni corbata ni quizá tan siquiera camisa —dónde habrían ido a parar sus gemelos—, lleno de tubos y rodeado de personal sanitario manipulándolo, con sus heridas al descubierto, en medio de la calle sobre un charco de sangre y llamando la atención de los transeúntes y los automovilistas, inconsciente y desmadejado y agonizante. A él le habría horrorizado verse o saberse así expuesto. El gorrilla se había ensañado, en efecto, pero quién podía preverlo, se trataba de un homicidio piadoso y quizá lo era, quizá todo era cierto y Ruibérriz y Díaz-Varela habían obrado de buena fe, dentro de lo que cabía y de su enrevesamiento. O de su atolondramiento. Y nada más admitir aquellas tres posibilidades y acordarme de aquella imagen, me entró una especie de desaliento, o era hartazgo. Cuando ya no se sabe qué creer, ni está uno dispuesto a hacer de detective aficionado, entonces uno se cansa, arroja todo lejos de sí, abandona, deja de pensar y se desentiende de la verdad, o lo que es lo mismo, de la maraña. La verdad no es nunca nítida, sino que siempre es maraña. Hasta la desentrañada. Pero en la vida real casi nadie necesita averiguarla ni se dedica a investigar nada, eso sólo pasa en las novelas pueriles. Hice una última tentativa, con todo, aunque muy desganada, imaginaba la respuesta.

—Ya. ¿Y qué hay de Luisa, de la mujer de Deverne? ¿También será un acto de piedad que Javier la consuele?

Ruibérriz de Torres volvió a sorprenderse, o lo fingió de perlas.

—¿La mujer? ¿Qué pasa con ella? ¿De qué consuelo estás hablando? Claro que la ayudará, que la consolará en lo que pueda, como a los hijos. Es la viuda de su amigo, son sus huérfanos.

—Javier está enamorado de ella desde hace mucho. O se ha empeñado en estarlo, da lo mismo. Para él ha sido providencial, quitar de en medio al marido. Se querían mucho, ese matrimonio. No habría tenido la menor posibilidad, con él vivo. Ahora sí, tiene algunas. Con paciencia, poco a poco. Estando cerca.

Ruibérriz recuperó la sonrisa un instante, sin fuerza. Fue una media sonrisa conmiserativa, como si le diera pena lo descaminada que andaba, lo inocente que era, lo poco que entendía a quien había sido amante mío.

—Qué dices —me contestó con desdén—. Jamás me ha dicho una palabra de eso, ni yo se lo he notado. No te engañes, o no te consueles tú pensando que si ha terminado contigo es porque quiere a otra. Y hasta ese punto, es ridículo. Javier no es de los que se enamoran de nadie, menudo es, lo conozco desde hace años. ¿Por qué te crees que nunca se ha casado? —Forzó una carcajada breve que pretendió ser sarcástica—. Con paciencia, dices. Él ni sabe lo que es eso, con las mujeres. Por eso sigue soltero, entre otras razones. —Hizo un gesto de descarte con la mano—. Vaya disparate, no tienes ni idea. —Y sin embargo se quedó pensativo de nuevo, o haciendo memoria. Qué fácil es introducirle la duda a cualquiera.

Sí, lo más probable era que Díaz-Varela nunca le hubiera contado nada, sobre todo si lo había engañado. Recordé que al mencionar a Luisa en la conversación que yo había espiado, no se había referido a ella por su nombre. Ante Ruibérriz yo había sido 'una tía', pero ella había sido a su vez 'la mujer', nada más que eso, en el indudable sentido de esposa. Como si no le fuera alguien muy próximo. Como si estuviera condenada a ser sólo eso, la mujer de su amigo. Tampoco habría coincidido nunca Ruibérriz con los dos juntos, de modo que no había podido saltarle a la vista lo que para mí había resultado patente desde el primer momento, aquella tarde en casa de Luisa. Supuse que el Profesor Rico también lo habría advertido, aunque quién sabía, parecía demasiado pendiente de sus propias causas para reparar en el exterior, un distraído. No quise insistir. Ruibérriz tenía otra vez la mirada abstraída, o reconcentrada. No había más que hablar. Él había abandonado su cortejo, seguramente real en todo caso, buen chasco se había llevado. Yo no iba a sacar nada en limpio, y además no me importaba. Acababa de desentenderme, por lo menos hasta otro día, u otro siglo.

—¿Qué te pasó en México? —le pregunté de pronto, por sacarlo de su estupor relativo, por animarlo. Me percaté de que no sería difícil cogerle simpatía. No habría lugar, no tenía intención de volverlo a ver en la vida, lo mismo que a Díaz-Varela, lo mismo que a Luisa Alday, que a todos ellos. Esperaba que la editorial no le contratara un libro a Rico.

—¿En México? ¿Cómo sabes que me pasó algo en México? —Esa sí que fue para él una sorpresa mayúscula, era imposible que se acordara—. Ni siquiera Javier conoce la historia entera.

—Te lo oí decir en su casa, cuando escuchaba detrás de la puerta. Que allí habías tenido algún problema, hacía tiempo. Que allí se te buscaba, o que estabas fichado, algo así dijiste.

—Caramba, sí que oíste, entonces. —Y en seguida añadió, como si le urgiera aclarar algo que yo aún desconocía—: Tampoco eso fue un asesinato, para nada. Pura defensa propia, o él o yo. Además, yo tenía sólo veintidós años... —Se interrumpió, dándose cuenta de que estaba contando demasiado, de que en realidad aún hacía memoria o hablaba consigo mismo, sólo que en voz alta y ante un testigo. Le había hecho mella mi comentario, que a la muerte de Desvern la hubiera llamado asesinato.

Me sobresalté. Nunca se me habría ocurrido que tuviera otro cadáver a sus espaldas, hubiera sido como hubiera sido. Me parecía un truhán normal, más bien incapaz de delitos de sangre. Lo de Deverne lo había visto como una excepción, como algo a lo que se habría sentido obligado, y al fin y al cabo él no había empuñado el arma, también había delegado, un poco menos que Díaz-Varela.

—Yo no he dicho nada —le respondí rápidamente—. Sólo te he preguntado, no sé de qué me estás hablando. Pero casi prefiero no saberlo, si hubo otro muerto por medio. Dejémoslo. Ya se ve que no hay que hacer nunca preguntas. —Miré el reloj. De repente me sentí muy incómoda por estar sentada donde solía sentarse Desvern, hablando con su ejecutor indirecto—. Además, tengo que irme, ya es muy tarde.

No hizo caso de mis últimas palabras, seguía rumiando. Le había metido la duda, confiaba en que no fuera ahora a interrogar a Díaz-Varela respecto a Luisa, a pedirle cuentas, y que eso diera pie a que aquél me llamara otra vez, qué sé yo, para abroncarme. O bien estaba Ruibérriz rememorando lo sucedido en México hacía siglos, era evidente que aún le pesaba.

—Fue por culpa de Elvis Presley, ¿sabes? —dijo al cabo de unos segundos, en otro tono, como si hubiera visto de pronto un último recurso para impresionarme y no irse enteramente de balde. Lo dijo muy serio.

Yo me reí un poco, no pude evitarlo.

—¿Quieres decir de Elvis Presley en persona?

—Sí, trabajé con él durante unos diez días, durante el rodaje de una película en México.

Ahora sí que solté una carcajada abierta, pese a lo sombrío de todo el contexto.

—Ya —dije aún riéndome—. ¿Y también sabes en qué isla vive, como sostienen sus devotos? ¿Y con quién está por fin escondido, con Marilyn Monroe o con Michael Jackson?

Se molestó, me lanzó una mirada cortante. Se molestó de veras, porque me dijo:

—Tú eres gilipollas, tía. ¿No te lo crees? Trabajé con él, y me metió en un buen lío.

Se había puesto más serio que en ningún otro momento. Se había picado, se había enfadado. Aquello no podía ser verdad, sonaba a fantasmada, a delirio; pero estaba claro que se lo tomaba a pecho. Di marcha atrás como pude.

—Bueno, bueno, usted perdone, no quería ofenderlo. Pero es que suena un poco increíble, ¿no?, te haces cargo. —Y añadí, para cambiar de tema sin abandonarlo bruscamente, sin emprender una retirada que lo llevara a pensar que lo daba por imposible o lo consideraba un chiflado—: Oye, ¿pues qué edad tienes, entonces, si trabajaste con el Rey nada menos? Murió hace la tira de años, ¿no? ¿Cincuenta? —Se me seguía escapando la risa, fui capaz de contenerla, por suerte.

Noté en seguida que recuperaba algo de su coquetería. Pero aún me riñó, primero.

—No te pases. El próximo 16 de agosto hará treinta y cuatro, creo. No creo que más. —Se lo sabía con exactitud, debía de ser un devoto en toda regla—. A ver, ¿cuántos me echas?

Quise ser amable, para desagraviarlo. Sin exagerar, para no adularlo.

—No sé. ¿Cincuenta y cinco?

Sonrió complacido, como si se le hubiera olvidado ya la ofensa. Sonrió tanto que el labio superior se le disparó una vez más hacia arriba, descubriendo sus dientes blancos y rectangulares y sanos, y sus encías.

—Pon diez más, por lo menos —contestó satisfecho—. Qué, ¿cómo te quedas?

Sí que se conservaba bien, entonces. Tenía algo infantil, por eso resultaba fácil cogerle simpatía. Probablemente era otra víctima de Díaz-Varela, en el que ya me iba acostumbrando a pensar no por su nombre, tantas veces dicho y susurrado a su oído, sino por su apellido. Eso es también infantil, pero sirve para distanciarse de aquellos a quienes se ha querido.

Fue a partir de entonces cuando el proceso de atenuación empezó de veras, tras el primer acto de desentendimiento, tras pensar por primera vez —o sin llegar a pensarlo, quizá no tenga que ver con la mente sino con el ánimo, o con el mero aliento—: 'En realidad a mí qué me importa, qué se me da todo esto'. Eso está al alcance de cualquiera siempre, ante cualquier hecho por cercano y grave que sea, y quienes no se sacuden los hechos es porque en el fondo no quieren, porque se alimentan de ellos y descubren que dan algún sentido a sus vidas, lo mismo que quienes cargan gustosos con el tenaz lastre de los muertos, dispuestos todos a merodear a poco que se los retenga, aspirantes todos a Chaberts pese a los sinsabores y las negaciones y los torcidos gestos con que se los recibe si se atreven a volver del todo.

Claro que el proceso es lento, claro que cuesta y que hay que poner voluntad y esforzarse, y no dejarse tentar por la memoria, que regresa de vez en cuando y se disfraza de refugio a menudo, al pasar por una calle o al oler una colonia o escuchar una melodía, o al ver que están poniendo en televisión una película que se disfrutó en compañía. Nunca vi ninguna con Díaz-Varela.

En cuanto a la literatura, en la que sí teníamos experiencias comunes, conjuré el peligro asumiéndolo, haciéndole frente en seguida: aunque la editorial suele publicar a autores contemporáneos, para frecuente desgracia de los lectores y mía, convencí a Eugeni de que preparásemos a toda prisa una edición de *El Coronel Chabert*, con traducción nueva y muy buena (la más reciente era en efecto malísima), y le añadimos tres cuentos más de Balzac para conseguir un volumen con lomo, ya que esa obra es bastante breve, lo que en francés llaman *nouvelle*. A los pocos meses estaba en las librerías y yo me deshice así de su sombra, sacándola a la luz en mi lengua en las mejores condiciones. Me acordé de ella cuanto hacía falta, mientras la editábamos, y luego ya pude olvidarla. O me aseguré, por lo menos, de que no me iba a pillar nunca a traición, ni por sorpresa.

Estuve a punto de marcharme de la editorial después de esta maniobra, para no seguir yendo a la cafetería, para ni siquiera seguir viéndola desde mi despacho, aunque me la taparan parcialmente los árboles; para que nada me recordara nada. También estaba cansada de bregar con los escritores vivos —qué delicia los que no pueden dar la lata ni intentar amañar su futuro, como Balzac, ya cumplido—; de las llamadas pegajosas de Cortezo el plasta, de las exigencias del repelente y avaro Garay Fontina, de las ínfulas cibernéticas de los falsos jóvenes, a cual más ignorante y bruto y pedante, todo a un tiempo. Pero las otras ofertas, de la competencia, no me convencieron pese a la mejora en el sueldo: en todas partes tendría que continuar tratando con escritores de ambición desmedida y que respiraban mi mismo aire. Eugeni, además, un poco perezoso e ido, delegaba cada vez más en mí y me instaba a tomar decisiones, en lo cual le hacía caso: confiaba en que pronto llegara el día en que pudiera prescindir de algún fatuo sin ni siquiera pedirle permiso, sobre todo del inminentísimo azote del Rey Carlos Gustavo, que pulía sin desmayo su discurso en lengua sueca macarrónica (quienes lo habían oído ensayar aseguraban que su acento era infame). Pero, por encima de todo, comprendí que no debía huir de aquel paisaje, sino dominarlo con mis propios medios como habría hecho Luisa con su casa, obligándose a seguir viviendo en ella y a no mudarse precipitadamente; despojarlo de sus connotaciones más sentimentales y tristes, conferirle nueva cotidianidad, recomponerlo. Sí, me daba cuenta de que aquel lugar se me había teñido de sentimiento, y a éste es imposible engañarlo o saltárselo, aunque sea semiimaginario. Sólo cabe llegar a buenos términos con él y aplacarlo.

Pasaron casi dos años. Conocí a otro hombre que me interesó y divirtió lo suficiente, Jacobo (no escritor tampoco, gracias al cielo), me comprometí con él a instancias suyas, hicimos pausados planes para casarnos, yo lo fui retrasando sin cancelarlo, nunca fui propensa al matrimonio, me convenció más mi edad —treinta y bastantes— que mi deseo de levantarme acompañada a diario, a eso no le veo mucho la gracia, tampoco estará mal, supongo, si se quiere al que se acuesta y duerme al lado, como es —cómo no—, como es mi caso. Hay cosas de Díaz-Varela que sigo echando de menos, eso es aparte. Lo cual no me trae mala conciencia, nada se hace incompatible en el terreno del recuerdo.

Estaba cenando con un grupo de gente en el restaurante chino del Hotel Palace cuando los vi, a una distancia de tres o cuatro mesas, digamos. Tenía buena visión de los dos, que se me ofrecían de perfil, como si yo estuviera en un patio de butacas y ellos en un escenario, sólo que a la misma altura. La verdad es que no les quité ojo —eran como un imán—, salvo cuando alguno de los comensales me dirigía la palabra, y eso no sucedía a menudo: veníamos de la presentación de una novela, varios eran amigos del autor ufano y no los conocía de nada; se distraían entre sí y no me daban apenas tabarra, yo estaba allí como representante de la editorial, y para hacerme cargo de la cuenta; claro; la mayoría eran extrañamente aflamencados, y lo que más temía era que sacaran guitarras de algún escondite raro y se arrancaran a cantar con brío, entre plato y plato. Eso, aparte del bochorno, habría hecho volverse hacia nuestra mesa a Luisa y a Díaz-Varela, que estaban demasiado atentos el uno al otro como para reparar en mi presencia en medio de una asamblea de caracolillos. Aunque pensé que tal vez ella ni me reconocería. Sólo hubo un momento en el que la novia del novelista se dio cuenta de que yo miraba sin cesar hacia un punto. Se dio media vuelta sin disimulo y se quedó observándolos, a Javier y a Luisa. Me preocupó que los alertaran sus ojos tan desinhibidos, y me vi en la necesidad de explicarle:

—Disculpa, es que es una pareja que conozco, y no los veía hacía siglos. Y entonces no eran pareja. No te lo tomes a mal, te lo ruego. Me da mucha curiosidad verlos así, ya me entiendes.

—Nada, mujer, nada —me contestó comprensiva, tras echar una nueva ojeada impertinente. Había comprendido cuál era la situación al instante, a veces debo de ser muy transparente—. Guapo él, ¿eh?, no me extraña. Nada, hija, tú a lo que importa, tú a lo tuyo. A mí ni caso.

Sí, ya lo creo que eran pareja, eso suele saltar a la vista hasta con completos desconocidos, y aquí yo lo conocía a él de sobra, a ella no, de hablar una única vez por extenso —o de que hablara ella sola, yo debí de ser intercambiable aquel día, un mero oído—, en realidad muy poco. Pero la había contemplado en actitud similar durante años, es decir, con su pareja de entonces, que llevaba ahora muerto lo bastante para que Luisa ya no pensara de sí misma en primera instancia, como algo definitorio: 'Me he quedado viuda' o 'Soy viuda', porque ya no lo sería en absoluto, y ese hecho y ese dato habrían cambiado, con ser idénticos que antes. Así que más bien se diría: 'Perdí a mi primer marido y cada vez más se me aleja. Hace demasiado que no lo veo y en cambio este otro hombre está aquí a mi lado y además está siempre. También a él lo llamo marido, eso es extraño. Pero ha ocupado su lugar en mi cama y al yuxtaponerse lo difumina y lo borra. Un poco más cada día, un poco más cada noche'. Y los había visto juntos, también una sola vez pero suficiente para captar el enamoramiento y la solicitud de él y el caso omiso o la inadvertencia de ella. Ahora era todo muy distinto. Estaban pendientes el uno del otro, charlaban con vivacidad, se miraban de vez en cuando a los ojos sin cruzar palabra, a través de la mesa se cogían los dedos. Él llevaba alianza en el anular, se habrían casado por lo civil quién sabía cuándo, quizá muy recientemente, quizá anteayer o ayer mismo. Ella tenía mejor aspecto y él no había empeorado, allí estaba Díaz-Varela con sus labios de siempre, cuyos movimientos seguí a distancia, hay hábitos que no se pierden o que se recuperan inmediatamente, como si fueran un automatismo. Sin querer hice un gesto con la mano, como para tocárselos de lejos. La novia del novelista, la única que me echaba vistazos, reparó en ello y me preguntó con gentileza:

—Perdona, ¿quieres algo? —Tal vez creía que le había hecho una seña.

—No, no, descuida. —Y moví la mano como añadiendo: 'Cosas mías'.

Me debía de notar turbada, no tanto como alterada. Por suerte los demás comensales brindaban sin parar y daban voces, sin prestarme atención alguna. Me pareció que uno de ellos empezaba a canturrear preocupantemente ('Ay mi niña, mi niña, Virgen del Puerto', alcancé a oír), no sé por qué ofrecían aquella estampa de tablado, el novelista no era así, era un tipo con jersey de rombos, gafas de violador o maniaco y pinta de acomplejado, que incomprensiblemente tenía una novia agradable y bien parecida y vendía bastantes libros —un timo con pretensiones, cada uno de ellos—, por eso lo habíamos llevado a un restaurante algo caro. Rogué —una jaculatoria a la Virgen del Puerto, aunque no la conociera— por que no fuera a más el canto, no deseaba ser distraída. No podía apartar los ojos de la mesa como un escenario, y de pronto empezó a repetírseme una frase de aquellos diarios ya antiguos, los que habían traído la noticia durante dos míseros días y la habían callado después para siempre: 'Tras debatirse unas cinco horas entre la vida y la muerte, sin recobrar en ningún instante el conocimiento, la víctima falleció a primeras horas de la noche, sin que los médicos pudieran hacer nada por salvarla'.

'Cinco horas en un quirófano', pensé. 'No es posible que tras cinco horas no detectaran una metástasis generalizada en todo el organismo, como dijo Javier que le había dicho Desvern.' Y entonces creí ver claro —o más claro— que esa enfermedad nunca había existido, a no ser que el dato de las cinco horas fuera falso o erróneo, las noticias de los diarios no se ponían de acuerdo ni en el hospital al que había sido llevado el moribundo. Nada era concluyente, desde luego, y la versión de Ruibérriz no había desmentido la de Díaz-Varela, en todo caso. Tampoco eso significaba mucho, dependía de cuánta verdad le hubiera revelado éste al hacerle su sangriento encargo. Supongo que fue la irritación la que me condujo a esa momentánea creencia —o duró más que un momento, fue un rato en el restaurante chino— de verlo ahora más claro (luego lo volví a ver más oscuro en mi casa, donde la pareja ya no estaba presente y Jacobo me aguardaba). Me fui irritando, yo creo, al comprobar que Javier se había salido con la suya, al descubrir que lo había logrado, tal como él había previsto. Al fin y al cabo le tenía algo de agravio, por mucho que jamas albergara esperanzas y que no pudiera culparlo de habérmelas dado falsas. No era indignación moral lo que sentía, tampoco afán justiciero, sino algo mucho más elemental, quizá mezquino. La justicia y la injusticia me traían sin cuidado. Sin duda me entraron celos retrospectivos, o fue despecho, me imagino que nadie está a salvo. 'Míralos', pensé, 'ahí están al final de la paciencia y del tiempo: ella más o menos rehecha y contenta, él exultante, casados, olvidados de Deverne y de mí, yo ni siquiera fui un lastre. Está en mi mano arruinar ese matrimonio ahora mismo, y arruinarle a él la vida que se ha construido, como un usurpador, ese es el término. Bastaría con que me levantara y me acercara a su mesa y le dijera: "Vaya, al final lo conseguiste, quitar de en medio el obstáculo sin que ella haya sospechado". No tendría que añadir nada más, ni dar ninguna explicación, ni contar la historia entera, me daría media vuelta y me iría. Sería suficiente con eso, con esas medias palabras, para sembrar el desconcierto en Luisa y que ella le pidiera cuentas muy arduas. Sí, es tan fácil introducirle la duda a cualquiera.'

Y, nada más pensar esto —pero estuve muchos minutos pensándolo, repitiéndomelo como una canción que se nos cuela, y así encendiéndome en silencio, con los ojos fijos en ellos, no sé cómo no los advirtieron, cómo no se sintieron quemados ni traspasados, mis ojos debían de ser como ascuas o como agujas—; nada más acabar de pensar esto, también sin quererlo o sin decidirlo, del mismo modo que no había querido hacer con la mano el gesto de tocarle a él los labios, me puse en pie sin soltar la servilleta y le dije a la novia del timador agasajado, la única para la que aún existía y que podría echarme en falta, si tardaba:

—Perdonad, ahora vuelvo.

En verdad no sabía qué intención me guiaba o esa intención fue cambiando a gran velocidad varias veces, mientras daba los pasos —uno, dos, tres— que separaban mi mesa de la suya. Sé que me vino a la cabeza esta idea fugaz, que necesita mucha más lentitud para expresarse, mientras caminaba sin darme cuenta —cuatro, cinco— de que llevaba mi servilleta arrugada y manchada en la mano: 'Ella apenas me conoce y no tiene por qué identificarme hasta que yo me presente y se lo diga, tras tanto tiempo; para ella seré una desconocida que se aproxima. Es él quien me conoce bien y me reconocerá al instante, pero en teoría, a ojos de Luisa, tiene aún menos motivos para recordarme. En teoría él y yo nos hemos visto una sola vez y sin casi haber cruzado palabra, los dos de visita en casa de ella, una tarde hace más de dos años. Deberá fingir que ignora quién soy, lo contrario resultaría extraño en su caso. Así que también está en mi mano desenmascararlo en ese aspecto, las mujeres solemos percibir en seguida si otra mujer que se acerca a saludar a quien está con nosotras ha tenido con él una relación pasada. A menos que los dos disimulen a la perfección y no se delaten. Y a menos que nos equivoquemos, también es verdad que algunas tendemos a atribuirles a nuestras parejas multitud de amantes pretéritas, y que no siempre acertamos'.

Al avanzar —seis, siete, ocho, había que bordear alguna mesa y sortear a camareros chinos raudos, no era en línea recta el trayecto— los fui viendo mejor, y los vi contentos y tranquilos, enfrascados en su conversación, más bien ajenos a cuanto no fueran ellos. Sentí por Luisa, en algún paso, algo parecido a alegría, o tal vez a conformidad, o era a alivio. La última vez que la había visto, hacía ya tanto, me había inspirado gran lástima. Me había hablado del odio que no podía tenerle al gorrilla: 'No, odiarlo no sirve, no consuela ni da fuerzas', había dicho. Y del que tampoco le habría podido tener a un sicario recién llegado y abstracto, de haber sido uno de ellos el que hubiera matado a Deverne, por encargo. 'Pero sí a los inductores', había añadido, y me había leído parte de la definición de Covarrubias de 'envidia', fechada en 1611, lamentándose de que ni siquiera a eso pudiera achacarse la muerte de su marido: 'Lo peor es que este veneno suele engendrarse en los pechos de los que nos son más amigos, y nosotros los tenemos por tales fiándonos dellos; y son más perjudiciales que los enemigos declarados'. Y justo después me había confesado: 'Lo añoro sin parar, ¿sabes? Lo añoro al despertarme y al acostarme y al soñar y todo el día en medio, es como si lo llevara conmigo incesantemente, como si lo tuviera incorporado, es decir, en mi cuerpo'. Y entonces pensé, mientras ya me acercaba —nueve, diez—: 'Ya no será así, se habrá librado de su cadáver, de su difunto, su espectro, que ha hecho bien, porque no ha vuelto. Tiene ahora a alguien enfrente y los dos podrán ocultarse mutuamente su destino, como hacen los enamorados según un verso que mal recuerdo, algo así dice ese verso antiguo que leí en mi adolescencia. Ya no estará su cama afligida, ni será ya luctuosa, en ella entrará un cuerpo vivo todas las noches, cuyo peso yo bien conozco, y era muy grato sentirlo'.

Vi que volvían la vista al dar yo los últimos pasos y notar ellos mi bulto o mi sombra —once, doce y trece—, él con pavor, como preguntándose: '¿Qué hace esta aquí? ¿De dónde sale? ¿Y a qué viene, a descubrirme?'. Pero ella no le vio esta expresión, porque me miraba ya a mí con simpatía, con una sonrisa sin reservas, muy amplia y cálida, como si me hubiera reconocido inmediatamente. Y así fue, porque exclamó:

—¡La Joven Prudente! —Era seguro que mi nombre no lo recordaba.

Se puso de pie en seguida para darme dos besos y casi abrazarme, y su amistosidad frenó en seco cualquier posible intención de decirle a Díaz-Varela nada que volviera a Luisa en su contra, o la llevara a mirarlo con desconfianza o estupefacción o asco, o a odiar al inductor como me había anunciado; nada que le arruinara a él la vida y por tanto también a ella de nuevo y que arruinara el matrimonio de ambos, se me había ocurrido hacer eso, poco antes. '¿Quién soy yo para perturbar el universo?', pensé. 'Aunque otros lo hagan, como este hombre que está aquí delante, finge no conocerme pese a que yo bien lo he querido y nunca le he hecho ningún daño. Pero que otros lo descompongan y lo zarandeen, y lo violenten de la peor manera, no me obliga a mí a seguir su ejemplo, ni siquiera con el pretexto de que yo, al revés que ellos, enderezaría un hecho torcido y castigaría a un posible culpable y haría un acto de justicia.' Ya he dicho que la justicia y la injusticia me traían sin cuidado. Por qué habían de ser asunto mío, cuando si en algo tenía razón Díaz-Varela, lo mismo que el abogado Derville en su mundo de ficción y en su tiempo que no pasa y se está quieto, era en esto que me había dicho: 'El número de crímenes impunes supera con creces el de los castigados; del de los ignorados y ocultos ya no hablemos, por fuerza ha de ser infinitamente mayor que el de los conocidos y registrados'. Y quizá también en esto otro: 'Lo peor es que tantos individuos dispares de cualquier época y país, cada uno por su cuenta y riesgo, en principio no expuestos al contagio mutuo, separados unos de otros por kilómetros o años o siglos, cada uno con sus pensamientos y sus fines particulares, coincidan en tomar las mismas medidas de robo, estafa, asesinato o traición contra sus amigos, sus compañeros, sus hermanos, sus padres, sus hijos, sus maridos, sus mujeres o amantes de los que ya se quieren deshacer. Contra aquellos a los que probablemente más quisieron alguna vez. Los crímenes de la vida civil están dosificados y esparcidos, uno aquí, otro allá; al darse en forma de goteo parece que clamen menos al cielo y no levanten oleadas de protestas por incesante que sea su sucesión: cómo podría ser, si la sociedad convive con ellos y está impregnada de su carácter desde tiempo inmemorial'. Por qué habría yo de intervenir, o quizá es contravenir, qué remediaría con eso en el orden del universo. Por qué habría de denunciar uno suelto del que ni siquiera tenía absoluta constancia, nada era del todo seguro, la verdad siempre es maraña. Y si hubiera sido un auténtico crimen premeditado y a sangre fría, con el único fin de ocupar un lugar ya ocupado, el causante se encargaba, al menos, de dar consolación a la víctima, quiero decir a la víctima que permanecía viva, a la viuda de Miguel Desvern, empresario, al que ya no añoraría ella tanto: ni al despertarse ni al acostarse ni al soñar ni todo el día en medio. Lamentablemente o por suerte, los muertos están fijos como pinturas, no se mueven, no añaden nada, no dicen nada ni jamás responden. Y hacen mal en regresar, los que pueden. No podía Deverne, y más le valía.

Mi visita a su mesa fue breve, cruzamos unas pocas frases, Luisa me invitó a sentarme un momento con ellos, me disculpé aduciendo que se me esperaba en la mía, nada más falso, excepto para pagar la cuenta. Me presentó a su nuevo marido, no se acordaba de que en teoría él y yo nos habíamos visto en su casa, para ella él estaba en penumbra entonces. Ninguno le refrescamos la memoria, qué más daba, qué falta hacía. Díaz-Varela se había levantado casi al mismo tiempo que ella, nos dimos dos besos como es costumbre en España entre hombre y mujer desconocidos, cuando son presentados. La expresión de pavor se le había borrado, al ver que yo era discreta y me prestaba a la pantomima. Y entonces me miró también con simpatía, en silencio, con sus ojos rasgados y nebulosos y envolventes, difícilmente descifrables. Me miraron con simpatía, pero no me echaban de menos. No negaré que tuve la tentación de demorarme a pesar de todo, de no perderlo aún de vista, de entretenerme allí pálidamente. No me tocaba, no debía, cuanto más rato pasara en su compañía más podría detectar Luisa algún rastro, algún resto, algún rescoldo en mi mirada: se me iba hacia donde siempre, era algo inevitable y desde luego involuntario, no quería hacerle mal a ninguno.

—Tenemos que vernos un día, llámame, sigo viviendo en el mismo sitio —me dijo ella con cordialidad sincera, sin sospecha alguna. Era una de esas frases que se dicen las personas al despedirse y que olvidan una vez despedidas. No volvería yo a su memoria, sólo era una joven prudente a la que conocía de vista, más que nada, y de otra vida. Ni siquiera era ya joven.

A él preferí no acercarme por segunda vez. Tras los nuevos besos de rigor con ella, en seguida di dos pasos en dirección a mi mesa, mientras aún contestaba con la cabeza vuelta ('Sí, claro, te llamo un día. No sabes cuánto me alegro de todo'), para quedar a un poco de distancia, y entonces le dije adiós con la mano. A los ojos de Luisa se lo decía a los dos, pero yo me estaba despidiendo de Javier, ahora sí, ahora definitivamente y de veras, porque él tenía a su mujer a su lado. Y mientras regresaba al tontaina mundo editorial que acababa de dejar, hacía sólo unos minutos —pero de repente me parecieron larguísimos—, pensé, como para justificarme: 'Sí, yo no quiero ser su maldita flor de lis en el hombro, la que delata y señala e impide que desaparezca hasta el más antiguo delito; que la materia pasada sea muda y que las cosas se diluyan o escondan, que se callen y no cuenten ni traigan otras desgracias. Tampoco quiero ser como los malditos libros entre los que me paso la vida, cuyo tiempo se está quieto y acecha cerrado siempre, pidiendo que se lo destape para transcurrir de nuevo y relatar una vez más su vieja historia repetida. No quiero ser como esas voces escritas que a menudo parecen suspiros ahogados, gemidos lanzados por un mundo de cadáveres en medio del cual todos yacemos, en cuanto nos descuidamos. No está de más que algunos hechos civiles, si es que no la mayoría, se queden sin registrar, ignorados, como es la norma. El empeño de los hombres suele ser el contrario, sin embargo, aunque tantas veces fracasen: grabar a fuego esa flor de lis que perpetúe y acuse y condene, y acaso desencadene más crímenes. Seguramente ese habría sido también mi propósito con cualquier otra persona, o con él mismo, de no haberme enamorado tiempo atrás, estúpida y silenciosamente, y todavía quererlo hoy un poco, supongo, a pesar de todo y todo es mucho. Pasará, ya está pasando, por eso no me importa reconocérmelo. Vaya en mi descargo que acabo de verlo cuando no me lo esperaba, con buen aspecto y contento'. Y seguí pensando, mientras le daba la espalda y se alejaban ya de él para siempre mis pasos y mi bulto y mi sombra: 'Sí, no pasa nada por reconocérmelo. Al fin y al cabo nadie me va a juzgar, ni hay testigos de mis pensamientos. Es verdad que cuando nos atrapa la tela de araña —entre el primer azar y el segundo— fantaseamos sin límites y a la vez nos conformamos con cualquier migaja, con oírlo a él —como a ese tiempo entre azares, es lo mismo—, con olerlo, con vislumbrarlo, con presentirlo, con que aún esté en nuestro horizonte y no haya desaparecido del todo, con que aún no se vea a lo lejos la polvareda de sus pies que van huyendo'.

*Enero de 2011*

## La plaga de la impunidad*

Acabo de terminar una nueva novela, titulada *Los enamoramientos*, después de haber creído que no escribiría ninguna más tras las mil seiscientas páginas, en tres volúmenes, de la anterior, *Tu rostro mañana*. Durante los más de dos años que me ha ocupado esta nueva obra —siempre con muchas interrupciones externas, como sucede hoy en día a casi todos los novelistas—, he tenido la insistente impresión de que se trataba de un libro particularmente pesimista y sombrío, aunque no carezca de alguna breve escena humorística. Ahora, al leerla entera por primera vez para efectuar la revisión final, he observado con más claridad que el pesimismo no venía sólo dado por el asunto de su título: las cosas mezquinas que —además de las más nobles y desinteresadas, claro está— son capaces de llevar a cabo las personas enamoradas, y que, precisamente por estar dictadas por un sentimiento casi universalmente considerado deseable y positivo, 'mejorador', incluso salvífico y 'redentor', suelen encontrar fácil justificación, tanto para quien las comete como para quien asiste a ellas, a veces hasta para quien las padece. 'Es que lo quería tanto', se dice comprensivamente. 'Es que ha sufrido mucho por amor',

* Artículo publicado el 27 de febrero de 2011 en «La zona fantasma», la columna del autor en *El País Semanal*.

se disculpa a menudo a quienes incurren en actos viles o imperdonables. Si no en un salvoconducto, el estado de enamoramiento se convierte con frecuencia en la mayor atenuante imaginable, aunque ese estado lleve a personas bondadosas a comportarse en ocasiones como malvadas; a personas generosas a ser ruines; a personas compasivas a ser despiadadas; a personas normales a actuar como criminales.

Pero, como he dicho, creo que el carácter más sombrío de esta novela que aún no sé ver con una mínima distancia (si es que eso nos resulta posible a los autores alguna vez), tiene que ver con otra cuestión, la impunidad que cada día más impera en el mundo, o esa es la sensación que muchos tenemos y que crece en nosotros a diario. No sé citar de memoria, pero en *Los enamoramientos* uno de los personajes dice algo parecido a esto: «El número de crímenes desconocidos supera con creces el de los registrados, y el de los que quedan impunes es infinitamente mayor que el de los que son castigados». En contra de lo esperable, y de lo que debiera suceder, la justicia parece cada vez más impotente, o más indolente, o más corrupta o connivente, o más cobarde, o más manipulable, o más susceptible de tergiversación y de perversión. Las triquiñuelas para burlarla se multiplican, y hay políticos y empresarios —en España, en Italia no digamos— que celebran como un triunfo y una exoneración que el delito del que se los acusa haya prescrito, siempre conveniente o incluso calculadamente, cuando una prescripción en modo alguno equivale a una absolución, sino a una declaración de culpabilidad que sin embargo no se puede materializar. Sí, a eso equivale las más de las veces. Las dificultades de la justicia siempre han existido, y basta fijarse, para comprobarlo, en los poquísimos verdugos nazis que sufrieron condena. No nos engañemos: por un motivo o por otro, la inmensa mayoría se salió con la suya, se libró de todo castigo, incluso de toda amonestación y vergüenza.

De manera sorprendente, esta tendencia, estas dificultades han ido a más. Son numerosos los dictadores (me niego a hablar de 'ex-dictadores', como no se puede hablar de 'ex-asesinos') que, en el mejor de los casos, acaban abandonando su país con una fortuna en los bolsillos y jamás comparecen ante la justicia, los últimos bien recientes, Ben Ali de Túnez y Mubarak de Egipto (mientras nuestro Parlamento homenajea al sanguinario Obiang de Guinea). La proporción de asesinatos resueltos, entre los centenares o ya millares cometidos contra mujeres en Ciudad Juárez desde hace quince o más años, es ridícula, lo mismo que la de los habidos, también en México, en la llamada guerra contra el narcotráfico (algo así como el 3 %). En tono comparativamente menor, los causantes de la actual crisis económica mundial siguen en sus puestos, la mayoría, y además dando órdenes, pese al inmenso daño ocasionado. O bien Bush Jr, Blair y Aznar, que desencadenaron una guerra ilegal e innecesaria que se ha cobrado más de cien mil víctimas, todas evitables, se pasean tranquilamente por el mundo, con frecuencia aclamados y embolsándose grandes sumas de dinero por sus libros, conferencias y 'consejos' a grandes empresas (nadie fuera de sospecha puede requerir a semejantes consejeros).

La sensación de que la impunidad domina es inevitable en nuestras sociedades, y eso las lleva, gradual pero indefectiblemente, a tener una cada vez mayor tolerancia hacia ella; a juzgar que a los individuos particulares no les compete intervenir ni poner remedio, cuando ni siquiera lo hacen los jueces, y a considerar que dejar pasar un delito más del que tengan conocimiento o hayan sido objeto, un crimen aislado de la vida civil, no tiene mayor importancia ni cambia nada en esencia, ante la superabundancia de los crímenes públicos, económicos y políticos, que quedan y quedarán siempre impunes. Se trata de una de las más grandes desmoralizaciones de nuestro tiempo, y de ahí, supongo, mi pesadumbre al escribir sobre ello, aunque fuera lateral, indirecta y ficticiamente, en algo tan modesto como una novela.